AF206489

INFO

http://www.facebook.com/Astrid.Korten.Autorin
Website: www.astrid-korten.com
Twitter: https://twitter.com/charbrontee
Google: Astrid Korten
Bildgestaltung: Ilona Wellmann / Trevillion Images
Covergestaltung: Februar 2017 Astrid Korten
Lektorat: Christine Hochberger

erschienen.
Herstellung und Verlag: BoD - Books on Demand, Norderstedt
ISBN 9783744881890
Überarbeitete Ausgabe von Eiskalter Schlaf.

Über dieses Buch

„In der Geborgenheit des Dunkels sind der Fantasie keine Grenzen gesetzt. Unsere Seelen kommen zum Spielen heraus."

Anna ist in psychotherapeutischer Behandlung bei Jörg Kreiler seit sie von einem brutalen Psychopathen missbraucht wurde. Zwar konnte der ermittelnde Beamte ihr das Leben retten, doch auch Jahre später kann die junge Frau sich nur schemenhaft an das Grauen erinnern. Schlimmer noch: Sie beginnt, zunehmend die Kontrolle über sich zu verlieren. Kann eine Hypnose ihr helfen? Und was hat es mit Teddybär Jasper auf sich? Eine Tür wird geöffnet und sie führt direkt in den Abgrund ...

Zur gleichen Zeit ermittelt Hauptkommissar Benedikt van Cleef in einem anderen Fall. Die Spuren führen weit in die Vergangenheit zurück – und zu einem bestialischen Verbrechen, das noch immer nicht gesühnt wurde ...

Ein atemberaubender Thriller über Machtmissbrauch und das grauenvolle Spiel mit einer verletzten Seele ...

Wer das Schweigen bricht,
bricht die Macht der Täter

Astrid Korten

DAS BÖSE IN DIR

Psychothriller

Prolog

Aachen, 12. Oktober 1944

Seitdem er Kriegsgerichtsrat war, wimmelte es in seinem Terminkalender nur so von Einträgen. Richard Kollmann starrte auf die dicht beschriebenen Zeilen unter dem Datum Freitag, 13. Oktober 1944: *10 Uhr Verhandlung Graben und Krasinski.* Wehrmachtsstreifen, die Jagd auf Plünderer machten, hatten die vier jungen Männer aufgegriffen, und in der alten Kaiserstadt Aachen galt das Standrecht.

Die Schreibtischlampe verlieh dem Arbeitszimmer mit ihrem kalten weißen Licht eine unbehagliche Atmosphäre. Trotz der einschläfernden Wärme, die vom Kohleofen ausging, konnte Kollmann ein Frösteln nicht unterdrücken. Seit amerikanische Einheiten den Aachener Stadtwald bombardierten und der Bodenkrieg den deutschen Westen erreicht hatte, litt er unter starken Migräneanfällen.

Er schloss die Lider und rieb sich heftig die Schläfen, aber der dröhnende Schmerz, der ihm zu schaffen machte, konnte nicht einfach wegmassiert werden. Er öffnete die Augen und schenkte sich ein weiteres Glas Rotwein ein.

Auf dem schweren Mahagonischreibtisch stapelten sich die Akten festgenommener Jugendlicher. Er plante, die morgige Gerichtsverhandlung im Eilverfahren mit sofort verkündbarem Urteil zu beenden. Deshalb hatte er die Gerichtsakten der Angeklagten am Vormittag mit größter Sorgfalt studiert.

Durch diese exzellente Vorbereitung würde die Sitzung höchstens eine halbe Stunde in Anspruch nehmen, und es blieb dann immer noch genügend Zeit, um anschließend zu Fuß zum Hotel Quellenhof zu gehen, in das SS-Reichsführer Himmler um zwölf zu einem kleinen Imbiss geladen hatte.

Der schwere Wein und die Opiattablette, die er vor einer Stunde eingenommen hatte, betäubten allmählich den Kopfschmerz. Ein feines Lächeln umspielte jetzt seine Mundwinkel. Die Burschen unmittelbar nach der Verhandlung von einem Exekutionskommando hinrichten zu lassen wäre eine Überlegung wert und würde ganz sicher Himmlers Stimmung heben. Der Gedanke ließ ihn schaudern.

Womöglich brachte es ihm sogar eine Berufung zum Oberlandesgericht ein.

Stille lag über dem feudalen Wohnhaus, das zu den wenigen hochherrschaftlichen Villen gehörte, die bislang von Angriffen verschont geblieben waren. Draußen zogen graue Wolken am fahlen Mond vorbei. Sein Licht sickerte durch die Äste der alten Eiche und warf die Schatten, knöcherne Finger einer alten Frau, auf die Wände des Arbeitszimmers.

Kollmann leerte das Glas mit dem schweren roten Burgunder, löschte das Licht seiner Schreibtischlampe und ging schmunzelnd die Stufen zum Keller hinunter, wo das Vergnügen auf ihn wartete.

Am Freitag, den 13. Oktober 1944, einem bewölkten, kühlen Tag, wurden eine Gruppe junger Soldaten und ein vierzehnjähriger Zivilist wie Rinder bei einer Viehauktion ins Kriegsgericht getrieben.

Zur Vernehmung des achtzehnjährigen Grenadiers Maryam Krasinski, eines jungen Mannes mit kindlich weichen Gesichtszügen, erschien auch seine Mutter Dónya. Man hatte ihr gesagt, dies sei eine reine Routineangelegenheit, die schnell über die Bühne gehen werde.

Sie setzte sich in die letzte Reihe des Gerichtssaals, neben ihr der jüngere Sohn Jánosz und eine junge Frau, die in stummer Verzweiflung ein wimmerndes Baby umklammert hielt.

Dónya Krasinski weinte still in sich hinein, und ihre Augen blickten ausdruckslos zu dem erhöhten, langen Tisch. Noch war er verwaist, noch war kein Urteil über Maryam gesprochen. Als das Tribunal den Saal betrat und kalte graue Augen den Raum überblickten, legte sie unwillkürlich die Hand an ihre Kehle und spürte das Flattern ihres Herzschlags.

Kurze Zeit später wurde ihr Sohn Maryam zum Tode verurteilt.

Maryam Krasinski blieb gelassen, als Kriegsgerichtsrat Kollmann die Entscheidung des Feld-Kriegsgerichts begründete. In einem rüden Ton und heftig gestikulierend wurde die Vollstreckung der Todesurteile für Montag, den 16. Oktober 1944, durch Erschießung am Katschhof anberaumt.

Für einen Moment starrten sie einander in die Augen, der Richter und sein Opfer. Als hätte jemand einen Vorhang weggerissen. Maryam sah in die eiskalten grauen Augen des kahlköpfigen, korpulenten Verhandlungsleiters, dann musterte er die Beisitzer von Kopf bis

Fuß: Hauptmann Kemper und Gefreiter Wilhelms und Oberkriegsgerichtsrat Dr. Specke, der Vertreter der Anklage. Er sah eine unbeschreibliche Leere, Trostlosigkeit jenseits aller Verzweiflung, das Böse in vollendeter Form. *Sie sind gar nicht hier*, dachte Maryam. *Nicht wirklich. Sie schwelgen schon in Phantasien, sie malen sich schon aus, wie sie mich und die anderen töten werden.*

Nur der Protokollführer, Gefreiter Nüsker, senkte bei der Urteilsverkündung den Kopf, und Maryam fragte sich, ob der junge Mann, der nicht viel älter sein konnte als er selbst, sich wohl schämte.

In diesem Moment ertönte ein Schrei vom Zuschauerraum her.

„Nein! Maryam, nein! O Gott!"

Sein Blick zuckte über die Reihen bis zu seiner Mutter, die sich an seinen Bruder klammerte und haltlos schluchzte. Er presste die Hände zusammen, obwohl er nichts empfand außer absoluter Leere. Zum Tode verurteilt: Worte, die ihm nichts sagten.

„Mama, ich habe nichts getan, ich habe nichts getan! Der Richter hat mir mein Leben versprochen. Ich will nicht sterben, Mama", rief ein Junge neben ihm und streckte verzweifelt die mageren Arme der eigenen Mutter entgegen. Seine Kraft reichte nicht aus, und sein Schrei erstickte.

Maryam sah ihn an, spürte den Schmerz beim Anblick der frischen Wunden auf seinen Händen, als hätte jemand glühende Zigaretten darauf ausgedrückt.

Ein Beamter des Wachpersonals griff ein und schleifte den Jungen aus dem Gerichtssaal.

Am Sonntag, dem 15. Oktober 1944, wurde der bewusstlose Maryam Krasinski von zwei Beamten der Justizvollzugsanstalt Aachen auf einer Pritsche aus seiner Zelle getragen und in den Keller der Villa in der Ludwigsallee gebracht. Niemand sah etwas, niemand hörte etwas, auch der vierzehnjährige Egon Graber nicht.

Am Nachmittag erwachte Maryam Krasinski in Kollmanns Keller aus einem seltsamen Traum. Er erinnerte sich schwach an die Injektionsnadel, die seine Haut kurz vor Sonnenaufgang durchbohrt hatte, und an zwei Gestalten in Uniform, die ihn auf einer Bahre hierhergebracht hatten.

Er lag auf einem alten Bett, Arme und Beine waren an den Stahlrahmen gefesselt. Ein modriger Geruch stieg ihm in die Nase. Er öffnete die Augen. Auf dem Bett saß Kriegsgerichtsrat Kollmann. Er trug einen schwarzen Morgenmantel mit wappenartigen Emblemen. Maryam spürte sein Gewicht auf der Matratze, seine Hitze und seine wulstigen Finger, die ihn berührten, und er wusste nicht, ob er wach war oder noch träumte, und setzte zu einem Schrei an.

Kollmann hielt ihm den Mund zu und lächelte. „Schhh …"

Maryam wand sich, seine Augen starrten den Mann im Morgenmantel an, bis er sicher war, dass Kollmann ihm nichts tun würde. Noch nicht. Er nickte.

Kollmann nahm die Hand von seinem Mund. „Du bist süß", flüsterte er.

Maryam warf einen Blick auf die anderen Männer, die nacheinander den Kellerraum betraten. Sie tranken Whisky aus Flaschen und versammelten sich um das Bett. Er erkannte die Besetzung des Tribunals: Anton Kemper, ein untersetzter Mann mit blauen Hosenträgern auf nackter Haut; Karl Nüsker, hager und steif, mit dunklen Augen unter buschigen Brauen, die ihn seltsam ansahen; Edgar Wilhelms, hohe, gerundete Stirn, perfekt geformte Nase, kantiges Kinn, ironisches Lächeln; Dr. Rüdiger Specke, blondes, immer perfekt gekämmtes Haar, das die dunkelbraunen Augen hervorhob, die wie Steine in einem Flussbett glänzten.

„Seht mal, wie süß er ist! Er ist ein rebellischer Junge. Wir werden viel Spaß mit ihm haben", sagte Kollmann heiser und lachte laut auf. „Keine Sorge. Er wird alles mitmachen, schließlich hängt sein Leben davon ab."

Maryam erfasste das Ungeheuer in Kollmanns Augen, wie schon zwei Tage zuvor bei der Urteilsverkündung im Gerichtssaal. Er zitterte, aber nicht aus Angst. Er sah, wie Kollmann sich zu ihm herabbeugte. Der Richter küsste seine Lippen und kostete den Geschmack seines Mundes. Hinter seinem Bein blitzte etwas auf, das Maryam nicht richtig erkennen konnte. Eine Zange? Ein Messer?

Kollmann sagte etwas, so leise, dass er ihn kaum hörte. Maryam spürte erneut eine Welle der Müdigkeit herandonnern, spürte, wie sein Körper von einer Strömung weggerissen wurde, weit hinaus aufs offene Meer.

Finger berührten den oberen Rand des Lakens und hoben es an. Es roch nach Seife. Kriegsgerichtsrat Kollmann streckte ihm aus der Nacht seine Arme entgegen wie ein Ertrinkender aus dem dunklen Meer und verkündete ein zweites Mal das Urteil. Die Beisitzer Hauptmann Kemper, Gefreiter Wilhelms und der Vertreter der Anklage, Oberkriegsgerichtsrat Dr. Specke, legten ihre Kleidung ab. Maryams Rücken straffte sich, er sah nur ihre bleiche, schlaffe Haut. Dann hörte er im Hintergrund ein Geräusch. Eine Kamera lief, und er erkannte den Mann, der sie bediente.

Maryam wusste auf einmal: Er hatte die Wahl. Der Junge in der Zelle, Graber, hatte es herausgeschrien. Er nickte und verdrängte die aufkommenden Tränen.

Kurz vor Morgengrauen, am Montag, dem 16. Oktober 1944, verließ Maryam Krasinski das Haus in der Ludwigsallee 25 als freier Mann.

Freiheit!, dachte er verächtlich. Was war das schon? Er würde nie wieder frei sein. Freiheit für ihre Taten, Freiheit für ein Versprechen, das sie ihm abgenommen hatten, Freiheit für sein Stillschweigen, für eine Stunde Vorsprung, bis sie die Gestapo auf ihn hetzten, wie es Egon Graber widerfahren war.

Im Zeitraffer fluteten die Bilder vorbei: Gummihandschuhe, Handschellen, mit denen er ans Bett gefesselt wurde, der Knebel, um ihn am Schreien zu hindern, ein blutgetränktes Laken. Moosbewachsene, schimmelige Wände – die Männer, ihre Schweißabsonderungen, ihr Urin, ihr Kot, ihr Sperma und Blut, überall Blut, sein Blut.

Er zwang sich, ruhig ein- und auszuatmen, und starrte zum blassen Mond hinauf. Dann schloss er die Augen und glaubte den Chorgesang im Aachener Dom zu hören. Seine Melodie hatte diese steinerne Welt, die unter den Wogen der Kriegszeit lebte, niemals verlassen. Der Himmel war seltsam klar. Alles ist in Ordnung. Das Leben geht weiter.

Maryam Krasinski dachte an den Gefreiten Nüsker, einen jungen Mann in seinem Alter, der in der vergangenen Nacht die Filmkamera bedient hatte, während das Kriegstribunal seine perversen Neigungen ausgelebt und ihn gedemütigt, geschändet und misshandelt hatte. Und jetzt irrte er mit pochendem Schädel in der Morgendämmerung durch die Straßen von Aachen.

Am Katschhof sah er, wie drei Jungen mit verbundenen Augen an die Wand gestellt wurden. Er erkannte in einem von ihnen Egon Graber wieder. Ein Wehrmachtsexekutions-kommando machte sich bereit. Jemand gab den Befehl: „Feuer." Die Jungen fielen zu Boden, aber Egon stand wieder auf, anscheinend war er nur von einem Streifschuss getroffen worden. Er lief noch wenige Meter, dann kam ein junger Offizier und gab ihm den „Gnadenschuss".

Er sah, wie zwei Geistliche die toten Körper in Decken hüllten und fortbrachten. Dann ging auch er.

Maryam Krasinski verspürte das Verlangen nach Rache. Er spürte Rastlosigkeit, die ihn niemals wieder zur Ruhe kommen lassen würde. Diese Nacht würde ihn unerbittlich verfolgen, und es gab für ihn keinen Zufluchtsort, an dem die Spuren seiner Qual verwischen würden. Sie würden ewig in sein Herz gegraben sein.

Er irrte durch die Stadt, bis er zwischen den Ruinen am Adalbert-steinweg erschöpft zusammenbrach.

Kapitel 1

Rom

Seine langen, makellosen Finger umspielten Stein für Stein die Mauer der Aussichtsplattform der Villa d'Este. Unten auf den Kieswegen des Tivoli-Gartens eilten Menschen wie Ameisen von Brunnen zu Brunnen. Er fragte sich, ob Pirro Ligorio, der den Park für die Familie d'Este angelegt hatte, sich wohl je hätte träumen lassen, dass er eines Tages damit Millionen von Touristen erfreuen würde.

Die Villa d'Este lag ein Stück nordöstlich von Rom, an die Sabiner Hügel geschmiegt. Er war schon oft dort gewesen, und jedes Mal hatte es ihm besonderes Vergnügen bereitet, auf dem höchsten Plateau zu stehen und auf die sprudelnde Vielfalt der Springbrunnen herabzublicken, alle derart raffiniert angelegt, dass keiner dem anderen glich.

Alles sollte ganz schnell gehen – wie immer. Die Aussichtsplattform der Villa eignete sich vortrefflich für geheime Übergaben. Hier, mehr als 200 Meter über den Tivoli-Gärten, würde Pawel Kubanek, den alle nur *den Polen* nannten, niemandem begegnen, den er kannte. Nur Touristen nahmen die Anstrengung von dreihundertsiebenundzwanzig Stufen in Kauf, um den Ausblick auf die sprudelnden Brunnen zu genießen. In Rom kannte er jeden Winkel, er hatte hier einige Jahre gelebt.

Die Auftraggeber waren mit seiner Arbeit zufrieden. Pawel Kubanek wusste, dass er einer der besten Auftragskiller Russlands war. In den letzten Jahren war die RAK, eine russische Organisation fragwürdiger Charaktere, immer mächtiger und einflussreicher geworden. Das Drogen- und Geldwäschegeschäft sowie der Menschenhandel wurden ausgeweitet. Sexuelle Ausbeutung und die Entnahme und der Handel mit Organen waren zwar ein gefährliches, aber auch ein sehr lukratives Geschäft.

Er tötete Menschen, die der RAK gefährlich werden konnten. Häufig kamen seine Opfer aus dem Rotlichtmilieu: Zuhälter, die Verrat begingen; eine Prostituierte, die ihren Mund nicht halten konnte; ein Dealer, der die Jugendlichen auf dem Kinderstrich mit verunreinigtem Heroin der Konkurrenz versorgte. Hin und wieder erhielt er sogar den Auftrag, Persönlichkeiten aus Politik oder Wirtschaft aus dem Weg zu räumen.

Sie alle waren wie die Bösen in den Märchen, die seine Mutter ihm an den kalten Winterabenden unter Moskaus Brücken erzählt hatte. Er fürchtete sich nicht in den dunklen, undurchdringlichen Wäldern ihrer Seelenlandschaft, sondern tötete sie mit grausamer Effizienz und ohne jegliche Gefühlsregung.

Manchmal ließ er seine Opfer Blut schmecken, das er ihnen zu trinken gab, ihr eigenes Blut. Ihre Schreie hallten dann in seinem Kopf nach und verbanden sich mit den pochenden Schlägen seines Herzens.

Er wischte sich mit einer eleganten Handbewegung eine silberblonde Strähne aus dem Gesicht.

„Dein Name!", forderte plötzlich eine Stimme neben ihm.

„Pole. Nenn mich einfach nur Pole", flüsterte Pawel Kubanek, ohne sich zur Seite zu wenden.

Unauffällig schob der Mann ihm einen braunen Umschlag zu, den er geschickt in die Innenseite seines Mantels wandern ließ. Dann verschwand der andere genauso unauffällig, wie er gekommen war.

Auch Pawel verließ die Aussichtsplattform, um in sein Hotel zurückzukehren. Es lag nicht weit entfernt vom Tivoli-Garten.

In der Penthousesuite des Hotels angekommen, öffnete er den braunen Umschlag und lächelte. *Routine,* dachte er im ersten Augenblick. Als er jedoch die Transfersumme auf dem Überweisungsträger las, stutzte er. Der Vorschuss war wesentlich höher als die Summen, die sonst auf sein Schweizer Bankkonto flossen.

Er blätterte die Unterlagen durch. Kein Foto, sondern Namen und Adressen. Und der Auftrag, eine Akte zu beschaffen und sie einem gewissen Konstantin Kollmann zukommen zu lassen.

Entgegen seiner Gewohnheit fragte er sich, weshalb ein Klient ein solch starkes Interesse an einer alten Ermittlungsakte hatte: ein Verbrechen, das als ungelöster Mordfall längst Geschichte war.

Üblicherweise erledigte er die Aufträge, ohne Fragen zu stellen. Den Kanälen, über die er an seine Auftraggeber kam, konnte er vertrauen. Die polnischen und russischen Kontaktleute wussten, dass er keine Spuren hinterließ; deshalb stand er hoch im Kurs. Wer war dieser Konstantin Kollmann überhaupt? Ob er der Sache nachgehen und den Klienten überprüfen sollte?

In den nächsten Tagen führte der Pole einige Telefonate, flog nach Düsseldorf und traf sich in einem Café in der Königs-Passage mit Benny Kretschmar, dem er Päckchen mit gebündelten Banknoten überreichte. Am selben Abend schlenderte er schon wieder durch die dunklen Gassen Roms.

Drei Tage später traf per Kurierdienst ein großer Umschlag ein. Er enthielt die Akten, die Konstantin Kollmann angefordert hatte. Ein Gerichtsdiener des Amtsgerichts Aachen hatte sie für Kretschmar kopiert, ebenso eine weitere Ermittlungsakte jüngeren Datums, nachdem Benny die Bedenken des Justizangestellten mit einer stattlichen Summe hatte ausräumen können. Bevor sie morgen an Konstantin Kollmann gingen, würde Pawel einen Blick hineinwerfen.

Er betrat die Terrasse der Penthousesuite und schaute über die Dächer dieser wunderbaren Stadt. Gierig sog er die klare Luft auf. Er genoss es, mit seinem geliebten Rom allein zu sein. Der bequeme Korbsessel war der ideale Platz, um sich in die alten Prozessakten zu vertiefen …

Seine Hände zitterten, als er die Akten beiseitelegte, und er starrte eine ganze Zeitlang ins Leere. Er war auf etwas völlig Unerwartetes gestoßen, und die Dokumente hatten sein bisheriges Leben völlig ins Wanken gebracht. Kubanek griff sich an die Stirn und massierte seine Schläfen. Erinnerungen flackerten auf, Bilder der Vergangenheit: der Umzug von seiner Geburtsstadt Warschau nach Russland, eine Kindheit ohne Hoffnung, der Hunger, die Kälte, die Einsamkeit.

Pawel Kubanek dachte an Moskau, an das Denkmal für Minin und Poscharski, das er so oft betrachtet hatte: eine Bronzeskulptur des Bildhauers Martos, die vor der Basilius-Kathedrale auf dem Roten Platz stand. An der Kremlmauer befand sich der Alexander-Garten. Plötzlich war er wieder ein Kind auf dem Schoß seiner Mutter, das dort mit ihr auf einer Bank saß. Während sie ihn an ihren warmen, weichen Körper drückte, um ihn gegen die klirrende Kälte zu schützen, erzählte sie ihm von seinem Vater und seinem Großvater, die eines Tages kommen und sie beide in ein warmes Haus bringen würden.

Ganz in der Nähe des Kreml und des Roten Platzes waren einige der ältesten Steinbauten des Kitai-Gorod, der Moskauer Altstadt, erhalten geblieben: Baulichkeiten des alten Zarenhofs, das Haus des Bojaren Romanow und die Annen-Kirche aus dem 15. Jahrhundert. Wenn er traurig und es besonders kalt war in Moskaus dunkelsten Gassen, schlichen sie sich in den alten Zarenhof. Dort erzählte seine Mutter ihm Geschichten von gläsernen Bergen und blauen Drachen, von Lebensbäumen und Mondblumen, von Talismanen und Tarnkappen, von Zauberern und Geistern, vom Feuervogel und der Regenbogenschlange, von weissagenden Träumen und dem Weg ins Himmelreich. Er lauschte ihren Worten, die ihn trösteten und ablenkten von dem nagenden Hunger, der seinen kleinen Körper ausmergelte.

Er tippte mit den Fingern einen nervösen Rhythmus auf dem Aktendeckel. Morgen würde er mit der Suche nach seinem wahren Ich beginnen und nach der Person fahnden, von deren Existenz er bislang nicht die leiseste Ahnung gehabt hatte.

Kapitel 2

München

Seit sechs Jahren litt sie nun schon unter diesen Gedächtnisstörungen, ein Zustand, dessen sich Anna Gavaldo immer dann bewusst wurde, wenn sie mit den Schatten der Vergangenheit konfrontiert wurde. Die Schatten kamen neuerdings in der Nacht vor einer Therapiesitzung und hatten immer die unscharfe Kontur jenes Mannes, der sie vor sechs Jahren in einem Kellerraum eingesperrt hatte. Aber sie erkannte ihn nicht und hatte keine Erinnerung an das Geschehen in diesem dunklen Raum.

„Retrograde Amnesie" nannte ihr Psychotherapeut dieses Krankheitsbild. Prof. Jörg Kreiler war nicht nur eine Kapazität auf dem Gebiet der Neurochirurgie, sondern genoss auch einen ebenso hervorragenden Ruf als Psychiater, und nicht zuletzt war er ihr Freund und besaß seit vielen Jahren Annas Vertrauen.

Heute drängten sich ihr die Schatten förmlich auf. Donnerstag, der 28. September 2006. *Jörg* − so stand es im Terminkalender: ein Schattentag.

Am Morgen war sie schon um halb sieben aufgestanden, hatte den Küchenschrank aufgeräumt und das Frühstück gemacht. Und nachdem Max mit ihrer sechsjährigen Tochter Kathi das Haus verlassen hatte, hatte sie im Badezimmer mit einem Schwung den Inhalt des Medikamentenschränkchens in den Abfalleimer gefegt und danach den Spiegel geputzt und gedacht: *Ich brauche das alles nicht mehr, nicht das Valium, nicht das Lexotanil, nicht das Aspirin und nicht das Trevilor.* Diese Pillen umnebelten nur ihr Hirn. Ihre Seele schützte sich durch das Vergessen jener grauenvollen Tage, die sie in der Gewalt eines Psychopathen verbracht hatte. Sie fühlte sich heute Morgen klar und frisch wie ein sprudelnder Wasserfall. Wozu also all diese Pillen?

Den traumatischen Erlebnissen war eine Zeit des Glücks gefolgt, das Glück, das ihr die Geburt ihrer Tochter schenkte, und eine Zeit der Zärtlichkeit, in der die Angst sich verflüchtigte. Auch das Studium an der Kunstakademie hatte ihr viel Freude bereitet, besonders seit sie nach ihrem Abschluss jeden Dienstag Zweitklässler unterrichtete. Außerdem war sie bereit für ein zweites Kind. Sie war richtig eifersüchtig auf den Babybauch ihrer Freundin Mathilda, die in wenigen

Wochen Zwillinge zur Welt bringen würde. Aber die Pillen würden kein heranwachsendes Wesen in ihrem Körper zulassen.

Anna seufzte. Warum hatte sie neuerdings dieses seltsame Gefühl, ihr Leben könnte entgleisen? Vielleicht, weil sie die Medikamente ohne Jörgs Zustimmung allmählich abgesetzt hatte. Ob ihr Körper und ihr Geist den Entzug nicht verkrafteten? Die Zwerge in der Schule hatten eine Antenne für ihre Stimmungsschwankungen. Die Kinder schauten sie hin und wieder mit seltsamen Augen an, besonders dann, wenn sie ihrer Lehrerin eine Frage stellten und keine Antwort bekamen. Es gab Momente, da hörte sie das Kinderlachen, die niedlichen Stimmen, aber sie hörte nicht, was die Kleinen sagten, sondern nur das Sausen in ihren Ohren.

Sie durfte die Vergangenheit nicht an sich herankommen lassen, und insbesondere durfte sie Max nicht mit ihren Hirngespinsten belasten – ihren Mann mit dem energischen, scharf geschnittenen Gesicht, den intelligenten dunkel-braunen Augen; Max, der Geist und Körper immer unter Kontrolle hatte. Er hatte genug um die Ohren, sie durfte ihn nicht belasten. Nach dem Tod seiner Eltern, die vor drei Jahren bei einem Autounfall ums Leben gekommen waren, hatte er die Leitung des Mailänder Pharmakonzerns Biocell übernommen und ihr zuliebe die Verwaltung nach München verlegt. Die Produktionsstätte der gentechnologisch hergestellten Pharmaka befand sich nach wie vor in Mailand, doch Max spielte mit dem Gedanken, sie nach Polen zu verlegen.

Schade, dass Max und Jörg sich nicht so gut verstanden. Jörg war nur selten Gast im Haus, denn Max mochte ihn nicht besonders.

Sie lächelte. Vielleicht war ihr Ehemann eifersüchtig auf diesen attraktiven Arzt, der damals ihrer Schwester Katharina den Kopf verdreht hatte. Aber Jörg hatte ihr geholfen, vielleicht auch deshalb, weil er mit ihrer Schwester befreundet gewesen war, bevor sie ums Leben kam. Oder vielleicht, weil sie ihn an Katharina erinnerte.

Jörg Kreiler war ihr Psychiater, ihr Anker und ihr Freund. Er brachte sie dazu, sich wirklich gut zu fühlen und sich den Dämonen ihrer Träume zu stellen, die ihr ständig auflauerten; mit seiner Hilfe würde sie sie vertreiben, und ab sofort auch ohne Psychopharmaka. Heute würde sie nicht den Wagen nehmen, ihr war nach S-Bahn zumute.

Als sie den Eingangsschacht der S-Bahn-Station hinunterging, wehte ihr von der Treppe ein Geruch verborgener Orte entgegen, modriger Untergrundstaub, den die Dunkelheit verströmte und der sie an den Raum erinnerte, in dem Jakob sie vor Jahren eingeschlossen hatte. Nur allzu gut erinnerte sie sich an den unheilvollen Klang seiner Stimme. Ihr Körper nahm immer wieder feinste Anpassungen vor, glich jede Veränderung ihres Geistes in Geschwindigkeit und Richtung aus, wenn Erinnerungen wie Blitze aufzuckten. Und wenn sich ihr Gehirn aus Jakobs frostiger Umklammerung befreite, gab es jedes Mal einen Moment, in dem ihr Kopf sich absolut rein anfühlte. Das war den Schmerz der Erinnerung wert – dieses Gefühl, diese süße, verschwommene Erlösung.

Einmal hatte sie ihre Freundin Mathilda gefragt, ob sie dieses Gefühl kenne, ob sie wisse, was sie meine, aber sie hatten ihr nur einen eigenartigen, besorgten Blick geschenkt und sich später sogar über ihre Frage lustig gemacht.

Nicht so Jörg Kreiler. Der verstand sie vollkommen.

Jörg Kreilers von einem kleinen Eichenbestand abgeschirmte Villa, in der die privaten Praxisräume untergebracht waren, befand sich am oberen Ende der Rudliebstraße.

Als Kreiler die Klingel hörte, fuhr er auf. *Anna!*

Er holte tief Luft und atmete aus, dann ging er zur Sprechanlage. Er wusste, dass sie es war, aber er wusste auch, dass die Form gewahrt werden musste.

Er sprach in das Metallgitter. „Ja?"

Die Antwort folgte fast augenblicklich, hell und melodisch. „Ich bin's, Anna. Hallo, Jörg. Anna hier."

Er hörte ihrem Tonfall an, dass sie ihre Medikamente nicht genommen hatte.

„Du bist pünktlich auf die Minute", entgegnete er. „Komm herein."

Er wartete neben der Tür, hörte ihre Schritte auf den steinernen Treppenstufen, ein leises Klack–Klack–Klack, das lauter und lauter wurde, bis plötzlich nichts mehr zu hören war. Als er öffnete, machte Anna einen Schritt zurück, verblüfft über das abrupte Öffnen.

„Mein Gott, hast du mich erschreckt!" Dann lächelte sie, entspannte sich und trat ein.

Er hielt einen Moment inne und musterte sie von oben bis unten, bemüht, nicht allzu aufdringlich zu erscheinen. Es fiel ihm schwer, sie nicht zu umarmen.

Anna legte die Stirn in Falten. „Jörg, ich muss mit dir reden."

„Deswegen bist du ja hier. Setz dich doch."

„Mir ist etwas Merkwürdiges passiert. Es geschah, als ich heute Mittag auf dem Weg zur Schule war. Ich wollte Kathi abholen. Es war doch heute ein ganz gewöhnlicher Tag. Ich ging die Straße entlang, und alles war wie immer. Ich dachte an nichts Besonderes, nur an Entscheidungen und Termine und was ich als Erstes erledigen müsste, als ich plötzlich die Stimme eines Mannes hörte."

„Was sagte er?"

„*Ich liebe dich, Anna.* Es war seine Stimme, Jörg. Ganz sicher. Es war Jakobs Stimme." Tränen standen in ihren Augen.

Er beugte sich näher zu ihr. „Was hast du dann gemacht?"

„Ich blieb stehen. Ich weiß nicht mehr, ob ich mich tatsächlich umdrehte oder nicht, aber ich sah – nein, ich sah es nicht, ich spürte es irgendwie ... Es hat keinen Sinn, ich kann es nicht genau beschreiben, aber ich hatte dieses ungeheuer starke Gefühl – nein, mehr als das, ich *wusste* es. Er war neben mir. Jakob stand neben mir, sah mich an und lächelte. *O Anna,* sagte er, *ich habe dich wirklich lieb.*"

„Und was hast du dabei empfunden?"

„Zunächst gar nichts, aber dann sagte er: *Es ist ein wundervolles Gefühl. Glücklich, stolz, erhaben ...*"

„Was hast du geantwortet?"

„Ich antwortete: *Ich hab dich auch lieb.*" Sie brach in Tränen aus.

Er reichte ihr Papiertaschentücher und nahm ihre Hand. Er musste sich beherrschen, sie nicht in den Arm zu nehmen und sie zu küssen. „Und dann?"

„Dann klickte es in meinem Kopf, und alles war wieder beim Alten. Ich dachte, das kann nicht passiert sein. Ich glaube nicht an Gespenster, und Jakob lebt nicht mehr. Er ist seit sieben Jahren tot, erschossen von Benedikt van Cleef." Sie putzte ihre Nase und fuhr fort. „Manchmal sitze ich in einem Café an der Theke, doch ich achte nicht auf die Menschen und den Lärm um mich herum. Ich trinke meinen Kaffee aus, diesen lauwarmen und bitteren letzten Schluck in der Tasse, dann greife ich nach einer Zeitschrift, die auf dem Tresen vor mir liegt, und erlebe Ähnliches. Ich blicke in den Spiegel hinter dem Tresen und sehe ihn."

„Versuch mir deine Gefühle zu erklären. Was, glaubst du, könnte es bedeuten, wenn du mir sagst: *Es war ein wundervolles Gefühl. Glücklich, stolz, erhaben?*"

„Ich glaube, meine Erinnerung kehrt zurück. Ich habe Angst davor und weiß nicht genau, was sie bei mir auslösen könnte. Vielleicht stürze ich ab."

„Es gibt Menschen in deinem Leben, die dich auffangen werden."
Er tupfte die Tränen von ihrem Gesicht.

Anna beruhigte sich ein wenig. „Du auch?", fragte sie schelmisch.

„Ganz besonders ich. Aber so weit sind wir noch nicht."

„Ich möchte dich etwas fragen. Wäre es hilfreich, mir die Aufnahmen von damals zu zeigen? Wenn du Benedikt van Cleef um die Tatortfotos bitten würdest, wird er sie dir zukommen lassen."

„Und du möchtest sie mit mir gemeinsam ansehen?"

„Ja", flüsterte sie.

„Was hält Max von dieser Idee?"

„Er weiß nichts davon, und das ist auch gut so."

„Warum?"

Jörg hatte das Gefühl, sie könne jeden Moment erneut in Tränen ausbrechen.

„Jakob benutzte den Namen meiner Schwester, den ich unserer Tochter gegeben habe. Kathi-Katharina, die Glückliche, die Stolze, die Erhabene."

„Du glaubst immer noch, Kathi ist Jakobs Tochter?"

„Ja."

Erneut nahm er ihre Hand. „Anna, der Gentest war eindeutig. Max ist Kathis Vater."

„Vielleicht wurde der Test manipuliert."

Er sehnte sich danach, sie in den Arm zu nehmen, sie zu trösten und ihr zu sagen: *Jakob ist tot. Mausetot.*

„Und da ist noch etwas. Manchmal glaube ich, dass er mich Katharina nennt. Und dann habe ich das Gefühl, ich bin Katharina und nicht Anna …"

Kreiler stand am Fenster und blickte ihr nachdenklich hinterher, als sie rasch in Richtung S-Bahn-Station ging. Seufzend setzte er sich an seinen Schreibtisch und schaltete das Diktiergerät ein.

„Heute ist Donnerstag, der 28. September 2006, sechzehn Uhr. Anna Gavaldo war in meiner Praxis …"

Aber da meldete sich sein Piepser, und dreißig Minuten später stand er am OP-Tisch, um einem Patienten mit einer frischen Hirnblutung das Leben zu retten.

Erst gegen Mitternacht, zurück in der Villa, konnte er seinen Gedanken freien Lauf und das Gespräch mit Anna Gavaldo Revue passieren lassen.

Mit den angewandten Psychoanalysen der vergangenen Wochen

hatte er in ihrem Gehirn einen Prozess in Gang gesetzt, den er in seinen kühnsten Träumen nicht für möglich gehalten hätte.

Er hatte schon häufiger versucht, sie zu verstehen, dabei aber festgestellt, dass er sie nur schwer erreichen konnte. Er wusste, dass ihr Trick des Abtauchens nur dem Eigenschutz diente, da sie sehr sensibel und verletzbar war. Sie scheute offene Auseinandersetzungen, selbst wenn sie völlig harmlos waren. Anna ließ Gefühle seit jenen Ereignissen nicht mehr nach draußen. Ihre Scheu, der nackten Wahrheit ins Gesicht zu sehen, ließ ihre Phantasie gedeihen. Sie lebte manchmal sogar völlig in einer Traumwelt, bis sie vom Alltag wieder eingeholt wurde.

Ihre Schwester Katharina war da ganz anders gewesen. Sie war ein sinnlicher Mensch und – wie er – allen schönen Dingen des Lebens zugetan. Sie war eine Genießerin, hatte Geschmack und hatte als Krankenschwester hart gearbeitet. Geduld war ihre Stärke, doch manchmal konnte das bei Katharina auch in Sturheit ausarten. Sie hatte sich immer gerne Zeit gelassen und wollte ihren eigenen, natürlichen Rhythmus finden.

Sie war keine Träumerin wie Anna, sie konnte sehr realistisch sein, deshalb war Katharina für ihn der Fels in der Brandung gewesen, an dem er sich orientiert hatte. Auch er strebte nach Besitz und Sicherheit. Katharina war sein Eigen gewesen, und er hatte sie nie mehr hergeben wollen.

Katharina ... Wenn seine Gedanken sie umkreisten, legte sich die Einsamkeit wie ein schweres Tuch auf ihn und erinnerte ihn an jenen schicksalsträchtigen 27. Oktober 1995, der ihm bewusstgemacht hatte, dass er seit Katharinas Ermordung aufgehört hatte zu leben.

Er biss die Zähne zusammen und atmete langsam und konzentriert durch. Dann drückte er die Zigarette im Aschenbecher aus, ging ins Schlafzimmer, öffnete die Schublade seiner Kommode und nahm Katharinas Glasperlenkette heraus, die Anna ihm vor Jahren geschenkt hatte. Sie war zerrissen. Er hielt die kleinen Kugeln lose in der Hand und ließ sie durch seine Finger gleiten.

Die Geister der Vergangenheit hatten noch immer Macht über ihn. Er hatte beim Anblick von Katharinas Leiche alles verloren. Warum musste sich ihr Mörder Jahre später ein neues Opfer suchen und sich ausgerechnet an ihrer Schwester Anna austoben? Sie wäre damals beinahe unter seinen Händen gestorben. Wenigstens hatte er ihr Leben retten können. An diese tröstliche Tatsache klammerte er sich so lange, bis sein Alter Ego ihn hämisch auslachte. Was für eine durchsichtige Verdrängungsstrategie!

An Schlafen war nicht zu denken. Er litt an Schlaflosigkeit, die seine Wahrnehmung allmählich auch tagsüber trübte. Und sobald er eindöste, sah er heute wie damals immer wieder in schauderhafter Deutlichkeit Katharinas zertrümmertes, in einer Blutlache liegendes Gesicht. Daran hatte sich nichts geändert, auch nicht, nachdem er Anna das Leben gerettet hatte. Dieses halluzinatorische Bild wirkte echt bis in die Details, selbst den Stoff ihrer Bluse oder die Form des Blutflecks hätte er genau beschreiben können.

Um die quälenden Gedanken loszuwerden, versetzte er sich in Trance und regredierte sich mit aller Kraft in eine bessere Welt: tropische Sonnenuntergänge in der Karibik, wo von dunkelgrünen, fleischigen Blättern der Regen tropfte und die Lianen bis auf den Boden hingen. Ein Papagei flatterte krächzend davon, Katharina berührte ihn. Sie sagte mit dieser sanften Stimme, die ihn so erregte, dass sie verrückt nach ihm sei, nach seinem Haar, nach seinem Mund, nach seinem Lachen, seinem Körper ...

Er drehte sich auf die Seite und klemmte die dünne Bettdecke zwischen die Knie. „Katharina ...“

Endlich übermannte ihn der Schlaf.

Kapitel 3

Italien, Costa Smeralda

Anna streckte genießerisch ihre Nase in den kühlen Wind. Sie fuhr auf der Straße nach Porto Cervo. Der Fahrtwind roch wunderbar frisch und rein. Wie in einer Projektionstrommel zogen Tausende mit Margeriten bewachsene Grashügel und riesige Flächen von Zwistrosen mit ihren aufdringlich weißen Blüten an ihr vorbei, gefolgt von Strohblumenfeldern und feuchten Tälern voller Erdbeerbäume, Erika und Oleander.

Anna holte tief Luft und sah im Rückspiegel zu ihrer Tochter. Kathi war auf dem Kindersitz eingeschlafen.

Jedes Jahr verbrachten sie im Herbst eine Woche in ihrem Haus an der Liscia di Vacca. Max hatte es vor Jahren erworben. Die Villa war mit architektonischem Feingefühl in die faszinierende Landschaft eingebettet worden und umgeben von einer prächtigen Parkanlage; eine Oase der Ruhe und ein Platz, an dem ihre Tochter ihren Spieltrieb ausleben konnte.

Manchmal dachte Anna dabei an ihre eigene Kindheit und an ihren Großvater, der wunderbare Geschichten erzählen konnte. Er hatte ihr so wichtige Dinge beigebracht wie Toleranz, Großzügigkeit und Anstand, die Neigung zur Musik, Kunst und Literatur und die Bedeutung einer Freundschaft. Das Wichtigste aber war, dass er sie lehrte, dass man nur sich selbst gehörte.

Eine Ewigkeit war seitdem vergangen. Sie war früher so fröhlich und unkompliziert gewesen, bis dieses Schwein ...

Ich muss unbedingt etwas unternehmen, dachte sie. Max hatte darauf bestanden, schon diese Woche nach Italien zu fahren. Die Luftveränderung würde ihr guttun und sie auf andere Gedanken bringen, aber die Abgeschiedenheit hatte ihr nicht die ersehnte Erholung gebracht. Vielleicht hätte sie ein wenig Abwechslung aufgemuntert, aber im Ort gab es außer einem winzigen Lebensmittelladen, einem Fischhändler und einem Metzger nichts, was dieses Bedürfnis hätte befriedigen können, und die kleine, direkt neben der Kirche liegende Bar mochte vielleicht für die Einwohner eine Attraktion sein, für sie jedenfalls nicht.

Es gab kein größeres Vergnügen, als mit Kathi auf den Spielplatz zu gehen oder im Meer zu baden, aber in dieser ersten Urlaubswoche war alles anders geworden, nachdem sie mit Max und Kathi zum ersten Mal die Bar betreten hatte. Vielleicht lag es daran, dass an der Wand über der Theke das große Bild eines Erzengels hing, der mit seinem Schwert einen am Rand der Hölle liegenden Dämon niederstach. Vor dem Bild flackerte eine Kerze in einem roten Plastikbehälter.

Sie verschwieg Max, dass diese Augen Erinnerungssequenzen in ihr wachriefen. Der Dämon hatte stechende schwarze Augen wie der Mann in ihren Träumen, der sie in dem kalten, dunklen Raum so sehr gequält hatte. Jakob ...

Sie blickte wieder in den Rückspiegel und betrachtete kurz ihre Tochter, die am Daumen nuckelte. *Seltsam,* dachte sie. Kathi liebte es besonders, in diese Bar zu gehen und sich wie die Dorfbewohner auf den Barhocker zu setzen, dabei ein Eis zu schlürfen und dieses Bild anzustarren.

„Was fasziniert dich bloß daran? Es ist so grausam ...", flüsterte Anna und erschauderte.

„Ich mag diese Bar nicht", hatte sie zu Max gesagt. „Zu viele Dämonen an der Wand."

Doch er hatte nur gelacht und sich über sie lustig gemacht. Es gäbe keine Dämonen, sagte er und suchte von da an gelegentlich allein die Bar auf, um meistens erst nach Mitternacht beschwipst heimzukehren.

Seine sonst so messerscharfen und raschen Rückschlüsse, die sie immer bewundert hatte, versagten hier, obgleich sie sonst so unerwartet wie Gedankenblitze kamen und immer eine fundierte logische Basis hatten, mit der er Probleme löste. Ja, das war es, was so besonders an ihm war. Aber bei ihr setzte sein Verstand aus. Er hatte keine Ahnung, welche Abgründe sich plötzlich auftaten.

Sie musste einen klaren Kopf bewahren und nicht immer sofort aus dem Häuschen geraten, wenn für den Bruchteil einer Sekunde eine Erinnerung aufblitzte wie vorhin.

Sie hatten im Ort einen Segler getroffen, der manchmal den kleinen Hafen ansteuerte und mit dem Max an einigen Abenden in der Bar ein Glas Rotwein trank. In der Bar hatte sie ihn „Jakob" genannt.

„Sie verwechseln mich, Frau Gavaldo", hatte er geantwortet.

Plötzlich war es still geworden in der Bar, der Raum hatte seine physischen Eigenschaften verändert, und es schien, als verlöre er seine Substanz. Alle hatten sie angestarrt. Sie hatte Kathi an die

Hand genommen und war mit ihr eilig zum Auto gerannt. Das arme Kind war ganz verwirrt gewesen und hatte vor Schreck sein Eis auf den Boden fallen lassen.

Wie konnten Kathi, Max und die Bewohner des Dorfs auch wissen, dass Jakob sie noch immer verfolgte, sie beobachtete und sich womöglich noch immer in diesem Haus aufhielt; vielleicht in seinem mit den Zeichen des Todes übermalten Kellerraum oder im Dachgeschoss mit dem großen Bogenfenster. Wenn Erinnerungssequenzen sie in diese Räume führten, was bedeutete das? Nein, sie wollte nicht darüber nachdenken.

Nach Kathis Geburt hatte sie sogar geglaubt, dass die Zeit allmählich die Wunden heilte, auch weil der Tod durch neues Leben verdrängt worden war. Aber es gab hier in Italien zu viele Nächte, in denen sie kerzengerade und schweißgebadet im Bett saß.

Seltsam, dachte sie, Jörg hatte sie von Anfang an vor der Flüchtigkeit des Erinnerns gewarnt. Was würde er zu dem Dämon sagen? Warum wurde sie gezwungen, in die Augen dieses Ungeheuers zu schauen? „Während du dabeisitzt und dein Eis schlürfst", sagte sie zornig und blickte in den Rückspiegel.

Kathis dunkle Augen musterten sie mit einem seltsamen Blick.

Plötzlich raste ihr Herz. „Hast du ausgeschlafen, Schätzchen?"

Kathi nickte. „Mit wem sprichst du da, Mami?"

„Ach, weißt du, manchmal denken Erwachsene einfach nur laut."

Kathi schien mit der Antwort zufrieden zu sein und sah durchs Seitenfenster. „Mami?"

„Ja, Kleines?"

„Stehst du auf Papi?"

„Äh, ja."

Kathi nickte zufrieden. „Gut. Papi steht auch auf dich."

Anna hob die Augenbrauen. „Hat er dir das erzählt?"

„Nein."

„Woher weißt du das denn?"

„Ich weiß es. Ich bin klug", antwortete Kathi.

„Aha."

„Papi hat gesagt, du bist toll."

„Hat er?" Anna errötete unter dem prüfenden Blick ihrer sechsjährigen Tochter.

„Ja", bestätigte das Kind.

„Gut."

„Und warum hast du dann Angst?"

Anna erstarrte und trat auf die Bremse. Ihr Blick verschleierte sich, sie schloss die Augen. In Gedanken stieg Nebel hinter den Grashügeln auf. Er verwandelte die saftigen Wiesen in geisterhafte Weiden, zog über die Zwistrosen hinweg und umhüllte den Wagen. Der blaue Himmel war jetzt grau. Von weitem ragte ein Baum mit Hunderten von Krähen darauf gespenstisch empor.

Sie öffnete die Augen und lockerte den Sicherheitsgurt, dann drehte sie sich langsam um und starrte ihrer Tochter direkt in die Augen.

Das Mädchen war ein schönes Kind, mit seinen dunklen Locken, den großen dunklen Augen, einer feingezeichneten Nase und vollen Lippen. Und dennoch fragte sie sich, ob Jakobs Brut aus der Hölle in den Kindersitz geschlüpft war.

Sie bildete sich ein, dass das Kind sie anlächelte und ihr zärtlich übers Haar strich, doch beim Anblick des kleinen fremden Wesens empfand sie Angst und Zorn. Trieb die kleine Furie sie in den Wahnsinn? Das würde sie nicht zulassen. Sie war eine Heldin. Jakob hatte ihr das immer wieder ins Ohr geflüstert und ihr gesagt: *Heldinnen töten, oder sie werden getötet.* Sie würde überleben. Nichts würde sie davon abhalten, auch nicht diese kleine Bestie im Kindersitz.

In ihren Schläfen begann es dumpf zu pochen. Die Gegenwart holte sie wieder ein. Leise verließ sie in Gedanken die geisterhaften Weiden. Der Nebel lichtete sich, und der Himmel erhielt sein strahlendes Blau zurück. Sie glaubte, aus der Ferne das Wimmern eines Babys zu hören, und kam zur Besinnung, gerade rechtzeitig.

Ihre Tochter schluchzte heftig und versuchte, sich aus dem Kindersitz zu befreien. „Mami! Mami!" Tränen rannen über Kathis Wangen, und sie streckte verzweifelt die Arme nach ihr aus.

„Meine Kleine. Warum weinst du denn?", fragte sie betroffen.

„Du hast so komisch geguckt, Mami. Ich habe Angst."

Sie stieg rasch aus, löste den Sicherheitsgurt des Kindersitzes und umarmte ihre Tochter. „Du musst keine Angst haben, Kleines. Alles ist in Ordnung."

Kathi sah sie mit großen Augen an. Noch immer kullerten Tränen über das kleine Gesicht. „Wirklich?"

„Ja, Schätzchen", flüsterte Anna und wiegte das Mädchen sanft hin und her, bis es sich beruhigte.

Wenig später fuhr sie weiter. Ihr Kopf dröhnte, ihr Herz schlug bis zum Hals. Dass sie raste, merkte sie gar nicht. Sie blickte in den Rückspiegel. *Jakob hat mal wieder die Zähne gefletscht,* dachte sie.

„Was meinst du, Kleines. Wollen wir heute Abend Onkel Jörg anrufen?"

Kathi nickte und lächelte.

Kapitel 4

München

Es war ein sonniger Tag; eine Frühlingsbrise streichelte seine Haut, und doch fühlte sich die Luft schwer wie Eisen an.

Als Konstantin Kollmann am Abend die halbe Meile bis zum Kleinhesselohersee joggte, glaubte er, gegen die Last glücklicher Tage ankämpfen zu müssen, und er dachte unwillkürlich an das Sprichwort, nach dem nichts schwerer zu ertragen war als eine Reihe guter Tage.

Vom Joggen heimgekehrt, riss er als Erstes den großen Umschlag auf, den er gestern mit der Morgenpost erhalten hatte. Außer den alten Prozessakten enthielt er eine Notiz mit Informationen, auf die er gewartet hatte. Zögernd löste er den Knoten der braunen Kordel und klappte den Aktendeckel auf.

Sein Blick verdunkelte sich, als er die vor ihm liegenden Dokumente durchblätterte: Maryam Krasinski, ehelicher Sohn einer polnischen Landarbeiterin und eines deutschen Arbeiters, wurde im Alter von achtzehn Jahren am 16. Oktober 1944 hingerichtet. So stand es zumindest im Protokoll.

Er zitterte plötzlich und hatte das verängstigte Kind vor Augen, das viele Jahre später – am Abend des 20. Juli 1971 – im Haus in der Ludwigsallee 25 in Aachen aus dem Schlaf gerissen worden war.

Die Männer, die damals in das Haus seines Großvaters eingedrungen waren und den ehemaligen Richter auf bestialische Weise getötet hatten, waren zweifellos am Leben gewesen.

Er hatte sich in jener mörderischen Nacht ihre Vornamen eingeprägt. Ihre Sprache hatte er nicht verstanden, ihre Namen schon. Dieses Wissen behielt er für sich. Auch in den darauffolgenden Tagen verharrte er während der polizeilichen Vernehmung in Schweigen. Schließlich gaben die ermittelnden Beamten auf und führten sein Verhalten auf das durchlebte Trauma zurück.

Er wollte nicht, dass diese Männer gefasst wurden. Sie könnten gegenüber der Polizei die Schande erwähnen. Die Scham, versagt oder sich eine Blöße gegeben zu haben, diese quälende Empfindung wollte er mit niemandem teilen. Deshalb hatte er die Filmkassette aus dem Rekorder genommen und geschwiegen. Nur seiner Mutter vertraute er sich zwei Tage nach der Ermordung seines Großvaters an, und sie schworen einander, für immer zu schweigen. Jahre später begann er mit seinen Recherchen und beauftragte unzählige Detekteien im In- und Ausland mit der Suche nach den Männern und ihrem Anführer. Sie kosteten ihn ein Vermögen.

Die Mörder seines Großvaters hatten Spuren hinterlassen: An dem Abend war das Wort *Malinka* gefallen. Er fand heraus, dass Malinka eine ehemalige polnische Widerstandsorganisation war und die Mörder ehemalige Mitglieder waren. Heute, fünfunddreißig Jahre später, wusste er, wo sich jeder Einzelne von ihnen aufhielt. Sogar den Anführer hatte eine Detektei ausfindig gemacht. Den, von dessen Hinrichtung diese Akte berichtete.

Auf eine Menge Fragen hatte er Antworten gefunden, aber jede Antwort warf noch mehr Fragen auf, die ihm vorher nie in den Sinn gekommen wären, besonders seit die Erinnerungen ihm den Schlaf raubten und ihn zu dem machten, was er war: skrupellos und von einer Kälte, die ihn selbst erschreckte.

Stets begleiteten ihn eiskalte Träume oder mörderische Erinnerungen an die unvergesslichen Abende, an denen er seinen Großvater besucht und mit ihm Rommé gespielt hatte, um seine Stärke, seine Schnelligkeit, überhaupt seine ganze Persönlichkeit mit ihm zu messen. Er lebte vom Lob und vom Beifall des *Richters,* wie die Nachbarn ihn nannten, dort draußen auf der Veranda hinter dem alten Haus.

Der Großvater zeigte ihm nach dem Spiel die Kisten auf dem Dachboden, die zahlreiche Papiere enthielten, und erzählte ihm Geschichten von Menschen, die ihm ihr Leben verdankten. Dabei legte der alte Mann den Arm um seine Schulter. Er bemerkte die Anziehungskraft und die Grausamkeit dieser grauen Augen; eine primitive Geilheit, die den betörenden Duft der am Dachfenster wild emporrankenden Rosen vernichtete und den Mond zitternd schillern ließ, eine blasse Scheibe unten im Weiher.

Er hatte die Lippen des Alten gespürt, wie sie an seinem Hals saugten, die herumrührende Zunge in seinem Mund, eine streichelnde Hand an seinen Genitalien, die andere hielt ihn fest, unerbittlich. Irgendwann drang der alte Mann in ihn ein. Dabei entging ihm natürlich die Veränderung in seinem Enkelkind, die Schauer einer mörderischen Wut, ein Schrei, ein Junge, der von den Fängen eines Falken durchbohrt und durch die Luft davongetragen wurde.

Oft erwachte er heute aus seinem eiskalten Schlaf; immer waren es die Schreie und das Stöhnen des Spätsommers, jener hitzigen

Nächte nach dem verlorenen Kartenspiel, und er, in den Fängen seines Großvaters. Damals war er fünf Jahre alt gewesen.

Unzählige Male hatte der Richter sich in den darauffolgenden Jahren, während er schlief, aus dem Staub seines Grabes erhoben, um ihn auf dem Dachboden zu missbrauchen, immer und immer wieder. Die Gewalt des Richters, der sein Großvater war, hatte ihm seine Kindheit geraubt und ihn besudelt. Sie schlug tiefe Wurzeln in seinem Herzen, sie kannte weder Blüte noch Erntezeit, weder Frühling noch Winter, sie war immer reif, immer frisch.

Er seufzte. Die Prozessakte war vom vielen Durchblättern ziemlich zerfleddert, die Seiten waren zerknittert und an den Rändern ausgefranst, an der rechten unteren Ecke befand sich ein bräunlicher Kaffeefleck. Aber das war gleichgültig. Seine Zeit war gekommen.

Die Hirnoperation eines zwielichtigen Privatpatienten hatte ihm die Lösung gebracht: die Kontaktadresse eines Auftragskillers. Für diesen Hinweis hatte er sogar auf sein Honorar verzichtet.

Der Mann, der sich der Pole nannte, hatte erste Anweisungen erhalten und war bereits auf dem Weg nach Essen.

Kapitel 5

Salzburg

Jörg Kreiler wachte auf der Wohnzimmercouch in seinem Ferienhaus auf, ihr Lächeln vor Augen. Irgendwo draußen am Stadtrand von Salzburg stromerte die Nacht herum. Noch immer hielt er die Aufnahmen in der Hand, die heute mit der Post gekommen waren.

Seit Wochen hatte er auf diesen Moment gewartet. Die Aufnahmen von ihr und dem Kind, einem sechsjährigen Mädchen, lächelnd, schwarze Locken, dunkle Augen. *Diese Augen,* dachte er, *haben etwas Unergründliches.* Plötzlich kam ihm Annas Peiniger und Katharinas Mörder in den Sinn: der Arzt Nicolas Giacomo Corelli, der sich Jakob nannte, wenn er seinen Perversionen nachging. Er war nur ein armseliges krankes Müttersöhnchen gewesen, das reihenweise junge Frauen umbrachte, die seiner Mutter glichen. Corelli hatte Katharina schon als Kind im Visier gehabt. Niemand hatte Verdacht geschöpft, weil Katharina mit Corellis Adoptivsohn Severin befreundet war. Sie war das unbeschriebene Blatt, das Corelli mit seinen Wünschen und Vorstellungen füllte, bis Katharina sich in ihn, Jörg Kreiler, verliebte. Corelli hatte sie dafür mit dem Tod bestraft. Aber warum musste sich dieses Schwein später auch noch auf die heranwachsende Anna stürzen? Ganz klar, weil sie ihrer Schwester glich.

Er ertappte sich neuerdings dabei, dass tief in seinem Inneren Verständnis für dieses Motiv aufflackerte. Jakob hatte Katharina begehrt, und in Anna hatte der Bastard nur Katharina gesehen. Diese verdammte Ähnlichkeit machte auch ihm zu schaffen.

Er starrte auf die Fotografie. Das waren nicht Max' Augen im Gesicht des Mädchens!

Schon der bloße Gedanke an Annas Ehemann ließ ihn wütend werden. Max, der ihr nur das unangenehme Gefühl des Nicht-ausgefüllt-Seins brachte. Er war der Inbegriff der Eintönigkeit, der Ödnis, ein entsetzlicher Langweiler, der diese Frau nicht verdient hatte.

Nie würde er sie verstehen, denn Anna war keine turbulente Aktienkurve. Sie verkörperte die Leichtigkeit des Tanzes und drückte das Gefühl der Sehnsucht nach Liebe aus. Aber sie hatte Sicherheit gesucht, finanzielle Sicherheit. Ihre Eltern waren alles andere als vermögend gewesen. Das prägt einen Menschen. Nur kein Risiko eingehen.

Mein Gott, wie naiv! Emotionale Abenteuer, Leidenschaften, rauschende Sinnlichkeit, nichts wusste sie davon! Nichts! Könnte er ihr doch sagen, dass sein Haus in ihrer Abwesenheit in Schweigen verfiel, obwohl er dennoch die Nähe von etwas spürte, einen Geist, den Gedanken an Feuer, das drohte, ihn zu verzehren. Die Erinnerung an Katharinas festen Körper, ihre Bewegung, wenn sie das Licht löschte, bevor sie sich liebten …

Er kratzte sich den Oberarm auf und starrte auf die blutige Spur.

Warum blieb Anna bloß bei diesem gestylten Nadelstreifenhänfling? Er wusste sie doch nicht zu lieben. Nicht mit einer Begierde wie die seine, die immer heftiger wurde, immer tiefer, die sich verausgabte. Max' Gleichgültigkeit war nur grauenvoll. Er verschwendete keinen Gedanken an ihren Körper, ihre Haut, ihre Seele.

„Aber ich, ich schreie nach dir, Anna", flüsterte er. „Anna, hörst du? Komm, lass mich fliegen mit dir. Abheben von allem."

Er zitterte jetzt am ganzen Körper. Katharina war so reizvoll, so außergewöhnlich, faszinierend schön und so ausgesprochen weiblich gewesen. Mit Geduld, aber auch mit Entschlossenheit hatte er sie umworben. Auch Anna war bildschön. Die Ähnlichkeit zu ihrer Schwester verblüffte ihn immer wieder aufs Neue.

Aber Anna war feminin, romantisch, sanft und zerbrechlich, eine bezaubernde Träumerin, fast als wäre sie gerade einem Märchenbuch entstiegen. Ihre Schönheit war zart und elfenhaft. Lachen und Weinen lagen bei ihr oft nahe beieinander, da sie sehr gefühlvoll war und rasch auf äußere Einflüsse reagierte.

Seine Finger glitten zart über das Gesicht auf dem Foto, das ihn anlächelte: Katharina in anderer Gestalt. Niemand wusste etwas von seiner Qual, nicht mal Anna selbst.

Die Zeit der Umsicht war vorbei. Er würde sie bald wiedersehen, in fünf Tagen, in einer Woche, jedenfalls bald, in München oder in dem Haus am Meer; im Bikini am Pool, in Schlauchtop und kurzem Rock, in einem Kleid, schimmerndes Azurblau im Spiel des Sonnenlichts.

Er brauchte frische Luft und ging hinaus. Die Straße war menschenleer. Noch einmal betrachtete er im Licht der Straßenlaterne ihr Foto. Anna sah fröhlich aus, und das verwirrte ihn noch mehr. Angewidert warf er es auf den Boden und zertrat es im Straßenschmutz, setzte sich darauf und weinte.

Noch immer glaubte er, Katharina an einem der Fenster im oberen Stockwerk ihres Hauses zu sehen. Ihre blauen Augen strahlten, und sie winkte zu ihm herab, ihr blondes Haar war zur Seite gebürstet.

Nach all den Jahren war er immer noch nicht frei. Anna war in sein Leben getreten und hatte wieder alles aufgewühlt, die Trauer, die Verzweiflung, die Vergeblichkeit, die Tränen und … die Liebe.

Kapitel 6

Essen – Freitag, 6. Oktober 2006

Während der zwanzig Jahre, die Sedar Biljano im Essener Stadtteil Kettwig wohnte, war die Ruhrbrücke zu seinem Lieblingsplatz avanciert. Von hier hatte der zweiundsiebzigjährige Mann in dem braunen Wollmantel, der schon bessere Zeiten gesehen hatte, einen wunderschönen Blick auf das mittelalterliche Fachwerkhaus-Ensemble der Kettwiger Altstadt mitsamt der Evangelischen Marktkirche oberhalb des Mühlengrabens, eines ehemaligen Seitenarms der Ruhr. An diesem Vormittag tat die herbstliche Sonne ein Übriges und schenkte dem märchenhaften Panorama seine schönsten ockergelben und rotgoldenen Farben. Die alte Steinbrücke aus dem Jahr 1786 führte über die idyllische Teichanlage, und fast hatte er den Eindruck, im Mittelalter zu sein.

Auf den gut ausgebauten Wanderwegen in Richtung Essen-Werden herrschte reger Betrieb. Auch Sedar war heute Morgen den Promenadenweg bis zur Ruine Kattenturm entlanggegangen und hatte im nahe gelegenen Ausflugslokal einen Kaffee getrunken. Aber den Heimweg hatte er mit einem Ausflugsboot der Weißen Flotte angetreten, das direkt am Ruhrufer an der Bootsanlegestelle Kattenturm abfuhr.

Seine alten Knochen machten längere Spaziergänge nicht mehr mit. Doch das war nicht der einzige Grund; an diesem Vormittag beschlich ihn das unangenehme Gefühl, dass hinter seinem Rücken jemand war, der ihn im Auge behielt. An der alten Burgruine hatte er versucht, diesen Eindruck zu ignorieren und dem Drang zu widerstehen, einen Blick über die Schulter zu werfen. Als er sich dann doch umgedreht hatte, war weit und breit niemand zu sehen gewesen, der ihm verdächtig vorgekommen wäre. Doch seit das Boot am Promenadenweg angelegt hatte, war das Gefühl wieder da.

Langsam schlurfte er von der Brücke in Richtung Kirchtreppe. Sie war eine schmale Gasse, die durch eine Gruppe gut erhaltener Fachwerkhäuser führte, die unter Denkmalschutz standen und sich bis ins 14. Jahrhundert zurückdatieren ließen. Die Treppe endete auf dem tiefer gelegenen Tuchmacherplatz im Herzen der Kettwiger Altstadt, wo er ein kleines Haus besaß.

Auf dem gepflasterten Platz stand seit einigen Jahren die Skulptur

Weberbrunnen, die an die jahrhundertealte Tradition der Tuchmacherei in Kettwig erinnerte. Und dort glaubte er einen Schatten zu sehen, nur für den Bruchteil einer Sekunde, aber er war sich absolut sicher.

Rasch schloss er die schwere Eichentür seines Hauses auf und verriegelte sie von innen. Dann schob er die Gardine ein wenig beiseite und spähte durchs Fenster, das ihm einen Blick auf das gesamte Häuserensemble an der Kirchtreppe ermöglichte. Nichts. Die Gasse war menschenleer.

Am Anfang der ruhigen kleinen Straße lag eine mit Brettern vernagelte Kneipe, an ihrem Ende ein kleiner Antiquitätenladen. Ansonsten war sie von alten Fachwerkhäusern gesäumt, eine Kleinstadtidylle, in der sich gegen Abend Kinder auf ihren Fahrrädern austobten. Biljano wusste, dass sich die Familien hier schon immer ziemlich sicher gefühlt hatten. Und genau das war der Grund, weswegen er selbst sich hier niedergelassen hatte.

Er zog seine Schuhe aus, stellte sie in den Dielenschrank und steckte seine Füße in braune Filzpantoffeln. Dann schlurfte er ins Schlafzimmer, legte sich aufs Bett und grübelte.

Die Vorhänge seines Hauses blieben tagsüber geschlossen. Der Putzfrau hatte er wegen der Schwierigkeiten, die sie machte, vor drei Wochen gekündigt, und allmählich türmte sich das Geschirr in der Küche. Sie hatte in seinen Sachen herumgeschnüffelt und ihn irgendwann gefragt, ob der Kandinsky an der Wand über seiner Couch echt sei.

Verdammt, hatte er gedacht. Wenn jemals herauskäme, dass er das Bild und auch andere wertvolle Gegenstände damals aus Kollmanns Haus hatte mitgehen lassen, wäre er geliefert.

Als er heute in den frühen Morgenstunden aufgewacht war und nicht wieder einschlafen konnte, hatte er sich noch einmal Karl Nüskers „Vermächtnis" angesehen: den Doppel-8-Schmalfilm aus dem Jahr 1944 über eine Misshandlungsorgie, den er auf eine DVD überspielt hatte. Es war, viele Jahre später, ein zutiefst befriedigendes, ja erhebendes Gefühl gewesen, mit anzusehen, wie sein Kamerad Michail Heptna diesem Widerling die Augen ausgestochen hatte.

Allerdings konnte er bis heute nicht nachvollziehen, warum Krasinski gewollt hatte, dass der Junge bei dieser Schweinerei zugegen war. Schließlich beinhaltete sein Plan lediglich die Ermordung des Kriegstribunals von 1944, lautlos und schnell und ohne wesentliche

Spuren zu hinterlassen. Sie hatten Kollmanns Haus wochenlang observiert, sich Notizen gemacht und festgestellt, dass der Richter und sein Tribunal noch immer ihren sadistischen Neigungen nachgingen.

Jedes Mal, wenn sich Biljano diese Aufzeichnungen monströser menschlicher Verfehlungen anschaute, wurde ihm übel. Und trotzdem musste er sich eingestehen, dass eine dämonische Faszination ihn geradezu zwang, sich diese Bilder immer wieder anzusehen.

Der alte Mann zog die schmuddelige Steppdecke bis zu den grauen Bartstoppeln hoch. Seine Augenlider wurden schwer, der Spaziergang an der frischen Luft hatte ihn ermüdet. Er musste sich ein wenig ausruhen und ein kurzes Mittagsschläfchen einlegen, schließlich würde er am Abend Besuch bekommen.

Den Nachmittag hatte er damit verbracht, endlich seine Wohnung aufzuräumen: den Flur, die Küche, die Garderobe sowie Wohn- und Schlafzimmer. Er hatte einen Schlauch ins Abwaschbecken der Küche gehängt und den Abfalleimer mit einem Desinfektionsmittel ausgespült.

Lange Zeit starrte er auf das Bild seiner Eltern, das über dem Küchentisch hing, und wandte sich schließlich ab. Nein, das Chaos ließ sich nicht beseitigen. Der Geruch nach abgestandenen Essensresten, den vielen Schmeißfliegen und der Fäulnis in der Küche hielt sich hartnäckig in seiner Nase. Er schluckte eine Viagra und spülte sie mit Aquavit und Wasser hinunter. Dann öffnete er mit dem spitzen Nagel seines kleinen Fingers die Schnupftabakdose aus Rosenquarz und stopfte sich eine Portion Koks in den linken Nasenflügel. Den Rest verrieb er auf dem Zahnfleisch und schloss einen Moment die Augen. Wenn die Hure nicht bald käme, würde er explodieren. Er biss sich auf die Lippen und starrte wieder auf das Porträt seiner Eltern, Tanja und Milan Biljano.

Wenig später hörte er die Klingel, und er öffnete die schwere Eichentür. Die Hure mit den grünen Augen lächelte. Sie kannte seine Gewohnheiten. „Hallo, Kleiner."

Kleiner, dachte er. Er war ein zweiundsiebzigjähriger, geiler alter Bock.

„Da", sagte die Hure, die er Lissi nennen durfte, und streckte ihm die schwarze Schuhcreme entgegen. „Du kannst mir helfen."

„Nein, Lissi." Er war ruhig, als hätte er gewusst, dass dies passieren würde.

Sie stemmte ihre Arme in die Seite. „Nein?" Sie lächelte. „Nein?

35

Du wagst es, nein zu sagen? Bist du ein kleiner böser Junge, Sedar? Sag's mir. Bist du ein kleiner böser Junge? Hm?"

„Nein, Lissi."

„Ich werde deinem Vater sagen, dass du versucht hast, mich anzugrabschen."

„Nein, Mutter."

„Nein, Mutter? Nenn mich Lissi, nenn mich nicht *Mutter!*" Ihre glänzenden grünen Augen sahen ihn prüfend an, als überlegte sie, welche Peitsche sie heute nehmen würde. Dann warf sie ungeduldig ihren Kopf herum, stieß das Fenster auf und beugte sich zu dem kiesbestreuten Hof hinunter, während ihre weichen Brüste platt gedrückt auf dem Fenstersims lagen. „Es stinkt hier drinnen bestialisch, du böser Junge!"

Sedar nutzte die Gelegenheit, um aus der Küche ins Schlafzimmer zu schleichen. Er zog sich aus und versteckte sich im Kleiderschrank, als er ihre Schritte und das gellende Lachen aus dem Badezimmer hörte. Er duckte sich und sah durch die Tür des Kleiderschranks die schwarzen Lackstiefel mit den spitzen Absätzen auf sich zukommen.

„Du kleiner böser Junge! Wo bist du? Lissi möchte es dir so richtig besorgen!"

Er spürte eine enorme Erregung und öffnete die Tür des Schranks. Auf allen vieren kroch er ihr entgegen und leckte ihre Stiefel. Dann spürte er den ersten Peitschenhieb auf der Haut.

Als der Pole vom Joggen in die gemietete Wohnung in der Ruhrtalstraße zurückkehrte, warf er einen Blick auf den Bildschirm. Im Haus am Tuchmacherplatz war es still, als wäre nichts geschehen.

Er nahm eine Dose aus dem Küchenschrank, öffnete sie und löffelte die kalte Hummersuppe am Tisch, während er den Bildschirm im Auge behielt. Er schaltete auf die zweite Kamera um, die er im Schlafzimmer angebracht hatte. Seine dünnen Lippen wurden noch schmaler als sonst, als er den alten Mann und die Hure im Bett betrachtete.

Sedar verlangte von ihr, ein Schloss für seine Schlafzimmertür zu besorgen und es nächste Woche mitzubringen.

„Wozu brauchst du ein Schloss, alter Mann?"

„Ich glaube, jemand beobachtet mich."

Der Pole verzog seinen Mund zu einem Grinsen. Es war ihm gelungen, bei Biljano Angst zu entfachen. Die Bedrohung erschien ihm an diesem Abend wohl allgegenwärtig. Er musste gespürt haben, dass jemand ihn beobachtete.

„Ich bin zu schlau, zu unsichtbar, du alter Narr", flüsterte der Pole. Am frühen Nachmittag hatte der Alte mit blassen, über dem Bauch gefalteten Händen zwei Stunden im Bett gelegen und den eigenen leidenschaftlichen Wutanfällen gelauscht. Seine bloße Existenz verursachte dem Polen Magenkrämpfe; manchmal stellte er sich vor, Biljano habe heimlich seine Kissenüberzüge aus der Wäsche genommen und seine Körpersäfte hineingerieben. Er hatte den Eindruck, den stinkenden alten Mann überall zu riechen, wohin er auch ging. So fing es an.

Lissis erigierte Brustwarzen starrten ihn vom Bildschirm an wie Schneckenaugen.

„Lustereczko, lustereczko, powiedz przecie, kto jest najpiękniejszy w świecie? Spieglein, Spieglein an der Wand! Ist sie die Schönste im ganzen ...?"

Ihre grünen Augen gefielen ihm außerordentlich gut, besonders aber gefielen ihm die großen Brüste.

„Ty jesteś gotowy?" Er sah in den Spiegel. Emotionslos scannte er den Schatten eines geheimnisvollen Lächelns. „Ja", zischte er. „Ich bin so weit!"

Seine Oberlippe fing an zu zucken, sein Nacken und seine Schultern waren schweißnass. Er stand auf, nahm seinen Arztkoffer und verließ das Haus.

Draußen sog er die kalte Luft ein und stieg in sein Auto. Die Ruhrtalstraße schlängelte sich vor ihm durch die Nacht.

Er schaltete die Stereoanlage ein und lauschte den Klängen von Schuberts *Winterreise*. So begann er immer, der Zwang zu töten. Er gab Vollgas.

Viel später gab er der Hure den Befehl. „Oblejcie im rany kwasem! Einem Dieb hackt man die Hand ab!"

Lissi gehorchte, befreite Biljano von seiner rechten Hand und verätzte sie mit Säure. Sie tat es, ohne mit der Wimper zu zucken, und schaute dem sterbenden Biljano dabei in die Augen. Das imponierte ihm, und er empfand beinahe so etwas wie Achtung.

Nach Biljanos Tod befahl er ihr, im Bett nicht zu sprechen, sich nicht zu bewegen, nicht zu strampeln und nicht zu stöhnen. Widerstandslos gehorchte sie. Sie hatte gesehen, wozu er fähig war. Als seine blutverschmierten Hände über ihren Körper glitten, übermannte ihn das überwältigende Gefühl, über ihr ein Ungeheuer zu gebären. Einen Moment später ließ er die Hosen bis zu den Knien herunter.

Sie schloss die Augen wie im Augenblick der Kommunion.

„Mam nadzieję, że wiesz, co cię czeka! Ich hoffe, du weißt, was dich erwartet!"

Sie nickte.

„Verstehst du meine Sprache?"

Wieder ein knappes Nicken.

„Kto jest najpiękniejszy w świecie?"

Sie begann zu weinen.

Er wiederholte seine Frage. *„Lustereczko, lustereczko, powiedz przecie, kto jest najpiękniejszy w świecie?"*

„Du bist der Schönste im ganzen Land!", flüsterte sie.

Als er mit ihr fertig war und sich wieder anzog, lag die Hure bis zur Unkenntlichkeit verstümmelt neben der blutüberströmten Leiche von Sedar Biljano.

Auf der Ruhrtalstraße – mit Biljano und der Hure im Kofferraum – schaltete er seine Stereoanlage ein. Bei den ersten Klängen von Schuberts *Winterreise* legte sich ein geheimnisvolles Lächeln auf sein Gesicht, und er umklammerte das Lenkrad so fest, dass die Knöchel weiß hervortraten.

Die wildromantische Burgruine Kattenturm befand sich in einem Waldstück direkt am Ufer der Ruhr. Einzig der fragmentarisch erhaltene Turm erinnerte an die ehemalige Burg Lüttelnau, die im 13. Jahrhundert an dieser Stelle errichtet worden war und den Adelsherren als Sitz gedient hatte. Legenden zufolge hatte es sich um ein Raubritternest gehandelt. Eine geheimnisvolle Anziehung ging von diesem Ort aus, der man sich nur schwer entziehen konnte. Bei genauerem Hinsehen waren noch das offen liegende Kellergewölbe, zwei Fensteröffnungen und die Überreste eines Wandkamins zu erkennen, wo ein Spaziergänger in den frühen Morgenstunden Biljanos entstellte Leiche entdeckte, in vier Teile gehackt und zusammen mit toten Giftschlangen in einen Ledersack eingenäht.

In Kettwig erzählte man sich, in der Nähe der Burg einen großen, elegant gekleideten, geheimnisvollen Fremden mit blonden Haaren gesehen zu haben, der am Abend zuvor am Kattenturm ein Ticket gelöst hatte. Aber die Kettwiger wussten schon immer, dass die Burgruine ein schauriger Platz war.

Am nächsten Tag bereitete der Pole sich auf seinen nächsten Auftrag vor und holte die Autobahnkarte aus dem Handschuhfach. Sein Ziel: Florenz, Italien, wo ein gewisser Mirko Selicz seinen Urlaub verbrachte. Er würde wie Sedar Biljano das Wettrennen gegen das Böse verlieren.

Er machte einen kurzen Zwischenstopp in Leverkusen, wo er am Nachmittag die Hure auf dem Gelände der ehemaligen Mülldeponie ablegte, auf dem sich jetzt die Landesgartenschau 2005 präsentierte. Er fand, Lissi hatte – eingebettet von Autobahnen, Industrieanlagen und dem umschmeichelnden Rhein, umgeben von blühenden Trieben – für eine Hure eine ideale Grabstätte gefunden. Die Besucher der Landesgartenschau erwarteten jedenfalls ein ungewöhnlicher Fund: eine bis zur Unkenntlichkeit entstellte Frauenleiche.

Kapitel 7

Italien

Der 8. Oktober 2006, ein sonniger, freundlicher Sonntag, begann harmlos. Eine sanfte Brise spielte mit dem heruntergefallenen Laub, als Max Gavaldo den Wagen wenige Meter vom Spielplatz entfernt parkte, der am Rande des Dorfs lag. Er sah sich suchend um: eine Hüpfburg, eine Rutsche, mehrere Schaukeln, ein Klettergerüst. Dann hörte er Kathis Stimme und entdeckte sie auf einer Schaukel neben der Hüpfburg. Anna stand dahinter und gab ihr einen Schubs.

Kathi hatte vor lauter Aufregung feuerrote Bäckchen. „Ja! Ja. Weiter so, Mami, weiter so", kreischte sie vor Vergnügen.

Anna lachte laut. „Noch höher? Soll ich nicht doch aufhören?"

„Nein, nein, Mami. Nein."

„Höher?"

„Ja! Ja, Mami!"

Anna tat ihrer Tochter den Gefallen. „Ist es gut jetzt?"

„Nein, Mami, nicht aufhören!"

Kathi schlenkerte mit den Füßen. „Da kommt Papi. Pa-papi schau mal, ich bin ganz oben, fast bei den Vögeln am Himmel."

Anna winkte Max zu.

Mit energischen Schritten trat er an sie heran. Seine Lippen strichen über ihre Wange. „Hallo, Liebes."

„Max! Dieses Kind macht mich ganz fertig!" Sie wandte sich wieder Kathi zu. „Noch eine Runde schaukeln? Sollen wir beide dich anschubsen und dann auffangen?"

Kathi quietschte vor Vergnügen. „Ja! Ja! Ja!"

„Okay!"

„Gut, dass du da bist, Max. Woher hat die Kleine bloß dieses Temperament?"

Max lachte. „Dreimal darfst du raten!" Er ließ die Hand über ihren Rücken gleiten.

Sie schloss die Augen, legte den Kopf an seine Schulter und sagte leise: „Gleich kann ich nicht mehr!"

„Nein, nein, Mami, Papi. Macht weiter, bitte!"

„Noch höher?", flöteten die Eltern.

„Ja! Ja!"

Max und Anna gehorchten und schubsten die Schaukel an.

„Geht es dir nicht gut?", flüsterte Max ihr ins Ohr.

„Ich bin gereizt. Es ist das grelle Licht. Es erinnert mich an die Blitze in meinem Kopf, diese Bildersequenzen. Es ist wie ein Puzzle, das sich nicht zusammenfügen lässt. Entschuldigung."

„Schon gut, Anna."

Kathi kreischte, und Anna lachte.

Am Abend warf sie nach dem Abendessen zu einem Glas Rotwein zwei Aspirin, Trevilor und Baldriankapseln ein und sah, dass Max sie dabei beobachtete. Sie hatte sich entschieden, einige Medikamente, die Jörg ihr verschrieben hatte, doch wieder zu nehmen.

Allmählich fand sie ihre Balance zurück. Sie ging nach oben ins Kinderzimmer, um Kathi gute Nacht zu sagen. Sie musste auf dem Boden der Tatsachen bleiben. Die vage Angst, die sie seit ein paar Tagen quälte, schien mit einem Mal viel weniger Macht zu besitzen.

Das gesprenkelte Licht der blauen Lampe, die auf Kathis Nachtschränkchen stand, ergoss eine sprudelnde Vielfalt funkelnder kleiner Sterne ins Kinderzimmer. Kathi wartete bereits auf das abendliche Ritual.

„Ist ja komisch", begann Anna. „Ich hätte schwören können, ich hätte ein kleines Geißlein namens Kathi in dieses Zimmer gehen sehen." Sie stemmte ihre Hände in die Hüften. „Komm raus, komm raus, wo immer du bist." Sie öffnete die Tür des blau lackierten Kleiderschranks und tat so, als würde sie nach etwas suchen. „Hat das Geißlein sich vielleicht in diesem Schrank versteckt? ... Hm ... nichts!" Sie schloss die Schranktür. „Ich frage mich, wo es wohl steckt."

Kathi kicherte unter ihrer Bettdecke. „Mami! Das ist doch kein Schrank, das ist der Uhrkasten! Und ich bin unsichtbar."

Anna betrachtete die Konturen ihrer Tochter, die sich unter der geblümten Bettdecke abzeichneten. „Was rumpelt und pumpelt denn da unter der Bettdecke? Mein kleines Geißlein? Wenn es unsichtbar ist, wie kann es dann sein, dass ich es gefunden habe?"

Kathi kreischte vor Vergnügen und kroch unter der Decke hervor. „Hast du gewusst, wo ich war, Mami?"

„Ich hatte keine Ahnung, Kleines. Möchtest du Teddy-Bob haben?"

„Ja, Mami."

Anna lächelte. Schon ihre Schwester hatte den kleinen, alten wuscheligen Teddybären innig geliebt und ihm als Kind ihre Sorgen und Wünsche anvertraut. Mittlerweile fehlte dem Stofftier ein Ohr, und es wurde von vielen Nähten zusammengehalten, aber Teddy-Bob war auch Kathis Liebling. Und wie ihre Schwester sprach auch ihre Tochter mit dem Teddybären.

Anna legte ihn auf das Kopfkissen und deckte Kathi zu. Plötzlich wurde sie ernst, und die Welt schien sich zu verdunkeln.

„Mami, was ist denn?", fragte Kathi leise.

„Es gibt nichts auf der Welt, was ich so liebhabe wie dich. Das weißt du doch, oder?"

„Ich hab dich auch lieb, Mami."

„Ich weiß. Gute Nacht, mein Schatz."

„Gute Nacht, Mami."

Anna stand auf, löschte das Licht und schloss die Tür des Kinderzimmers. Sie lehnte sich einen Moment an die Wand und machte die Augen zu. Da ... da war es wieder.

Sie zitterte, ihr Herz pochte, ein jäher Ruck mit dem Kopf, und für die Dauer einer Sekunde spürte sie die Lederriemen, die sie an die Pritsche im Keller seines Hauses gefesselt hatten, dazu einen stechenden Schmerz in der Brust.

Er weiß, wo ich wohne, kam ihr in den Sinn. Der Gedanke vermischte sich mit dem merkwürdigen Gefühl, als Einzige die Wahrheit über ihre Tochter zu kennen. Sie holte tief Luft, wiederholte Max' Worte, dass er tot und alles vorbei war, und ging die Treppe hinunter ins Wohnzimmer.

Als sie den Raum betrat, stand Max auf und reichte ihr ein Glas Wein. Ihm entging ihre Anspannung nicht. Er hasste Schwierigkeiten, und dieser Abend sah ganz nach einem Streit aus.

„Alles in Ordnung, Schatz?"

„Morgen darfst du dir eine neue Variante von *Der Wolf und die sieben jungen Geißlein* ausdenken."

„Wie wär's denn mal mit einem neuen Märchen? Äh, Rotkäppchen?"

„Das hat sich aber nicht versteckt. Das wurde sofort aufgefressen."

Er grinste. „Unsere Tochter liebt anscheinend das Grausame. Na, dann werde ich mal nachdenken. Hilfst du mir dabei?"

Sie antwortete nicht. *Unsere Tochter liebt das Grausame.* Wie konnte er nur so etwas sagen?, fragte sie sich. Sie fühlte sich in seiner Nähe plötzlich unbehaglich und mied seinen Blick. *Du hast keine Ahnung.*

„Möchtest du mir irgendetwas sagen, Anna?"

„Es sind diese Kopfschmerzen", log sie. „Sie werden immer heftiger." Sie strich eine lange blonde Haarsträhne aus dem Gesicht.

„Hast du deshalb vorhin die Tabletten genommen?"

Sie seufzte. „Es gibt ein Leben jenseits der Therapie, Max", sagte sie mürrisch, ging zum Fenster und starrte gedankenverloren in die Dunkelheit der sternklaren Nacht.

Plötzlich hörte sie ein Geräusch, das von den Büschen kam: ein dumpfer Aufprall oder der Wind, der in den Bäumen rauschte. Sie versuchte, das Gefühl, beobachtet zu werden, abzuschütteln. Vielleicht hatte sie nur einen Ast gehört, der auf die Erde gefallen war.

Sie drehte sich um. Max war bereits ins Schlafzimmer gegangen. Sie konzentrierte sich auf das Rauschen des Meeres und glaubte in der Ferne im blassen Mondlicht die Brandung zu sehen.

Später öffnete sie im Schlafzimmer das Fenster und schaute noch einmal in den Garten. Am Himmel glitzerten unzählige Sterne. Sie blickte zu den Büschen. *Da,* dachte sie. Da war es wieder! Knackende Zweige, als würde jemand drüben über den Rasen gehen.

Sie hatte sich zu sehr in Sicherheit gewähnt, als könnte niemand herausfinden, wo sie sich zurzeit aufhielt. Jakob war ihr damals schon nach Italien gefolgt. Oder war das vielleicht nur Einbildung gewesen? Sie schloss rasch das Fenster und setzte sich aufs Bett.

„Jemand beobachtet das Haus, Max. Ich kann ihn fühlen", flüsterte sie.

„Niemand beobachtet das Haus, Anna. Und wenn schon. Bei mir bist du in Sicherheit."

Sie unterdrückte einen Fluch und verfolgte mit zusammengekniffenen Augen, wie er aus dem Bad mit einem Glas Rotwein in der Hand durch das Schlafzimmer auf sie zukam. Ihre Welt schien sich zu verdunkeln, und er nahm sie auf den Arm. Er hatte das Talent, ihr manchmal das Gefühl zu geben, sich völlig lächerlich zu machen. Wie in diesem Moment, als er sich neben sie auf den Rand des hohen, breiten Bettes sinken ließ, das Glas abstellte, sanft ihr Kinn umfasste und sie zwang, ihm ins Gesicht zu sehen.

„Ich bin hoffnungslos in dich verliebt, noch immer, und das nach all den Jahren."

Genau das war der Punkt: Dieser Mann mit den heiteren Augen und dem kraftvollen, attraktiven Aussehen brachte sie mit seiner Liebe vollkommen um den Verstand.

Anna erwachte durch ein Geräusch, das ihr seltsam vertraut vorkam, und schaute auf die Uhr. Es war vier Uhr morgens. Sie verharrte in vollkommener Dunkelheit bewegungslos unter der Decke und dachte: *Wenn du jetzt das Licht einschaltest, wird Jakob dich sehen können, wird er wissen, dass du wach bist, und dich umbringen.* Eine nagende Angst machte ihr zu schaffen. Für einen Moment explodierten Farben hinter ihren Augen, ein blutiges Rot in allen Schattierungen. Die Angst fuhr ihr in alle Glieder.

Mit der linken Hand tastete sie nach dem Nachttisch, öffnete die Schublade und griff nach Max' Pistole, einer kompakten Walther PP. Sie wusste nicht mehr, ob er die Waffe geladen hatte, daher schob sie sie unter die Bettdecke und zog das Magazin heraus. Sie ertastete das erste Teilmantelgeschoss, bereit, abgefeuert zu werden.

Sie blieb noch einen Moment liegen, um ihre Augen an die Dunkelheit zu gewöhnen, dann setzte sie die Füße auf den Parkettboden, kroch zum Fenster, schob die Gardine beiseite und spähte in die Nacht. Ihr Herz schlug heftig. Draußen setzte Nieselregen ein.

Plötzlich blitzte drüben an der Pinie für einen Moment ein Licht auf. Sie neigte den Kopf, als lausche sie einer inneren Stimme, und starrte in Richtung Pinie. Einen Moment schloss sie die Augen. War sein Schatten nicht schon einmal aufgeblitzt, heute, als sie mit Kathi auf dem Spielplatz gewesen war? Und sie hatte geglaubt, sein Kichern zu hören, aber es war so schnell verhallt, wie es aufgetaucht war. Sie hatte sich umgeschaut. Nichts.

Aber er war da. Sie war sich sicher. Jetzt war es wieder still, totenstill. Ihre Augen zuckten unter den Lidern. Sie fühlte sich wie … ja, wie damals in dem dunklen Raum … Sein Atem kam näher, und das Geräusch wispernder Stimmen umfing sie. Ihr Herz raste.

„Jakob?", flüsterte sie. Sie öffnete die Augen, und dann sah sie ihn hinter dem Baum, unten im Garten. Riesige, glühende Augen starrten sie aus der Ferne an. Ihr Körper wurde von heftigem, hysterischem Zittern geschüttelt.

Sie richtete die Waffe in die Finsternis.

„Jakob!", zischte sie. „Sehe ich etwa ängstlich aus? Komm raus! Du wirst den Schmerz fühlen, noch bevor du den Knall hörst, du widerliches Schwein! Hast du das verstanden?"

Sie grinste, und dann drückte sie ab und leerte das ganze Magazin in die Richtung, in der sie ihn vermutete.

Auf dem Rücken liegend, schreckte Max Gavaldo aus tiefem Schlaf hoch. Es dauerte einige Sekunden, bis er die Pistole sah, die Anna soeben auf den Holzboden hatte fallen lassen. Und es dauerte weitere Sekunden, bis er klar denken konnte und begriff, dass sie soeben vom Schlafzimmerfenster in den Garten geschossen und dabei das gesamte Magazin geleert hatte.

„Es ist ein Schmerz", hörte er sie flüstern, „der alles auf deiner Bahn auslöscht."

Max' Puls raste vor Entsetzen. „Was ... hast du getan, Anna?", fragte er mit zitternder Stimme.

Plötzlich herrschte Grabesstille im Raum. Anna taumelte und sank zitternd zu Boden. Ihr Blick war verwirrt. Verzweifelt schlug sie die Hände vors Gesicht.

„*Wenn du je mehr sein möchtest, als du bist, dann musst du bereit sein, dich neu zu erschaffen*", flüsterte sie. „Das hat er gerade zu mir gesagt, Max. Und da habe ich auf ihn geschossen."

Er sprang aus dem Bett, eilte zu ihr und kniete sich vor sie hin.

„Um Gottes willen, wer hat das gesagt, Anna?"

Sie schaute ihn aus irren Augen an, dann zeigte sie auf einen Baum im Garten. „Da hat er gestanden, wie damals, als wir Kathi im Convento haben taufen lassen. Ich wusste immer, dass er nicht tot ist."

„Anna, damals stand dort niemand. Das hat Jörg Kreiler dir doch erklärt. Das war eine Halluzination. Und auch heute ist niemand dort unten im Garten. Du darfst dich nicht an die Vergangenheit klammern!"

„Nein! Nein! Er hat die gleichen Worte benutzt. Ich erinnere mich ganz genau."

„Komm, beruhige dich bitte, Anna." Max nahm ihre Hände, zog sie hoch und führte sie zum Bett.

„Ich habe ihn getroffen, Max", sagte sie finster. „Er hat gejault wie ein Hund."

„Du nimmst jetzt eine Beruhigungstablette und versuchst, ein bisschen zu schlafen. Ich gehe in den Garten und sehe nach, ob da etwas ist."

„Nein", flüsterte sie. „Lass mich jetzt nicht allein."

„Beruhige dich. Ich werde dir beweisen, dass da nichts ist. Ich bin gleich wieder zurück."

Kathi kam barfuß ins Schlafzimmer, das Gesicht vom Schlaf gerötet. Anklagend hatte sie ihre Mundwinkel heruntergezogen. „Ich bin wach geworden", piepste sie.

Max nahm sie in den Arm. „Tut mir leid, Süße."

„Was ist, Papi?"

„Nichts. Überhaupt nichts. Mami hat nur schlecht geträumt. Aber jetzt ist alles wieder in Ordnung. Komm, ich bringe dich zurück ins Bett."

Anna musterte Max kurz und sah in seinem Blick, dass er sie für verrückt hielt.

Als er in den Garten ging, griff sie zum Telefon und wählte die Nummer von Jörg Kreiler.

Später, als ihre Tränen versiegt waren, schaute sie nach Kathi, die sich mit einem zufriedenen Seufzer auf die Seite drehte, und setzte sich in den Schaukelstuhl. Ihr Gesicht war weißer als das einer Porzellanpuppe, die sonst so strahlend blauen Augen waren blutunterlaufen.

„Getupft", flüsterte sie und schaute zum Regal. *Es stimmt,* dachte sie, während Kathis Plüschtiere sie stumm von ihren Plätzen auf dem Regal beobachteten. *Die Viecher meiner Tochter sind tatsächlich alle getupft.*

Jörg Kreiler hatte ihr diese Biester geschenkt. Das Mädchen aber spielte jetzt nur mit Jasper und nicht mehr mit Teddy-Bob, dem alten Stofftier ihrer Mutter. Sie hatte Katharina häufig dabei beobachtet, wie sie den alten Teddy streichelte, ihre Nasenspitze an sein rechtes Ohr presste und ihm dabei ihre kleinen Geheimnisse anvertraute. Aber auch wie sie ihm ihr Leid geklagt und vergeblich in Teddy-Bobs schwarzen Augen nach einer Antwort auf ihre Fragen gesucht hatte. *Alles wiederholt sich im Leben,* dachte Anna. Nur der Teddy änderte sich.

Getupft! Ein seltsames Wort, das eine gewisse Kraft zu haben schien, sofern das überhaupt möglich war, und wenn ja, dann stand diese Kraft nicht nur für das Gute. Gefleckt war gut, gesprenkelt schon ein wenig hässlicher, aber getupft war irgendwie anders, obwohl sie nicht sagen konnte, warum.

Getupft, getupft, hatte Jakob gesagt.

Vielleicht sollte sie Kathi einen getupften Teddybären schenken. Das hätte Jakob gefallen.

Kapitel 8

München – Nacht von Sonntag auf Montag

Für einen Chefarzt der Neurochirurgie und Psychiatrie des Kreiskrankenhauses München-Bogenhausen waren der Dienst und die Visite am Abend normalerweise ein Segen, doch heute Abend sollte sich Jörg Kreiler darin täuschen.

Eine Flut von Anrufen hielt ihn pausenlos auf den Beinen: Eine Hirnblutung, ein Schädelhirntrauma und die Intensivstation meldete einen frischen Apoplex.

Um elf Uhr zog er sich in sein Büro zurück. Er legte sich für einen Moment auf die Couch und starrte an die Decke. Seine Beine fühlten sich wie gelähmt an, sein ganzer Körper war reglos. Er war erschöpft und deprimiert. *Warum rackere ich mich auch so ab? Für wen machst du das, Jörg Kreiler?*

Er hatte auf der neurochirurgischen Intensivstation die Hirnblutung eines Patienten zwar stoppen können, aber er wusste nicht, ob der zweiundvierzigjährige Mann und Vater von zwei kleinen Kindern die Nacht überleben würde. Er war fachlich versiert, aber manchmal war das nicht genug. Manchmal kamen die Patienten zu spät und manchmal auch er, wie damals bei seiner geliebten Katharina. Ihr Leben hatte er nicht retten können.

Es war nach Mitternacht, als er schließlich die Klinik verlassen konnte.

„Sie rufen mich an. Ich meine, falls Veränderungen eintreten, lassen Sie es mich wissen."

Die Assistenzärztin nickte. Auch sie war erschöpft. „Wir halten Sie auf dem Laufenden. Sehe ich Sie morgen?"

Er schaute sie an. Sie war hübsch, aber brünett und kräftig. Er stand auf schlanke blonde Frauen, wie Katharina eine gewesen war.

„Nein, ich habe morgen den ganzen Tag in meiner Praxis zu tun. Der Terminkalender ist voll. Bis Mittwoch, Frau Kollegin."

„Auf Wiedersehen, Herr Professor."

Als er die Klinik verließ, hatte es aufgehört zu regnen. Am Himmel war ein Streifen mit Sternen zu sehen. Er zitterte vor Erschöpfung, als er vom Parkplatz des Krankenhauses fuhr.

Einige Stunden später schreckte ihn das Telefon von seiner Couch auf. Er schaute auf die Uhr. Fünf Uhr morgens! Am anderen Ende meldete sich Anna, aufgebracht und spürbar erschöpft.

„Anna, beruhige dich. Was ist denn passiert?"

Er schnappte sich eine Packung Marlboro und schob sich eine Zigarette zwischen die Zähne.

Geduldig hörte er zu, wie sie tränenerstickt von dem nächtlichen Vorfall berichtete.

„Komm zurück", sagte er zärtlich und blies eine Rauchwolke ins Zimmer. „Komm zu mir. Es sieht so aus, als würden die Erinnerungslücken sich allmählich schließen. Du brauchst unbedingt psychologische Betreuung. Weine nicht. Wie schnell kannst du denn in München sein?" Er hörte ihr einen Moment zu. „Gut, dann ruf mich sofort an, wenn du angekommen bist. Und jetzt trocknest du deine Tränen und nimmst eine Valium-zwanzig. Es sind die kleinen blauen Tabletten, die ich dir vor deiner Abreise verschrieben habe. Danach wirst du ruhiger sein, okay? Und lass morgen Nacht Kathi zwischen euch schlafen. Das wird dir und der Kleinen nicht schaden."

Wenig später beendete er das Gespräch und legte den Hörer auf. Er erhob sich, nahm einen tiefen Zug aus seiner Zigarette und blickte auf die Straße. Die Morgendämmerung begann sich auf Zehenspitzen in den Tag zu schleichen, im Osten färbte ein schwacher Lichtstreifen den Himmel.

Italien, in derselben Nacht

Ein Vogel mit schwarzen Schwingen flog dicht über Max' linke Schulter hinweg. Er schreckte zurück, ging in die Hocke und hätte beinahe das Gleichgewicht verloren. Das schwere Bündel in seinen Armen entglitt ihm und fiel mit hartem Aufschlag auf den mit Laub übersäten Weg.

Einen Moment lang blieb er geduckt hocken und zuckte zusammen, als der Rabe zurückkehrte. Doch dieses Mal flog der Vogel höher und war schon bald aus seinem Blickfeld verschwunden.

Was hatte es zu bedeuten, dass ein Rabe ihm so nahe kam? *Sei vernünftig. Denk keine verrückten Sachen über Vögel.* Doch die Furcht erwies sich als hartnäckig, und sein Verstand raste wie eine Billardkugel durch einen Irrgarten entsetzlicher Erinnerungen. Er begann zu zittern und zwang sich, seine Gedanken in logische Bahnen zu lenken. Der Rabe war bloß ein Vogel. Anna hatte ihn wohl schon mit ihrer Wahnvorstellung angesteckt.

Er ließ sich auf den feuchten Boden sinken. Anna ... Er konnte immer nur an sie denken und das, was ihn für immer mit seiner Frau verband: ihre gemeinsam verbrachten Jahre mit all den unzähligen Erinnerungen, ihre Liebe, ihre Ehe, Kathis Geburt. Alles andere hatte er verdrängt. Er wollte nichts über den Psychopathen wissen, der sie vor Jahren in seine Gewalt gebracht hatte, aber vor allem wollte er nicht wissen, was dieses Monster mit ihr angestellt hatte. Doch seit heute Nacht wusste er, dass sie beide noch immer mit Jakobs Schatten lebten ...

„Ich habe gedacht, dass mein Erinnerungsvermögen wie ein Puzzle wäre und dass sich ein klares Bild ergäbe, wenn sich die Lücken schließen, aber das ist bis heute nicht geschehen", hatte Anna gesagt.

Es gab keine reale Gefahr mehr für seine Frau, und doch war ihm in letzter Zeit unbehaglich zumute gewesen. Irgendetwas ging in ihr vor. Wenn er sie auf dieses Gefühl ansprach, wich sie ihm aus und wies ihn zurück. Er konnte sie nicht erreichen. Und heute Nacht hatte Anna Arko, ihren Rottweiler, erschossen, der sich im Garten herumgetrieben hatte. Und sie war überzeugt, dass es dieser Psychopath gewesen war.

Verdammt noch mal, dachte er. *Du bist kein kleiner Junge mehr, Max Gavaldo. Du bist fünfunddreißig und ein Mann. Führ dich nicht auf wie ein Kind.*

Er sagte sich, dass es die frische morgendliche Herbstbrise war, die ihn frösteln ließ – nicht sein Grauen oder sein Aberglaube. Und auch nicht, dass er erst in der vergangenen Nacht geträumt hatte, ihm wären sämtliche Haare ausgefallen. Er schauderte bei dem Gedanken daran.

Annas Erinnerungsvermögen war zurückgekehrt, und sie versuchte das hier in Italien vor ihm zu verbergen. Manchmal klang ihre Stimme so fremd wie die einer anderen Frau.

Er war blind gewesen und anscheinend immer noch nicht erwachsen genug zu sehen, dass seine Frau den Versuch unternahm, sich mit jenem Teil der Vergangenheit, in dem sie von Jakob in einem dunklen Raum gequält worden war, auseinanderzusetzen. Sie hielt diese Erinnerungen vor ihm zurück, sie versteckte sie wie Alpträume, die im tiefen Schlaf vergraben blieben, um sich zu schützen.

Er schauderte. Ein Käfer krabbelte über die karierte Wolldecke, und ein leichter Blutgeruch drang in seine Nase. Er wischte den Käfer weg, erhob sich, nahm das Bündel wieder auf und ging tiefer in den Wald.

Als Begräbnisplatz für Arko hatte er eine Stelle mit Aussicht im

Sinn gehabt. Sein Freund Benedikt van Cleef, Leiter der Mordkommission München, hatte ihm einmal erklärt, dass Mörder ihre Opfer häufig an solchen Stellen vergruben, deshalb hatte er nach einem Ort Ausschau gehalten, den nur er selbst wiederfinden konnte und wo die Kennzeichen Anna nicht sofort ins Auge stechen würden.

An der gewählten Stelle angelangt, legte er den Hund zur Seite und wappnete sich für die nächste Aufgabe, das Graben. Der Boden war hier nicht so hart wie an anderen Stellen im Wald, dennoch fiel es ihm schwer, schließlich war er diese Arbeit nicht gewohnt.

Seine Hände in den Lederhandschuhen waren schweißnass. Er griff nach dem kleinen Spaten. Vom knirschenden Klirren des ersten Stoßes ins Erdreich wurde ihm schwindlig, doch er riss sich zusammen. Er blickte auf die harten Muskeln seiner Arme, seine schlanken Hände, die Füße in den Stiefeln, zwängte seine Kraft in ein Geschirr erinnerter Bewegungen – einstechen, nachtreten, heben und schwingen, einstechen, nachtreten, heben und schwingen. So hatte es ihm sein Vater beigebracht. Schließlich verfiel er in einen von jeglichem Denken losgelösten Rhythmus, einen vertrauten Takt.

Als er Arkos Körper in das ausgehobene Loch bettete und mit Erde bedeckte, weinte er. Er weinte nicht um den Hund, obwohl er ihn gemocht hatte, er weinte um Anna, um die Frau, in die er sich vor Jahren verliebt hatte und die von Tag zu Tag seltsamer wurde.

Als das Grab gefüllt war, sammelte er Blätter und verteilte sie auf der Oberfläche, so dass der Platz mit seiner Umgebung verschmolz. Er trat zurück und betrachtete ihn aus verschiedenen Blickwinkeln. Als er sicher war, dass das Grab auch von Anna nicht gefunden werden konnte – die bestimmt danach suchen würde –, packte er den Spaten weg und ging den Weg zurück.

Eine Stunde später schenkte er sich einen Cognac ein und beobachtete das Feuer im Kamin. Mit seinen Gedanken in der Morgendämmerung zu sitzen erschien ihm irgendwie erträglicher, als ruhig im Bett liegen zu müssen. Immer wieder drängte sich ihm Annas Bild auf, wie sie vor dem Fenster stand und in die Nacht hinausschrie. Er liebte seine Frau, sie war für ihn von unwiderstehlichem Zauber. Seltsam, dass ihm erst heute Morgen auffiel, dass er nur zwei Empfindungen kannte: heiße Sehnsucht und unbändigen Ehrgeiz. Er war ein brillanter Manager mit einem todsicheren Spürsinn für Neuerungen, steckte voller Ehrgeiz und wollte die Welt erobern. Aber nur mit Anna an seiner Seite.

Ich werde ihr sagen, dass sie den Hund getötet hat, dachte er. *Und ich werde nicht zulassen, dass sie je wieder sagt: Das Böse lebt mitten unter uns.*

Er gestattete sich zum ersten Mal, seine Gedanken der Angelegenheit zuzuwenden, die er die ganze Zeit aus seinem Bewusstsein verdrängt hatte. Er hatte an alles denken wollen, nur an eines nicht – an den Mann, der für Annas desolaten Zustand verantwortlich war und der das alles ausgelöst hatte: Jakob.

Er musste wissen, was dieser Kerl seiner Frau angetan hatte, und am besten sofort. Er griff zum Hörer und wählte die Rufnummer von Benedikt van Cleef, aber am anderen Ende der Leitung meldete sich niemand. Enttäuscht legte er auf. Wenig später schlief er erschöpft auf der Couch ein.

Kapitel 9

Costa Smeralda, Freitagnacht

Anna lag mit geschlossenen Augen im Bett, döste weg und wachte wieder auf. Gestern hatte sie von dem Mann geträumt, der ihr vor Jahren in dem Keller eine weiße Paste ins Gesicht geschmiert hatte, damit es für einen Tag und eine Nacht die blasse Aura einer Totenmaske ausstrahlte. *Nein,* dachte sie. Er hatte es als *fahle Aura* bezeichnet. Es war mal wieder eines ihrer eiskalten Träume.

Als er das erste Mal zurückgekommen war, hatte in dem Raum noch schwache Helligkeit geherrscht. Es hatte nach Farbe gerochen. Der Mann hatte Beschwörungskreise auf den Boden gemalt und ihr gesagt, ihr blieben noch drei Tage bis zu ihrem Tod.

Die Nacht im dunklen Raum, gefesselt an einen Stuhl, und seine Worte hatten ihren Widerstand gebrochen. Er hatte sie auf den Tisch gelegt, ihr die Hand- und Fußgelenke gefesselt und ihr den Mund mit einem Knebel verschlossen.

Wieder stand er vor ihr. Sie konnte ihn riechen. In ihrer Erinnerung durchbohrten stechende Blicke ihren Körper. Er legte eine Wolldecke über ihre Nacktheit, und unter der Decke streichelten seine Hände sie sanft und zärtlich. Sie konnte nicht schreien und sich nicht rühren, ihr Atem stockte unter seiner Berührung.

Als sie vorsichtig versuchte, ihre Hände und Füße zu bewegen, verwandelte sich das dumpfe Pochen in einen stechenden Schmerz.

Ihr Kopf fühlte sich an wie mit Watte gefüllt, und hinter den Lidern wirbelten seltsame Traumbilder. Sie spürte eine Plastikplane unter ihrem Körper. Der Raum erschien ihr nicht mehr so dunkel und so kalt. Eine Kerze flackerte in einer Ecke, und ein merkwürdig verbrannter Geruch lag in der Luft.

„Deine Schwester zu töten war ein besonderes Ereignis. Ich habe es genossen", flüsterte er. „Doch dein Tod wird vollkommener und ohne jegliche Störung sein. Du wirst mich danach ein ganzes Leben begleiten."

Sie sah den Wahnsinn in seinen Augen aufflackern. Sein Kopf war gesenkt, und die Arme hielt er hinter dem Rücken, als würde er etwas vor ihr verstecken.

Dann bewegte er sich. Mit der einen Hand hielt er einen Spiegel vor ihr Gesicht, mit der anderen zeigte er ihr einen geöffneten blut-verschmierten Schädel, aus dem Hirn herausquoll.

Sie schreckte hoch. War sie wach, oder träumte sie? Sie wusste es nicht. Ihr Gesicht war nass vor Schweiß und Tränen. Es war stockfinster im Zimmer. Draußen vor dem Bogenfenster blickten die Augen der Finsternis totenstill ins Dachgeschoss. Durch den Türspalt fiel ein schwacher Lichtstrahl. Er lag nicht neben ihr. Sie schlug die Bettdecke zurück, warf den Morgenrock über und stand auf.

„Wo bist du?", flüsterte sie. Wie in Trance lief sie den Gang entlang. Licht drang aus dem Badezimmer. „Komm raus." Die Tür war angelehnt. „Bist du hier?", flüsterte sie.

Sie kannte den Geruch, der ihr durch die Badezimmertür entgegenströmte. Sie hörte das Wasser, öffnete die Tür und versuchte durch die Nebelwand aus Wasserdampf etwas zu erkennen.

„Komm zu mir. Ich mache, was du willst", flüsterte sie leise und bewegte sich mit ausgestreckten Armen auf die Badewanne zu. Der Duschvorhang war zugezogen. Vorsichtig schob sie ihn beiseite und wich entsetzt zurück. Fassungslos starrte sie auf die blutigen Schlieren am Boden und dann auf den Mann, aus dessen Mund und Hals Blut sickerte, welches das Wasser dunkelrot färbte: Max, schwarze, weit aufgerissene Krater dort, wo die Augäpfel gewesen waren.

Sie schrie, versuchte ihn aus dem Wasser zu ziehen, doch er war zu schwer. Sie rutschte aus und stürzte zu Boden.

Plötzlich hörte sie Jakobs Stimme. Sie schaute in den Spiegel und sah sein Gesicht. Seine dunklen Augen waren starr auf sie gerichtet, als registrierte er jede Regung. Er trat aus dem Spiegel hervor, kam auf sie zu und umfasste bewundernd ihre makellosen Hände.

„Soll ich dir helfen?" Nur ein Flüstern. Er berührte ihre Brustwarzen und blickte dabei zur Seite. „Sag es!", zischte er.

Hell und durchdringend schallte ihr Schrei durch die Stille des Hauses. Anna öffnete die Augen und schloss sie gleich wieder vor dem grellen Blitzlicht der Erinnerung. *Nein! Bitte nicht wieder eine Erinnerung!* Mit einem leisen Stöhnen öffnete sie die Augen ein zweites Mal.

Sie lag auf den Fliesen des Badezimmers und schaute sich verwirrt um. Sie fror. *Wie lange liege ich schon hier?* Sie betrachtete ihre Hände, starrte auf das Nachthemd. Kein einziger Blutspritzer war zu sehen. Sie zog sich vorsichtig am Rand der Badewanne hoch. Auch die Badewanne war sauber und leer. Kein Wasser tropfte aus dem

Hahn.

Plötzlich hörte sie ein Geräusch.

In der Tür stand Max mit Kathi auf dem Arm, die an ihrem Daumen lutschte.

Das Mädchen sah sie seltsam vergnügt an und drückte ihre Puppe fest an ihren kleinen Körper, eine Puppe in einem getupften Kleidchen, die ihre Hand nach ihr ausstreckte.

Zwei Stunden später erwachte sie erneut in ihrem Bett. Max murmelte etwas, was sie nicht verstand, und brachte sie damit in die Gegenwart zurück. Sie spürte seinen Atem. Behutsam bewegte sie den Arm über die Bettdecke und legte ihre Hand in seine.

Die letzten Tage waren anstrengend gewesen, da sie sich hatte zwingen müssen, sich normal zu benehmen und so zu tun, als wüsste sie nicht, dass Jakob, dieser Hurensohn, sie tot sehen wollte – und womöglich auch Max. Vielleicht sogar ihr kleines Mädchen. Ja, vielleicht sogar Kathi!

Max fiel es schwer, seine Gefühle zu verbergen. Schließlich hatte sie vergangene Woche seinen Hund erschossen.

Ha! Dass ich nicht lache, dachte sie verächtlich. Der Rottweiler war doch schon lange nicht mehr Max' Hund gewesen. Er hatte unter Jakobs Einfluss gestanden. Ihr Ehemann und sein lächerlicher Köter konnten sie – und ihre Tochter Kathi, die friedlich in ihrem Bett schlief – nicht vor Jakob schützen. Max würde alles vermasseln und sie in Gefahr bringen. Deshalb hatte sie geschossen. Sie hatte die Sache selbst in die Hand genommen und den schwarzen Hund getötet. Weshalb hatte dieses Viech sich auch mitten in der Nacht in ihrem Garten herumgetrieben?

Seltsam war es, höchst seltsam. Dabei war sie sich so sicher gewesen, dass Jakobs Blicke sie durchbohrt hatten, als sie am Fenster gestanden hatte. Hatte der Hund ihn vielleicht begleitet? Ja, so musste es gewesen sein. Nur so konnte es gewesen sein. Sie hatte sich also doch nicht geirrt.

Sie schaute auf und merkte, dass Max wach war. Seine Augen leuchteten in der Dunkelheit. Er musterte schweigend ihr Gesicht. Sie verspürte den Drang, sich wegzudrehen, zwang sich jedoch, seinem Blick zu begegnen.

„Ich denke, wir sollten nach Hause fahren", sagte er so leise, dass sie nicht sicher war, ob sie ihn richtig verstanden hatte.

Sie rührte sich immer noch nicht, atmete kaum, dann drehte sie den Kopf weg.

„Anna?" Max streichelte ihre Schulter.

„Ich …" Sie drückte ihr Gesicht ins Kissen. Ihre Wangen waren heiß und trocken. Was sollte sie sagen? Schließlich wandte sie sich ihm zu. „Du hast natürlich recht, Max. Man muss die Vergangenheit begraben", sagte sie und dachte: *Ich muss raus aus diesem Haus!*

„Du kannst dich immer auf mich verlassen. Egal, was geschieht. Ich liebe dich."

Tränen traten ihr in die Augen. Sie starrte zur Decke. Wenn die Dinge doch so einfach wären, wie er glaubte. Doch sie sagte nur: „Ich liebe dich auch, Max."

Es war, als würden ihr die Worte aus dem Herzen gerissen, zurück blieb eine klaffende Wunde. *Ich bin wie eine zu weit aufgezogene Uhr, zum Zerreißen angespannt und plötzlich so zerbrechlich, dass Max es wohl mit der Angst zu tun bekommt.*

Er wiegte sie in seinen Armen, flüsterte beruhigende Worte, streichelte zärtlich ihren Rücken, während sie weinte und schluchzte. Er zeigte keinerlei Ärger oder Fassungslosigkeit, sondern ließ sie jetzt reden und wusste, dass ihre Sätze eine Betäubung gegen den Schmerz waren, eine Mauer aus Worten, die sie vor dem Augenblick schützen sollte.

Irgendwann flossen keine Tränen mehr.

München, Freitagnacht

Irgendetwas im Haus war plötzlich verändert. Konstantin Kollmann stellte seine Schuhe nicht mehr in den schwarz lackierten Dielenschrank, sondern ließ sie im Flur stehen. Er wollte die Schranktür nicht mehr öffnen. Er glaubte, quietschende Geräusche zu hören, als ob sich im Schrank etwas regte.

Jemand hatte seine Witterung aufgenommen, dachte er. Vielleicht war es sein Großvater, der im Schrank die gelben Zähne zu einem bösen Grinsen fletschte.

Er träumte, dass sich in der Nacht alle Türen weit öffneten und der Richter kleine Puppenhände nach ihm warf, die ihn würgten. Doch dann hörte er neben dem Quietschen knochige alte Hände, die sich über das Treppengeländer hinauf in sein Schlafzimmer schoben. Es war schon schlimm genug, es zu hören, aber es zu sehen …

Er spürte den Lufthauch, hielt sich den rechten Arm vor die Augen und weinte. Jemand berührte seine Schulter.

Auf dem Nachtschränkchen lag ein Kartenspiel: Rommé. Der Richter stand vor ihm, nahm die Karten in die Hand und mischte sie.

„Träumst du von mir? Wie schön", sagte er und grinste. Seine Worte klangen, als kämen sie aus der Hölle.

Konstantin Kollmann wachte morgens um drei Uhr auf, starrte in die Dunkelheit und sagte sich: *Es ist nur ein Traum.* Er knipste das Licht an und erschrak. Dann spürte er die warme Nässe zwischen den Beinen und weinte.

„Nein, ich will jetzt nicht Rommé spielen, Großvater", schluchzte er.

Kapitel 10

München – Freitag, 13. Oktober 2006

Im Traum wanderte Konstantin Kollmann immer wieder als fünfjähriges Kind durch den Garten seines Großvaters. Er begegnete seiner Mutter, wenn sie an der Flussbiegung entlangschlenderte, wo die Rosen wuchsen. Sie lächelte ihn an und streckte die Hand nach ihm aus, und alles war wieder gut.

Nein, nichts war wieder gut, dachte er, wenn er erwachte. Seine Widersacher waren schon hinter ihm her und würden ihn vernichten, noch bevor er sie beseitigen konnte.

Seine Mutter war weg, schon lange. Sie hatte ihn in der Nacht des 20. Juli 1971 auch nicht beschützen können. Sie war gar nicht da gewesen. Die Stimmen in seinem Kopf tuschelten, dass sie mit irgendeinem unbedeutenden Niemand durchgebrannt war und ihn, ihren Sohn, zurückgelassen hatte. Doch das stimmte nicht. Sie war zu seinem Vater, Georg Kollmann, gefahren, der in dieser Nacht im Krankenhaus einer Lungenentzündung erlegen war.

Gestern hatte er endlich eine Nachricht vom Polen bekommen. Noch waren nicht alle Widersacher beseitigt, dennoch verschaffte die detaillierte Beschreibung der Tötung ihm tiefe Genugtuung. Wie gerne hätte er gesehen, wie nicht identifizierbare Insekten Eier in den Wunden ablegten, doch leider hatte man die Leiche bereits am nächsten Tag entdeckt.

Sein Gehirn saugte jedes Wort des geschriebenen Tötungsprotokolls auf. Es war eine kleine Entschädigung für all die Jahre qualvoll drängender Erinnerung. Nur so konnte alles ins Gegenteil verkehrt werden, umgedreht, zurückgedreht. Was geschehen war, schien lange her zu sein, länger, als es eigentlich war, denn die Zeit verging nicht gleichmäßig. Bald würde er dem Polen mitteilen, auf welche Weise die nächsten Opfer sterben sollten. Der Killer wartete bereits auf seine Anweisungen. Er würde seine Arbeit machen, danach würde er für immer aus seinem Gedächtnis verschwinden. Jetzt zahlte er es den Bestien mit gleicher Münze zurück.

Inzwischen hatte der Pole den Mann ausfindig gemacht, der damals im Haus seines Großvaters behauptet hatte, dass seine Mutter in dieser Nacht mit einem anderen durchgebrannt sei. Sein Name war Mirko Selicz.

Er sah Selicz in den Armeestiefeln herumpoltern, ein grober, kantiger Klotz, dessen Schirmmütze eine lächerliche Glatze verdeckte und dessen Uniform über dem Wanst spannte. Er war immer wieder überrascht, wie sehr das strahlende Bild eines militärischen Helden von der Wirklichkeit abwich. Seine Schritte waren alles andere als lautlos gewesen, er war überaus hörbar, laut und polternd, ein Männerlachen, das den Himmel aufreißen konnte und sogar die Wolken zum Zittern brachte. Ein Mann, dessen Stiefeltritte er als Kind erdulden musste und die noch heute wie Feuer brannten. Aber noch schlimmer als das Feuer des Schmerzes brannten die Lügengeschichten, die Selicz seinem Großvater, dem früheren Kriegsgerichtsrat und späteren Richter am Landgericht Aachen, Richard Kollmann, aufgetischt hatte, denen zufolge seine Mutter ihren Sohn der großväterlichen „Obhut" überlassen hatte, um im stadtbekannten Bordell anschaffen zu gehen. Dabei hatte sie sich ihrem fünfjährigen Sohn nie entzogen und auch niemals als Prostituierte gearbeitet.

Er stand am Ufer des kleinen Sees und trat ans Wasser. Bestimmt war das Wasser warm, so warm wie das Lächeln seiner Mutter und weich wie ihre Haut. Die Nacht verschattete seine Augen, bis sie die dunkle Farbe seiner Mutter annahmen.

„Hallo."

Erstarrt blieb er am rutschigen Ufer stehen. „Mama?"

Sie eilte auf ihn zu, schob sich durch die Weidenwedel, ihr Haar in dunklen Locken über die Schultern gebreitet. Sein vom Kummer betäubtes Herz erwachte mit einem wilden Satz.

Kapitel 11

München

„Es ist besser, wenn ich dich zu Kreiler begleite", sagte Max.

„Weshalb? Ich bin doch keine Gefahr für die Allgemeinheit", widersprach Anna.

Max blieb ruhig. „Ich würde liebend gern wissen, wie sich ein Psychiater dein Verhalten in Italien erklärt."

„Was? Du spinnst. Nichts war in Italien, überhaupt nichts!" Sie war wütend, wobei sich gleichzeitig eine merkwürdige Kälte in ihr ausbreitete.

„Schrei nicht so, Anna. Kathi muss nicht unbedingt jeden Wortwechsel mitbekommen. Und ich spinne nicht! Du hast geglaubt, unser Hund wäre dieser ..."

„Wag es nicht, seinen Namen auszusprechen, Max Gavaldo!"

„Ich bin nicht derjenige, der Hilfe benötigt", sagte er mit ruhiger Stimme, „sondern du."

Eine Kaffeetasse zerschellte vor seinen Füßen. „Was bildest du dir eigentlich ein? Wie kannst du mich so verletzen?"

Er seufzte. „Das war nicht meine Absicht. Bitte, beruhige dich. Also gut. Wenn du allein gehen möchtest, dann geh. Wenn du möchtest, dass ich dich dorthin begleite, dann mache ich auch das."

Seine dunklen Augen musterten sie.

„Ich gehe allein zu Kreiler. Es ist meine Therapie und nicht deine!", sagte sie grimmig, drehte sich abrupt um und schaute aus dem Fenster.

Sie kochte vor Wut und fragte sich, woher Max das Recht nahm, sie zu bevormunden. Wusste er denn nicht, dass sie unter zu viel Druck stand? Es war alles zu viel, und es war nicht ihre Schuld. Eine zu große Last ruhte auf ihren Schultern. Jakob trieb sich immer noch hier herum. Hatte Benedikt van Cleef nicht behauptet, dass er ihn erschossen hatte? So ein Blödsinn!

Jakobs dunkle Blicke, die sie in Italien durchbohrt hatten, sein warmer Atem an ihrem Ohr, das waren doch keine Halluzinationen!

Sie zwang sich, Max anzusehen. Er stand noch immer da und schaute sie seltsam an. Sie hielt seinem Blick lange stand, streckte ihm dann doch ihre Hand entgegen und signalisierte, dass er Geduld mit ihr haben musste.

Er kam auf sie zu und nahm sie in den Arm. „Tut mir leid, Anna. Ich wollte keinen Streit."

Sie begleitete ihn zur Haustür, stellte sich auf die Zehenspitzen und küsste ihn. „Nein, Max, es ist meine Schuld", sagte sie. „Wenn ich dich küsse, kann ich den blauen Himmel sehen."

Er lächelte. „Das hast du lange nicht mehr gesagt."

„Ich weiß."

Sollte heute nicht einer dieser magischen Herbsttage werden, an denen die Zeit stillzustehen schien?, fragte sie sich, nachdem Max die Auffahrt verlassen hatte. Sie betrat die Terrasse und schaute auf den Starnberger See. Bei Föhnwetter wie heute hatte man eine herrliche Aussicht auf die Berge.

Leben, wo andere Urlaub machen, hatte Max gesagt, als er die Villa erworben hatte. Sie ließ ihren Blick über den Garten schweifen: die perfekt gepflegten Wege, auf denen Steinstufen aus rötlichem Granit die einzelnen Komponenten des Gartens miteinander verbanden, den kleinen Rosengarten, die tiefer angelegte Spielwiese mit einer Hüpfburg, einer Schaukel und einer alten Eiche mit einem Baumhaus sowie den Swimmingpool mit dem arabischen Pavillon. Weiter hinten arbeitete Mathias Rommel, den Max angestellt hatte, um den Garten in Ordnung zu halten und das Haus zu hüten, wenn die Familie auf Reisen war. Er erkannte sie, wie sie auf der Terrasse stand, hörte kurz mit dem Rechen des Laubs auf und winkte ihr zu. Gedankenlos hob sie die Hand.

Rommel hatte nach seiner Anstellung die Wohnung über der Garage bezogen, und es tat gut, den Mann in ihrer Nähe zu wissen. Umso mehr jetzt, wo Jakob wieder in ihr Refugium eingedrungen war, hier am Starnberger See. Sie konnte ihn immer noch sehen. Nicht sein Gesicht, nicht so deutlich wie Mathias da vorne, aber seinen Schatten schräg hinter ihr, sein Haar, das ihr Gesicht streifte, die Wärme seines Atems an ihrem Ohr.

Das Beste wäre, den heutigen Tag behutsam anzugehen.

Kreilers Villa war in Nebelschleier gehüllt. Anna schob den Riegel des niedrigen Tors beiseite und ging die Eingangsstufen hinauf. Die schwere Haustür war verschlossen. Sie klingelte. Durch die Sprechanlage forderte eine Stimme sie auf, ihren Namen zu nennen. Daraufhin öffnete sich die Tür.

Im Haus war es dunkler als draußen, und sie hatte das Gefühl, durch den Korridor zu schweben. Auf ihr Klopfen öffnete eine Frau mit braunem Haar und wässrig blauen Augen die Tür mit der Aufschrift *Sekretariat* einen Spaltbreit und sah sie fragend an.

„Ist das hier die Praxis von Professor Kreiler?"

„Äh... Sie suchen Professor Kreiler, Frau Gavaldo?", fragte die Sekretärin irritiert.

Sie verharrte einen Moment. *Wieso spricht diese Frau mich mit Gavaldo an,* dachte sie. Sie zuckte mit den Achseln und sagte: „Ja, genau."

„Erster Stock, vierte Tür links."

„Danke."

Sie schritt langsam den Korridor entlang. Vor dem Aufzug drehte sie sich um und blickte Kreilers Sekretärin, die noch immer in der Tür stand, direkt ins Gesicht. Aber es war nicht auszumachen, ob sie ihren Blick erwiderte oder nicht. Dann stieg sie rasch in den Aufzug.

Ihr Kopf schmerzte. *Wieso hat die Sekretärin mich so seltsam angesehen?* Sie hatte ihr doch nur eine simple Frage gestellt. Und dann dieser Name. Aber irgendwie sagte ihr der Name Gavaldo etwas. Vielleicht wüsste Jakob ...

Im ersten Stock sah sie jemanden aus einem Büro kommen, einen Mann mittleren Alters, eleganter Anzug, sehr gepflegt. Er reichte Kreiler die Hand zum Abschied.

Ein Patient?, fragte sie sich. Sie blieb diskret im Hintergrund.

Der Mann ging an ihr vorbei, ein Blick voller Bewunderung streifte sie, ein freundliches Nicken.

Dann blickte sie den Psychiater an. „Dr. Kreiler?"

Jörg Kreiler runzelte die Stirn. „Anna ...? Hatten wir einen Termin?"

„Ja, um elf Uhr."

„Um elf?"

„Ja, entschuldigen Sie, ich habe mich verspätet."

Kreiler spürte, dass etwas nicht stimmte. „Bitte, komm doch herein, Anna."

„Sie verwechseln mich. Mein Name ist Katharina, Katharina Wendel."

Als sie die Worte aussprach, schauderte sie. Die Kopfschmerzen waren jetzt unerträglich. Sie spürte Jakobs Aura in diesem Haus.

Kreiler hielt einen Moment inne, schwieg und musterte sie alarmiert. Dann reagierte er sehr schnell. „Meine Sekretärin ist schon gegangen, Frau ...? Wie war noch Ihr Name?"

„Wendel. Katharina Wendel. Ihre Sekretärin hat mir die Tür geöffnet. Sie war noch in ihrem Büro. Sie kam mir irgendwie bekannt vor.

Wo hatten Sie vorher Ihre Praxis? Außerhalb Münchens?"

Während die Sätze aus ihr heraussprudelten, sah sie sich im Raum um – Schreibtisch, Liege, Computer, Bücherregal – und saugte alles in sich auf.

„Nein, in der Stadt. Da Sie das erste Mal bei mir sind, brauche ich einige Informationen."

„Welche Informationen?"

„Ihr Alter, Beruf und Familienstand. Wer hat Sie zu mir geschickt?"

„Niemand. Ich habe Ihre Anschrift aus dem Telefonbuch. Ich wollte jemanden aus der Stadt. Wir wohnen auf dem Land. Es ist schwer, einen Psychiater zu finden, der nicht Monate ausgebucht ist. Ein Kollege von Ihnen konnte mir erst einen Termin in zwei Monaten geben, aber da es dringend –"

„Dringend?"

„Ich komme wegen eines Problems, das –" Sie zündete sich eine Zigarette an. „Meine kleine Schwester kann es nicht leiden, wenn ich rauche. Ich habe es mir schon zweimal abgewöhnt."

Kreiler schaute auf die Zigarette und zog die Augenbrauen hoch. „Sie sprachen von einem persönlichen Problem?"

„Ja … Ben. Mein Stiefvater …. Er ist verschwunden. Ich glaube, meine Mutter hat ihn getötet."

„Warum glauben Sie das?"

„Seit seinem Verschwinden geht es ihr gut. Sie ist seitdem so fröhlich."

„Geht es denn Ihnen gut?"

„Sicher, warum fragen Sie?"

„Nur so. Sind Sie berufstätig?"

„Ja, ich arbeite als Krankenschwester in einer Münchner Klinik. Ich kenne niemanden außer meiner Familie. Niemanden, mit dem ich sprechen kann, dem ich mich anvertrauen kann."

„Auch nicht mit Ihrer Schwester Anna?"

„Sie ist noch zu jung."

„Haben Sie mit Ihrer Mutter mal darüber gesprochen?"

„Nein! Natürlich nicht. Ich könnte vielleicht mit Severin reden. Was meinen Sie dazu?"

„Severin?"

„Mein Schulfreund."

„Sie haben nie darüber geredet … äh, mit Ihrem Schulfreund?"

„Doch ich habe es versucht, aber …"

„Ja?"

„Ich muss gehen. Ben wird böse, wenn ich zu spät nach Hause komme. Sie wissen schon."

Er sagte: „Was weiß ich?"

„Ich muss gehen."

„Kommen Sie wieder?", fragte er vorsichtig.

Sie stand plötzlich auf. Ihr Blick war merkwürdig verschleiert, das Zimmer drehte sich vor ihren Augen. Plötzlich taumelte sie und fiel zu Boden.

Wenige Minuten später öffnete sie die Augen und sah ihn fragend an.

„Sie sind ohnmächtig geworden", sagte er.

Ihr Gesicht war gerötet, doch ihre Augen waren jetzt hell und klar. „Wieso siezt du mich eigentlich, Jörg?"

Er reichte ihr ein Glas Wasser und erwähnte den Vorfall mit keinem Wort.

„Geht es wieder?"

Sie nickte. „Weshalb bin ich ohnmächtig geworden?"

„Du stehst noch immer unter Schock. Das ist nichts Besonderes."

„Weißt du, Jörg, Jakob hat alle Menschen zum Narren gehalten. Er hat mich auch in Italien zum Narren gehalten. Deshalb habe ich geschossen. Aber ich habe nicht ihn getroffen, oder?"

„Du hast den Hund erschossen, und in deinem Fall würde ich sagen: Du hast genau das Richtige getan!"

Sie schaute ihn erstaunt an. „Wieso?"

„Nun, du hast Jakob gezeigt, dass du mit ihm fertig wirst."

„Aber der arme Hund …" Sie lachte. „Ich hab's Jakob gezeigt. Wieso hat dieses Vieh sich auch dort in der Nacht herumgetrieben?"

Du hast wirklich einen ziemlichen Knall abbekommen, Anna, meine süße Anna …

„Ich würde dir gerne einen Vorschlag unterbreiten. Was hältst du davon, wenn wir Hypnose einsetzen?", fragte er.

Anna blickte ihn unsicher an. „Warum?"

„Weil du soeben geglaubt hast, du seist Katharina, und weil deine Erinnerung zurückkehrt. Du lebst, Anna. Deine Schwester ist tot."

Ja, nur so kann es gehen, dachte er. Nur so würde er wirklich zu ihr vordringen können, und dann …

„Es gibt Momente in meinem Leben, die ich niemals vergessen werde, und dazu gehört die Erinnerung an meine Schwester. Wenn die Angst mich wieder quält, erinnere ich mich gerne an sie. Sie war das Licht."

Jetzt war sie sichtbar erregt. Sie reagierte anders, als er erwartet hatte. Die Person Katharina schien sich in ihr zu manifestieren. Dann sagte sie, dass das Leben, *ihr* Leben, abgeschnitten sei.

„Wenn die Toten handeln, falls sie es denn überhaupt tun, ist es nur ein ‚Rest', eine gespensterhafte automatische Reaktion." Er bat sie, ihm ihre Empfindung genauer zu erklären.

„Manchmal glaube ich, verrückt zu werden. Ich höre Stimmen und kann mich nicht konzentrieren. Möchtest du nicht auch, dass es mir wieder gutgeht, nachdem meine Erinnerung zurückkehrt?"

„Sicher, aber ich glaube nicht, dass eine Akteneinsicht etwas Positives hervorbringen wird. Eher das Gegenteil. Nicht umsonst schützt sich unsere Seele, indem sie eine unangenehme Erinnerung verdrängt. Ich sorge mich um dich, und ich halte die Hypnose für ein besseres Instrumentarium."

Anna versuchte, ihre Gereiztheit zu überspielen, aber es gelang ihr nicht.

„Vielleicht. Vielleicht kehrt meine Erinnerung ja an einem anderen Ort zurück", sagte sie leise.

„Du meinst in meiner Klinik?"

Sie nickte.

Sie ist einsichtig geworden!

„Alles, was ich tue, erscheint mir sinnlos. Ich lebe nicht, ich existiere nur. Ich brauche deine Hilfe, Jörg. Ich würde einer Hypnose und einem Klinikaufenthalt jetzt zustimmen. Du hast mir ja immer dazu geraten."

Er streichelte ihr Haar, so wie er es früher bei Katharina getan hatte, und versuchte es wie eine freundschaftliche Geste wirken zu lassen.

„Schon gut, Anna. Ich werde alles Notwendige in die Wege leiten."

„Ich werde durch dich wieder zu mir selbst finden."

Er gab sich nachdenklich. Sie war ihm manchmal so nah wie Katharina, aber mit der Rückkehr ihrer Erinnerung würde sie die Vergangenheit bewältigen und seine psychologische Betreuung irgendwann nicht mehr brauchen.

Du wirst es zu verhindern wissen, murmelte Jasper in seinem Kopf.

„Vielleicht hast du recht", sagte sie leise.

Er wusste, dass ihre Beziehung zu Max stark belastet war. Ihr

Mann konnte ihr nicht helfen, sosehr er sich auch bemühte, und deswegen hatte er Schuldgefühle.

Sie versuchte tapfer, ihre Tränen zu unterdrücken. „Ich bilde mir das alles doch nicht ein. Jemand beobachtet mich. Er hat es auf mich abgesehen. Ich traue mich nicht mehr aus dem Haus."

„Warum erzählst du das nicht der Polizei?"

Sie sah ihn mit verkniffenen Augen an. „Der Polizei kann man nicht vertrauen. Ich traue nur Max."

Das wirst du ändern!

„Max und dir natürlich."

„Ja, natürlich."

Sie hatte sich wieder im Griff. Schade.

„Ohne Max gäbe es keine Kathi. Ich habe Angst, Jörg. Ich träume jede Nacht, dass ich mich verliere. Ich sehe einen Schatten, ein eiskaltes Gesicht, Jakobs Gesicht, dann wieder das meiner Schwester Katharina. Und die Toten der Vergangenheit. Wenn ich nachts aufwache, höre ich Jakobs Stimme, sein Lachen, rieche ihn und höre die Stimme des Mannes, der mich zweimal töten wollte, ertaste seinen Körper, fühle seinen Hass, spüre ihn in mir und fühle mich schmutzig, aber dann wache ich im Traum auf, und er ist nicht mehr da. Zurück bleibt immer nur die Angst. Wie soll ich damit fertig werden, Jörg? Sag es mir!"

Er gab sich erneut nachdenklich.

„Ich ertrage eine so schreckliche Zeit nicht noch einmal. Ich möchte eine Therapie. Jetzt bin ich bereit. So etwas wie am Mittwochabend darf nicht noch mal passieren." Plötzlich lächelte sie und sah ihn liebevoll an. „Und die Klinik ist gut erreichbar. Max und Kathi können mich oft besuchen."

Sie hat eine Entscheidung getroffen.

Es war Katharina, die Schwester in ihr, die sie dabei unterstützte. Allmählich begann Katharina, sich in ihr durchzusetzen. Bald würde allein sie vor ihm sitzen und Wachs in seinen Händen sein.

„Du kannst mich in der Therapie vor den Dämonen beschützen, Jörg."

Er lächelte. „Ich werde es versuchen. Allerdings unter einer Bedingung."

„Welcher?", fragte sie.

„Du musst mir versprechen, deine Medikamente regelmäßig einzunehmen."

„Woher …? Gut, ich verspreche es."

„Okay. Dann wäre das geklärt. Soll ich mit Max sprechen?"

„Nein, das mache ich selbst."

Er blieb am Fenster stehen, bis ihr Wagen das Grundstück verlassen hatte.

Am Abend stellte Anna die Weingläser auf die Küchentheke, holte das Geschirr aus dem Schrank und deckte den Tisch.

„Erinnerst du dich an Pater Mateos Worte im Convento di Carmo, als unsere Tochter getauft wurde?", fragte sie.

Max nickte und schaute in den Garten.

Anna stellte sich hinter ihn und umarmte ihn. „Ein schöner Blick, nicht wahr?"

„Es ist so friedlich. Ich könnte den ganzen Tag hier sitzen und die Aussicht genießen."

„Max, lass uns reden. Um unseretwillen. Jörg sagt, dass jedes Trauma erlebt, durchlitten und bewältigt werden muss."

Sie fuhr sich fahrig durch die Haare und sah ihn eigenartig verwirrt an. Ihre Augen schnellten wie beim Beobachten eines Tennisspiels hin und her. Er konnte es kaum ertragen, sie so zu sehen.

„Weißt du, manchmal glaube ich, dass diese Bestie noch immer in mir steckt und meine Gedanken zu beherrschen versucht." Sie presste ihre Fingernägel in die Handflächen, und wie auf ein Signal durchrieselte sie ein leises Zittern. „Ich höre Stimmen, Max. Ich ertrage das Chaos in meinem Kopf nicht mehr."

Er seufzte.

„Max!"

„Ich grüble schon seit Italien, wie ich dir helfen kann."

„Ich will die Hypnose-Therapie, um die Dämonen in mir zu vertreiben und mit dir und Kathi endlich normal leben zu können."

Er gab sich einen Ruck. „Es ist wohl das Beste, besser für uns alle."

„Die Hypnose wird in zwei bis vier Sitzungen durchgeführt, danach darf ich die Klinik wieder verlassen. Die anschließende Therapie kann ich ambulant durchführen."

„Es ist einen Versuch wert. Wir brauchen dich, Anna. Wir lieben dich", sagte er.

Alles in ihr ist dunkel und trübe und monströs wie ein schwarzes Loch, in das sie immer tiefer hineingezogen wird, dachte er.

Er behielt sie im Auge, sah, dass ihr Blick rastlos durch den Raum wanderte. Wer spielte mit ihr, mit ihren Gedanken? Was war es, das Besitz ergriff von ihr? *Verdammt,* dachte er, *was für ein Scheißspiel wird hier gespielt?* Er fühlte sich ohnmächtig, sorgte sich um sie, aber er musste einen klaren Kopf bewahren. Wenn auch er in Panik ausbrechen würde ... Sein Verstand würde sich wie eine Reißleine verfangen, aber sein Gegner war ein dämonischer Schatten namens Jakob. Wahrhaftig ein Schatten, ein toter Körper.

„Schon gut", sagte er tonlos. „Wann wirst du aufgenommen?"

„Am kommenden Montag. Am Sonntag haben wir Gäste, und danach werde ich mich den Dämonen stellen."

Kapitel 12

Florenz – Freitag, 13. Oktober 2006

In Florenz konnte man alle wichtigen Sehenswürdigkeiten leicht zu Fuß erreichen, deshalb hatte die Reisegruppe auf den Bus verzichtet. Er wäre eher hinderlich, zumal die Innenstadt für den Privatverkehr gesperrt war.

Der Pole folgte der kleinen Touristengruppe. Mitten unter ihnen befand sich sein nächstes Opfer, Mirko Selicz. Die Gruppe schritt über die Piazza Santa Trinita, die im Herzen des elegantesten Florentiner Viertels lag und an der die Via Tornabuoni begann. Hier erhoben sich die Säulen der Justiz, umgeben von aristokratischen Palästen. Nach Einbruch der Dunkelheit aß die Reisegruppe dort immer in einem kleinen Restaurant zu Abend.

Florenz war für ihn so etwas wie sein zweites Zuhause. Er war schon oft für Aufträge in dieser Stadt mit ihren in faulen Farben gehaltenen Fassaden gewesen und kannte ihre dunkelsten Ecken. Unauffällig schloss er sich der Reisegruppe an.

Die Luft war stickig und schwül wie im Hochsommer. Vom Fluss schlug ihnen ein modriger Geruch entgegen.

„Der vor Ihnen auf der Piazza della Signoria liegende Neptunbrunnen wurde von Bartolomeo Ammanati 1575 vollendet. Im sechzehnten und siebzehnten Jahrhundert war bereits alles an herrlichen Palästen oder prächtigen Kirchen erbaut. Nur die öffentlichen Plätze boten noch ein Betätigungsfeld", erklärte die Reiseführerin gerade.

„Stimmt es, dass Florenz seine prächtigen Bauwerke und seinen üppigen Kunstreichtum hauptsächlich den Medicis verdankt?", hörte der Pole Selicz fragen.

„Ja, das stimmt", sagte die Reiseleiterin, blieb einen Moment stehen, hob ihre Hand und zeigte in Richtung des Palazzo Vecchio. „Sehen Sie mal. Über die ganze Länge der Ponte Vecchio führt der berühmte Corridoio, der in nur fünf Monaten von Vasari erbaut wurde. Dieser Verbindungsgang sollte dem Großherzog der Toskana, Cosimo dem Ersten de Medici, die Möglichkeit bieten, vom Palazzo Vecchio aus zu seinen Wohnräumen im Palazzo Pitti zu gelangen, ohne sich in das Gedränge der Stadt begeben zu müssen. Außerdem war der Corridoio wie viele florentinische Bauwerke des Mittelalters und der Renaissance so angelegt, dass er in unruhigen Zeiten Schutz vor den Gefahren in den belebten Straßen bot."

Selicz grinste. „Ich glaube, das ist nicht der wahre Grund."

Der Pole blickte gelangweilt zur Seite. Selicz' Gefasel über den heimlichen Zugang für die Mätressen des Großherzogs interessierte ihn nicht mehr.

Ein Mann mit einem Strauß dunkelroter Rosen im Arm eilte an ihm vorbei und schrie einer Frau nach, die in einem durchsichtigen Plastiksack Kleidungsstücke trug und vor dem Mann davonlief.

Wenige Meter vor der Brücke entdeckte der Pole einen Stand. Ein schmächtiger Gemüsehändler streifte dort einen Stahlhandschuh mit Schnittschutz über seine rechte Hand.

„Im Mittelalter standen hier übrigens die Läden und Werkstätten von Fischhändlern, Metzgern, Gerbern und Kürschnern. Hier wurden die Häute acht Monate lang eingeweicht und dann mit Pferdeharn gegerbt. Es muss bestialisch gestunken haben", plapperte Selicz weiter.

Wieso konnte der alte Bastard nicht endlich sein Maul halten?, dachte der Pole.

Die Gruppe ging am Stand des Gemüsehändlers vorbei. Er blieb stehen und starrte fasziniert auf die riesigen Kokosnüsse. Der Händler hielt eine in der linken Hand, mit der anderen umfasste er einen Hammer und schlug mit der spitzen Seite auf die Oberseite, dort, wo sie aufbrechen sollte. Nach jedem Schlag drehte er sie ein wenig, und nach ein paar Umrundungen brach sie schließlich auseinander. Dann schälte er das Fleisch aus der harten Schale und legte es sorgfältig auf einen Teller.

„Bei der Reinigung der Brücke, die den Charakter einer Marktstraße hatte, wurden die Abfälle in den Fluss geworfen. Da versteht sich von selbst, warum die Brücke erst später zu einer Touristenattraktion wurde. Kommen Sie, lassen Sie uns weitergehen", hörte er die Reiseleiterin sagen.

Er verharrte noch einen Moment am Gemüsestand und starrte den Händler an. Ihre Blicke trafen sich, und er erkannte das unausgesprochene Verständnis zwischen ihnen, das gespeist war von Seelenfreude und zügelloser Wut. Die heftigen Schläge mit dem Hammer hatten dem Polen den maliziösen Hass des Mannes gezeigt, der sich wohl gegen irgendjemanden richtete. Es war kein Zufall, dass er hier stand, es war ein Hinweis.

Die Gruppe schlenderte in Richtung Uffizien, eines der berühmtesten und zugleich ältesten Museen der Welt. Der Pole folgte ihnen.

Ein letztes Mal drehte er sich zum Stand um. Mit offenem Mund, angestrengt die Lippen schürzend, schnitt der Gemüsehändler mit einem gekrümmten Messer eine Gurke auf. Ein hämisches Grinsen verzerrte jetzt sein Gesicht.

Der Pole wandte sich ab, betrat die Uffici und fand die Gruppe vor dem Hauptanziehungspunkt des Museums, der Medici-Venus.

Er beobachtete, wie Selicz still seinen Blick über den formvollendeten Körper gleiten ließ. Er musste seinen brennenden Blick im Nacken gespürt haben, denn jetzt drehte er sich zu ihm um und blickte in die dunklen Gläser seiner eleganten Sonnenbrille.

Am Nachmittag besuchte die Gruppe die Galleria dell' Accademia, die im 18. Jahrhundert eröffnet worden war, um den Studenten der Kunstakademie die Großartigkeit toskanischer Meister des 14. bis 16. Jahrhunderts vor Augen zu führen.

Hinter der eleganten klassischen Figur des David, der hier erstmals ohne den besiegten Goliath dargestellt wurde, behielt der Pole Selicz im Auge.

David schien auf Goliath zu warten, dachte er. Wie auch immer: Goliath hatte gegen David genauso wenig eine Chance wie Selicz gegen ihn.

Am Abend betrat er lautlos den Rasen der Hotelanlage, wo sich die Touristengruppe für die Nacht eingecheckt hatte. Er hatte sich in aller Stille in einem kleinen Café vorbereitet und sich nicht von der Geräuschkulisse ablenken lassen. Am Geschwätz der Leute hatte er kein Interesse. Die Märchen seiner Mutter, ja, die hatten Bestand, aber das Geschwätz war wie der Staub des Tages. Am nächsten Tag würde der Reisebus sicher verspätet nach Rom abfahren, denn ein Gast würde fehlen.

Es war dunkel, aber er kannte den Weg, er war ihn schon oft gegangen, auch in Gedanken. Er wusste, wo der Weg zum Appartement Nummer zwölf eine Kurve machte, als hätte er jeden Schritt auf den Millimeter genau ausgemessen. Er überließ nichts dem Zufall, denn er konnte sich keine Fehler leisten.

Zwei Stunden später. Das Glas der Fensterscheibe war kalt, obwohl die Luft so warm war. Regnerisch, das schon, aber warm. Die Scheibe beschlug ein wenig, als der Pole sie anhauchte. Dahinter sah er nichts, nur Schweigen. Er blieb stehen, vielleicht Minuten, vielleicht nur einige Sekunden, die Zeit wartete und dehnte sich.

Jetzt trat er näher ans Fenster, um besser sehen zu können. Es gab ein Bett, einen Tisch, einen mit Kleidern belegten Stuhl. Auf der Fensterbank eine Vase mit einer Blume. Drinnen bewegte sich etwas, das dort von der Decke hing. Ganz leicht. Sein Gesicht spiegelte sich im Fensterglas, glatt, emotionslos, eine ideale Projektionsfläche für die Poesie des Bösen, die sich hinter seiner Stirn abspielte. Er erinnerte sich an den lautlos wimmernden Mann auf dem Boden, dem er die Zunge herausgerissen und die Hoden abgeschnitten hatte. Danach folgte das Ritual des Gemüsehändlers: Der Kopf wurde gespalten, der Bauch aufgeschlitzt. Dort von der Decke hing nur noch ein zungen- und geschlechtsloses totes Objekt an einem Haken ...

Der Pole machte kehrt, ging lautlos durch das Gras davon und verschwand zwischen den Baumstämmen, um im Schutz des großräumigen Parks den in der Nähe des Taxistands befindlichen Ausgang zu benutzen und sich ins sechzehn Kilometer entfernte Pontassieve fahren zu lassen, wo er in einer kleinen Pension ein Zimmer gebucht hatte. Morgen würde er wieder nach Florenz zurückkehren, um seinen Wagen abzuholen. Er verbrachte nie eine Mordnacht in der Stadt des Tatorts. Er war ein Meister verwischter Spuren und ein Meister im Umgang mit der Zeit. Er war der Zeit davongelaufen. Das wusste er, seit er die Krasinski-Akte gelesen hatte. Er würde irgendwann nach München fliegen. Er wusste, dass er dorthin musste, denn immer wieder drängte sich ihm Maryam Krasinskis Bild aus der Prozessakte auf.

Aber er konnte warten, und in seinem Warten lagen die Geduld des Heimkehrenden und die entspannte Haltung eines Mannes, der Geist und Körper unter Kontrolle hatte.

Im Dunkel des Pensionszimmers in Pontassieve wanderten seine Gedanken zum nächsten unmittelbaren Ziel: Istanbul.

Kapitel 13

Sonntagabend

Im Traum stand sie unter der Dusche. Sie hörte das Rauschen des Wassers, das auf ihren Körper herabprasselte, doch sie vernahm auch die Stimme eines Mannes.

„Meine Erregung wächst bei deinem Anblick. Das prickelnde Gefühl strömt wie eine Droge durch meine Adern. Ob du dich im Keller zur Wehr setzen wirst? Was meinst du, Anna?"

Sie hauchte vor Entsetzen: „Ich mache alles, was du willst."

Plötzlich saß sie an einem Tisch und beobachtete durch die offene Tür ein kleines Mädchen, das im Treppenhaus auf einer Stufe saß und einen Teddy fest an sich drückte.

Als ob es gespürt hätte, dass sie es beobachtete, blickte das Mädchen plötzlich auf. Ihre Augen begegneten sich. Sie wandte sich nicht verlegen ab, sondern hielt den Blick und schenkte dem Kind ein kurzes Lächeln. Anna erkannte ihre Tochter Kathi.

Schweißgebadet wachte sie auf. Ihre Lider zuckten und öffneten sich. Der Wecker auf dem Nachtschränkchen zeigte achtzehn Uhr. Sie musste sich beeilen. In einer Stunde würden ihre Freunde eintreffen. Sie war schon den ganzen Tag müde und hatte große Mühe, sich auf das Wesentliche zu konzentrieren. Eine nagende Angst hatte ihr tagsüber zu schaffen gemacht. Und jetzt dieser Traum! Wieso träumte sie auf solch seltsame Weise von ihrer Tochter? Es schien ihr unwirklich, dass ihr Leben auf zwei Gleisen weiterging. Sie hatte heute ein Abendessen für ein paar Freunde zubereitet, stand Todesängste aus und war gleichzeitig seltsam heiter bei dem Gedanken, Jakobs Schatten nicht mehr fürchten zu müssen, weil sie ihn in Italien erschossen hatte, obwohl Max behauptete, die Kugeln hätten den Rottweiler getroffen. Die Ironie ließ sie schmunzeln. Sie kniff die Augen zusammen und steckte die Hände in die Tasche ihrer weiten, schlabberigen Seidenhose. *Immerhin kann ich nun wieder mit Max abends ausgehen,* dachte sie.

Mathilda van Cleef verließ mit ihrem BMW die Abfahrt Starnberg und lenkte das Fahrzeug zur Gavaldo-Villa, die auf einem sanften Hügel mit einer kurvenreichen Zufahrt lag. Es war ein Haus aus weißen

Steinen mit einem Dach aus ockerfarbenen Ziegeln, das ganz in Flutlicht getaucht war.

Mathilda passierte das Eingangstor, fuhr über die von silbernen Laternen beleuchtete und von Bäumen gesäumte Einfahrt und parkte den Wagen neben dem Haupteingang. Als sie ausstieg, hielt sie einen Moment inne.

Es gab hier viele Zimmer für eine Menge Kinder, dachte sie. Anna und Max wollten mindestens fünf. Doch merkwürdigerweise war Anna nach Kathis Geburt nicht mehr schwanger geworden. Manchmal glaubte Mathilda, in ihr die Sehnsucht nach weiteren Kindern zu spüren, besonders dann, wenn sie ihren Blick auf ihrem gewölbten Bauch spürte.

Ihre Zwillinge würden in etwa zehn Wochen auf die Welt kommen, und mittlerweile war sie ziemlich schwerfällig geworden.

„Nur noch ein paar Wochen", murmelte Mathilda, während sie auf das Haus zuging. „Dann presse ich euch beide mit einem Pups heraus."

Max kam mit sicheren Schritten durch die hohe, großzügig bemessene Tür der Eingangshalle auf sie zu. „Mit wem sprichst du denn da, Mathilda?"

Sie begrüßte ihn mit einem flüchtigen Kuss. „Mit den Raufbolden in meinem Leib. Ich bekomme kaum noch Luft, und die Magensäure hat den Höchstpegel erreicht." Sie führte ihre Hand zum Hals. „Bis hier. Hallo, Max. Benedikt kommt nach. Er wurde im Präsidium aufgehalten. Ein Junkie ist durchgedreht."

Max hob die Augenbrauen. „Was für eine Welt! Erzähl es mir später. Da kommt meine Kathi."

Mathilda verstand und nickte. Sie marschierte schnurstracks in Richtung des Mädchens, das oben an der Treppe stand und strahlte. Mit vor Freude roten Wangen hüpfte es die Stufen hinunter, stürmte auf sie zu und drückte sie heftig.

„Hallo, Kleines. Bist du froh, wieder zu Hause zu sein?", fragte Mathilda.

Max lachte. „Meine Tochter ist sich noch unschlüssig." Er hob sie in die Luft, schwenkte sie schnell und elegant im Kreis und setzte sie wieder ab.

Kathi nahm Mathildas Hand. „Komm, Mathi, ich zeige dir das Essen."

„Das Essen?"

Sie schaute Max fragend an, der lächelnd die Schultern hob.

„Okay", sagte er.

„Beim Schnitzel hat Mami das Fleisch totgeklopft", plapperte Kathi drauflos, „und für mich hat sie Karotten gekocht. Mami sagt immer, Karotten schmecken lecker, aber dann schmecken sie wie immer!"

„Aha. Wo ist denn Mami?"

„Oben. Sie renoviert sich."

Mathilda schmunzelte.

Anna vernahm Mathildas Stimme aus dem Wohnzimmer. Sie musste sich beeilen. Jakob war außer Gefecht gesetzt, und sie war frei. Das war das Einzige, was zählte. Sie atmete langsam aus. *Lieber den Teufel, den man kennt …* Aber das war Unsinn. Jakob war kein angenehmer Teufel gewesen.

Plötzlich zweifelte sie wieder wie heute Morgen. Selbst wenn das in Italien ein falsches Spiel gewesen war, hatte sie nun eine Überlebenschance. Mit Überleben kannte sie sich aus. Mit Jakobs Schatten hätte es keine Zukunft für sie gegeben, so viel stand fest.

Sie zog sich rasch das schmale Etuikleid an, strich es an ihrem Körper glatt und betrachtete sich im Spiegel des Badezimmers. Sie legte den Kopf schief und streifte mit dem Kristallstab ihrer Parfümflasche die Ohrläppchen.

Der Tag hatte mit einem Rausch in ihrem Kopf begonnen, und jetzt war sie benommen. *Es liegt wohl an Max,* dachte sie. Er war zu vielschichtig, fand sie, und es schien ihr nicht möglich zu sein, alle Schichten zu durchdringen und aus ihm schlau zu werden. Auch das war kompliziert und rätselhaft.

Sie lief schnell die Treppe herab. An der bronzenen Davidstatue, die neben dem Treppenabsatz stand, drehte sie sich um und blickte in den großen Wandspiegel.

Jakobs Schatten huschte an ihr vorbei. Im Spiegel erkannte sie seinen bewundernden Blick.

Das Wohnzimmer war eine schimmernde, warme Oase. Überall standen Kerzen, und im ganzen Haus duftete es nach den lachsfarbenen und gelben Freilandrosen. Das Buffet war auf einem schneeweißen Tisch im Esszimmer aufgebaut.

Kathi tippte mit dem Zeigefinger vorsichtig auf Mathildas Bauch. „Mami hat mir erzählt, dass die Babys, solange sie im Bauch sind, durch die Schnabelschnur essen. Stimmt das?"

„Ja, Kleines. Aber es heißt Nabelschnur." Mathilda ließ ihren Blick übers Buffet schweifen. „Was gibt es denn Leckeres? Hm … Krabben in hausgemachter Mayonnaise, hauchdünnes Kalbfleisch, und was sehe ich noch? Eine Leber, die wahrscheinlich auf der Zunge zergeht", sagte sie. „Ich kann es kaum erwarten, so hungrig bin ich."

„Naschst du auch so gerne, Mathi?"

Mathilda lachte und hob den Zeigefinger an die Lippen. „Schhh … Verrate mich bloß nicht, Kleines. Ich nasche für mein Leben gern. Deshalb bin ich jetzt auch so dick!"

„Aber, du musst ja auch für drei essen, Mathi", sagte Kathi altklug.

„Nein, das darf sie nicht!", sagte Anna, die soeben das Esszimmer betrat. „Und hier wird auch nicht genascht!"

„Anna!" Mathilda umarmte ihre Freundin. „Du siehst toll aus. Ich bin richtig neidisch."

Anna kicherte. „Und du, als würdest du gleich platzen."

„Danke. So fühle ich mich auch. Also bitte, keine weiteren Kommentare. Ich …Wir haben dich vermisst."

Max betrat das Esszimmer und entkorkte eine Flasche Rotwein.

„Wen erwartet ihr denn noch zum Abendessen?", fragte Mathilda.

„Jörg Kreiler mit seiner neuen Flamme, und Robert Hirschau hat auch zugesagt."

„Hey, das ist ja toll. Ich habe Hamlet eine Ewigkeit nicht mehr gesehen. Wahrscheinlich hat er zu viel Psychopathenscheiß um die Ohren."

Anna wurde blass. „Wahrscheinlich", sagte sie schnippisch. „Entschuldige mich bitte." Sie drehte sich abrupt um. „Die Türglocke."

O Gott, wie konnte ich nur?, dachte Mathilda.

Benedikt van Cleef lächelte, als er das Esszimmer betrat und seine Frau auf ihn zukam. Mathilda war atemberaubend. Ihr Haar war schon immer von einem leuchtenden Tizianrot wie loderndes Feuer, in der Schwangerschaft erschien es wie das reinste Flammenmeer, das sich in wilden Locken über ihre Schultern ergoss. Ihre rostrot geschminkten Lippen hoben sich zu einem kleinen wissenden Lächeln, als sie auf ihn zukam und vor ihm stehen blieb, so nah, dass er das winzige Muttermal sehen konnte, das direkt über der rechten Oberlippe saß.

Das Mal war ihm bei ihrer ersten Begegnung vor drei Jahren sofort aufgefallen, und er hatte es schon damals im Krankenhaus sofort küssen wollen. Er hatte seine Frau am Krankenbett seines Vaters kennengelernt. Er hatte ihn täglich besucht und sich Hals über Kopf in sie verliebt. Ein Jahr später waren sie verheiratet.

Benedikt van Cleef begrüßte seine Frau mit einem Kuss und streichelte sanft über ihren Bauch. „Alles okay mit euch dreien?"

„Ich bin gerade mal wieder ins Fettnäpfchen getreten. Aber ich habe keine Lust mehr, jedes Wort in die Waagschale zu legen, bevor ich es ausspreche. Es ist schon so verdammt lange her, dass Anna und ich wirklich ungezwungen miteinander umgegangen sind. Sie ist schrecklich empfindlich geworden. Sie hat doch gerade erst einen vierzehntägigen Urlaub hinter sich." Sie zog die Schultern hoch. „Keine Ahnung, was zurzeit mit ihr los ist."

„Vielleicht solltet ihr euch mal zum Essen verabreden. Unter vier Augen klärt sich manches leichter."

„Stimmt. Vielleicht ergibt sich später eine Gelegenheit. Und? Hast du deinen Junkie eingesperrt?"

„Schön, dass du dich um mich sorgst! Ja, ich habe ihn eingesperrt. Zufrieden?"

„Schluss jetzt mit den Verbrechen. Komm, wir machen es uns gemütlich."

„Ich liebe dich", hauchte Benedikt ihr ins Ohr.

Max schenkte den rubinroten Chiantiwein in große Gläser.

Wenig später stießen Jörg Kreiler, in Begleitung einer jungen blonden Frau mit piepsiger Stimme, und Robert Hirschau hinzu, der auch heute wieder seine graue Lederjacke trug: sein Markenzeichen, passend zu seinem graumelierten blonden Haar, was ihm zusammen mit dem markanten Kinn und den stahlblauen Augen einen nordischen Charakter verlieh, weswegen er umgehend den Spitznamen Hamlet verpasst bekommen hatte.

Als schließlich die Gläser klirrten, hatte Anna sich wieder beruhigt.

Mathilda bemerkte dennoch eine Unruhe an ihr, und sie schlug vor, in den Garten zu gehen.

Draußen sog sie genüsslich die würzige Abendluft ein. „Ah, ich liebe diese Luft! Es gibt gleich Regen."

„Entschuldige meinen schroffen Tonfall vorhin", sagte Anna.

„Schon gut. Jeder hat mal einen schlechten Tag." Mathilda gab ihr einen Kuss.

Sie lachten und unterhielten sich, füllten die Lücken, die sie vor ihrer Italienreise offengelassen hatten, und entdeckten ihre Freundschaft neu. Sie sprachen über den Urlaub, über die Schwangerschaft und die Zwillinge, die sich in Mathildas Bauch Boxkämpfe lieferten.

„Hast du Jörg Kreilers neue Flamme gesehen?", lästerte Mathilda leise. „Ist dieses luftig aufgeföhnte Etwas vielleicht eine Frisur?"

Anna lachte. „Mathi, halt dich zurück! Sie ist schließlich unser Gast, und unsere Gäste sind uns heilig."

Mathilda machte eine abwehrende Handbewegung. „Ja, ja. Wenn Frauen ihre reizarme Existenz immer wieder durch die Berührungen ihres Friseurs lustvoll aufwerten, kommt so etwas dabei heraus!"

Anna kicherte. „Ist aber gefahrlos, Mathi! Komm, lass uns wieder reingehen."

„Sie sieht ihn an wie ein Krokodil ein Schweinekotelett."

„Jetzt reicht's, Mathi. Komm schon. Wir können die Meute nicht sich selbst überlassen."

Die Gäste redeten und redeten und redeten. Am Tisch schweiften Annas Gedanken immer wieder ab. Es hatte plötzlich heftig zu regnen begonnen, und Tropfen peitschten gegen die Terrassentür und gegen die Fensterscheiben. Mathilda unterhielt sich mit Jörg Kreiler, Max schien sich mit Kreilers Flamme zu langweilen und lächelte ihr zu. Benedikt van Cleef und Robert Hirschau waren in ein Gespräch vertieft, und sie beobachtete die beiden. Plötzlich drang ein Wort zu ihr, oder bildete sie sich nur ein, dass Robert leise diesen Namen erwähnte: *Lukas? Ein Wort, ein Name. Oder war es das Donnergetöse, das die Stimme in ihrem Kopf aufleben ließ? Der Wind oder der Regen? Oder die Erinnerung an den Modergeruch verwelkter Blüten auf dem Grab ihrer ermordeten Schwester?*

„Du bellst den falschen Baum an, Jakob!", fauchte Anna.

Die Gespräche verstummten. Max wurde blass und sprang auf, das Gesicht voller Sorge.

Irritiert schaute sie ihn an. Alle Blicke waren auf sie gerichtet.

„Was ist denn? Was glotzt ihr mich so an. Sind Fliegen in der Suppe?"

Sie spürte Tränen aufkommen und warf ihre Serviette auf den Teller. „Entschuldigt mich. Ich schau mal kurz nach unserer Kleinen."

Mathilda erhob sich ebenfalls. „Ich komme mit."

Im Badezimmer fragte Mathilda: „Ist alles in Ordnung mit dir?"

Anna trocknete die Hände und frischte mit einem pfirsichfarbenen Stift die Lippen auf. „Sicher, wieso fragst du?"

„Weil du eben etwas Merkwürdiges gesagt hast."

„So …? Was habe ich denn gesagt?"

„Du bellst den falschen Baum an, Jakob!"

Anna lachte. „Das soll ich gesagt haben? Du träumst, Mathi!"

„Ich sorge mich schon seit geraumer Zeit um dich. Du hast dich verändert. Manchmal habe ich das Gefühl, ich kenne dich nicht mehr."

Annas Züge wurden hart, und sie schaute in den Badezimmerspiegel. „Hast du das gehört, Jakob? Was sagt man dazu? Okay. Ich sag's ihr." Sie drehte sich um. „Wie kannst du es wagen, so etwas zu sagen, Mathi?"

„Red nicht so mit mir. Glaubst du, ich sehe nicht, was los ist? Es ist, als wären zwei Personen in dir. Und eine davon ängstigt mich. Kennst du diesen anderen Menschen in dir?"

Anna wurde kreidebleich. „Willst du, dass ich Gewalt anwende, liebste Mathilda?", flüsterte sie mit eisiger Stimme.

Mathilda fuhr erschrocken zusammen. „Anna … Bitte. Himmel … Tu das nicht. Was ist bloß los mit dir?"

Anna warf einen finsteren Blick in den Spiegel. „Tagsüber schaut er den Möwen zu. Nachts blickt er in die erleuchteten Fenster unseres Hauses: unser Familienleben in goldenen Farben, Kerzenlicht, knisterndes Feuer im Kamin. Ein Glas Rotwein, rot wie das Blut in meinen Adern."

Mathilda fasste sie am Arm. „Wovon sprichst du? Wer beobachtet dich?"

„Ich höre seine Stimme. Er sagt: Wie schön ist die Frau, die mein Kind geboren hat." Anna lächelte geheimnisvoll. „Er meint meine Kleine, Mathi."

„Wer ist er?"

„Es ist kompliziert, ziemlich kompliziert. Er steckt Nadeln in meinen Kopf."

Mathilda schüttelte sie. „Anna, komm zu dir. Wer ist er?"

Anna sah sie misstrauisch an. „Es ist erregend. Ja, es erregt mich."

„Sprichst du von Max?"

Sie schloss die Augen. „Nein. Von Jakob."

Mathilda erstarrte. Und kann kippte Anna einfach um.

Jemand rüttelte sie, schnell, ruckweise wurde sie hin und her bewegt, dann wieder heftig an den Schultern geschüttelt. Anna öffnete die Augen.

„Scheiße!", schrie Max mit einer tiefen Stimme, die die Wände beben ließ. „Hör sofort mit dieser verdammten Scheiße auf!"

Anna schaute ihn erschrocken an. Wie konnte sie diesem Mann entkommen, der ihr ständig seine Liebe erklärte, während er sie so heftig rüttelte? Irgendwann würde er sie schlagen, davon war sie überzeugt. Sein Gesichtsausdruck war furchterregend.

„Das hier ...“ Er zündete sich eine Zigarette an. „Hör zu“, fuhr er fort und sog den Rauch in seine Lunge. „Das hier verwandelt sich langsam in einen Alptraum, in eine unendliche, unerträgliche Geschichte.“

Anna starrte ihn mit offenem Mund an. „Ein Alptraum?“

„Ja, ein Alptraum und eine nie enden wollende Scheißgeschichte.“ Er seufzte. „Ich bin geduldig gewesen, aber du ... Es zieht sich einfach ewig hin. Es ist nicht mehr komisch!“, schrie er. „Und schon gar nicht, wie du mit Mathi umgehst!“

Ein schreckliches Gefühl der Verlorenheit erfüllte sie, und alles kam ihr verzerrt vor: Mathilda, Max, das Badezimmer.

„Bitte ... versteh doch!“, flüsterte sie. „Bitte!“

Max’ Miene war versteinert. Sie ließ die Hände sinken und fing an zu weinen.

Benedikt van Cleef kurbelte das Fenster herunter. „Professor Kreiler?“

Kreiler beugte sich durchs offene Fenster und grüßte Mathilda, die auf dem Beifahrersitz saß.

„Könnte ich Sie für einen kurzen Moment unter vier Augen sprechen?“, fragte Kreiler.

„Jetzt? Meine Frau hat das Ganze ziemlich mitgenommen.“

„Mir geht es gut, Benedikt. Geh nur.“

Er tätschelte ihren Arm. „Bist du sicher?“

Mathilda warf einen müden Blick auf Kreiler, dann sagte sie: „Schon gut. Geh ruhig!“

Er stellte den Motor ab und stieg aus dem Wagen. „Lassen Sie uns ein paar Schritte gehen, Professor“, sagte er und begleitete Kreiler zu seinem Fahrzeug.

„Ich habe eine Bitte an Sie“, begann Kreiler. „Ich möchte mit Ihnen über Annas Fall sprechen. Hätten Sie morgen Zeit, mich in der Klinik aufzusuchen? Für die Therapie muss ich mehr Details über das erfahren, was damals mit ihr geschehen ist.“

Van Cleef runzelte irritiert die Stirn. „Soweit ich weiß, haben Sie bereits vor Jahren die notwendigen Informationen erhalten, Professor.“

„Ich weiß, aber Anna bildet sich tatsächlich ein, dass Jakob noch lebt und sie bedroht. Was hat dieses Monster ihr angetan, dass er sich so in ihr manifestiert und sie Einbildung und Realität nicht mehr trennen kann? Manchmal glaubt sie ihre ermordete Schwester zu sein. Und ... Na ja, den heutigen Abend muss ich wohl nicht kommentieren. Es wäre für meine Therapie wichtig, Genaueres zu erfahren. Die Informationen, die ich damals von Ihnen erhalten habe, sind zwar nützlich, aber ich glaube, Sie haben mir wesentliche Details vorenthalten."

Van Cleef räusperte sich. „Ich werde es mir überlegen und Sie anrufen. So etwas muss genehmigt werden."

Kreiler nickte und stieg wortlos in seinen Wagen.

Van Cleef schaute dem Fahrzeug nach, wie es das Grundstück der Gavaldos verließ. Dann stieg auch er ein.

„Alles in Ordnung, Mathi?"

„Ja. Ich habe mich wieder beruhigt, und es geht mir gut. Anna tut mir leid. Sie ist wirklich nicht ganz bei Sinnen. Kreiler muss etwas unternehmen. Also, Sherlock Holmes, befriedige meine Neugier!"

Er lachte und versuchte sie mit ein wenig Humor abzulenken. „Nur die?"

„Lustmolch. In acht Wochen kommen die Gebrüder Klitschko auf die Welt. Außerdem sehe ich, was los ist. Du traust Kreiler nicht."

„Wie kommst du darauf?"

Sie überhörte seine Frage. „Was wollte er von dir?"

„Er möchte Anna helfen und bittet mich um Details über das, was vor sieben Jahren geschehen ist."

„Aber, du bist doch schon mit ihm die Akten ... , Benedikt van Cleef, du hast ihm damals nicht alles gesagt!"

„Stimmt."

„Und weshalb traust du ihm nicht?"

Er lächelte. „Ach je, ich habe eine kluge Frau geheiratet."

Mathilda starrte aus dem Fenster in die Dunkelheit. Es war eine kühle und windige Nacht. Über ihrem Fahrzeug rüttelte der böige Wind an den Ästen der Bäume. Sie schlugen den Weg Richtung Dachau ein.

„Hast Du Kreiler jene Details vorenthalten, die du auch mir verschweigst?"

Er antwortete nicht.

„Manchmal hasse ich deinen Beruf", sagte sie nachdenklich.

Jörg Kreiler war sich sicher: Er hatte heute eine erstaunliche Erfahrung gemacht und für eine kurze Zeit selbst geglaubt, Katharina zu spüren – bis Anna wieder zu sich kam.

Er hatte einen Plan. Sein Vorhaben würde nicht nur Annas Leben verändern, sondern auch sein eigenes: Hypnose. Regression. Das war die richtige Lösung. Weshalb war ihm der Gedanke nicht schon viel früher gekommen?

Er könnte Annas Tränen für immer trocknen und aus ihr einen glücklichen Menschen machen, wie es ihre Schwester Katharina gewesen war. Doch damit sie unter Hypnose regredierte, brauchte er mehr Informationen. Dazu musste er wissen, was dieser Psychopath vor sieben Jahren mit ihr angestellt hatte. Anna selbst hatte ihn auf die Idee gebracht. Mit van Cleef würde er schon fertig.

In ihm würde Anna den Beschützer finden, der sich um sie kümmerte. Er würde sie ihrem grauen Alltag entziehen, ihr schmeicheln, sie liebkosen und ihr zuhören und mit ihr als Katharina in ihr ganz persönliches Reich abtauchen, das nur ihnen allein gehörte.

Anna … Katharina …

Es war so naheliegend, so einfach.

Kapitel 14

München

Benedikt van Cleef machte sich auf den Weg zur neurologischen Station des Kreiskrankenhauses Bogenhausen. Er fand, innerhalb eines Krankenhauses gab es keine zwei Disziplinen, die weniger miteinander gemein hatten als Neurologie und Pathologie. Und heute musste er beide aufsuchen.

In all den Jahren seiner Tätigkeit als Leiter der Mordkommission in Hamburg, Berlin und München hatte er nur wenige Pathologen getroffen, die nicht nach demselben Muster gestrickt waren: verschlossene, vor sich hin murmelnde Typen, die sich mit totem Fleisch auf dem Seziertisch, den Abstrichen im Labor und im Kühlhausambiente der Leichenhalle im Souterrain wohler fühlten als mit lebenden, atmenden Patienten. Doch es gab auch eine Ausnahme: Veronika Granel. Trotz der täglichen Konfrontation mit dem Tod war sie eine einfühlsame Frau geblieben. Seine Kollegen schätzten sie ebenfalls sehr.

Er kannte die schlanke Pathologin mit dem graumelierten, kurzem Haar seit er in München war. Nach einer abendlichen Obduktion hatten sie gemeinsam in der Kneipe ein Bier getrunken, und seitdem nannten sie sich beim Vornamen. Er war angetan von der exzellenten Arbeit dieser attraktiven Frau und wusste, dass sie ihn ebenfalls schätzte. Von ihr hatte er vieles über die Gerichtsmedizin erfahren, was in einem Lehrgang der Polizei nicht vermittelt wurde.

Sie glaubte, dass alle Psychotherapeuten überaus zartbesaitete Naturen waren, die der Anblick von Blut abstieß. Und nun war er auf dem Weg zu einem von ihnen, Professor Jörg Kreiler. Auf ihn traf Veronikas These allerdings nicht zu. Er war ein hartgesottener Neurochirurg, in dessen Operationssaal das Blut der Kopfverletzungen traumatisierter Unfallopfer floss. Eine Menge Blut. Kreiler genoss allerdings ebenso einen hervorragenden Ruf als Psychiater.

Veronika Granel hatte heute Morgen angerufen und von einem Anruf Kreilers berichtet. Sie mochte ihn wohl nicht besonders.

„Es ist etwas in seinen Augen … Ich kann es dir nicht erklären, Benedikt. Sei auf der Hut", hatte sie gesagt.

Auch er fragte sich, welchen Grund Kreiler haben konnte, wegen einer Hypnose-Therapie eine Pathologin zurate zu ziehen? Weil eine teuflische Wendung des Schicksals Anna Gavaldo in eine gequälte, zerstreute Frau verwandelt hatte? Er mochte die sympathische Freundin seiner Frau, allerdings war auch ihm aufgefallen, dass sie sich in letzter Zeit seltsam benahm. Und gestern Abend ... Vielleicht konnte Kreiler ihr tatsächlich helfen.

Veronika glaubte allerdings nicht, dass er mit ihm nur medizinische Details erörtern wollte, sondern dass er etwas Genaues über die Art und Weise erfahren wollte, wie Annas Schwester gestorben war. Das Bild von ihr – wie sie aufgefunden wurde – war ein übler Belag auf Kreilers Gehirn, das wusste Benedikt. Schließlich war Kreiler mit der Ermordeten befreundet gewesen. Aber half es ihm herauszufinden, was in der Hypnose real und was eine Fiktion war? Sein Vorgänger hatte Max und Anna nie gestattet, den Polizeibericht über Katharinas Folter und Tod zu lesen, ebenso wenig hatte er ihnen damals Einblick in Annas Akte gewährt. Als Anna Wochen später das Kommissariat betreten hatte, um sich für ihre Rettung zu bedanken, hatte sein ehemaliger Kollege die Kommentare der Kollegen mitbekommen: *So eine schöne Frau in den Händen des Psychopathen, der vorher ihre Schwester umgebracht hatte! Schaut euch diese Augen an, dieses lange blonde Haar und diesen Körper!*

Anna Gavaldo war damals achtzehn gewesen, klein, zart, temperamentvoll, redselig, blond, eine blauäugige Elfe – bis Nicolas Giacomo Corelli, den alle nur Jakob nannten, ihr zauberhaftes Wesen zerstört hatte.

Er betrachtete das Schild an der Eingangstür der neurologischen Station 3 D: *Die ihr hier eintretet, lasst alle Vernunft fahren. Nur dann bist du die Quelle des Trostes.*

Als er ins Sekretariat ging und an das Pult trat, blickte Kreilers Mitarbeiterin auf.

„Sie sind bestimmt Kommissar van Cleef", flötete sie und richtete den Blick auf die Karte, die er ihr reichte.

Er nickte.

„Professor Kreiler erwartet Sie bereits." Sie drückte den Knopf der Sprechanlage. „Kommissar van Cleef ist da."

„Er möchte hereinkommen, Biggi."

Sie zeigte auf die holzvertäfelte Tür. „Bitte, Herr Kommissar", hauchte sie und rollte mit den Augen.

Wow! Bitte, Herr Kommissar! Was drei Worte und ein vielversprechender Augenaufschlag bewirken konnten! Er lächelte sie im Vorbeigehen an.

Drinnen reichte Jörg Kreiler ihm jovial die Hand. „Ich danke Ihnen, dass Sie sich die Zeit genommen haben, Herr van Cleef."

Van Cleef nickte. „Die Worte, draußen auf der Tafel ... interessant. Sie werden nichts dagegen haben, wenn ich mich von Berufs wegen nicht daran halte."

Kreiler warf ihm ein abwartendes Lächeln zu.

„Welche Patienten behandeln Sie hier eigentlich, Professor?"

„Alzheimer im fortgeschrittenen Stadium, arthro-sklerotische Senilität, eine Gruppe von Demenzen oder einfacher gesagt, nicht diagnostizierte Verwesung der Seele."

Van Cleef schmunzelte wider Willen.

„Wir Neurologen nennen es auch den Gemüsegarten", schob Kreiler nach.

Wirklich feinfühliger Haufen, diese Neurologen, dachte van Cleef.

„Mit anderen Worten: Wir versorgen leere Augen, schlaffe Münder und vollgesabberte Kinne. Fröhlich, immer fröhlich. Die Schwestern nennen die Patienten ‚Schatz' und ‚Süße' oder ‚mein Hübscher'. Das oberste Gebot lautet: Redet mit denen, die nie antworten."

„Ja, ich weiß. Mein Vater starb vor drei Jahren an den Folgen von Alzheimer", sagte van Cleef leise.

„Das tut mir leid. Unglücklicherweise sind wir heute immer noch machtlos gegen diesen Zerfall der Hirnmasse. Vielleicht können wir in einigen Jahren hoffen –"

„Ja, vielleicht", unterbrach ihn van Cleef. „Sie haben sich mit einer ungewöhnlichen Bitte an mich gewandt, Professor Kreiler. Wenn ich Sie richtig verstanden habe, wollen Sie Akteneinsicht, um Frau Gavaldo zu helfen?"

„Richtig. Ich werde sie hypnotisieren. Während der Sitzung werde ich mit Hilfe von gezielten Suggestionen und Trance-Szenarien und Symbolen ihre Einstellungen, ihr Erleben und ihr Verhalten, was die traumatischen Geschehnisse betrifft, umlenken. Deswegen sollte ich erfahren, was damals mit ihr geschehen ist."

„Ich verstehe. Sie versetzen sie in diesen Trance-Zustand und erfahren, ob eine gewisse Persönlichkeitsspaltung vorliegt."

Kreiler nickte.

„Aber was geschieht, wenn sie Dinge sieht, die sie gar nicht sehen will?"

„Dann wird die Trance behutsam und gründlich zurückgenommen, und Frau Gavaldos Wahrnehmung wird wieder von innen nach außen gelenkt", antwortete Kreiler.

„Und wie lange dauert so was?"

„In der Regel nur einige Minuten."

„Sind Sie sicher, dass Sie das Richtige tun? Wird es ihr nicht schaden? Ich meine, sie hat genug durchgemacht. Und diese Akte … Es sind gebündelte Grausamkeiten."

„Ich kann Sie beruhigen. Im Rahmen meiner ärztlichen Schweigepflicht darf ich Ihnen keine Details über Frau Gavaldos Gesundheits- und Gemütszustand nennen. Aber so viel kann ich Ihnen sagen: Ihr geht es nicht besonders gut. Ich halte die Hypnose für unabdingbar. Wenn ein Therapeut erfahren genug ist und flexibel vorgeht, sprechen die meisten Patienten gut auf Hypnosetechniken an. Und …" Kreiler blinzelte ihm direkt ins Gesicht, und er musste unwillkürlich an eine Schlange mit spiralförmig sprühenden Augen denken, „… Herr van Cleef, ich bin eine Kapazität auf diesem Gebiet."

Benedikt wurde es zu bunt. „Sie hätten genauso gut sagen können, dass Sie über gottähnliche Fähigkeiten verfügen", bemerkte er sarkastisch.

Kreiler musterte ihn kalt. „Gottähnliche Fähigkeiten?"

Van Cleef hielt seinem Blick stand.

„Damit Sie nur einen vagen Hinweis darauf bekommen, Herr Kommissar, wie talentiert jemand sein muss, um ein neurochirurgisches Team zu leiten: Ich bin Facharzt für Neurologie, Psychiatrie, Neurochirurgie und Unfallmedizin. Ich ein ausgebildeter Psychoanalytiker und Psychotherapeut. Ich wurde belobigt von fünf Gesundheitsbehörden in Europa. Also frage ich Sie: Wenn ein Mann in die Kirche geht und auf die Knie fällt und zu Gott betet, dass seine hochschwangere Frau aufgrund eines Autounfalls ihre Babys nicht verliert oder kein akutes Gehirntrauma wegen des postoperativen Schocks davonträgt, was glauben Sie, wen er da anfleht?"

Van Cleef wurde kreidebleich. Er verstand die indirekte Anspielung auf Mathildas Schwangerschaft.

„Also, nur zu, Herr van Cleef! Gehen Sie in die Kirche, zünden Sie eine Kerze an, und mit ein bisschen Glück wird alles gut. Aber wenn Sie dort auf der Suche nach Gott sind, dann war er gerade im Operationssaal Nummer vier. Und er mag es gar nicht, kritisiert zu werden. Sie fragen mich, ob ich gottähnliche Fähigkeiten habe? Ich werde Ihnen etwas sagen: Dort bin ich tatsächlich Gott!"

Meine Güte, diese Weißkitteleitelkeit, dachte Benedikt. Wenn sie in der Mordkommission auch so übertrieben auf ihre Ehre bedacht wären, wären sie wahrscheinlich mehr mit ihren Profilneurosen als mit dem Lösen der Fälle beschäftigt. Wie kam er eigentlich darauf, Kreiler mit einer Schlange zu vergleichen? Weil diese skulpturale Wandleuchte hinter Kreilers Rücken ihn mit ihren vier Farbfeldern in einen seltsamen Zustand versetzte?

„Schon gut", sagte er, wohlwissend, dass er einen empfindlichen Nerv getroffen hatte. „Ich habe die Akte dabei, kann sie Ihnen aber nicht dalassen. Daher mache ich Ihnen einen Vorschlag. Ich habe noch einen Termin in der Pathologie. Ich wäre in etwa einer Stunde wieder bei Ihnen. Werfen Sie in der Zeit einen Blick hinein. Offene Fragen könnte ich danach mit Ihnen erörtern. Ich muss aber eines klarstellen, Professor Kreiler: Ich stimme nur zu, weil ich bemerkt habe, dass Frau Gavaldo tatsächlich etwas … verwirrt scheint und sie ist eine gemeinsame …"

Kreiler unterbrach ihn. „Vielleicht noch eines zu Ihrer Information, Herr van Cleef. Der Hypnosezustand ist keineswegs etwas Unnatürliches, das nur künstlich herbeigeführt werden kann. Jeder von uns ist sogar recht oft in Hypnose, zum Beispiel jeden Morgen, wenn man sich verschlafen aus dem Bett rollt. Wir befinden uns dann in einem Zustand zwischen Wachbewusstsein und Schlaf. Das Gehirn sendet in diesem Bereich sogenannte Alphawellen aus. Dies ist genau der Zustand, der normalerweise auch unter Hypnose erreicht wird. Im Bereich der Delta- und Thetawellen befinden wir uns im natürlichen Schlaf oder bei sehr geringer Frequenz im Koma. Dieser Bereich kann durch Hypnose nur in sehr seltenen Fällen erreicht werden, da dazu ein extremes Stadium der Tiefenhypnose notwendig ist."

Van Cleef seufzte.

Kreiler beugte sich ein wenig zu ihm vor. „Vielleicht so viel: Frau Gavaldo kam gestern in meine Praxis und glaubte, ihren Peiniger Jakob gesehen zu haben."

„Okay, okay, Sie haben mich überzeugt." Van Cleef sah sich um, zog einen Stuhl vor Kreilers monströsen Schreibtisch und setzte sich. „Vielleicht sollte ich Ihnen etwas über den Mörder Corelli erzählen", fragte er versöhnlich.

„Entschuldigung, Herr van Cleef, aber ich möchte mir erst mal ein völlig eigenes, unbefangenes Bild machen. Ich hätte daher gern vorher die Akte studiert."

Du überheblicher Neuronenklempner, dachte Benedikt. *Wenn mir Annas Wohl nicht so wichtig wäre, würde ich dir einen ordentlichen Tritt verpassen.*

„Wie Sie meinen", antwortete er gedehnt. „Ich will keineswegs Ihrem kompetenten Urteil vorgreifen."

Er ruckte geräuschvoll mit dem Stuhl nach hinten und erhob sich. Gedankenverloren starrte er einen Moment auf die auffällige Wandleuchte.

Kreiler hob die Augenbrauen. „Haben Sie noch etwas auf dem Herzen?"

„Nein, nein", sagte van Cleef, „es ist Ihre Wandleuchte. Sie hat ein erstaunlich beruhigendes Licht."

„Es ist eine Spezialanfertigung. Das Licht unterstützt die Hypnosetherapie, wie mein Medium Jasper." Er zeigte auf den kleinen getupften Teddybären auf dem Schreibtisch.

„Ja, Professor. Alles ist irgendwie programmierbar in Ihrem Metier, besonders der Mensch. Wir sehen uns", sagte er und warf beim Hinausgehen Kreilers Mitarbeiterin eine flüchtige Grußhand hin, bevor er sich zu Veronika Granel aufmachte.

Als er über den Flur zum Treppenhaus lief, wurde er das Gefühl nicht los, Anna soeben verraten zu haben. Das Gespräch hatte einen faden Beigeschmack hinterlassen. Im Treppenhaus blieb er vor dem Fahrstuhl stehen. Warum traute er Kreiler nicht über den Weg? Weil der Psychiater ihn an eine zischend säuselnde Schlange erinnerte, die ihre Opfer mit rotierenden Pupillen hypnotisierte und sich anschließend einverleibte? Und dann dieses Licht. Ein sinnliches Rot, ein beruhigendes Blau, ein stärkendes Orange. Die mystische Kraft der sprudelnden Farben übertrug sich auf den Betrachter. *Eine Schlange greift nur an, wenn sie in Gefahr ist,* dachte er.

Mit einem dumpfen Brummen öffnete sich die Fahrstuhltür. Sein Gefühl täuschte ihn eigentlich nie. Auch Kreiler hatte sich während ihres Gesprächs unwohl gefühlt.

Ihm fiel der Kinofilm mit Antonio Banderas ein, den er sich neulich mit Mathi angesehen hatte: Als Orpheus seine Frau aus der Unterwelt zurückbrachte, aus der Hölle, sagte man ihm, er dürfe nicht zu ihr zurückblicken, ganz gleich, was geschehe, doch schließlich konnte er dem Klang der Stimme nicht widerstehen, die seinen Namen rief, so wandte er sich um und verlor sie für immer.

Weg hier!, dachte er, betrat den Fahrstuhl und drückte energisch den Knopf für das Erdgeschoss, wo sich die Pathologie befand.

Kapitel 15

München

Das Sprechzimmer war dem Wartezimmer und dem Sekretariat sehr ähnlich, nur mit indirekter Beleuchtung und schweren Vorhängen vor den Fenstern. Neutrale Farben dominierten. Die Wände waren in einem satten Cremeton gehalten, die Möbel bezogen mit beigefarbenem Leinen. An den Wänden hingen zarte Landschaftsaquarelle und eine eingerahmte Promotionsurkunde sowie einige internationale Auszeichnungen – und die speziell angefertigte Lichtinsel mit ihren funkelnden Farben.

Durch die Sprechanlage erklang die Stimme seiner Assistentin: „Professor Kreiler, die Station hat angerufen. Anna Gavaldo ist auf dem Weg nach oben. Sie haben noch ein bisschen Zeit."

„Danke, Biggi."

Er überlegte, wie Anna wohl nach der heutigen Sitzung auf ihn reagieren würde. Er musste es schaffen. Notfalls würde er Jasper, sein zweites Ich, zurate ziehen. Gedankenverloren schaute er aus dem Fenster seines Sprechzimmers. Er hatte ihn schon sein ganzes Leben begleitet. Der Teddybär war sein Medium und hatte einen festen Platz auf seinem Schreibtisch.

Plötzlich hörte er ein zartes Klopfen an der Tür und gewahrte einen Hauch ihres Parfüms. „Du darfst ruhig reinkommen, Anna."

„Hallo, Jörg."

Er drehte sich um. Ihr Anblick überwältigte ihn. Sie wirkte so zart, so verletzlich.

„Du siehst toll aus", sagte er, als sie die Tür hinter sich schloss. „Braungebrannt und kerngesund. Die dunkle Haarfarbe steht dir ausgezeichnet."

Aber Katharina war blond, du Depp, meldete sich seine innere Stimme.

Er tat, als begegnete er Anna heute zum ersten Mal nach dem Urlaub, und erwähnte mit keinem Wort den gestrigen Vorfall.

„Was man von dir nicht gerade behaupten kann. Du solltest mehr vor die Tür gehen. Du bist bleich wie ein Gespenst", sagte sie.

Sie sieht toll aus, dachte er. *Wie Katharina damals nach unserem ersten gemeinsamen Urlaub. Nur mit einer anderen Haarfarbe.*

„Du scheinst dich über irgendetwas zu wundern", bemerkte er.

Anna sah sich um. „Nein, es ist nur … ich dachte, es wäre …"

„Ja …?"

„Kälter."

Er runzelte die Stirn. „Kälter?"

„Ja, ich dachte das Sprechzimmer in einer Klinik wäre kälter."

„Oh, ich verstehe. Das Zimmer. Du bist ja heute das erste Mal hier."

„Es ist viel gemütlicher, als ich es mir vorgestellt hatte."

Kreiler lächelte. „Danke. Es erfüllt seinen Zweck."

Sie schaute auf das schwarz-weiß getupfte Stofftier. Der Teddybär lehnte an der Schreibtischlampe und musterte sie mit seinen dunklen Augen.

„Hat er einen Namen?"

Kreiler zuckte mit den Schultern. „Ich nenne ihn Jasper. Er steht mir zur Seite, wenn ich meine kleinen Patienten therapiere. Kinder fühlen sich wohler, wenn sie ein Kuscheltier in ihrer Nähe wissen. Sie glauben, es könne sie beschützen, wenn es brenzlig wird."

Anna nickte. „Du benutzt ein Stofftier, um ihr Vertrauen zu gewinnen? Finde ich gut. Interessant. Darf ich mich setzen?"

Sie ist nervös. „Nur zu."

Anna setzte sich und schlug ihre Beine übereinander. „Ich habe mich doch nicht auf deinen Platz ge–"

Doch! Hast du. In Kreilers Kopf gab die Stimme seines Freundes Jasper Murmellaute von sich. *Sei still, Jasper. Ich bin dran,* befahl Kreiler seiner inneren Stimme.

„Nein, es ist alles in Ordnung. Du sitzt auf dem Stuhl des Glücks."

Sie lächelte verwirrt. „Stuhl des Glücks?"

„Weißt du, warum du hier bist, Anna?"

„Was soll das, Jörg? Ich bin nicht verrückt, und ich habe den Grund der Einweisung ganz sicher nicht vergessen. Einen Teil meiner Vergangenheit schon, aber das hier nicht!"

Er lachte. „Sehr gut. Du reagierst so, wie ich es erwartet habe. Dann können wir also anfangen?"

Noch immer klang ihre Stimme verärgert. „Ja!"

„Mit Unterstützung von Hypnose und suggestiver Regression wirst du, wie ich hoffe, die Vorfälle der vergangenen Jahre noch einmal durchleben, was natürlich sehr hilfreich für deine Genesung wäre."

„Damit können wir dann die Dämonen vertreiben?", fragte sie.

Ja, aber danach wirst du mein Mädchen sein.

Nein, Jasper, mein *Mädchen, nicht dein Mädchen!*

„Wir werden sehen, Anna", antwortete Kreiler. „Ich denke schon. Nein, ich bin mir absolut sicher, dass wir es schaffen werden. Die Sitzungen werden auf Video aufgezeichnet, damit du sie dir später ansehen kannst, falls du das wünschst. Würdest du dich jetzt bitte hinlegen."

Sie nickte.

„Mach es dir bequem", sagte Kreiler und nahm hinter seinem Schreibtisch Platz. „Ich werfe nur noch rasch einen Blick in meine Notizen, dann können wir das Band und die Kamera starten."

Anna streifte sich die Schuhe ab und sank auf die Couch. „Müssen wir denn unbedingt ein Band mitlaufen lassen?"

„Allerdings. Das müssen wir. Wirklich. Das ist übrigens nicht meine Idee. Die Versicherungsgesellschaft für die Arzthaftpflicht verlangt das."

„Ich habe nicht vor, dich zu verklagen, Jörg."

Er lachte. „Ja, ja. Das sagen sie alle."

Er deckte sie mit einer Wolldecke zu, dann richtete er die Digitalkamera auf sie und schaltete die Wandleuchte ein. Sofort wurde der Raum von zarten Farben überflutet. Das Rot vermischte sich dem Blau und dem Orangeton.

„Das Licht ist schön", sagte sie. „So beruhigend."

„Es hilft bei der Hypnosetherapie. Mit Hypnose bezeichnet man den Zustand, in welchem der Betreffende außergewöhnlich empfänglich für Suggestionen ist. Hast du Angst?"

Anna nickte.

„Wovor denn?"

„Dass ich eine Frage falsch verstehe."

„Das geschieht nur, wenn du eine Frage falsch verstehen möchtest."

„Ich habe Angst vor dem, was ich sehen könnte."

„Das verstehe ich. Aber ich werde dich schützen."

„Bitte, Jörg", sagte sie flehend.

„Nach allem, was du mir gesagt hast, kannst du dich nicht mehr daran erinnern, was vor sieben Jahren geschehen ist."

„Ich ... ich habe Lücken."

Und ich habe Sehnsucht nach dir, nach deinem Körper, nach ...

Verdammt noch mal, Jasper, du störst die Sitzung!

„Ich möchte dich darauf hinweisen, dass manche Patienten wesentlich intensivere Sinneswahrnehmungen haben als andere. Es kann dir also so vorkommen, als würdest du dich in der Vergangenheit befinden. Alles, was du siehst, hörst, fühlst, sogar das, was du riechst, könte dir absolut real erscheinen."

„Ich verstehe. Genau das ist es …"

„Sorge dich nicht. Ich werde auf dich aufpassen."

„Ja." Sie klang wie ein verängstigter kleiner Vogel.

„Du beschreibst mir alles, was du erlebst, und die Kamera wird das Ganze aufnehmen."

„Glaubst du, dass ich es schaffe?", fragte sie ängstlich.

Ich werde es schaffen!

Kreiler antwortete nicht und schaltete das integrierte Aufnahmegerät ein.

„Heute ist Freitag, der 20. Oktober 2006. Aufzeichnung der ersten Sitzung mit Anna Gavaldo. Diese Aufzeichnung wird mit ihrem Einverständnis gemacht. Anna, würdest du …?"

„Entschuldige. Wenn du mit mir redest, möchte ich dir in die Augen schauen."

Er sah auf sie herab und erblickte die Farbe eines strahlend blauen Himmels, das Meer und seine Brandung, und er spürte gleichzeitig eine taube Verzückung, die wie ein Messer durch sein Inneres glitt.

Wie lange werde ich mich in der Gewalt haben?

„Anna, bitte deinen vollständigen Namen für die Aufzeichnung."

Anna nannte ihren Namen.

„Das Ziel unserer heutigen Sitzung ist die Rückführung. Wir versuchen, dich zu dem Abend zurückzuführen, an dem du überfallen wurdest. Um das zu erreichen, werden wir anfangs ein wenig miteinander plaudern, damit du dich besser entspannen kannst." Er lächelte. „Also, was gab es heute Morgen zum Frühstück?"

„Es gab Müsli mit Honig."

„Was hast du getrunken?"

„Kaffee mit Milch, ohne Zucker."

„Anna, kannst du mir sagen, wie spät es ist?"

Sie schaute auf ihre Armbanduhr. „Es ist elf Uhr."

„Und welchen Tag haben wir heute?"

„Freitag, den 20. Oktober 2006."

„Sehr gut. Wann hast du deinen Mann Max zum ersten Mal getroffen?"

Annas Gesichtszüge entspannten sich mit einem Mal. „Im Convento di Carmo."

Ich werde dir diesen Kerl schon austreiben!

Jasper! Sei still!

„Und wann war das?"

„Bitte?"

„Wann war das?"

„Damals war ich vierzehn Jahre."

Kreiler spürte den stechenden Schmerz der Eifersucht in seiner Brust. „Und deine Ehe mit Max?"

„Ja, was soll ich da sagen? Wir sind seit sechs Jahren verheiratet, und ich kriege noch immer Herzklopfen, wenn ich seine Stimme am Telefon höre."

Soll ich ihn für dich umbringen?, wollte Jasper wissen.

O Gott Ich muss mich zusammenreißen, dachte Kreiler.

Du entwickelst dich zum Jammerlappen, Jörg.

„Lehn dich zurück, Anna. Entspann dich und konzentriere dich auf meine Stimme. Also, ich möchte, dass du jetzt tief einatmest und dann die Luft herauslässt. Und wenn du dann wieder einatmest, dann möchte ich, dass du dir Folgendes vorstellst. Die Luft wirbelt rund um deine Lunge, und dann strömt sie davon, und wenn sich die Lunge erneut mit Luft füllt, dann möchte ich, dass du dir vorstellst, dass all die Spannungen, die in dir sind, herausgezogen werden. Sie sind wie Rauch, der in dir herumwirbelt, und du bläst ihn raus wie einen tiefen Seufzer. Und all deine Ängste und Sorgen entweichen in einer dichten Wolke aus schwarzem Rauch. Siehst du, wie der Rauch langsam von dir wegschwebt? Spürst du die sanfte Meeresbrise, die dich umgibt?"

Wenig später hatte er sie in leichte Trance versetzt. Sie lag entspannt auf dem Rücken, mit schlaffen Gliedmaßen, geschlossenen Augen und ausdrucksloser Miene.

„Welches Datum haben wir heute?"

„Dienstag, den 11. Oktober 2005."

„Bist du dir sicher? Siehst du, wie der Wind mit dem Kalenderblatt spielt? Dein Finger gleitet über den Kalender, die Zeit bewegt sich rückwärts, weiter und weiter. Während der Wind die Zeit rückwärtslaufen lässt, gehen auch wir, was das Datum betrifft, rückwärts. Wir gehen immer weiter zurück. Was für ein Tag ist jetzt?"

„Montag, der 8. Oktober 2001 ..."

„Wir gehen weiter zurück, weiter, immer weiter. Du bist auf einem weichen Pfad neben einem kühlen Bach und bleibst ein Weilchen stehen, um dem Wasser zu lauschen. Du fühlst dich frei und entspannst dich. Du gehst weiter, ganz langsam. Du siehst ein Blatt, das wie ein Schiffchen auf dem Wasser treibt, und verfolgst mit den Augen, wie es mit der Strömung segelt. Das Blatt begleitet dich. Bei jedem Schritt lässt du mehr los, und bei jedem Schritt, den du den Pfad entlanggehst, fühlst du dich wohl und sicher, du bist ruhig und gelassen, in Geist, Körper und Seele."

Anna runzelte die Stirn, als Kreiler sie von dem Bach wegführte, und verzog leicht das Gesicht.

„Du kommst zu einer zartgrünen Sommerwiese mit Blumen, du riechst den Duft der Blumen, es ist warm, die Sonne scheint, der Himmel ist blau, du spürst eine leichte Brise auf den Wangen und gehst auf einen Wald zu und siehst einen Weg, der durch den Wald führt."

Ihre Brust hob und senkte sich. „Und wieder läuft die Zeit zurück, weiter und weiter in die Vergangenheit. Immer weiter … weiter. Welches Datum haben wir heute?"

„Freitag, den 27. Oktober 1995. Heute wurde Katharina beerdigt. Sie hat mich im Stich gelassen." Anna begann zu weinen. „Sie wurde ermordet."

„Bist du sicher?", fragte er.

Plötzlich stand sie auf dem Friedhof, wo sie Katharina am späten Nachmittag begruben. Die Trauernden am Sarg und der Priester warfen in der winterlich anmutenden Sonne lange Schatten. Wenn der Wind sich zwischendurch beruhigt hatte, hörte man unten auf der Straße gelegentlich einen Wagen vorbeifahren. Es war schnell vorüber. Nachdem der Priester den Sarg und die Trauergäste gesegnet hatte, defilierten die Leute aus dem Dorf vorbei; einige legten Blumen auf den Sarg. Severin, Katharinas Jugendliebe, der schon seit fast drei Jahren in Boston lebte, machte einen verstörten Eindruck. Er blieb am Grab stehen, bis der Letzte gegangen war. Anna wusste, wie ihm zumute war. Sie sah, wie er die Augen zu Boden schlug, und später, als alle fortgegangen waren, sah sie ihn weinen.

Dann bemerkte sie einen Schatten, der mit versteinerter Miene zwischen der trauernden Gemeinde stand und sie beobachtete, ein Schatten, der sich verschob und sich auf die Trauergemeinde senkte, die wie hinter dunklem Milchglas verschwand. Ein Mann hob sich in überirdischer Deutlichkeit aus dem Schatten heraus, dass sie selbst seine Gedanken lesen konnte. Sie hörte sein Flüstern.

„Warum verzweifelst du, Anna, wenn der Tod das Tor zu Freude und Herrlichkeit ist?"

„… ist es Katharina, die in dem Grab liegt?", fragte Kreiler vorsichtig.

Sie bewegte sich unbehaglich auf der Couch und nickte. „Ich glaube, ja. Ich bin mir aber nicht sicher."

Er sah jetzt, dass sich ihre Abwehr in einer Mischung aus Furcht und Elend verlor.

„Was siehst du, Anna?"

Sie schilderte unter seiner Anleitung ihre Empfindungen. „Ich schaue mich noch einmal zu Katharinas Grab um, an dem Severin steht. Aber …"

„Anna, sieh genau hin. Wer liegt in dem Sarg?" Kreiler saß vorgebeugt in einem Ohrensessel, etwa anderthalb Meter entfernt, und staunte über die Veränderung in ihrem Gesicht, wie Trauer einem Ausdruck argwöhnischer Furcht und Entsetzen wich.

Anna wollte nicht hinschauen, sie wollte nicht hinuntersehen, dort, wo ihre Schwester lag, die sie immer beschützt hatte. Was sollte aus ihr werden? Wer beschützte sie jetzt außer ihre Großeltern? Katharina war so stark, sie war unersetzlich für sie.

Sie hielt die Hand ihrer Großmutter fest umklammert, denn neben ihrer Mutter wollte sie nicht stehen. Sie verabscheute diese zur Schau gestellte Beherrschung, wie auch Katharina sie verabscheut hatte.

Ein merkwürdiger Impuls erfasste sie, ein Sog, der von Katharinas Grab auszugehen schien und sie zwang, ihre Starre zu lösen. Gleichzeitig überfiel sie die Angst, dass sie sich zu ihrer Schwester ins Grab stürzen könnte. Sie wollte nicht ohne sie leben.

Ein flüchtiger Blick auf das Grab, und plötzlich war es nicht Katharina, die in dem Sarg lag, sondern sie selbst – auf roten Samt gebettet.

„Wer steht am Grab? Was siehst du?"

„Meine Mutter … Sie steht vor einem Grabstein."

„Und weiter?"

„Auf dem Grab liegt ein Blumengebinde aus Schleierkraut und Lilien."

Katharina konnte Lilien nicht ausstehen.

Jasper! Bitte!, ermahnte Kreiler seine innere Stimme

Annas Miene verfinsterte sich. Sie rollte sich auf die Seite.

„Anna?", flüsterte er.

„Nein! Ich kann nicht!"

Das ist ... das ist Katharinas Stimme!

Verdammt! Halt endlich deine Klappe und verschwinde.

„Was steht auf dem Grabstein?"

„Ich kann es nicht sehen. Meine Mutter steht davor, mit meiner Schwester."

Schwester?

„Deine Mutter verlässt jetzt den Friedhof. Kannst du sehen, was auf dem Grabstein steht?"

Anna gab einen klagenden Ton von sich und drehte das Gesicht in die Kissen.

„Sieh nicht weg, Anna."

Sie blickte hoch, ihre Augen wurden groß. „Anna Wendel. Mein Name steht auf dem Grabstein ..." Dann versagte ihre Stimme. Ihr Unbehagen war jetzt greifbar, und er befürchtete, dass es in Hysterie übergehen könnte. Außerdem durfte er am Anfang nicht zu weit gehen.

Mit leiser Stimme führte er sie langsam aus der Trance heraus und ging den Weg zurück, den sie durch die imaginäre Landschaft gekommen war. Die Wiese. Der Wald. Der Bach.

„Atme tief durch", wies er sie an. „Die Luft ist köstlich. So süß und frisch und kühl."

Ihre Brust hob und senkte sich langsam und gleichmäßig.

„Wenn ich bis fünf zähle, wirst du aufwachen und dich entspannt und erfrischt fühlen, okay?" Ohne auf ihre Antwort zu warten, begann er zu zählen. „Eins ... zwei ... drei ..."

Annas Lider zuckten, dann öffneten sie sich langsam und zeigten ihm zwei dunkle, geweitete Pupillen, die sich im Licht zusammenzogen.

Kreiler reichte ihr ein Kleenex.

Anna blinzelte hektisch ins Licht, dann hob sie schwungvoll die Füße von der Couch und kam hoch. Ihr Gesicht war gerötet, doch ihre Augen waren glänzend und hell.

„Du hast sehr gut mitgemacht. Ich bin stolz auf dich!"

Sie räusperte sich. „Ich verstehe das alles nicht, Jörg. Das war nicht so!"

„Sag mir, was du denkst."

„Ich denke, dass das alles verrückt ist."

Du bist verrückt!, meldete sich Jasper.

Sie seufzte. „Warum soll ich mich an Sachen erinnern, die niemals passiert sind?"

„Siehst du, es ist unmöglich, eine Erinnerung zu wecken, ohne gewissermaßen auch die Emotion zu wecken, die mit dieser Erinnerung verbunden ist. Das emotionale Beiwerk kann manchmal so schmerzlich sein, so erschreckend, dass das Gehirn eine Erinnerung vollständig löscht."

Du Lügner!, kreischte Jasper.

„Nein", sagte sie erregt. „Es ist alles doch noch da, so frisch, so vollständig. Katharinas Beerdigung, ich war doch da!"

„Das ist mir durchaus klar. Aber damit die Wunschvorstellung weiterbestehen konnte, hast du meiner Meinung nach angenehmere Erinnerungen erfunden, die nun die tatsächlichen Erlebnisse überlagern."

„Welche Wunschvorstellung?"

„Du wolltest auch tot sein, weil du glaubtest, ohne Katharina nicht weiterleben zu können. Deshalb hast du dich in dem Grab liegen sehen."

„Es ist trotzdem nicht so passiert! Nein!"

„Wenn du das sagst."

„Das sage ich nicht nur so, das war auch so!"

„Wie können wir so etwas mit Sicherheit jemals wissen?"

„Wir können es! Du weißt es, ich weiß es. Was redest du da?"

Reg dich ab, Liebes.

„Aber wieso erinnerst du dich denn dann so präzise an Dinge, die niemals passiert sind?"

Sie sah ihn völlig verblüfft an.

„Sieh mal, Anna, du hast deiner Schwester schon immer sehr nahegestanden, und du wolltest ihr auch im Tod nahe sein, damit sie sich im Grab nicht allein fühlt. So geht es vielen, die um einen geliebten Menschen trauern. Und du warst damals noch ein Kind. Das, was du siehst, ist normal."

„Nein! Nein, ich möchte meine Erinnerungen so behalten, wie sie sind."

Er seufzte. „Ich glaube, es reicht für heute. Versuche, dich abzulenken. Lies ein Buch oder sieh ein bisschen fern. Grüble nicht zu viel. Alles wird gut!"

Sie lächelte gequält. „Versprichst du mir das?"

„Ja."

Aber ich nicht!, flüsterte Jasper.

Kreiler schaltete das Tonbandgerät ein und dachte kurz nach. Dann drückte er die Aufnahmetaste und diktierte: „Allmählich beginnt Katharina in Anna zu hypostasieren. Sie hindert ihre Schwester daran, sich mit dem emotionalen und physischen Trauma auseinanderzusetzen. Das wesentliche Merkmal ist die Existenz zweier unscheinbarer Persönlichkeiten innerhalb des Individuums. Jede Persönlichkeit ist eine voll ausgebildete und komplexe Einheit mit eigenen Erinnerungen, Verhaltensmustern und sozialen Bezügen, die die Handlungen des Individuums bestimmen, wenn diese Persönlichkeit dominiert. Der Übergang von einer Persönlichkeit zur anderen geschieht plötzlich, oft verbunden mit emotionalem Stress ... Normalerweise hat die originäre Persönlichkeit weder Kenntnis noch ein Bewusstsein davon, dass die andere Persönlichkeit existiert ... Wie es auch bei Anna der Fall ist. Zum zweiten Mal kam Katharina als Person – wenn auch nur zögerlich – an die Oberfläche. Für die Therapie, doch besonders für mich, ist dies ein erster Erfolg."

Er schaltete das Gerät aus. Anna hatte im Raum einen zarten Jasminduft hinterlassen, den er gierig aufsog. Er spürte die Hitze zwischen seinen Lenden. In den vergangenen Jahren hatte er immer nur von Katharina geträumt, doch jetzt war er Feuer und Flamme für Anna, wollte sich hinter sie knien und ihren Hintern mit seinen Händen umschließen, ihre kühne Festigkeit fühlen, ihre Wärme, während er die Pobacken auseinanderdrückte. Er wollte mit seiner Zunge ihre süße Wärme kosten und eng umschlungen jeden ihrer Düfte einatmen. Anna wurde seiner geliebten Katharina immer ähnlicher, durch Anna lebte sie weiter. Er spürte, wie sein Glied hart und steif wurde. Seine Hand glitt nach unten. Er öffnete den Reißverschluss seiner Hose, nahm seinen Penis heraus und masturbierte heftig. Er kam gewaltig, schrie Katharinas Namen und war glücklich.

Während er zu den Papiertüchern griff, wusste er, dass in ihm ein Sturm tobte, ein Sturm unbegrenzter Möglichkeiten, keine davon besonders freundlich und jede mit unabsehbaren Folgen.

Er betrachtete sich selbst gern als attraktiv und glaubte, dass er es wert war, von Anna geliebt und erlöst zu werden, doch ihre Worte bewirkten manchmal genau das Gegenteil, besonders dann, wenn sie von Max und Kathi, ihrer Tochter, sprach. Immer dann war sein Schutzwall angeknackst, und er stand vor einem Abgrund, wo sich feine Risse auftaten, die sich allmählich zu größeren Klüften verbreiterten, um dann zusammenzuwachsen zu einem gähnenden schwarzen Loch, das ihn verschluckte und voller Trauer wiedergebar.

Doch jetzt kannte er die Lösung des Problems.

Starnberg

„Anna macht Fortschritte, Max", sagte Kreiler mit ruhiger Stimme. „In der ersten Sitzung hat sie mir von der Beerdigung ihrer Schwester erzählt. Sie glaubte, selbst in dem Grab zu liegen."

Er hörte, wie Max am anderen Ende der Leitung den Atem anhielt.

„Das ist ein gutes Zeichen. Glaub mir. Damit assoziiert sie den Wunsch, ihrer Schwester nahe zu sein. Sie wollte damals ebenfalls sterben, weil Katharina sie verlassen hatte. Der Mord spielt also hier eine sekundäre Rolle. Ich konnte sie beruhigen."

„Wann kann ich sie besuchen?"

„Frühestens in drei bis vier Tagen. Sie soll sich vollkommen auf die Therapie konzentrieren. Vertrau mir, Max."

„Mir bleibt wohl nichts anderes übrig."

Kreiler ignorierte die Bemerkung. „Hast du einen gehoben?"

„Mehrere."

„Manchmal hilft es. Und jetzt würde ich gern mit meiner kleinen Freundin sprechen. Sie schläft doch noch nicht, oder?"

„Nein. Kommst du mal, Kleines? Onkel Jörg möchte dir gute Nacht sagen."

Kathi kam polternd angerannt und riss Max förmlich den Hörer aus der Hand.

„Hallo, Onkel Jörg."

„Hallo, meine Kleine", sagte Kreiler leise. „Was hältst du davon, wenn ich dich morgen früh abhole. Wir könnten in den Zoo zu den Bären gehen."

„Ja", piepste Kathi. „Das machen wir."

„Und dann habe ich noch ein Geschenk für dich", sagte die Stimme am Telefon. „Ich habe es deiner Mami gezeigt, und es gefällt ihr. Sie sagt, du wirst es mögen. Mami ist sehr krank und schläft immer, Schätzchen, aber wir können sie gesund machen. Du und ich."

Kathi nickte. „Ja."

„Ich mache Mami wieder gesund. Das verspreche ich dir", sagte er mit seltsam heller Stimme.

„Ja!", meinte Kathi ernst. „Mach Mami schnell wieder gesund. Ich schlafe am liebsten bei Mami. Morgens kuschele ich immer mit ihr, da mag ich keine Männer in ihrem Bett. Und wenn ich groß bin, habe ich auch so schöne Schuhe wie Mami, so welche mit Perlen und Untersetzern." Plötzlich machte sie eine Pause. „Oje! Jetzt weiß Papi, dass ich heimlich Mamis Schuhe anziehe. Gibst du Mami einen Kuss von mir, Onkel Jörg? Und sie soll bei offenem Fenster schlafen, weil atmen so gesund ist. Gute Nacht, Onkel Jörg."

Als Kreiler spät in der Nacht in seinem Badezimmer in den Spiegel blickte, sah er ein freudig erregtes Gesicht mit geröteten Wangen.

„Ja, das hast du gut gemacht, Jasper! Wirklich gut gemacht. Das Spiel kann beginnen."

Wir sind schon mittendrin!

Kapitel 16

Istanbul – Freitag, 20. Oktober 2006

Istanbul war eine Stadt voller Geschichten und Geheimnisse. Bis heute hatte sie ihr bezauberndes Aussehen und ihre Lebendigkeit bewahrt. Es war ein Jammer, ausgerechnet hier den nächsten klebrigen Faden seines todbringenden Netzes zu spinnen. Sein Opfer war ein weiteres Mitglied der ehemaligen Malinka-Bewegung: Antonin Zagár.

Istanbul, die Stadt am Bosporus, lag im Mittelpunkt der Alten Welt und hatte bereits dem Römischen, Byzantinischen und dem Türkisch-Osmanischen Reich als Hauptstadt gedient. Hier hatten Kaiser und Sultane geherrscht, hier erzählte man sich die schönsten Geschichten aus dem Abendland.

Und heute, an einem Freitag, wollte er Antonin Zagár sein Geheimnis anvertrauen und ihm die Geschichte vom Sandmann erzählen.

„In der ganzen Welt", sagte der Pole, „gab es niemanden, der so viele Geschichten zu erzählen wusste wie meine Mutter ... und der Sandmann. Die beiden verstanden etwas vom Erzählen."

Kalt blickte er den vor Angst und Schmerzen wimmernden Zagár an, der auf dem Holzfußboden der alten Hafenbaracke in einer Blutlache lag.

„Gegen Abend, wenn ich noch hübsch artig am Tisch oder auf meinem Bänkchen saß, gab meine Mutter mir ein rosafarbenes Bonbon, das mich ruhig halten sollte", fuhr der Pole mit eindringlicher Stimme fort. „Ich war damals sechs. Dann kam der Sandmann. Er kam leise die Treppe herauf, denn er ging auf Socken; ganz leise öffnete er meine Schlafzimmertür, und, husch, warf er mir feinen Sand in die Augen, so fein, aber doch immer genug, dass ich nicht länger die Augen aufhalten konnte."

Ein Ausdruck der Ungläubigkeit trat jetzt in seinen Blick, als er Zagárs rechten Armstumpf berührte und anhob. Er sah den Schmerz in den Augen des Mannes, aber kein Laut kam über seine Lippen.

„Warum schreist du nicht? Soll ich dir den Knebel aus dem Mund nehmen oder dir die andere Hand auch abhacken oder dir die Geschichte weitererzählen?" Der Pole blickte zur Holzdecke und stieß einen tiefen Seufzer aus. „Vielleicht war ich deshalb auch nicht imstande, den Sandmann genau zu sehen", fuhr er fort. „Er schlüpfte gerade hinter mich, blies mir sanft in den Nacken, und dann wurde mein Köpfchen schwer. O ja, aber es tat mir nicht weh; es war ein Hauch. Hui! Hui! Der Wind, der Wind, das himmlische Kind." Er gab pfeifende Geräusche von sich. „*Der Sandmann meint es gut mit den Kindern*, sagte meine Mutter immer. Er verlangte nur, dass ich ruhig sein sollte, und das war ich immer dann, wenn meine Mutter mich im Bett an sich drückte. Ich sollte still sein, damit der Sandmann mich anfassen konnte, während meine Mutter mir seine Geschichten erzählte." Er ließ den Armstumpf zu Boden fallen. „Heute ist Freitag. Es sei unglaublich, sagte der Sandmann, wie viele ältere Leute es gebe, die ihn gern hätten und ihn freitags festhalten wollten! Besonders diejenigen, die etwas Gutes getan hatten. *Guter, lieber Schlaf!*, sagte meine Mutter dann zum Sandmann." Er stieß einen Seufzer aus. „Freitags kam kein Schlaf in meine Augen. Aber die älteren Leute vergaßen die guten Taten und sagten: *Wir wollen es gewiss gern bezahlen*, und so lag meine Mutter, aufgewühlt von ihren Schlechtigkeiten, die wie kleine Kobolde auf der Kante der Bettstelle saßen und mich über und über mit ihren warmen Körperflüssigkeiten bespritzten, die ganze Nacht wach. Es tat weh. Auch der Sandmann tat mir weh. Doch später sagte ich zu ihm: *Komm doch und verjage die Bösen, damit ich einmal fest schlafen kann.* Aber der Sandmann flüsterte mir ins Ohr: *Gute Nacht! Das Geld für dich liegt im Fenster!* Und meine Mutter wiegte mich in den Schlaf und sang zu den Klängen von Schuberts Winterreise:

,*Es brause unser Lied empor*
Fürs teure Paar in hellem Chor.
Sie stehen beide wie ein Pflock,
Denn Handschuhleder ist ihr Rock!
Hurrah! Hurrah! dem steifen Paar!'"

Plötzlich stockte er und schaute auf Antonin Zagárs Körper, der seltsam zuckte. Aus dem Armstumpf sickerte kaum noch Blut, als er ihn erneut anhob. Er staunte über den verwirrten Gesichtsausdruck des Sterbenden.

„Du hast die Geschichte nicht verstanden?", fragte der Pole. „Doch. Ich kann es sehen. Aber da ich dir deine böse Zunge herausgeschnitten habe, kannst du es mir nicht sagen. Heute ist Freitag! Oh, und der Tod ist der herrlichste Sandmann! Fürchte ihn nicht! Er wiegt dich in einen eiskalten Schlaf."

Er nahm Antonin in den Arm und wiegte ihn in den Tod.

Kapitel 17

München

Wieder saß Anna auf dem umgestürzten Stamm einer von Moos überwucherten Eiche und sah, wie das Sonnenlicht durch die Bäume drang und auf dem Wasser tanzte. Ihre Hand rollte vom Couchrand, strich über den Teppich, tauchte ins kühle Wasser. Sie war an ihrem sicheren Ort, wo niemand ihr wehtun konnte. Kreiler sah, wie ihre Brust sich hob und senkte, als er sie zu regredieren begann.

„Wir gehen jetzt zurück", sagte er. „Bis dahin, wo du noch ein Mädchen warst."

„Ich bin ein Mädchen."

„Ein kleines Mädchen. Acht ... sieben ... fünf?"

Anna bewegte sich unbehaglich auf der Couch und nickte.

Kreiler saß vorgebeugt in seinem Sessel und staunte über die Veränderung in ihrem Gesicht, wie die wissende und argwöhnische Neutralität einem Ausdruck süßer Unschuld wich. Anna war wieder ein Kind, sogar ihre Stimme war kindlich.

„Wo sind wir?", fragte er.

„Es ist so dunkel."

„Du bist in Sicherheit. Dir kann nichts geschehen. Sag mir, was du siehst."

„Ich ... nein, ich will nicht."

„Anna, wenn wir die Wahrheit finden wollen, musst du auch bereit sein hinzusehen. Was siehst du?"

„Ich sehe einen Jungen ... Ich höre einen Zug. Jetzt weiß ich, wo ich bin. Ich sehe die Klinik ..."

„Ja, Anna?"

„Ich liege in meinem Bett im Schlafsaal. Es ist Mitternacht. Ich ..."

„Du bist hier sicher, Anna. Schau mal her. Das ist Jasper, dein Beschützer, dein Freund." Er legte ihr den getupften Teddybär in den Arm.

„Ich kann nicht schlafen und gehe bei gespenstisch flackerndem Kerzenlicht über endlos lange Korridore. Es ist so kalt, so gruselig. Ich liebe das schaurige Kerzenlicht."

„Seit wann liebst du das Kerzenlicht?"

„Seit gestern Nacht."

„Was war gestern Nacht?", fragte Kreiler.

Das Mädchen hastete den Gang hinunter, als sie plötzlich ein Geräusch zusammenzucken ließ. Es kam aus dem oberen Stockwerk. Leise schlich sie die Treppe hinauf und blieb vor dem Schlafzimmer der Oberin stehen. Zitternd öffnete sie die Tür einen Spaltbreit.

Mit einem einzigen Blick registrierte sie alles: das offene Fenster, die wehenden Vorhänge, das Bett, das Kerzenlicht und einen nackten Mann, der Maria Luca dabei zuschaute, wie sie mit Peitschenhieben ihren entblößten Rücken erbarmungslos geißelte.

Ihre Erstarrung löste sich. Das Mädchen flüchtete in den Schlafsaal, kroch unter die Bettdecke und rollte sich ein wie ein Embryo im Mutterleib.

Anna schüttelte heftig den Kopf.

„Nein", beharrte sie und stützte sich auf die Ellbogen, während ihre Stimme vor Panik laut wurde.

„Schsch ... ist ja gut. Du bist jetzt bei mir."

Seine Stimme beruhigte sie. Langsam wich die Anspannung aus ihrem Körper und ihrem Kopf.

„Nein, ich bin nicht dieses Mädchen!", sagte sie trotzig.

„Schsch ..."

Anna hatte sich immer mal wieder aufgesetzt und ihre Kleinmädchenbeine baumeln lassen, zu verängstigt, um ihn länger als einen Augenblick anzusehen, eine wunderschöne Frau, jetzt unter seiner Führung ein Kind mit glatten blonden Haaren und hellblauen, seelenvollen Augen, die viel zu viel wussten für jemanden in diesem Alter, Augen, die erahnen ließen, wie viel menschliche Grausamkeit sie in ihrem jungen Leben schon gesehen hatte. Maria Luca war längst tot, doch sie hatte erwachsenes, fremdes Wissen in ihr zurückgelassen. Das war der Grund, weshalb das Kind Anna sich während der Sitzung regelmäßig kleine Verletzungen zufügte und sich mit ihren Fingernägeln die Handgelenke aufkratzte, um zuzuschauen, wie das Blut hervorquoll. Er wusste: Eine Sechsjährige hatte keine Worte für das Grauen, den unaussprechlichen Schmerz und die Verzweiflung, wenn jemand in ihr innerstes Wesen eindrang und sie quälte. Sich mit eigener Hand zu verletzen bedeutete, eine Geschichte ohne Worte zu erzählen.

„Ich möchte, dass du jetzt wieder zurückkehrst, Anna. Atme tief ein. Die Luft ist klar, das Wasser ist klar. Du gehst den Weg am Bach entlang, gehst über die Wiese. Du nimmst den Duft der Blumen auf.

Ich zähle bis fünf. Eins ... zwei ... drei ..."

Wenig später reichte Kreiler ihr einen Kaffee und spielte ihr einige Ausschnitte der Aufzeichnung vor.

„Ich verstehe das alles nicht, Jörg. Das soll ich gesehen haben? Niemals. Daran würde ich mich doch erinnern."

Stimmt!, kreischte Jasper in Kreilers Kopf.

Halt dich da raus, Jasper!

„Es ist wie mit Katharinas Beerdigung. Ich erinnere mich nicht, so etwas erlebt zu haben. Es ist ..."

Ha!

Halt die Klappe, Jasper!

Leck mich ...

Anna seufzte und fummelte an dem Teddy. „Jörg, bitte. Ich konnte damals noch nicht mal richtig laufen, und dennoch habe ich mich durch den Korridor hasten sehen. Warum soll ich mich an Sachen erinnern, die niemals passiert sind?"

„Ich sagte dir bereits, es ist unmöglich, eine Erinnerung zu wecken, ohne gewissermaßen auch die Emotion zu wecken, die damit verbunden ist. In diesem Fall ist das emotionale Beiwerk vielleicht Lukas, ein Junge, den du zu kennen glaubst."

„Es wird wohl so sein", sagte sie erschöpft.

„Das ist der erste Schritt, die Vergangenheit hinter dir zu lassen. Du arbeitest sehr gut mit."

„Ich bin nur so erstaunt, nein, so völlig überrascht über die Intensität der Eindrücke, oder besser gesagt, über das, was ich sehe, höre, fühle, ja sogar schmecke. Es hat mich ..." Anna errötete.

„Erregt?", fragte er leise.

„Ist das normal?"

„Ja."

„Und was ich sehe, beruht auf einer − wie sagtest du noch? Wunschvorstellung?"

„Wir werden es herausfinden, Anna. Wie fühlst du dich?"

„Sehr gut! Ich fühle mich, als ..."

„Ja?"

„Ach, nichts."

Siehst du, ich hab's dir gesagt, murmelte Jasper in seinem Kopf. *Sehr gut. Diese Version hat sie angetörnt. Mich auch. Ihre erigierten Brustwarzen zeichnen sich unter ihrer Bluse ab. Siehst du das? Wie gut, dass sie unter deinem weißen Kittel deinen Ständer nicht sehen kann. Meiner schmerzt. Wir sind beide ganz schön scharf auf die*

Braut .

Ja, Jasper, stimmte Kreiler seiner inneren Stimme zu. *Du hast recht. Ein kleiner Erfolg.*

„Wie können wir mit Sicherheit wissen, ob ich wieder völlig gesund werde?", fragte Anna.

„Wir können es. Du weißt es, ich weiß es."

„Ich möchte die tatsächlichen Erinnerungen so behalten, wie sie sind."

„Wir arbeiten daran. Heute haben wir damit begonnen."

„Ja, das glaube ich auch. Ich danke dir", sagte sie zärtlich.

„Morgen Nachmittag unterhalten wir uns weiter."

Mit diesen Worten half er ihr auf und begleitete sie zur Tür, wo sie ihn herzlich anlächelte und ihm genüsslich einen Kuss auf die Wange drückte.

„Der Tag ist für mich gerettet, Jörg."

Er lachte. „Dafür bin ich da!"

Sie streichelte den Bären. „Ich mag ihn. Bin ich nicht zu erwachsen für ein getupftes Stofftier?"

„Niemals. Ich habe Kathi auch einen geschenkt."

„Sie hat doch Teddy-Bob."

„Ja, schon, aber ich habe ihr erklärt, dass ihr jetzt einen gemeinsamen Verbündeten habt, der auf dich aufpasst und dich gesund macht."

Anna lachte. „Das wird meiner Kleinen gefallen. Sie liebt die Stofftiere, die du ihr geschenkt hast."

Lügnerin! Nimm sie endlich in den Arm, du Depp!

Kreiler umschlang Anna fest, aber nur für wenige Sekunden.

Kapitel 18

Starnberg

Nachdem Max seine Tochter zugedeckt hatte, blickte er sich suchend um. „Wo ist Teddy-Bob? Unten im Wohnzimmer?"

Kathi schaute ihn seltsam an. „Ich konnte ihn nicht mehr leiden. Er war krank. Ich habe ihn weggeworfen."

„Ach was? Habe ich das gerade richtig gehört? Was hatte er denn?"

„Vierzig Kilo Fieber."

„Vierzig Grad Fieber, Schätzchen. Konntest du ihn nicht gesund pflegen?"

„Nein, Papi. Windflocken sind ansteckend."

„Es heißt Windpocken. Aber Teddy-Bob war doch dein Liebling."

„Bist du jetzt sauer, Papi?"

„Nein, ich bin gar nicht sauer, Kleines."

Sie sah ihn groß an. „Ehrlich?"

„Ja."

„Gut. Ich hab nämlich jemand Neues."

„Jemand Neues? Aha. Lass mich raten. Ist es Pups, der Clown?"

Kathi schüttelte ihre dunklen Locken.

„Ist es Patti, das Riesenkrokodil?"

„Er ist kein Tier und auch keine Puppe."

„Er ...?"

„Ist keine Puppe!", sagte sie energisch.

„Hm ... Er ... Und er ist keine Puppe. Aber was ist er dann?"

„Er will nicht, dass ich von ihm erzähle."

Max war plötzlich unbehaglich zumute. „Er will nicht, dass du von ihm erzählst?", fragte er erstaunt.

„Nein!", flüsterte sie.

„Und wenn ich verspreche, dass ich es niemandem verrate, darfst du dann über ihn sprechen?"

Kathi nickte.

„Und wie heißt er?"

„Er hat gesagt, ich soll ihn Jasper nennen."

„Jasper? Hm ... Jasper ist interessant. Wann hast du ihn kennengelernt?"

„Heute."

„Als wir in der Stadt waren?"

„Nein, vorher."

„Als du mit Onkel Jörg im Zoo warst?"

„Nein."

Sie lügt, dachte er. „Ist er jetzt gerade da?"

„Er schläft jetzt, glaube ich."

„Okay, wenn das so ist, wollen wir ihn nicht wecken."

Wenig später wählte Max die Rufnummer von Kreilers Privatanschluss.

„Max, es ist nicht ungewöhnlich, wenn Kinder Freunde erfinden."

„Ich weiß, aber mir wäre es lieber, sie würde sich mir anvertrauen und nicht ihrer Phantasie."

„Anna ist in der Klinik. Für Kathi ist das ein kleines Trauma. Ihre Mutter hat sie verlassen. Ein Trauma verursacht Schmerz, doch mit Geduld wird sie es bald begreifen. Sie ist ein kluges Mädchen."

„Hm …"

„Bring sie zum Lachen, Max, spiel mit ihr. Das braucht sie jetzt."

Max legte auf, betrat die Terrasse und atmete die kühle Nachtluft ein. Er zitterte. Er trank zu viel, und Anna fehlte ihm. Sonst hatte sich eigentlich nichts verändert. Trotzdem hatte er mit einem Mal das Gefühl, vor einem Abgrund zu stehen.

Am nächsten Morgen weckte ihn seine Tochter bereits um sechs Uhr und schaute ihn erwartungsvoll an.

„Guten Morgen, Kleines", begrüßte er sie zärtlich.

„Mami ist nicht da!", rief Kathi traurig.

Max sprang aus dem Bett und warf sich einen Bademantel über. „Ich weiß, Kleines, aber sie wird bald wieder bei uns sein." Er hob sie hoch, drückte sie fest an sich und gab ihr einen Kuss. Dann brachte er sie in sein Arbeitszimmer, setzte sie auf seinen Bürostuhl und ging auf ihrer Augenhöhe in die Knie. „Ich habe eine Überraschung für dich, Kathi."

Er reichte ihr eine runde Porzellandose, auf der eine kleine Ballerina stand. „Mami hat gesagt, dass ich sie dir geben soll."

Als Kathi die Dose vorsichtig öffnete, drehte sich die Ballerina zu den Tönen von Beethovens Klaviersonate *Pour Elise.*

„Als Mami so klein war wie du, hat ihre Großmutter ihr diese Spieluhr geschenkt, und immer wenn Mami traurig war, hat sie sie nur öffnen müssen, und ihr ganzer Kummer war verflogen." Er lächelte und strich seiner Tochter übers Haar. „Gefällt sie dir?"

Kathi nickte traurig.

„Okay, und jetzt noch einmal drücken. Denn die Spieluhr ist nur eine kleine Vorfreude auf etwas ganz, ganz Tolles!" Er spürte die kleinen Arme, die ihn fest umschlungen hielten. „Mami kommt bald zurück, und dann feiern wir ein riesiges Fest."

„Versprochen?", fragte sie leise.

„Versprochen. Jetzt frühstücken wir erst einmal, und nach der Schule machen wir ein paar Besorgungen in der Stadt."

„Wir kaufen für Mama ein Geschenk?"

„Auch, aber zuerst fahren wir nach Dachau. Dort wartet meine Überraschung auf dich. Und, äh … Hast du noch einen besonderen Wunsch zum Frühstück?"

„Ich denke noch. Papa, was ist ein Lügenbaron?"

„Lügenbaron? Ah, ich verstehe, da steckt dein Freund Basti dahinter."

„Nein, Bastis Papa hat gesagt, Basti erzählt Geschichten wie ein Lügenbaron."

„Bastis Papa meint damit, dass Basti gerne Märchen erzählt."

„Ach so." Sie sah ihn mit großen Augen an. „Und es ist auch kein Märchen, dass Mami bald nach Hause kommt?"

„Nein, Kleines."

Sie lachte. „Ich wusste, dass du kein Lügenbaron bist."

„Da bin ich aber froh!"

Nach dem Frühstück nahm Max sie an die Hand und ging mit ihr ins Badezimmer. Sie putzten sich gegenseitig die Zähne und trieben Unfug mit Max' Rasierschaum.

„Was meinst du? Wollen wir nach der Schule ein riesiges Eis essen?"

Sie klatschte in die Hände. „Ja! Und dann gehen wir zu Mami in die Klinik. Ich hab ein Bild für sie gemalt!"

„Da wird sie sich aber freuen. Hast du denn deine Zeichnung schon eingesteckt?"

„Ja", sagte sie.

„Gut, dann mal los!"

Kapitel 19

München – Vormittag

Kreiler drückte auf die Tracktaste des DVD-Players und sprang zum ersten Teil der Sitzung. Van Cleefs Vorgänger hatte ihm seinerzeit berichtet, dass Anna ihr Leben dem behinderten Lukas verdankte, der nun in der Forensischen Strafanstalt Agrona Cara in Essen inhaftiert war. Die meisten Informationen über Lukas stammten von ihm selbst und seien in den Polizeiakten festgehalten. Im zweiten Teil der betreffenden Sitzung war es Kreiler gelungen, Anna zum damaligen entscheidenden Abschnitt heranzuführen, in dem Lukas ihr das Leben gerettet hatte.

„Das habe ich nicht gewusst", sagte Anna, nachdem Kreiler sie zurückgeholt hatte.

„Alles in Ordnung?", fragte er.

„Keine Ahnung, da waren gerade Tausende von Eindrücken. Wie Blitze. Ich weiß auch nicht. Hat der Junge von damals mir wirklich das Leben gerettet?"

„Ja, er hat dich gerettet", sagte er. „Diesen Widerstreit deiner Erinnerung, darüber haben wir doch gesprochen."

„Der hat sich aber plötzlich zu einer regelrechten Schlacht entwickelt. Was ist nun eigentlich wirklich? Ich komme mir vor wie eine Zuschauerin, die sich zurücklehnt und einen Film anschaut, in dem ich die Hauptrolle spiele."

Kreiler rieb sich nachdenklich das Kinn. „Hm ..." Er stand auf. „Wahrscheinlich hat er dir die Geschichte von der Nonne erzählt. Möchtest du einen Kaffee? Es lässt sich doch alles viel leichter ertragen mit einer guten Tasse Kaffee."

„Ja, bitte."

Er reichte ihr eine volle Tasse.

„Wie groß ist die Wahrscheinlichkeit, dass eine Patientin während ihrer Behandlung völlig den Verstand verliert?"

Kreiler lächelte. „Hör mal. Ein Mann geht zu seinem Arzt und sagt: Ach, Herr Doktor, irgendetwas stimmt nicht mit meinem Gedächtnis. Ich kann mich an nichts mehr erinnern. Das macht mich noch wahnsinnig. Da sieht der Arzt ihn an und sagt: Oh, und wie lange haben sie dieses Problem schon?"

Anna grinste und sagte: „Und der Mann antwortet: Welches Problem?"

„Ganz genau. Welches Problem. So und jetzt beruhigst du dich erst mal und trinkst deinen Kaffee."

Nachdem er Anna in ihr Zimmer gebracht hatte, setzte sich Kreiler in seinen Ohrensessel und lehnte sich zurück. Er verschränkte die Finger im Nacken, schloss die Augen und dachte an die Anna, die im Alter von achtzehn Jahren Opfer eines Psychopathen geworden war. Heute Nachmittag hatte sie die erste halbe Stunde, die sie zusammen in dem dunklen Raum verbracht hatten, in Trance stumm auf der Couch gelegen, doch ihr Gesicht hatte ihm das Grauen gezeigt.

Er nahm die Fernbedienung, drückte die Play-Taste und ließ die Glasperlen von Katharinas Kette durch seine Finger gleiten, während er Anna betrachtete, die in Trance war. Im Profil verfehlte ihr Gesicht nur knapp das klassische Schönheitsideal – ihre Nase war ein bisschen zu klein, ihr Kinn ein bisschen zu fliehend. Krähenfüße verrieten, dass sie zu viel grübelte. Ihr blondes Haar war fransig geschnitten und sorgsam frisiert. Sie trug ein ärmelloses dunkelrotes Leinenkleid und rote Pumps. Sie hatte makellose, lange Beine. Wie ihre Schwester.

„Können wir anfangen, Anna? Wie ich sehe, bist du entspannt."

„Kein Wunder bei den kleinen Glückspillen, die du mir verordnet hast."

„Sie schaden dir nicht. Kannst du mir sagen, wie spät es ist?"

Anna schaute auf ihre Armbanduhr. „Es ist siebzehn Uhr."

„Lehn dich zurück. Entspann dich. Konzentrier dich auf meine Stimme, auf meine Worte."

Jetzt wirkte sie gelöst.

„Erzähl mir von deinen Träumen."

„Ich habe von Max geträumt. Er brachte mir einen Strauß Rosen. Ich fragte, ob er im Garten welche hat stehen lassen. Er meinte, dass im Garten noch Hunderte von Rosen sind und jede von ihnen mir sagt, wie sehr er mich liebt."

Ein stechender Schmerz explodierte hinter Kreilers Augen. Er wandte den Blick vom Bildschirm und starrte aus dem Fenster, in der Hoffnung, seine Emotionen in den Griff zu bekommen. Es gelang ihm nicht.

„Ich möchte nicht nur Angst haben, wenn du mich hypnotisierst", sagte sie plötzlich.

„Angst? Ich versichere dir, deine Ängste sind vollkommen unbegründet. Denk doch daran, was du hinter dir hast. Zwei Mordanschläge und intensivste Schuldgefühle und Selbstzweifel. Momentan erlaubt es dein Zustand einfach nicht, dass du selbst darüber bestimmst, in welche Zeit du geführt wirst."

„Du bist ausgesprochen stur und dickköpfig", sagte sie enttäuscht und zupfte an dem Teddy.

Du auch, murmelte Jasper.

„Hm?"

Unternimm endlich etwas, Jörg! Reich ihr ein Glas Wasser mit K.O.-Tropfen.

„Komm, trink mal einen Schluck Wasser und dann machen wir uns auf die Reise."

„Also gut, ich füge mich", sagte sie schließlich und trank das Glas Wasser, das er ihr reichte leer.

„Leg dich zurück. Und jetzt möchte ich, dass du tief einatmest, und dann lässt du einfach die Luft raus. Jetzt atmest du noch einmal tief ein, und dann wirst du alles herauslassen, und all deine Spannungen und Ängste werden in einer dichten Wolke aus schwarzem Rauch verschwinden. Sieh zu ihr, sieh, wie sie von dir fortschwebt. Sie nimmt deine Sorgen mit und macht dich leicht und jung ... Wie fühlst du dich jetzt?"

„Gut."

Und wieder führte er sie in eine imaginäre, sichere Welt, in dem der Schlaf sich von seiner kältesten Seite zeigte.

Jörg Kreilers Sicht verschwamm, teils vom steigenden Blutdruck, teils vom Hyperventilieren, teils von dem Milligramm Valium, das er eine Stunde vor der Sitzung geschluckt hatte. Manchmal schläferte das Beruhigungsmittel das Böse in ihm ein, manchmal nicht. Das Pochen in seinem Kopf stellte jetzt jedes Kopfweh, jede Migräne in den Schatten. Es fühlte sich an, als würde ein Dutzend Schlagbohrer einen Weg aus seinem Schädel suchen, durch seine Stirn, seine Schläfen, seine Ohren, nach unten durch seine Gaumenplatte, seine Lippen. Er spähte angestrengt in die Nacht und glaubte deutlich in der Ferne den roten Schimmer von Rücklichtern zu sehen und Jasper, der ihn durch die Dunkelheit lotste.

Erregt rief Jasper ihm in Erinnerung, wie Anna den kurzen, engen schwarzen Rock abstreifte. Man sah zu viel von den langen gebräunten Beinen. Und dann dieses blaue Top, das viel zu eng war und viel zu viel von ihren Brüsten preisgab.

Seine Erektion schmerzte, er musste sich Befriedigung verschaffen, und Anna lockte mit ihrem süßen Geruch. Über ihrem schlanken Körper lag eine dünne Bettdecke, die die Konturen weich nachzeichnete. Er atmete schnell und gepresst, doch er hatte sich unter Kontrolle.

Ihr makelloser Körper trieb ihn in den Wahnsinn. Er konnte sich nicht sattsehen an ihr. Ihre Kleidung hatte er sorgfältig – damit sie später keinen Verdacht schöpfen würde – auf den Schreibtisch gelegt.

Sie spreizte ganz von selbst die Beine. Er betrachtete den winzigen pinkfarbenen Spalt mittendrin und spürte einen Schauder der Erregung. Mit den behandschuhten Fingern streichelte er über den wehrlosen Körper. Die Augen starr auf sie gerichtet, registrierte er jede Regung. Sie wirkte noch sinnlicher als sonst. Er berührte die Brustwarzen, ihre festen Brüste, ihre Scham, dann berührte er sich selbst, und sein Penis zuckte. Reibung erhöhte die Geilheit. Jetzt wand sich auch Annas Körper vor Lust hin und her. Er rieb über ihre Brüste, seine Finger strichen leicht wie eine Feder über die Innenseiten ihrer Schenkel, bevor sie höher wanderten und die feuchten Falten öffneten. Seine Zunge begann die weite Reise über den Bauch zu ihrer weichen, warmen, nassen Spalte. Sanft drang er in sie ein. Allmählich erwachte ihr Körper und fing seine Stöße rhythmisch auf. Als er kam, stieß sie einen spitzen Schrei aus und rief einen Namen, der nicht seiner war, sondern der seines Feindes, und er sprach die Worte, die ihr Peiniger Jakob so oft an die Schlafzimmerwand geschrieben hatte und die er aus den Akten kannte:

„Anna … *Eu so a saudade, um principe, e lindo como o amor.*"

Für einen kurzen Augenblick starrten ihn Verwirrung und blankes Entsetzen aus ihren Augen an.

„Jakob?"

Stunden später, nachdem sie sein Paradies verlassen hatte, schaute Kreiler lächelnd an die Decke. Er zuckte immer noch vor Erregung.

Endlich hast du sie gefickt!

Ich habe sie nicht gefickt, ich habe mit ihr geschlafen, Jasper.

Ja, ja … träum weiter!

Halts Maul!

„Es ist alles ein Geheimnis", hörte er sich sagen. „Sie wird alles vergessen."

Er hatte sie in ihr Zimmer und darauf geachtet, dass niemand ihn mit ihr sah. Anna würde sich später an nichts mehr erinnern. Die Tropfen löschten jede Erinnerung.

Jetzt lächelte er. Und Jasper lächelte.

Mein Sieg über Anna.

Nein, Jasper, er war mein Sieg.

Es war unser Sieg und eine Schlappe für Max.

„Halt doch dein dummes Maul! Verschwinde!", kreischte Kreiler.

Er blieb noch eine Weile in seinem Büro. Die Anonymität seines Sprechzimmers gab ihm jetzt in der Nacht ein befreiendes Gefühl. Er wusste: Schritt für Schritt, Tag für Tag würde sie ihm näher kommen. Er würde sie so laut und so lange schreien und heulen und trauern und wüten lassen, wie es nötig war, bis Katharina endgültig aus ihr emporstieg.

Kreiler schaltete den DVD-Player aus. Noch immer konnte er Annas Haut riechen. Er wünschte, sie wäre in diesem Moment bei ihm. Er wünschte, er könnte hier in der Klinik in ihrem Zimmer mit ihr zu Abend essen und mit ihr in einem Bett schlafen. Auf der Suche nach Wahrheit und gestohlenen Intimitäten fühlte er sich jetzt eher allein als frei. Er rief Max Gavaldo an und erzählte ihm von Anna. Danach flachste er ein wenig mit Kathi herum.

Eine halbe Stunde später verließ er die Klinik. Er war froh, endlich wieder an der frischen Luft zu sein, drehte sich eine Zigarette und schlenderte dann zum Parkplatz am hinteren Ende des Klinikgebäudes.

Bevor er ins Auto stieg, schaute er zu Annas Fenster hoch. Ihr Zimmer war hell erleuchtet. Er sah, wie sie allein am Fenster stand und mit einer Hand den Vorhang offen hielt. Er bildete sich ein, dass ihre blauen Augen lächelten, und sie zu ihm herab winkte, ihr Haar war zur Seite gebürstet. Sie hob die Hand zu einem Gruß.

„Sie ist so weit, Jasper", flüsterte Kreiler.

Jörg, wir bekommen bald unsere Katharina, rief Jasper vergnügt und hüpfte durch die Nacht.

Am nächsten Tag erzählte er Annas Tochter, dass Jasper ihrer Mutter wunderschöne Glasperlen geschenkt hätte, aus denen sie soeben eine Kette gebastelt hatte. Und er erzählte, wie sehr auch sie den getupften Teddybär mochte.

Kapitel 20

Essen – Freitag, 27. Oktober 2006

Als Robert Hirschau am späten Abend sein Fahrzeug auf den regengepeitschten Parkplatz der in der Nähe von Schloss Landsberg gelegenen Klinik für forensische Psychiatrie fuhr, fragte er sich, warum Dr. Alexandra Cordes ihn nach all den Jahren um eine Unterredung gebeten hatte.

Die Klinik war für die Behandlung erwachsener psychisch gestörter Rechtsbrecher zuständig, außerdem wurde hier auch die Begutachtung straffälliger Täter vorgenommen und wissenschaftliche Forschung auf dem Gebiet der forensischen Psychiatrie betrieben. Das ehemalige weitläufige Kloster, von der Straße zurückversetzt in einem ummauerten Park gelegen, der von dichten, hohen Zedern umsäumt war, diente als Hauptstandort des Maßregelvollzugs von Nordrhein-Westfalen. Hier waren die Abteilungen verschiedenster Sicherheitsstufen untergebracht. Neben dem Hochsicherheitstrakt, in dem die Affekttäter verwahrt waren, gab es sogar eine siebzig Quadratmeter große Orangerie.

Vor sieben Jahren war Hirschau schon einmal hier gewesen und hatte Alexandra Cordes, die attraktive Leiterin der Klinik, kennengelernt. Sie entsprach genau seinem Typ, und ihr Anblick hatte sein Blut in Wallung gebracht. Für einen kurzen Moment hatte er geglaubt, dass es sich bei ihr ähnlich verhielt, aber sie beendete es, bevor es überhaupt begonnen hatte.

Auch sein berufliches Interesse an Lukas Hübner, den Alexandra im Auftrag des Staates therapeutisch betreute, hatte nachgelassen. Der behinderte, im Hochsicherheitstrakt verwahrte Mann war wie ein äußerst sensibles, zurückgebliebenes Kind, eingesperrt auf einem der endlos langen Korridore.

Lukas hatte damals unter dem Einfluss des Serienmörders namens Jakob gestanden, der den verwirrten Krüppel zum Mitwisser seiner Verbrechen gemacht hatte.

Kripobeamte hatten Lukas auf der Bank vor Jakobs verrottetem Schuppen vorgefunden. Das Bild, das sich ihnen dargeboten hatte, erinnerte an die Installation eines monströsen Pathologen, denn Lukas saß wie von der Zeit eingefroren neben einem entsetzlich zugerichteten Leichentorso, dessen Geschlecht nur die Brüste und der

Unterleib verrieten: ein kopfloser, blutverschmierter Korpus, klaffende rote Bisswunden in den Brüsten und die beiden Hirnhälften auf der Schulter drapiert.

Erst beim zweiten Hinsehen hatte sich einem Polizisten erschlossen, wem Lukas' wirrer, starrer Blick galt: einer Tsantsa, einem von Jakob hergestellten Schrumpfkopf.

Lukas hatte bei seiner Festnahme keinen Widerstand geleistet und war dem Eilrichter vorgeführt worden. Nach einer Begutachtung durch den Gerichtspsychiater hatte man ihn zur eingehenden Untersuchung in die geschlossene Abteilung der Essener Klinik für forensische Psychiatrie gebracht, in der er nun schon seit vielen Jahren therapiert wurde.

Heute Abend würde er mehr erfahren, und er würde sie wiedersehen. Die Erinnerung, wie Alexandra nackt durch ihre Wohnung spaziert war, die Erinnerung an ihr befreiendes Lächeln, das er vom ersten Augenblick an geliebt hatte, ließ ihn fast straucheln. Er grinste. Wenn er sich nicht zusammenriss, würde ihn allein schon ihr Händedruck erregen.

Hirschau ging auf das Gebäude mit der Hausnummer siebzehn zu, nur der Eingangsbereich und wenige Fenster im ersten Stock des Gebäudes waren erleuchtet.

Er zeigte dem Polizisten an der Pforte seinen Ausweis.

„Dr. Cordes erwartet Sie bereits. Tragen Sie eine Waffe?"

„Nein."

„Dritter Stock, Zimmer zweiunddreißig."

Er passierte das massive Stahltor und blieb in der Halle vor der Tafel stehen. Ganz oben stand ihr Name, darunter:

Leitbild der Klinik, verabschiedet am 12.03.2000.

Diese Klinik ist eine Einrichtung unter der Trägerschaft des Landeswohlfahrtsverbandes. Sie ist den im Leitbild des LWV niedergelegten Grundsätzen verpflichtet. Unter strikter Achtung der Grundrechte unserer Patientinnen und Patienten erfüllen wir als spezialisierte Einrichtung des Maßregelvollzugs den gesetzlichen Auftrag der Besserung und Sicherung psychisch gestörter Rechtsbrecher in Nordrhein-Westfalen. Unser Ziel ist die Verbesserung der Sicherheit der Allgemeinheit durch Verhinderung neuer Straftaten unserer Patientinnen und Patienten.

Wir erreichen dies durch angemessene Sicherung, präzise Diagnostik und Prognosebildung, wirksame Behandlung und Nachsorge. Wir orientieren uns hierbei an international anerkannten wissenschaftlichen Standards.

Wir gewährleisten die qualitative Weiterentwicklung unserer Arbeit durch kontinuierliche Aus- und Weiterbildung unserer Mitarbeiterinnen und Mitarbeiter, eigene Forschung und Lehre, nationale und internationale Kooperation sowie die laufende Überprüfung unserer Ergebnisqualität und deren Offenlegung.

Aufgabe des psychiatrischen Maßregelvollzugs ist es, die ihm anvertrauten psychisch gestörten Menschen dahingehend zu bessern, dass keine erneuten erheblichen Straftaten mehr vorkommen.

Dr. Alexandra Cordes
Fachärztin für Neurologie und Psychiatrie.

Diese Tafel war angebracht, weil es nicht reichte, die in der allgemeinen Psychiatrie gängigen Behandlungsformen zu übernehmen. In mancher Hinsicht glichen die Patienten des Maßregelvollzugs eher den Insassen von Justizvollzugsanstalten. Die Begehung der Straftaten war in den meisten Fällen nicht nur auf die psychische Störung zurückzuführen, sondern auch auf dieselben Faktoren wie bei normalen Straftätern. Deshalb gehörte zum Konzept nicht nur die Behandlung der psychischen Störungen, sondern auch die Bearbeitung weiterer kriminogener Faktoren wie die Unfähigkeit, sich in andere Menschen einzufühlen.

Hirschau fuhr mit dem Aufzug in den dritten Stock, durchquerte den langen Korridor, gelangte zu einer Stahltür mit der Aufschrift *Hochsicherheitstrakt* und nannte seinen Namen.

Die Tür sprang auf. Er betrat einen kleinen, hell erleuchteten Vorraum. Geblendet von dem grellen Neonlicht, hielt er einen Moment lang inne und legte seine rechte Hand schützend vor die Augen, während die Videokamera ihre Linse unerbittlich auf ihn gerichtet hielt.

Durch die Sprechanlage forderte eine Stimme ihn auf, sich zu identifizieren. Er zeigte der Kamera seinen Ausweis und fragte sich, was sich wohl hinter dieser Tür verbarg. Er atmete tief ein und wartete. Eine zweite Stahltür öffnete sich, und er betrat den Hochsicherheitstrakt der Klinik für forensische Psychiatrie.

Er schritt den Gang entlang, vorbei an den abgedunkelten Zellen der Insassen. Er war erschöpft, die innere Unruhe laugte ihn aus, er fühlte sich verloren in diesem Gebäudetrakt. Doch seine finsteren Gedanken waren mit einem Mal verflogen, als er die vertraute zarte Gestalt bemerkte und in ihr Gesicht schaute.

Er sah das strahlende Lächeln, den kirschroten Mund, das lange schwarze Haar, noch immer umgeben von dem Hauch zarter Jasminblüten, ein atemberaubender Anblick in einer kranken Welt.

Als sie ihm die Hand reichte, spürte er sein pochendes Herz, und als sie ihn küsste, eine aufkommende Erregung.

München

Seufzend klappte Max Annas Krankenakte zu und stieß gedankenverloren an das Fußende des Bettes, in dem sie dank einer Imap-Injektion friedlich schlief. Er blickte voller Sorge auf seine Frau, die im Schlaf einen getupften Teddybär eng umschlungen hielt. Er überlegte verzweifelt, ob nicht noch irgendetwas getan werden konnte. Ihr Hals schmückte eine Glasperlenkette. Die Schritte hinter seinem Rücken hörte er nicht. Erst als eine Stimme sagte: „Alles okay, Max?", drehte er sich um und blickte in das Gesicht von Jörg Kreiler.

Max nickte und beobachtete, wie Kreiler der schlafenden Anna kurz übers Haar strich; er fand diese Berührung zutiefst erschreckend.

„Ich hätte es ahnen müssen, alle Anzeichen waren da", sagte Kreiler. „Je näher uns jemand steht, umso schwerer ist er einzuschätzen. Ich mache mir Vorwürfe. Ich hätte einen Zusammenbruch wie vor einigen Tagen in eurem Haus verhindern können. Ich hätte sie vor Jahren schon über einen längeren Zeitraum stationär behandeln sollen."

„Ich wollte damals, dass du die Therapie ambulant fortsetzt, Jörg. Also war es mein Fehler."

„Dich trifft keine Schuld." Kreiler legte eine Hand auf Max' Schulter. „Wie lange kennen wir uns jetzt? Sechs Jahre, oder sind es schon sieben? Glaub mir, wenn ich dir das sage. Aber jetzt müssen wir die Therapie noch behutsamer angehen und wieder von vorne anfangen."

Max atmete schwer. „Nein, Jörg. Wir werden umziehen, nach Italien, aufs Land."

„Ich meinte etwas anderes mit *von vorne anfangen*. Anna ist schwer traumatisiert. In Italien gab es doch diesen Vorfall mit dem Hund. Es ist wichtig, dass sie hierbleibt und mit mir gemeinsam die Sache aufarbeitet."

Max wehrte ab. „Nein, hier wird sie von zu vielen Erinnerungen verfolgt. Ich möchte ihr ein neues Umfeld schaffen und neue Impulse geben. Und Mailand wäre vielleicht das Richtige. Außerdem lebt dort meine Schwester mit ihrer Familie. Sie wird Anna ablenken. Die beiden verstehen sich sehr gut. Und für Kathi wäre es auch das Beste. Sie kann dort eingeschult werden."

Kreiler zog die Brauen hoch. „Damit verliert Anna mich als Bezugsperson."

„Es ist nur eine Flugstunde von hier, Jörg. Du kannst sie besuchen, sooft du willst, aber ich muss mich um Anna und um Kathi kümmern. Sie braucht ihren Vater jetzt rund um die Uhr. Außerdem gibt es auch in Italien hervorragende Spezialisten."

„Lass Anna noch zwei bis drei Tage in der Klinik. Ich befürchte, wenn du sie morgen wieder nach Hause nimmst, wird ihr die alte Umgebung noch mehr schaden. Ihr geht es nicht gut."

„Das weiß ich."

„Und sie ist deine Frau und nicht deine Patientin."

„Auch das weiß ich."

„Vieles ist nicht so gelaufen, wie wir gehofft haben, aber glaubst du wirklich, dass wir etwas erreichen, wenn du die Therapie abbrichst und sie nach Italien bringst?"

„Es kommt auf einen Versuch an."

„Wir werden sie genau beobachten, Max, und noch einige Tests durchführen. Es war alles ein bisschen viel in letzter Zeit, nicht wahr? Ruh dich aus. Morgen wird es nicht nur dir, sondern auch Anna besser gehen."

Wieder einmal stimmte er Kreilers Vorschlag zu.

Als Max die Tür hinter sich geschlossen hatte, betrachtete Kreiler Anna. Ihre Gesichtszüge waren jetzt fast so reizvoll und faszinierend schön wie die ihrer Schwester. Sie wirkte nicht mehr so sanft und zerbrechlich. Mit viel Geduld und mit Jaspers Entschlossenheit würde er um sie werben. Jasper war mit ihm verankert. Jasper, sein anderes Ich, sein Eigenschutz, sein Rivale, sein Freund, aber auch das Böse. Jasper spielte jetzt mit Anna, mit der kleinen Kathi, ja sogar mit Max.

In seinem Arbeitszimmer überflog er noch einmal das Protokoll der Nachmittagssitzung, anschließend löschte er den Abschnitt der Videoaufnahme, der ihm schaden konnte.

Morgen würde er Anna Sehnsucht nach ihm suggerieren. Es war riskant, aber er musste das Risiko eingehen, bevor Max mit ihr über seine Entscheidung sprechen würde. Katharina würde nur ihn, Jörg Kreiler, lieben, mit jeder Faser ihres Herzens.

Über sein Gesicht huschte ein flackerndes Lächeln.

Sie ist bildschön, deine Anna. Eine bezaubernde Träumerin, zischte Jasper.

„Das mag schon sein. Aber ich warte auf ihre Metamorphose, ich warte auf Katharina", flüsterte Kreiler.

Starnberg

Max aß mit Kathi zu Abend. Das Mädchen stocherte im Essen herum.

„Hat es dir heute gefallen, Kleines?"

„Es war okay", erwiderte sie traurig.

„Nur okay? Dann lass mal hören, was hätten wir besser machen können? Wäre es schöner gewesen, wenn Jasper mitgegangen wäre?"

Sie schaute ihn mit großen Augen an und nickte. „Er ist so witzig", sagte sie leise.

„Inwiefern?", fragte Max.

„So wie Mami."

Er ignorierte ihre Bemerkung. „Spaghetti mit Hackbällchen ist doch dein Lieblingsessen. Hast du keinen Hunger?"

Schweigen.

Verzweifelt schnitt Max eine Grimasse. Noch immer deutete sich kein Lächeln auf dem Kindergesicht an.

„Darf ich ins Bett gehen, Papi?"

Max seufzte. „Sicher. Ich komme gleich noch mal zu dir."

Wenig später betrat er das Kinderzimmer. „Es ist so stickig hier drin, Kleines." Er ging zum Fenster und versuchte, es zu öffnen. Kathi beobachtete ihn aus den Augenwinkeln. „Es klemmt."

„Ist schon gut, Papi", sagte sie leise.

Er grinste. „Soll ich dir die berühmte Frage stellen?"

„Ja!"

„Ist ja komisch", sagte er, „ich hätte schwören können, ich hätte ein kleines Geißlein namens Kathi in dieses Zimmer gehen sehen. Komm raus, komm raus, wo immer du bist!" Er öffnete die Tür des Badezimmers. „Hat es sich vielleicht in der Badewanne versteckt? Ich frage mich, wo es wohl steckt?"

„Ich bin unsichtbar, Papi!"

Max drehte sich um und sah seine Tochter liebevoll an. „Wenn du unsichtbar bist, wie kann es dann sein, dass ich dich gefunden habe?"

Kathi kreischte vor Vergnügen.

„Soll ich die Spieluhr für dich auf die Kommode stellen?", fragte er.

„Ja. Sie ist sehr schön, Papi."

Wenigstens das. Gott sei Dank. Er gab ihr einen Gutenachtkuss. „Träum was Schönes, Kleines. Gute Nacht."

„Gute Nacht, Papi."

Wenig später stand Kathi am Fenster und zeigte Jasper den silbernen Mond.

„Du bist der Einzige, der Mama lustig machen kann. Und ich natürlich. Morgen werde ich Mami besuchen. Sie hat auch einen getupften Teddy. Ist das dein Bruder?"

Jasper nickte.

„Es muss aber unser Geheimnis bleiben. Einverstanden? Mami mag deinen Bruder sehr. Und wenn ich Papa von dir oder von ihm erzähle, wird er bestimmt ein bisschen eifersüchtig, sagt Onkel Jörg. Und das mag er nicht. Mit Onkel Jörg und dir und mir und deinem Bruder wird Mami auch ganz schnell gesund werden. Du darfst also mit niemandem über uns reden, auch nicht mit Papi. Deshalb musst du dich immer verstecken. Versprichst du mir das?"

Wieder nickte der Teddybär.

Kathi legte sich wieder ins Bett und streichelte das Stofftier. „Gute Nacht, Jasper."

Max öffnete die Terrassentür und betrat den Garten. Der Rauch seiner Zigarette hing träge in der Luft, und sein Blick folgte einer dunklen Wolke, die an der Sichel des Mondes vorbeizog. Tausende Sterne blickten auf ihn herab. Die Seerosen sahen im Mondlicht aus wie bleiche Kinderknochen.

Er spazierte über den Rasen auf den Rosenteich zu. Im Licht des Mondes erkannte er vereinzelte Laubhaufen, die Mathias, der Gärtner, zusammengerecht hatte, und ging um sie herum. Und dann sah er unter dem Birkenbaum Teddy-Bob, Annas alten Teddybär, und hob ihn auf. Er erschrak. Das Gesicht des Bären war völlig zerfetzt. Dort, wo einst die dunklen Knopfaugen gewesen waren, quoll Wolle aus den Kratern. Die Nase hing nur noch an einem einzigen Faden.

Er warf Teddy-Bob in den Rosenteich. Lautlos glitt er in das schwarze, vom Mond gesprenkelte Wasser. Ein leises Klatschen, ein Gluckern, dann war er weg.

Max blickte zu Kathis Schlafzimmer hinauf. Irgendwo rief klagend eine Eule. Ein milder Wind streifte sein Gesicht, trotzdem fröstelte er.

Er ging ins Haus zurück und setzte sich vor den Kamin. Nach drei Gläsern Rotwein rief er Mathilda an und erzählte ihr von Teddy-Bob und von *Jasper*.

„Ich glaube, dass Kathi mich für Annas Zusammenbruch verantwortlich macht."

„Nein, Max! Ihr imaginärer Freund Jasper macht dich dafür verantwortlich. Benutz ihn, um zu ihr durchzudringen. Sie hat Jasper erfunden, und deshalb ist er der Schlüssel."

„Ich versuch's."

„Ruf mich an, wenn du mich brauchst."

„Mathi?"

„Ja?"

„Wie sagt man so etwas einem Kind?"

„Ich weiß nicht. Ich denke, du solltest mit Kreiler darüber sprechen. Er ist der Psychologe."

„Vielleicht."

Er blickte aus dem Fenster. Die weiße Sichel des Mondes erhellte den schwarzen Himmel. Sie kam ihm bedrohlich vor.

„Wie geht es Anna?", fragte Mathilda.

„Sie schläft ihren Dornröschenschlaf."

Wenig später legte er auf. Was hatte er da gesagt? *Dornröschenschlaf?* Er schluckte, und plötzlich kamen ihm die Tränen. Eiskalter Schlaf traf es wohl eher.

Kapitel 21

Essen

Alexandra reichte Robert Hirschau einen Kaffee und beobachtete den schweigsamen Mann, der in einem der bequemen Sessel ihres Büros Platz genommen hatte. *Er hat sich kaum verändert,* dachte sie. Noch immer die kleinen Lachfältchen um die blauen Augen, das gewellte, von Silberfäden durchzogene blonde Haar, der sinnliche Mund, noch immer hat er diesen durchtrainierten Körper, muskulös und geschmeidig. Und noch immer umgibt ihn diese geheimnisvolle Aura. Sie konnte ihm kaum in die Augen sehen, ohne zu erröten.

„Ich wüsste nicht, wie ich dir bei diesem Vorhaben helfen könnte, Alexandra", sagte Robert, nachdem sie ihm ihre Bitte vorgetragen hatte. „Das Urteil im Fall Lukas Hübner ist rechtskräftig."

„Ich möchte dich nur bitten, mir bei einem Revisionsantrag behilflich zu sein." Sie schlug ihre schlanken Beine übereinander. Sie spürte, dass er sie noch immer anziehend fand.

Er räusperte sich. „Alexandra, ich bin Profiler beim BKA und kein Strafverteidiger. Das Bundeskriminalamt hat keine Zweigstelle am Oberlandesgericht."

„Ich weiß, aber hör mir erst mal zu. Vielleicht gibt es doch eine Möglichkeit, Lukas zu helfen."

„Er wuchs bis zu seinem siebten Lebensjahr bei seinen Eltern auf, die tödlich verunglückt sind. Bis dahin war er seinem Alter entsprechend ein vollkommen normales Kind. Seine Behinderung resultiert aus dem unfallbedingten Schädelhirntrauma und den Spätfolgen. Er hat also die ersten Jahre seiner Kindheit völlig normal verbracht. Hier liegen auch seine Grundlagen. Lukas ist weder schizophren, noch ist er ein krimineller Soziopath."

„Was unterscheidet denn einen Soziopathen von deinem Lukas? Du konntest ihn fünf Jahre beobachten und hast ihn therapiert."

Sie bemerkte seine Nervosität und schmunzelte innerlich. „Lukas hat Empfindungen, er kann sich freuen, er zeigt Mitgefühl, er lacht gerne, er ist fähig zu lieben. Ein Psychopath hat kein Gefühl, Psychopathen glauben, sie sind Götter, und verhalten sich asozial, sie sind nicht in der Lage, für einen anderen Menschen zu empfinden und echte emotionale Beziehungen aufzubauen. Ihre einzigen emotionalen Handlungen werden durch ihren krankhaften Trieb gesteuert.

Lukas ist nicht geistesgestört, er ist geistig behindert. Und deshalb wollte ich mit dir reden. Er gehört nicht hierher. Er gehört in ein Heim für geistig Behinderte."

„Hm ..."

„Ich möchte dir einen Vorschlag machen. Sprich mit ihm. Du bist gut ausgebildet und verfügst über eine gute Menschenkenntnis. Bilde dir selbst ein Urteil."

Er war überrascht, dass sie ihn so stark involvieren wollte, und überlegte kurz. „In Ordnung", sagte er. „Wann?"

„Wäre es dir morgen recht?"

„Okay."

„Übrigens war vor einigen Tagen ein Neurologe hier. Jörg Kreiler. Sagt dir der Name etwas?"

Er runzelte die Stirn. „Ja, ich kenne ihn sogar persönlich. Was wollte er von dir?"

„Er hat sich nach Lukas erkundigt und mir einige Unterlagen aus den Prozessakten gezeigt. Er behandelt Anna Gavaldo. Aus diesem Grund wollte er sich mit Lukas unterhalten."

„Hast du dem zugestimmt?"

„Sicher. Er ist ein Kollege mit einem hervorragenden Ruf. Nur ..." Sie wirkte nachdenklich.

„Nur was, Alexandra?"

„Lukas war nach dem Gespräch etwas verstört."

Hirschau schwieg.

„Ich habe mir zunächst nichts dabei gedacht, weil Lukas sich Fremden gegenüber immer verschlossen verhält."

Robert schaute ihr in die Augen. „Hat er irgendetwas über das Gespräch gesagt?"

Sie lächelte. „Nein, nur dass der Mann ihm Glasperlen gezeigt hat und damit spielen wollte."

Robert stand auf. „Glasperlen?"

Alexandra wirkte plötzlich verunsichert. „Ja, Glasperlen. Ist es vielleicht doch von Bedeutung?"

„Keine Ahnung, wahrscheinlich nicht. Vielleicht ist es nur eine neue Therapieform. Aber ich frage mich, warum Kreiler neulich beim Abendessen nicht erwähnt hat, dass er Lukas aufgesucht hat. Vielleicht hat er mit Benedikt van Cleef darüber gesprochen."

Sie stand auf, ging auf ihn zu und streifte flüchtig seine Lippen. „Ich danke dir, dass du mit Lukas sprechen wirst", sagte sie. „Und jetzt lade ich dich zum Essen ein. Favorisierst du noch immer die französische Küche?"

„Du erinnerst dich?"

„Sicher. Ich kenne ein kleines französisches Restaurant in der Ruhrtalstraße. *Le Petit.* Dort können wir in aller Ruhe über alte Zeiten sprechen." Sie lächelte. „Aber nicht nur über die alten Zeiten, mich interessieren natürlich auch deine neuen."

Sie stand ganz nah vor ihm und spürte förmlich, wie sehr er sich beherrschen musste, sie nicht zu umarmen. Sie spürte seine Hitze, schaute verstohlen nach unten und sah, was sie mit ihrem flüchtigen Kuss angerichtet hatte.

Sie verließen ihr Dienstzimmer und nahmen den Aufzug am Ende der Station. Als die Türen zuglitten, legte sie ihre Hand auf seinen Arm.

Essen, Samstag, 28. Oktober 2006

Das mitten in einer Lautsprecherdurchsage einsetzende Falsettröhren von zwei Piepern brachte Hirschau auf den Boden der Tatsachen zurück, während er mit Alexandra den Korridor des Hochsicherheitstrakts entlangging.

„Wir sind gleich da", sagte sie.

„Ich würde gerne allein mit ihm reden."

„Dann muss ich dich mit ihm einschließen."

„Sicher."

Sie entriegelte die Sperren und öffnete die Tür.

Lukas schaute erwartungsvoll auf, als Robert Hirschau die Zelle betrat.

Hirschau hörte, wie hinter ihm die Tür wieder verriegelt wurde, und nahm auf dem Stuhl Platz, den ein Wärter in die Zelle gebracht hatte.

„Weißt du, wer ich bin?"

Lukas wackelte heftig mit dem Kopf. „Ja. Dr. Cordes hat es mir gesagt."

Robert nickte. „Mein Name ist Robert Hirschau. Ich bin das, was man einen Profiler nennt."

„P-p-profiler?"

„Ein Profiler erstellt ein Persönlichkeitsprofil von einem Menschen, um anderen damit zu helfen. Ich möchte mir ein Bild von dir machen, Lukas."

„Warum?"

„Weil ich von dir lernen kann, und um anderen Menschen zu helfen."

„Das ist g-g-gut. Du bist auch wegen Jakob hier?"

Robert ignorierte die Frage. Er öffnete seine Aktentasche und holte einen Notizblock heraus. „Darf ich dich überhaupt Lukas nennen?"

„Ja."

„Wie lange bist du jetzt hier?"

„Sechs Jahre und sieben Monate."

„Gefällt es dir hier?"

„Nein. Hier gibt es keine Vögel."

„Du magst Vögel?"

„Ja … und Jakob auch."

„Er fehlt dir?", fragte Robert vorsichtig und beobachtete Lukas' Reaktion.

„Weiß nicht. Nein."

„Was war er für dich?"

„Mein zweiter Papa. Mein erster Papa ist tot. Er ist jetzt im Himmel."

„Jakob nicht?"

„Nein. Er war sehr böse."

„Wie hast du ihn kennengelernt?"

„Weiß nicht."

„Nein?"

Lukas' Stimme bekam einen zornigen Klang. „Sie sagt auch, dass Jakob böse war."

„Wer ist sie?"

Lukas schwieg.

„War er böse?"

„Ja, aber ich bin nicht böse."

„Schon gut, Lukas. Das sagt auch keiner."

„Ich habe nur Fotos gemacht und sie Jakob gebracht. D-d-das war nicht richtig. Er mochte mich, doch ich weiß, dass er böse war. Das sagen alle. Aber ich war immer traurig, wenn er böse Dinge tat. Ich konnte niemandem helfen, weil ich …" Er suchte angestrengt nach dem richtigen Wort, und Hirschau wusste, dass es nicht das richtige war, als er sagte: „Weil ich ein bisschen verrückt bin." Er lachte. „Nur ein bisschen, hat meine Tante immer gesagt."

Hirschau lächelte, doch er blieb zurückhaltend. „Hattest du einen besonderen Grund, Jakob nicht zu mögen?"

„Ja. Er hat das Schokoladenmädchen umgebracht. Ich konnte sie nicht beschützen. Aber Dornröschen habe ich beschützt."

„Dornröschen? Erzähl mir von ihr."

„Bekomme ich dann eine Schokolade?"

„Sicher."

Plötzlich brach es aus ihm heraus, und er erzählte von Anna Gavaldo, die er als Kind auf der Terrasse eines Kindersanatoriums mit seinem Fernglas beobachtet hatte. Sie war sein Dornröschen gewesen, und er hatte sie immer im Auge behalten, weil er Jakob nicht traute.

Er seufzte. „Und nur deshalb lebt mein Dornröschen noch. Ich habe sie gerettet. Das war doch eine gute Tat …?"

„Ja, Lukas", sagte Hirschau sanft. „Das war eine sehr gute Tat."

„Vie-vielleicht besucht sie mich mal und schenkt mir Schokolade."

„Hm …"

„Ich bin nicht böse. Kannst du ihr das sagen? Ich verliere nur die Zeit."

„Du verlierst die Zeit?"

„Ja. Manchmal bin ich so müde, und dann schlafe ich ein und verliere die Zeit."

„Du meinst, du erinnerst dich nicht an das, was vor dem Einschlafen war?"

„Ja. Meine Mama sagt das auch."

„Deine Mama? Ist sie nicht im Himmel?"

„Nein. Ja. Ich … ich meine die andere Mama, die mit dem weißen Kittel. Sie heißt Alexandra. Sie besucht mich jeden Tag."

„Du magst Dr. Cordes sehr?"

„Ja. Sie schenkt mir Schokolade, wenn ich die Zeit nicht verliere und mich erinnere."

„Was ist denn deine liebste Erinnerung?"

„Papa und Mama. Ich liebe meine Mama im Himmel. Früher ging sie immer mit mir auf den Spielplatz. Ich habe mich auf das Karussell gelegt, und sie schubste mich an, und der Himmel drehte sich, und die Bäume und meine P-p-p-puppe. Und manchmal gingen wir spazieren. Das war sch-sch-schön."

„Da hat sie dir sicher die Natur gezeigt, nicht? Den Wald, die Rehe, die Eichhörnchen, den Teich mit den Fischen. Und die vielen Vögel."

Lukas sah ihn mit großen Augen an. „Ja."

„Und dann erzählte sie dir immer eine Geschichte."

„Woher weißt du das?", fragte Lukas.

„Ich hatte auch so eine Mama."

Lukas lachte, und Robert Hirschau wusste, dass er sein Vertrauen gewonnen hatte. Ihm fiel auf, dass Lukas bis auf wenige Ausnahmen kaum noch stotterte. Auch hatte sich seine anfängliche Nervosität gelegt. Er sprach vollständige Sätze mit klarer, sicherer Stimme. Alexandra hatte wirklich gute Arbeit geleistet.

„Seit wann hast du diese Erinnerungen, Lukas?"

Und er erzählte weiter von den Dingen, die ihn bewegten. Schönen Dingen, fand Hirschau.

Kapitel 22

Starnberg

Mathilda betrat das Kinderzimmer und begrüßte Kathi. „Hallo, Kleines."

Das Mädchen sprang auf und umarmte sie. „Hallo, Mathi."

„Hast du Lust auf ein großes Eis? Wir könnten zu Peppino fahren. Was meinst du?"

„Ja, aber zuerst zeige ich dir … äh …"

„Ja, zeig mir deine neuen Spielsachen", sagte Mathilda.

Kathi tippte mit dem Finger auf Mathildas Bauch. „Sind die Babys rund wie ein Ball?"

Sie lächelte und strich liebevoll über ihren Bauch. „So ähnlich. Gefällt er dir?"

Kathi nickte. „Darf ich später mit den Babys spielen?"

„Sicher. Mit wem spielst du denn jetzt?"

„Mit Jasper. Wir haben eine Menge Spaß."

„Ehrlich? Erzähl mir von Jasper."

„Er möchte nicht, dass ich von ihm spreche."

„In meinem Fall hat er doch bestimmt nichts dagegen. Erzähl mal, was ihr alles so zusammen macht."

Kathi kicherte leise.

„Was ist denn so lustig, Kleines? Ist Jasper da?"

„Er ist eben gegangen."

„Wo ist er hin?"

Kathi zeigte auf die geöffneten Fenstervorhänge.

„Hast du das Fenster aufgemacht?"

„Nein, das war Jasper."

„Ich möchte gern mit ihm reden, Kleines."

„Über was denn?"

„Ach, weißt du, ich würde gern über alles Mögliche mit ihm reden. Zum Beispiel, was ihn fröhlich macht, was ihn traurig macht. Wie sieht er denn aus? Kann ich ihn mal kennenlernen?"

„Das wäre nicht so gut, glaube ich."

„Wieso nicht?"

„Er kann dich nicht besonders leiden."

„Warum kann er mich denn nicht leiden? Hat das irgendwas mit Mami zu tun?"

Kathi schwieg.

„Kleines?"

Sie legte ihr Köpfchen schräg und sah sie mit den unschuldigsten Augen der Welt an. „Ja?"

„Was erzählt er dir denn?"

„Wir spielen Spiele."

„Was denn für Spiele?"

„Verstecken, das ist unser Lieblingsspiel."

„Jasper scheint ja ein lustiger Typ zu sein. Und worüber redet ihr, wenn ihr zusammen seid?"

„Weiß nicht. Über alles. Manchmal spricht er sogar von dir", sagte sie leise.

„Ehrlich? Und was erzählt er so? Du kannst es mir ruhig sagen."

„Er hat Angst, dass du es kaputt machst."

„Dass ich was kaputt mache?"

„Unser Spiel."

„Was spielt ihr denn?"

„Das Spiel heißt Papi ärgern."

Mathilda ignorierte die Bemerkung und nahm eine Puppe aus dem Regal. „Die ist aber hübsch. Ist sie neu? Wie heißt sie?"

„Du musst hier weg, Mathi", sagte Kathi. Ihre Stimme klang auf einmal bedrohlich.

Sie schaute das Mädchen entsetzt an. „Wieso?"

„Weil dir hier was passieren könnte."

Mathilda blinzelte verwirrt. Zu einer Salzsäule erstarrt, blickte sie in das völlig zerfetzte Gesicht eines getupften Affen, den Kathi ihr vors Gesicht hielt. Sie wurde leichenblass, und sie durchfuhr ein Schrecken wie nie zuvor in ihrem Leben.

Dann begann Kathi unvermittelt zu stöhnen. Es war ein holpriger, fürchterlicher Laut, wie aus einer Gruft.

Mathilda blickte in dunkle schwarze Augen, die ihr seltsam bekannt vorkamen und wild funkelten. Als sie ihre Fassung zurückgewann, hatte Kathi das Kinderzimmer bereits verlassen und hüpfte vergnügt durch den Garten.

Am späten Abend rief sie Max an.

„Max, ich würde Kathi tagsüber zu Anna in die Klinik bringen. Sie vermisst ihre Mutter. Außerdem könnte Kreiler sie dort mal unter die Lupe nehmen und beobachten."

Er seufzte. „Reicht es nicht, dass er meine Frau therapiert?"

„Ich befürchte bloß, dass Annas Abwesenheit ihr sonst noch mehr schadet. Kathi verhält sich seltsam, Max. Sie hat mir vorhin eine zerstörte Puppe vor die Nase gehalten und sagte, ich müsse weg, weil mir sonst was passieren könnte. Das war eine indirekte Drohung und Botschaft ihres imaginären Freundes Jasper. Du musst mit Jörg über sie sprechen."

„Ich weiß. Aber Kathi hält das alles für ein Spiel."

„Weißt du eigentlich, dass sie Jasper benutzt, um zu dir durchzudringen?"

„Wie sollte er zu mir durchdringen? Jasper ist ein Phantom."

„O nein, Jasper ist kein Phantom", antwortete Mathi ernst.

Kapitel 23

München – Freitag, 3. November 2006

Der Pole hatte eine winzige Überwachungskamera auf der niedrigen, moosbewachsenen Mauer installiert und sie mit einigen Efeuzweigen getarnt.

Seit einer Stunde saß er in einem Haus in der Gundelindenstraße in München und beobachtete den Monitor, aber er konnte Michail Heptnas Haus nicht sehen, auch nicht, ob drinnen Licht brannte. Das Herbstlaub der Bäume war noch so dicht, dass es das gegenüberliegende Seeufer vollkommen verdeckte.

Schuberts *Winterreise* drang aus der Stereoanlage seines CD-Players. Er ertappte sich dabei, dass Konstantin Kollmann sich immer stärker in sein Bewusstsein schlich. Normalerweise machte er sich nie Gedanken über seine Auftraggeber, ebenso wenig wie über die Opfer. Er handelte effizient, kalt und rücksichtslos. Doch für Kollmann empfand er mit einem Mal etwas, das er bis heute nicht gekannt hatte: *Litość.* Mitleid.

Er hatte Kollmanns Anweisungen ausgeführt, ohne Fragen zu stellen. Er wusste: Antworten erhielt er immer, wenn er vor der Ermordung die Gewohnheiten der Opfer studierte. Und in der Regel verdienten sie den Tod. Richard Kollmanns Enkel hatte ihm vier Namen mitgeteilt, vier Opfer, die den Tod verdient hatten. Er hatte wie immer keine Fragen gestellt, er wollte nur seinen Auftrag erledigen und sein Honorar kassieren.

Doch allmählich begann er zu begreifen, warum Kollmann diese Menschen beseitigen ließ. Sie waren Abschaum, Verbrecher, die unter dem Deckmantel des Patriotismus gehandelt hatten. Sie waren nicht besser als die Männer, die Maryam Krasinski 1944 in Kollmanns Wohnung missbraucht hatten.

Seine Haut glühte jetzt, erhitzt vor Zorn. Das Herz hämmerte, presste mit jedem Schlag mehr Blut in seinen Körper, jagte es durch die Halsschlagader und ließ seinen Schädel pochen. So begann es immer, bevor er seinen Auftrag durchführte.

Seine Reise zu seinem wahren Ich war fast zu Ende. Vier Fotografien, vier Namen, vier Aufträge; besondere Aufträge an vier verschiedenen Orten, eine kleine Reise um die Welt.

Eine Reise war nicht immer ungefährlich, hatte seine Mutter ihm gesagt. Die Helden, die in ihren Geschichten die Welt durchwanderten, wurden auf ihrem Weg von mächtigen Zauberern, blutrünstigen Ungeheuern, hinterlistigen Ratgebern oder falschen Freunden, ja sogar von ihrer eigenen Dummheit verfolgt, wie in der Geschichte von den beiden Fröschen aus Japan. Seine Mutter hatte aber auch behauptet, dass im rechten Augenblick immer Retter zur Stelle waren.

Aber während seiner Kindheit war kein Retter in Sicht gewesen, und seine Mutter war im Moskauer Armenhaus an Unterernährung gestorben, während ihr sechsjähriger Sohn in den frühen Morgenstunden durch die Stadt gestreunt war, um im nahe gelegenen Bäckerladen warmes, duftendes Brot für sie zu stehlen. Als er zurückkam, fand er ihr Bett verlassen vor. Es war zu spät.

Heute war er ein solcher Retter wie die Helden in den Geschichten, und er kam nie zu spät. Er befreite die Welt von Menschen, die dort einfach nicht leben sollten, wie diese beiden Männer: Michail und Andrej Heptna.

Man musste Vertrauen haben, hatte seine Mutter immer gesagt. Vertrauen wurde belohnt. Der Weg führte zu seinem Ich, auch wenn am Rande immer Grausames geschah, wie beispielsweise heute Nacht bei den Heptnas.

Noch einmal warf er einen Blick auf den Monitor, er würde warten, obwohl er nicht glaubte, dass Heptnas Sohn Andrej schon in den nächsten Stunden zurückkam. Andrej betrieb ein kleines italienisches Restaurant im Arabellapark und war nur selten vor Mitternacht zu Hause.

Mittwochabend hatte der Auftritt der Stripperin Polly im *Wilden Mann* in Schwabing den Testosteronspiegel des vierzigjährigen Andrej Heptna wieder einmal auf einen neuen Höchststand gebracht. Die schwabbeligen Oberschenkel verzieh er ihr, weil er einmal ihre prallen Brüste hatte begrabschen dürfen, als sie beide nicht mehr ganz nüchtern waren. Die Vorstellung, dass ihm das Vergnügen ein weiteres Mal gewährt werden könnte, und vielleicht sogar noch mehr, trieb ihn immer wieder nach der abendlichen Abrechnung in den Nachtklub seines Freundes Milan Begič.

„So spät heute, mein Freund?", begrüßte der ihn.

„Hatte reichlich Ärger mit einem Gast. Außerdem musste ich mich von einem Kellner trennen. Keine Aufenthaltsgenehmigung. Du kennst das ja. Es ist immer dasselbe."

„Sei bloß vorsichtig, sonst bist du deine Konzession los." Im Nu standen ein Bier und ein Whisky auf der Theke.

„Stimmt. Wo ist denn Polly? Ich habe gehofft, ich könnte mich heute ein bisschen amüsieren."

„Polly! Beweg deinen süßen Hintern und begrüße deinen nettesten Stammgast."

Nach acht Bier und ebenso vielen Whiskys wusste Andrej, dass er mit Polly heute kein Glück haben würde. Und als er sich schließlich auf dem Klo auf die Schuhe pinkelte, dämmerte ihm, dass das heute nicht sein Tag war.

Auf dem Nachhauseweg kam er an einem chinesischen Imbiss vorbei und bestellte sich ein Rindfleischcurry und Reis zum Mitnehmen.

Zu Hause in der Küche nahm er den Deckel von der Verpackung und ging mit dem Essen ins Wohnzimmer. Er hockte sich vor den Fernseher und schlug sich den Magen voll, während er sich bei einem Erotikfilm im Pay-TV ausmalte, was er beim nächsten Mal alles mit Polly anstellen würde. Er wusste, dass sein Vater Michail wie immer friedlich im ersten Stock schlief und schnarchte, er konnte sich also voll und ganz dem Genuss widmen. Eine Stunde später zeigten der Alkohol und das schwere Essen Wirkung, und er schlief tief und fest und schnarchte mit dem Kopf nach hinten vor dem laufenden Fernseher.

Geduld war nicht gerade seine Stärke. Unter anderen Umständen hätte der Pole aufgegeben, doch nicht heute. Heute wollte er Andrej Heptna panische Angst einjagen, und es war eine ungewohnte Taktik, die sowohl seine Kreativität als auch seine Selbstdisziplin auf die Probe stellte, doch der Gedanke, Heptnas Selbstvertrauen zu zerstören und dieses Leben mit Furcht zu durchdringen, war eine angemessene Entschädigung, zumindest bis jetzt. Es sei ihm ungeheuer wichtig, hatte sein Auftraggeber gesagt, dass Michail Heptnas Sohn Andrej vor der Ermordung seines Vaters Todesangst empfand.

Er hatte sein Spiel unauffällig gespielt, passend zu seinem Stil, doch diesmal sollte er nicht dezent vorgehen. Er hatte schon oft Menschen getötet, doch immer rasch und leise, ohne dabei ein Risiko einzugehen. Aber sein Auftraggeber wollte, dass die Opfer und ihre Angehörigen Todesangst verspürten. Dafür hatte er ihm eine stattliche Summe gezahlt. Ihm war es egal. Schließlich war es sein Job, außerdem bereitete es ihm Genugtuung, wenn er seine Opfer vorher quälen konnte.

Der Pole sprang lautlos von der Gartenmauer und huschte zur Hintertür. Sie war unverschlossen – eine lachhafte Nachlässigkeit für einen Restaurantbesitzer – und führte in eine kleine Küche, die nach Curry, altem Müll und schmutzigem Geschirr stank.

Er trug ein dunkles Polohemd und schwarze Jeans. Beide Kleidungsstücke waren teuer, ganz im Gegensatz zu den billigen Turnschuhen und dem altmodischen Arztkoffer, den er bei sich hatte. Er hielt inne und lauschte in den Raum hinein. Aus dem Wohnzimmer waren die Geräusche eines Softpornos und das völlig unsinnige Schnarchen Andrej Heptnas zu hören, und er konnte sich lebhaft vorstellen, was für ein Anblick ihn dort erwartete. Er hatte den Mann in letzter Zeit so intensiv beschattet, dass er ihn selbst an seinem Schnarchen erkannte.

Er lächelte, und es war kein nettes Lächeln. Es war das Lächeln, das er sich für die Nacht und verdunkelte Räume aufsparte. Die Menschen, die es sahen, lebten nur selten lange genug, um es zu beschreiben.

Er nahm einen schwarzen Plastikmüllbeutel aus dem Arztkoffer und faltete ihn kaum hörbar auseinander. Er zog das Polohemd aus, dann die Jeans, die er vorsichtig über die Turnschuhe schob, und verstaute beides in dem Plastikbeutel. Unter den Sachen trug er einen eng anliegenden Gummianzug, der seine Haut streichelte, wenn er sich bewegte. Wenn ihn jemand bei Tageslicht gesehen hätte, hätte er ihn für einen verirrten Taucher gehalten.

Nachdem er sorgfältig seine feinen, schwarzen Lederhandschuhe über die vorher übergestreiften Latexhandschuhe gezogen hatte, setzte er sich seine Maske auf und genoss den feinen Geruch des Leders, das sein Gesicht bedeckte.

Er sah sich nach einem Spiegel um, in dem er die endgültige Wirkung begutachten konnte. Sein Anblick erfüllte ihn mit warmer Energie.

„*Lustereczko, lustereczko, powiedz przecie, kto jest najpiękniejszy w świecie?* Spieglein, Spieglein an der Wand! Wer ist der Schönste …?"

Im Wohnzimmer waren die Gardinen bereits zugezogen. Andrej Heptna lag lang ausgestreckt wie ein gestrandeter Wal auf dem Sofa, sein behaarter weißer Bauch ragte aus dem offenen Hemd, ein Fuß hing seitlich in den Resten des dunklen, übel riechenden Currys. Sein Gürtel war offen, seine Hose mit brauner Soße bekleckert.

Der Pole starrte fasziniert auf ein Stückchen Röstzwiebel, das zwischen den oberen Schneidezähnen hervorschaute.

Ein heftiger Hieb mit einem schweren Totschläger beförderte Heptna in noch tiefere Bewusstlosigkeit. Mit sparsamen Bewegungen, die auf gute Vorbereitung und Erfahrung schließen ließen, machte sich der Pole an die Arbeit. Er klebte Heptna mit dickem Packband den Mund zu und fesselte ihm die Hände mit Handschellen auf den Rücken. Er entblößte ihn von der Taille abwärts, rümpfte angewidert die Nase, als ihm beim Ausziehen der Hose ein penetranter Geruch nach Urin und Schweiß entgegenschlug. Den rechten Unterschenkel band er mit einer dünnen Nylonschnur, die in Heptnas Haut schneiden würde, wenn er sich zu befreien versuchte, an das vordere Bein der Couch. Den linken zurrte er mit einem langen Stromkabel am Heizkörper neben dem Fernseher fest.

Heptna lag auf dem Rücken, die Beine weit gespreizt, das breite Gesäß auf der Kante des Sofapolsters. Der Pole führte eine weitere Schnur unter den Achseln hindurch und über die Rückenlehne des Sofas, so dass Heptna nach hinten gezogen wurde. Er wollte, dass das Opfer sich nicht bewegen konnte. Danach legte er die mitgebrachte DVD in den Player und schaltete ihn ein. Schließlich durchquerte er die Räume bis zur Treppe.

Im Gang lag eine Tageszeitung auf dem Fußboden. Auf der schmalen Fensterbank stand eine Vase mit verstaubten Plastikblumen. Er ging die Treppe nach oben und betrat das Schlafzimmer Michail Heptnas.

Es war herrlich, mit anzusehen, wie Andrej Heptna rotzend und hustend wieder zu Bewusstsein kam. Er liebte diesen Anblick, wenn Entsetzen die Verwirrung ablöste, gefolgt vom Unglauben, bis wieder die Furcht einsetzte.

Andrej sträubte sich gegen seine Fesseln, in seinem verschwitzten Gesicht stand Panik. Entsetzt starrte er auf seinen an einen Stuhl gefesselten und völlig entkleideten Vater, bevor sein Blick auf den Fernseher fiel. Er zog und wand sich, bis ihm die Schnüre ins Fleisch schnitten. Als er wieder gegen das Polster sackte, war seine Haut bleich und ölig.

„Aha! Habe ich deine Erinnerung mit diesem netten Streifen aufgefrischt, alter Mann?", fragte der Pole und rührte Milch und Zucker in seinen Kaffee. „Bist du nervös?"

Michail Heptna schloss die Augen.

„*Mam nadzieję, że wiesz, co cię czeka.* Ich denke, du ahnst, was dich erwartet."

Die Augenlider zuckten.

„Gut. Wie lautete der Befehl? *Wykłujcie im oczy! Rozprujcie im brzuchy!*"

Andrej Heptnas Augen quollen über dem Knebel hervor.

„Schau hin, alter Mann, schau hin! Ah! *Pamiętasz?* Du erinnerst dich?" Er nahm seinen Arztkoffer an sich. „Oh, Andrej Heptna, du wärst begeistert, wenn du wüsstest, was ich alles für dich und deinen Vater hier drin habe. Ah, da ist es ja." Er klang jetzt wie ein kleiner Junge, der ein lang vermisstes Spielzeug wiedergefunden hatte.

In ein Kletterseil band er eine Schlinge, die er Michail Heptna über den Kopf streifte. Sie zog sich augenblicklich zu, und als er das andere Ende des Seils um den Pfosten des Treppengeländers in der Diele gebunden hatte, war das Gesicht des alten Mannes blau angelaufen, und er rang nach Luft. Der Pole lockerte die Schlinge ein wenig.

Dann legte er im Wohnzimmer sein Werkzeug zurecht: drei geschärfte Schraubenzieher, zwei Kneifzangen, Elektrokabel, einen Hammer, eine Bügelsäge, einen kleinen Elektrobohrer und einen Eispickel.

„Zuerst die Augen deines Vaters, Andrej", flüsterte er. „Und danach schlitze ich dich auf. *Rozprujcie im brzuchy.*"

Er blickte über die Schulter, kurz abgelenkt durch das Geschehen auf dem Bildschirm. Er nahm den Eispickel, richtete sein ganzes Augenmerk auf den korpulenten Mann auf der Couch und genoss seine Angst.

„*Lubisz przecież filmować złych chłopców przy ich uczynkach, nie prawdaż?* Ach, du verstehst mich nicht, Michail? Ich fragte, ob du es noch immer liebst, böse Jungs bei ihren Taten zu filmen?"

Es wurde Zeit, den alten Mann zu erledigen und ihm die Augen auszustechen. Er wusste auch, wie: Mit einem Satz würde er bei ihm sein, ihn festhalten und laut auflachen, wenn die Spitze seines Messers zunächst Heptnas rechtes Auge traf. Er würde ihm den Mund zupressen, um seinen Schrei zu ersticken. Michail würde mit den Knien einsacken, und das Auge würde wie eine geplatzte rote Qualle auslaufen. Mit der anderen Hand würde er die Spitze des Eispickels weiter in die Tiefe drehen und den Schädelknochen durchbohren, und Blut und Knochensplitter würden aus der Höhle quellen, wo einst das Auge gewesen war.

Erst wenn die Spitze des Eispickels das Gehirn durchdringt, lockere ich meinen Griff. Erst das rechte, dann das linke Auge. Und dann blase ich ihm eine Ladung Schrotkugeln ins Gesicht und lasse ihn liegen.

Er dachte an Florenz und beschwor das Bild des Gemüsehändlers mit seinem wütenden Blick herauf. Sein Herz raste. Mit einer Hand zog er den Kopf des alten Mannes an den Haaren hoch, mit der anderen hielt er den Eispickel. Machtgier durchströmte ihn warm und schwer wie dunkler Wein. Er sah zu Andrej. *„Ty jesteś gotowy?* Bist du soweit?"

Andrej Heptna sah weg.

„Sieh gefälligst hierher, oder soll ich mit dir anfangen?"

Andrej gehorchte. „Ja, *jestem gotowy.* Ich bin so weit."

Wenig später präsentierte er Andrej den Augapfel seines Vaters und verabreichte ihm erneut einen heftigen Schlag auf den Kopf.

Der Pole zitterte und stieß einen gellenden Schrei aus. *„Wykłujcie im oczy!"*

Er legte einige Schnipsel der Krasinski-Akte auf den Küchentisch, ein kleiner Hinweis, ein Rätsel, das gelöst werden wollte. An die Tür des Kühlschranks heftete er eine Notiz.

Rozprujcie im brzuchy! Schlitzt sie auf! *Wykłujcie im oczy!* Stecht ihre Augen aus!

Genau so war er mit dem alten Mann verfahren. Mit Andrej Heptna hatte er indes noch etwas Besonderes vor.

Er schulterte den bewusstlosen Körper und trug ihn aus der Wohnung.

„Zabij go. Auftrag erledigt."

Er hätte nicht gewusst, wie das Märchen von den zwei auf einer Insel lebenden dummen Fröschen besser umzusetzen gewesen wäre, als es ihm mit den Heptnas gelungen war. Die beiden Frösche aus Japan hatten sich auf dem Weg gemacht, um zu erfahren, was wohl hinter dem Berg war, der ihnen die Sicht versperrte. Keiner von ihnen hatte eine Vorstellung, was dort sein könnte, aber die Neugier leitete sie. Der eine kam von der Flussseite, der andere von der Stadt auf der entgegengesetzten Seite des Berges. Oben angekommen, trafen sie sich. Sie erzählten sich ihre Wünsche, sagten einander, es würde sich nicht lohnen weiterzugehen, es gäbe nichts Außergewöhnliches auf der anderen Seite des Berges. Und somit ging jeder wieder seinen Weg zurück, ohne jemals zu erfahren, ob die Stadt oder der Fluss nicht doch ein Ort zum Träumen war.

Seine Mutter Ludmilla hatte ihm die Geschichte erzählt, damit er immer mit beiden Beinen auf dem Boden blieb, sein Ziel immer im Auge behielt und sich durch nichts und niemand davon abhalten ließ, es auch zu erreichen.

Sie waren arm und stolz. Wenn die einfache Landarbeiterin körperlich erschöpft nach Hause kam, vergaß sie nie, Pawel etwas mitzubringen: einen Apfel, eine Birne oder Erdbeeren. Die liebte er besonders. Er hatte nie einen Vater gehabt, der sie ernährte. Großmutter Dónya kümmerte sich um ihn, wenn seine Mutter in den frühen Morgenstunden das Haus verließ. Doch mit ihrem Tod verloren sie ihr Zuhause; wenig später verlor seine Mutter ihre Arbeit. Kurz darauf starb sie im Moskauer Armenhaus.

Seine Mutter ließ ein für sein Alter erstaunlich erwachsenes Kind im Waisenhaus zurück. Als die anderen Kinder dort ihn das erste Mal sahen, waren sie mächtig beeindruckt von ihm: Inmitten der quakenden Kakophonie war er ein Fels der Stille, und er spürte sofort, dass von ihm eine große Kraft ausging. Im Waisenhaus erreichte er den Gipfel der Zuversicht und eine gewisse Geborgenheit. Warum musste er gerade jetzt an jene Zeit denken? Weil einige dieser kleinen Frösche – diese aufgequollenen Dummgucker, die ihn damals im Waisenhaus angeglotzt hatten, als wollten ihre riesigen Augen beinahe ihren Kopf verschlucken – ihn später von seinem Platz zu verdrängen drohten, einem Platz, den er sich dort schwer hatte erkämpfen müssen, bevor niemand mehr es wagte, sich mit ihm zu messen.

Als Michail und Andrej Heptna mit dem Gesicht auf dem Boden lagen, hätte er den beiden Fröschen liebend gern das Genick umgedreht, so dass ihre Augenhöhlen ihn wie blutrote Rückleuchten anstarren würden.

Zwei Tage später, auf der A9 Richtung München, begannen sich die Rücklichter plötzlich in blutrote Froschaugen zu verwandeln, und er krallte seine Finger ins Lenkrad, bis seine Fingerknöchel weiß wurden. Er riss die Augen weit auf und beschwor das Gesicht seines letzten Opfers herauf, Michail Heptna.

Als Heptna nach ihm gegriffen hatte, wollte er ihn nicht angreifen oder sich verteidigen. Nein, er wollte sich nur an ihm festhalten.

Der Pole war nicht zurückgewichen, sondern näher herangetreten und hatte ihn umarmt. Und während Michail Heptna sein Leben aushauchte, hatte er eine seltsame Ruhe und ein Gefühl des Einsseins mit sich selbst empfunden.

Kapitel 24

Wiesbaden

Robert Hirschau blinzelte müde in die dunkle Wolkenwand des Wiesbadener Nachthimmels. Regen prasselte unerbittlich gegen die Scheibe und brachte seine Gedanken zurück zum soeben geführten Gespräch mit seinem Vorgesetzten.

In der vergangenen Nacht hatte er nur wenige Stunden geschlafen. Trotzdem hatte er heute schon wieder um sieben Uhr am Schreibtisch gesessen und Akten studiert, um einen zusammenfassenden Bericht über eine Organisation zu erstellen, die in Frankfurt Geldwäsche im großen Stil betrieb.

Doch er war urplötzlich abberufen worden, wegen dieser irrsinnigen Morde in Essen, Florenz und Istanbul, die offensichtlich miteinander zusammenhingen. Bei den Opfern waren Papierschnipsel mit der vollständigen Nummer eines Kriegsgerichtsverfahrens aus dem Jahr 1944 gefunden worden. Es war das Aktenzeichen eines Prozesses, in dem ein junger Soldat zum Tode verurteilt worden war. Die Akte über jenen Maryam Krasinski, die er von seinem Vorgesetzten erhalten hatte, lag vor ihm auf dem Tisch.

Die Lebensgeschichten der Mordopfer Sedar Biljano, Mirko Selicz und Antonin Zagár wiesen eine Gemeinsamkeit auf: die Mitgliedschaft in der Malinka, einer polnischen Widerstandsgruppe im Zweiten Weltkrieg. Aber hatten sie auch Maryam Krasinski gekannt? Wahrscheinlich. Aber Krasinski war lange tot.

Hirschau nahm sich noch mal die Akte zur Hand und las sie.

Aachen 1944
Reichskriegsgericht
StPL 1. Sen. 3625/42 – RKA I 125144

Im Namen
Des Deutschen Volkes!
Standurteil

In der Strafsache gegen
den Grenadier Maryam K r a s i n s k í, Ausbildungs-Kompanie, Grenadier—Ersatz- und Ausbildungs-Bataillon 57, Ismaning/Bayern,

geboren am 7. Juni 1926 in Warschau
wegen Fahnenflucht und anderem,
hat das am 13. Oktober 1944 in Aachen zusammengetretene Feld-
Kriegsgericht,
an dem teilgenommen haben
als Richter:
Kriegsgerichtsrat Kollmann, Verhandlungsleiter,
Hauptmann Kemper, Grenadier-Ersatz-Bataillon 112, Aachen,
Gefreiter Wilhelms, Grenadier-Kompanie, Aachen;
als Vertreter der Anklage:
Ober-Kriegsgerichtsrat Dr. Specke,
als Urkundsbeamter der Geschäftsstelle:
Gefreiter Nüsker

für Recht erkannt:
Der Angeklagte wird wegen Fahnenflucht und wegen Kriegsverrats
in Tateinheit mit erschwerend hinzukommender Vorbereitung des
Hochverrats zum Tode, zum Verlust der Ehrenrechte und zum Verlust
der Wehrwürdigkeit verurteilt.
Von Rechts wegen.

Gründe:

I.
Der erst 17 Jahre alte Angeklagte hat einen Beruf nicht erlernt. Er ist
im Februar 1943 wegen Arbeitsverweigerung, vollendeter Einbruch-
diebstähle und eines versuchten Einbruchdiebstahls zu fünf Monaten
Gefängnis verurteilt worden. Am 23. Mai 1944 wurde er zur Wehr-
macht eingezogen. Er wurde durch Strafverfügung mit sechs Wochen
geschärftem Arrest wegen unerlaubter Entfernung vom 27. Juni bis
zum 13. Juli 1944 bestraft. Vom 2. bis 4. Juli 1944 hatte er sich in der
Stadt Grodek herumgetrieben.
Dort lernte er den polnischen Kaplan Admarev kennen, der ihn
überredete, nicht mehr zur Truppe zurückzukehren; er sei überhaupt
nicht wehrpflichtig, da er nicht in die deutsche Volksliste eingetragen
sei; zum Wehrdienst sei er den Deutschen gut genug, aber wenn er
verwundet oder sonst diensttauglich werde, dann gelte er als Pole,
und niemand werde sich um ihn kümmern. Er forderte den Angeklag-
ten auf, zu ihm zu kommen; er werde ihn zunächst verstecken und

später an die polnischen Partisanen vermitteln, die sich im ehemaligen Grenzgebiet aufhielten. Der Angeklagte desertierte am 4. September 1944, kam zur Malinka-Bewegung und blieb dort etwa zwei Wochen, während sich nichts Besonderes ereignete, da diese Gruppe genügend mit Lebensmitteln versehen war und keine Raubzüge zu unternehmen brauchte. Am 10. September 1944 erfolgte ein Überfall auf den Inhaber einer Bäckerei in Gurka, einen Umsiedler aus Bessarabien. Es wurden zwei Brote, fünf Eier und ein Paket Zucker entwendet.

Am 5. Oktober 1944 wurde Krasinski festgenommen.

Der Angeklagte ist ledig. In seinem Elternhaus wurde ausschließlich Polnisch gesprochen, obwohl sein Vater deutschen Blutes war. Erst während seiner Dienstzeit bei der deutschen Wehrmacht hat der Angeklagte die deutsche Sprache erlernt. Die einzige Schwester des Angeklagten dient ebenfalls bei der deutschen Wehrmacht als Krankenschwester im Lazarett Troppau.

II.

Die Feststellungen beruhen auf dem glaubwürdigen Geständnis des Angeklagten in Verbindung mit dem sonstigen Ergebnis des Ermittlungsverfahrens.

Die im Felde begangene Fahnenflucht wird gemäß § 70 Militärstrafgesetzbuch mit dem Tode, mit lebenslangem oder mit zeitigem Zuchthaus bestraft. Nach den Richtlinien des Führers vom 14. April 1940 ist die Todesstrafe dann angebracht, wenn der Täter sich während der Fahnenflucht verbrecherisch betätigt hat. Dieser Fall ist hier gegeben, da der Angeklagte sich nach dem Verlassen seiner Truppe des Hochverrats und des Kriegsverrats durch die im Rahmen der Feindbegünstigung begangenen übrigen Verbrechen − schwerer Raub, Plünderung usw. − schuldig gemacht hat. Der Angeklagte hat durch seine Verurteilung im Jahre 1943 gezeigt, dass er ein asozialer Mensch ist. Bei der Wehrmacht hat er gezeigt, dass er sich nicht an Disziplin und Ordnung gewöhnen kann. Während der Fahnenflucht hat er wieder einen Einbruchdiebstahl begangen.

Die Vorbereitung eines hochverräterischen Unternehmens, bei dem die Tat auf Herstellung oder Aufrechterhaltung eines organisatorischen Zusammenhalts gerichtet ist, wird vom Gesetz mit dem Tode, mit lebenslangem Zuchthaus oder mit Zuchthaus nicht unter zwei Jahren bedroht, während für Kriegsverrat nur die absolute To-

desstrafe vorgesehen ist. Da bei den letztgenannten Verbrechen Tateinheit vorliegt, ist die Strafe dem § 57 Militärgesetzbuch als dem Gesetz zu entnehmen, das die schwerste Strafe androht. Auch hier war daher auf Todesstrafe zu erkennen.
Die Verhängung der Ehrenstrafen rechtfertigt sich aus § 31 Strafgesetzbuch und § 32 Militärstrafgesetzbuch.

Hirschau klappte die Akte zu und legte sie beiseite.

Als Leiter der Kommission für organisierte Kriminalität wusste sein Vorgesetzter, dass Informationen über die gemeinsame Mitgliedschaft der drei Mordopfer in einer früheren Widerstandsorganisation ernst genommen und in die Vergangenheit rückverfolgt werden mussten.

Der achtzehnjährige, noch berufslose Maryam Krasinski war ganz sicher nicht der nette Junge von nebenan gewesen; man hatte ihn schon früher wegen mehrerer Diebstähle verurteilt und eingesperrt, dennoch hatte seine soziale Devianz keinesfalls das von Kriegsgerichtsrat Richard Kollmann verhängte Todesurteil gerechtfertigt. Aus der Akte ging hervor, dass er von einem Geistlichen überredet worden war, sich den Partisanen anzuschließen; nach Ableistung des Soldateneids und kürzerer Dienstzeit hatte er behauptet, Pole zu sein, womit er nicht hätte eingezogen werden dürfen. Zweifellos war dies eine widerspruchsvolle Argumentation und ein sehr untaktisches Verhalten, noch dazu vor dem Hintergrund des Diebstahls.

Trotzdem hätte ein Gericht, das diesen Namen verdiente, den Sachverhalt klären und angemessen würdigen müssen. Das Gericht hatte sein Urteil damit begründet, dass der Besitz der deutschen Staatsangehörigkeit die Voraussetzung für den Eintritt der Wehrpflicht im Rechtssinne sei. Allerdings sei es anerkanntes Recht, dass die Tatsache der Einstellung in die deutsche Wehrmacht maßgeblich war und dies auch für die fehlende deutsche Staatsbürgerschaft des in den Wehrdienst einberufenen Nichtdeutschen gelte.

Hirschau seufzte. Dem widersprüchlichen Verhalten des jungen Mannes entsprach die widersprüchliche Argumentation der Richter, besonders jedoch des Verhandlungsleiters, der zwar offenkundig über keine schlüssige Argumentation verfügte, aber unbedingt ein Todesurteil fällen wollte.

Heute wusste man von den Gräueltaten deutscher Richter, die im Nachkriegsdeutschland der Öffentlichkeit lange Zeit verborgen geblieben waren. Dieses Kapitel gehörte der Vergangenheit an.

Doch stimmte das wirklich? Warum wurden nun plötzlich innerhalb eines Monats drei Mitglieder der ehemaligen Partisanenorganisation auf bestialische Weise umgebracht? War es ein Racheakt?

Hirschau sah sich die Aufnahmen der Opfer an, die er an der Pinnwand befestigt hatte, dann blätterte er die Obduktionsprotokolle der ersten drei Morde durch.

Todesursache: Verbluten. Übereinstimmendes Merkmal bei zwei Opfern: hervorgequollene Augen und Klebestreifenspuren am Hals. Der Mörder hatte ihnen also einen Plastikbeutel über den Kopf gezogen.

Hirschau nahm die Aufnahme von Mirko Selicz in die Hand. *Er hat zugesehen, wie du stirbst,* dachte er. Die Leichenflecke zeigten, dass er nach dem Eintritt des Todes noch etwa eine Stunde auf dem Rücken gelegen hatte. Aber gefunden wurde er in sitzender Position. Warum machte der Täter das nur?

Hirschau kritzelte einige Daten in sein Notizbuch, dann nahm er den Autoschlüssel aus seiner Schreibtischschublade und zog seine silbergraue Lederjacke über. Mit geschmeidigen Schritten verließ er das Gebäude.

Während er Richtung Autobahn fuhr, gingen ihm die Worte seines Vorgesetzten durch den Kopf.

„Suchen Sie Jerec Salomon in Berlin auf. Er wird Ihnen die notwendigen Hintergrundinformationen zur Malinka-Organisation und ihren Mitgliedern geben. Und er wird Ihnen etwas über Menschen wie Richter Kollmann erzählen."

Starnberg

Um ein Uhr morgens wurde Max von einem Geräusch geweckt. Anna, die vor zwei Tagen aus der Klinik entlassen worden war, lag nicht neben ihm. Er stand auf und sah nach Kathi. Sie schlief tief und fest.

„Anna?"

Aus dem Badezimmer kam Licht, und er ging hinein. Der Duschvorhang war zugezogen. Vorsichtig schob er ihn beiseite. Die Wanne war mit roter und blauer Wachskreide vollgekritzelt. An den Wänden waren merkwürdige schwarze Zeichen angebracht. Er hörte seine Frau wimmern. Sie hockte in einer Ecke des Badezimmers und weinte.

„Verdammt noch mal! Schau, was du gemacht hast!"

„Das war ich nicht", flüsterte sie. „Wieso starrst du mich denn so entsetzt an. Ich war das nicht!"

„Warum machst du so etwas, Anna?", flüsterte er.

„Das war ich nicht."

„Aber hier ist niemand, nur wir beide."

Sie schluchzte heftig.

„Na schön, aber wenn du es nicht warst, wer denn dann?"

„Das war Kathi", sagte sie leise.

„Kathi schläft, Anna. Du hast diese Schweinerei angerichtet", schrie er. „Du! Und morgen gehst du zu einem anderen Arzt. Und wenn ich aus Warschau zurückkomme, reden wir über eine Einweisung in eine Klinik. Haben wir uns verstanden?"

Anna nickte.

Wortlos ging Max an ihr vorbei. Sie kam ihm nach ins Schlafzimmer.

„Verlässt du mich, Max? Lässt du mich im Stich?"

Er warf ihr einen wütenden Blick zu, knallte die Tür zu und verließ in einem Jogginganzug das Haus.

Kapitel 25

München

Benedikt van Cleef wurde Samstagmorgen das schrille Läuten des Telefons unsanft aus dem Schlaf gerissen. Er griff zum Hörer und lauschte den Worten des Anrufers. Blinzelnd blieb er noch einen Moment im Dunkeln liegen, sammelte seine Gedanken und wehrte sich gegen den Drang, wieder einzuschlafen. Das Zifferblatt seines Weckers zeigte Viertel nach sechs.

Er blickte kurz zu Mathilda, die sich im Schlaf umdrehte, und küsste ihre Stirn. „Bleib liegen, mein Schatz", flüsterte er.

Die vergangene Nacht hatte ihm nur fünf Stunden Schlaf beschert. Er holte tief Luft, nahm alle Kraft zusammen, schwang sich aus dem Bett, ging ins Badezimmer, klatschte sich Wasser ins Gesicht und zog sich an. Er trank zwei Tassen Kaffee, fand die Wagenschlüssel in der Tasche seiner Jeans und fuhr, vom Koffein inzwischen hellwach, durch den Berufsverkehr zum Tatort in der Eichkapellenstraße.

Christian Neumann wartete bereits in seinem Fahrzeug auf ihn. Van Cleef nahm seinen Regenschirm und lief durch den peitschenden Regen auf seinen Kollegen zu. Neumann hatte das Wagenfenster einen Spaltbreit geöffnet.

Van Cleef legte den Ellbogen aufs Dach, beugte sich zum offenen Fenster herab und fragte: „Und?"

„Wurde auch Zeit, dass du endlich kommst. Ich hoffe, du hast noch nicht gefrühstückt."

„Toll. Das wollte ich hören."

„Der bestehende Kanal in der Eichkapellenstraße wird zurzeit verlängert, um fünf Grundstücke an die städtische Kanalisation anzuschließen. Zudem erneuern die Stadtwerke Mühldorf in diesem Bauabschnitt die bestehende Wasserleitung sowie Hausanschlussleitungen. Bei einer Routineüberprüfung wurde die Leiche entdeckt. Es sieht dort drinnen ziemlich übel aus", sagte Neumann.

Van Cleef trat zurück, als sein Kollege aus dem Wagen stieg. „Was haben wir denn?"

„Ein Mann, circa vierzig Jahre. Er wurde in so eine Art Abschlussrohr gesteckt. Ein sogenannter Kanalroboter, mit dem undichte Kanäle inspiziert werden können, war im Einsatz. Er wird oberirdisch gelenkt und ist mit einer empfindlichen Videokamera, mit Radar oder Ultraschall ausgerüstet, um defekte Stellen entdecken zu können. Die Bilder werden von Fachleuten in der Baracke hier oben empfangen und ausgewertet. Stell dir vor, dieser Roboter kann sogar direkt vor Ort die defekten Stellen reparieren."

Van Cleef wurde ungeduldig. „Weiter, Neumann!"

„Doch auf den Bildern, die die Kamera übertrug, waren keine defekten Leitungen zu sehen, sondern eine kopflose Leiche. Die Spurensicherung holt sie gerade aus dem Rohr raus. Die Gerichtsmedizin ist auch schon da. Kein schöner Anblick. Sie steckt vielleicht schon seit Stunden da drin. Also, ich halte den Gestank dort nicht aus."

Van Cleef schmunzelte.

„Das Lachen wird dir gleich vergehen. Hast du mal eine Zigarette?"

„Klar, habe ich. Hattest du nicht schon wieder aufgehört zu rauchen?"

„Warte, bis du ihn siehst. Dreht dir den Magen um." Neumann zündete sich die Zigarette an. „Da kommt deine Freundin von der Pathologie. O Gott, die hat mir gerade noch gefehlt."

Veronika Granel kam mit energischen Schritten auf sie zu.

„Schwierige Voruntersuchung"; sagte sie. „Das Rohr ist bis oben mit einer stinkenden Säure gefüllt, und überall klebt Scheiße. Der Kopf lag – in ein Laken gewickelt – nur wenige Meter vom Rohr entfernt. Und vorher ... Ach was, sieh es dir selbst an." Sie reichte Benedikt van Cleef eine Atemmaske. „Geh lieber allein rein. Das ist nichts für zarte Gemüter, nicht wahr, Herr Neumann?"

Neumann brummte etwas Unverständliches.

Sie zuckte mit den Schultern, dann drehte sie sich noch einmal kurz zu van Cleef. „An die Wand wurde mit Kreide etwas in polnischer Sprache gekritzelt."

Neumann riss die Augen auf. „Ach, Frau Doktor können auch Polnisch! Was gibt denn unser jetziger Kandidat so von sich?"

„Neumann, bitte."

„Lass mal, Benedikt. Der Junge ist gar nicht so übel."

„Also, was steht denn da an der Wand?", fragte van Cleef.

„*Wykłujcie im oczy! Poślijcie ich na zatracenie, złamcie ich!* Was so viel bedeutet wie: Stecht ihnen die Augen aus. Sie sollen verloren und gebrochen sein. Und: *Oblejcie im rany kwasem!*"

Neumann pfiff anerkennend durch die Zähne. „Alle Achtung. Und was bedeutet das?"

„Verätzt ihre Wunden mit Säure! Hat der Täter auch gemacht. Der

Tote schwimmt förmlich in Säure. Wird eine schwierige Obduktion. Guten Abend, meine Herren."

Benedikt van Cleef setzte sich den Mundschutz auf.

„Bereit?", fragte Neumann.

„Verdammt, nein. Natürlich bin ich nicht bereit", antwortete van Cleef.

„Und ich hab keine Lust, mir das noch mal anzusehen. Dort die Treppe runter, innen an der Absperrung entlang."

„Bravo! Na, dann wollen wir mal", knurrte van Cleef.

Er stieg die Leiter in den stinkenden Untergrund hinab, setzte die Atemmaske auf und durchschritt dann das an eine Kathedrale erinnernde Bauwerk der Münchener Kanalisation bis zum Fundort der Leiche.

Ihn fröstelte, als er an den dunklen Mauern entlanglief. Seit Max von Pettenkofer den Zusammenhang zwischen Cholera-Epidemien und der Grundwasserverseuchung erkannt hatte und konsequent für die Schaffung einer systematischen Kanalisation eingetreten war, hatte sich hier unten viel verändert. Diese Mauern waren jüngeren Datums und nach einem Entwurf des englischen Ingenieurs Gordon errichtet worden, der geschickt das nach Norden hin abfallende Geländeprofil genutzt und damit eine Entwässerung auf natürliche Weise ermöglicht hatte.

Und jetzt hatte jemand versucht, die Leitung mit einer in Säure getränkten Leiche zu blockieren. *Na bravo!*

Am Tatort angekommen, warf er rasch einen Blick auf das Opfer. Beim Anblick der von Säure angefressenen Leiche und des danebenliegenden blutigen, aber schon angebräunten Kopfs, auf dem große, metallisch blaue Schmeißfliegen ihre Eier ablegten, wurde ihm übel, und er wandte sich ab.

Zunächst galt es, genaue Todesursache und Identität der Leiche festzustellen, um mit den Ermittlungen weiterzukommen. Montag würde ihn Veronika Granel in den Saal der Toten führen. Bis dahin hoffte er, den bestialischen Gestank und den Ekel überwunden zu haben.

Nachdem Neumann ihn angepiepst hatte, betrat van Cleef wenige Stunden später die Wohnung von Andrej Heptna.

„Das ist die größte Schweinerei, die ich in den letzten Jahren gesehen habe", begrüßte ihn sein Kollege. „Dieses perverse Schwein hat sich an dem alten Mann ausgetobt. Wahrscheinlich ist ihm dabei einer abgegangen."

Van Cleef räusperte sich, als er Neumann toben hörte. Er achtete sorgfältig darauf, nicht zu respektlos zu klingen. „Würdest du mich bitte über die Umstände der Tat ins Bild setzen?"

Neumann nickte knapp. „Das Opfer wurde heute Mittag von einem Angestellten Andrej Heptnas in seiner Wohnung gefunden. Heptna lebt hier mit seinem Vater und betreibt ein kleines Restaurant im Arabellapark in Bogenhausen. Bei dem Toten handelt sich um den Vater, Michail Heptna. Wir konnten den Sohn telefonisch nicht erreichen. Er hat sein Handy abgeschaltet. Aber ich habe da so eine gewisse Ahnung. Ich vermute, dass die Identität der heute Morgen in der Kanalisation gefundenen Leiche geklärt ist. Ich glaube, es ist Andrej Heptna."

„Woher willst das so genau wissen?"

„Schau dir mal das Foto dort auf dem Kaminsims an. Und das ist ein Polaroid vom Kopf des Toten. Das ist doch unser Mann aus der Kanalisation. Wir haben am Fundort neben der Leiche auch ein Handy gefunden. Die Rufnummer stimmt mit Andrej Heptnas überein. Heptna fährt gewöhnlich gegen sechs Uhr morgens zum Großmarkt ganz in der Nähe seiner Wohnung. Dort kauft er täglich frisches Gemüse, Fisch und Fleisch für sein Restaurant *Die grüne Gans*. Es ist bekannt für seine mediterrane Küche, ein Familienbetrieb, gehörte früher seinem Vater Michail. Als der Boss am Vormittag nicht auftauchte, begann der Koch sich Sorgen zu machen. In der Wohnung hob niemand den Hörer ab, und über das Handy war auch keiner zu erreichen. Das machte den Koch stutzig. Heptna hatte im Restaurant einen Haustürschlüssel deponiert, weil er seinen eigenen häufiger in der Wohnung vergaß. Der Koch ist seit seiner Kindheit mit ihm befreundet und kannte das Versteck. Er nahm den Haustürschlüssel und fuhr hierher, weil er wusste, dass der alte Mann bettlägerig war. Im Flur kam ihm ein merkwürdiger Geruch entgegen, und er alarmierte die Polizei."

„War Veronika Granel schon hier?"

Neumann rollte mit den Augen. „Deine superkluge Freundin von der Pathologie schätzt, dass der Tod zwischen Mitternacht und vier Uhr früh eingetreten ist. Nach Aussage des Kochs lebte der Vater seit geraumer Zeit bei seinem Sohn, eine Beziehung hatte Andrej Heptna wohl nicht. Nach Feierabend ging er häufiger in diese Bar ..." Neumann schaute auf seinen Notizblock. „Der *Wilde Mann* – ein

Striplokal oder so was Ähnliches, eine der Tänzerinnen muss es ihm wohl angetan haben. Was der Koch so alles über seinen Vorgesetzten wusste! Schon erstaunlich."

Benedikt van Cleef betrachtete die Handgelenke des Opfers. „Er war gefesselt."

„Ja, mit Angelsehne und Kabel wie bei seinem Sohn. Auch der alte Mann wurde nackt aufgefunden."

„Was hältst du von der ganzen Sache, Neumann?"

„Raub war nicht das Motiv. Geld und Schmuck liegen unberührt in der Kommode im Schlafzimmer. Entweder Rache oder irgendein Irrer kam hier zufällig vorbei und lebte seine Phantasien aus. Er hat die beiden abgemurkst und danach dem Sohn ein Säurebad verpasst."

„Aber warum macht unser Täter sich die Mühe und steckt den Sohn in die Kanalisation? Jemand hätte ihn dabei beobachten können." Van Cleefs Blick fiel auf den Bluterguss, der sich als horizontaler Streifen über den Hüftbereich des Opfers zog.

„Er war auch am Rumpf gefesselt", stellte Neumann fest.

„Klebeband über Hüften und Oberschenkel. Und über den Mund." Van Cleef atmete tief aus. „Mein Gott!"

Er starrte Michail Heptna an, oder besser das, was von ihm übrig geblieben war. Und plötzlich blitzte das verstörende Bild der Sohnesleiche vor seinem inneren Auge auf. Fleischig rote, von Säure zersetzte Schnittwunden an Hals und Rumpf und schwarzverkohlte, blutverkrustete Augenhöhlen.

„Komm mal mit ins Schlafzimmer", brummte Neumann. „Unser Täter hat eine Vorliebe für Märchen."

Van Cleef runzelte die Stirn. „Märchen?"

Das Schlafzimmer war dunkel und schmuddelig. Überall lagen Papier und Müll verstreut. Van Cleef stockte der Atem, als er deutlich den betäubenden Gestank von Fäkalien registrierte, und er hielt sich ein Taschentuch vors Gesicht.

Zum Schutz vor den Exkrementen hatte die Spurensicherung auf dem Teppichboden ein Tuch ausgelegt. Dem Gestank war er jedoch ebenso ausgeliefert wie der beginnenden Verwesung.

Auf dem Bett lagen ein Teller mit verkrusteten und unappetitlichen Spaghettiresten und ein umgekipptes Weinglas. Der Fußboden war klebrig, und er wusste, dass die Analyse der Substanzen seine Vermutung bestätigen würde: Blut, Urin und Kot.

Neumann zeigte mit dem Kinn auf die Wand, auf der merkwürdige

Wörter eine Zeichnung aus einem Kinderbuch umsäumten. Jemand hatte offensichtlich eine Botschaft auf Polnisch hinterlassen.

Lustereczko, lustereczko, powiedz przecie, kto jest najpiękniejszy w świecie?

„Also, was bedeutet das? Sag schon, damit wir hier verschwinden können", meinte van Cleef gereizt.

„Dank der hervorragenden Sprachkenntnisse deiner Freundin, die hier vorhin in der Scheiße herumgewühlt hat, kann ich's dir sagen. *Spieglein, Spieglein an der Wand. Wer ist der Schönste im ganzen Land?*"

Ein seltsamer Moschusgeruch legte sich wie ein feuchtes Tuch auf van Cleefs Gesicht. Er musste hier raus. Zum ersten Mal wurde er blass.

Hinter ihm hörte er Neumann sagen: „Hey, Boss, geht es dir nicht gut? Dass ich das auch mal erleben darf. Ich glaub es nicht!"

„Halt den Mund, Neumann, sonst begleitest du mich morgen in die Pathologie. Und lass die Handschrift von einem Sachverständigen überprüfen!" Er warf seinem Kollegen einen wütenden Blick zu.

Neumann grinste. „Schon gut, Boss."

Kapitel 26

München

Das Hinweisschild *Pathologie der Universitätsklinik München* schien van Cleef aus dem Nichts entgegenzuspringen. Er trocknete sich das Gesicht mit einem Papierhandtuch ab und eilte durch den Vorraum, wo die Leichen bis zur Bestattung oder Obduktion hinter verschlossenen Stahlfächern in der Kältekammer auf Rollbahren zwischengelagert wurden. An den Fächern steckten farbige Etiketten in Metallschlitzen – rosa Schlitze für weibliche, blaue für männliche Leichen. Er betrat den Obduktionsraum, wo winterliche Temperaturen herrschten. Die Wände waren wie ein altmodisches Schwimmbecken mit hellgrünen Fliesen gekachelt, und in der Luft hing ein undefinierbarer Blutgeruch wie in einer Metzgerei. Unter den Tischen lagen Schläuche, aus denen Wasser auf den gefliesten Boden strömte.

Die Leichen der beiden Männer lagen eingewickelt in weiße Plastikplanen auf einem Tisch in der Mitte des gekachelten Raumes. Auf einem kleinen Tisch daneben lag der Kopf von Andrej Heptna. Niemand blickte auf, als er in der Tür erschien.

O Gott, dachte er, *das wird eine verdammt harte Veranstaltung werden.* Es war das Knirschen der Knochensäge, das ihn regelmäßig erschauern ließ. Und der Geruch. Und der war heute besonders übel. Neben dem Obduktionstisch standen fünf Studenten, zu denen er sich jetzt gesellte.

Veronika Granel begrüßte sie alle mit einem kurzen Nicken.

„Nun, ich denke, wir sollten mal kurz in die Vergangenheit schauen, um das, was wir hier sehen, besser verstehen zu können", begann sie. „Noch vor zweihundert Jahren hat es niemanden gestört, Fäkalien in die Flüsse zu leiten und gleichzeitig aus ihnen Trinkwasser zu gewinnen. Fäkaliengruben wurden manchmal jahrzehntelang nicht geleert. Früher dienten die Straßen als Abwasserrinnen für Kot und Urin. Heute bewegen sich die Abwässer unterirdisch. Der Hygieniker Max von Pettenkofer sorgte im neunzehnten Jahrhundert dafür, dass die Münchner Kanalisation mit dem damals besten Portlandzement aus England gebaut wurde. Heute bestehen die Kanalisationssysteme aus unterschiedlichen Materialien. Die dickeren Rohre unter der Straße sind entweder aus Gusseisen oder aus keramischem Material, und die großen Sammelkanäle baut man heute meistens aus Beton oder Stahlbeton."

Veronika brachte sich vor dem Tisch in Position und zog die Plastikabdeckung von Andrej Heptna. Die Umstehenden zuckten sichtlich zusammen, und drei wandten sich zum Luftholen ab.

Der Körper verströmte einen widerlichen Geruch, als wäre er gerade der Kloake entstiegen.

Veronika räusperte sich und fragte van Cleef, ob es sich bei dem Mann um denselben handelte, den man in der Kanalisation entdeckt hatte.

Van Cleef nickte.

Damit waren die Formalitäten erledigt.

„Vor mir liegt der Körper eines mäßig trainierten, vollschlanken und gut genährten Mannes mittleren Alters", diktierte Veronika Granel in ihr Aufzeichnungsgerät, wobei ihre Stimme von den kahlen Wänden frostig widerhallte. Das Klicken der Stopptaste des Diktaphons klang wie der letzte Herzschlag aus der Kältekammer des Todes.

„Der Feind des Betonrohrs", fuhr sie, an die Studenten gewandt, fort, „ist ein kleines Bakterium namens Thiobazillus oxidans. Das hat es früher zwar auch schon gegeben, aber nicht in der Populationsstärke wie heute. Das liegt daran, dass die Abwässer in den vergangenen Jahrzehnten aggressiver geworden sind. Sie enthalten unter anderem mehr Schwefelverbindungen. Das Dilemma ist, dass dieses Bakterium vom Schwefel lebt und dabei fleißig Schwefelsäure ausscheidet. Die wiederum zerfrisst den Beton. Schuld ist allemal der Mensch, der zunehmend mehr Chemie im Haushalt benutzt. Waschmittel zum Beispiel enthalten Schwefel in Form von Sulfat. Außerdem wird auch mehr Fleisch konsumiert. Das bedeutet, dass sich die Bakterien noch rascher vermehren. Kein Wunder also, dass die Rohre heute schneller verrotten." Sie hielt einen Moment inne.

„Derjenige, der das hier getan hat, hat auch mit unserem Leben gespielt, indem er den Beton gefährdete. Das, was wir hier sehen, ist nicht nur die Zersetzung eines Körpers durch Säure, sondern auch der Befall durch Milliarden von Thiobazillen in einer sehr, sehr hohen Potenz", sagte sie nachdenklich. „Sie können über die Kanalisation durch den Beton in das Grundwasser dringen." Sie wandte sich jetzt an van Cleef. „Du erkennst, was hier für eine Schweinerei begangen wurde. Man hat eine hochprozentige Säure in den Kanal gekippt, die eine Leiche zersetzen sollte. Was meinst du, was geschehen wäre, wenn man den Roboter nicht eingesetzt und diese Leiche sich sozusagen in Säure aufgelöst hätte?"

Van Cleef bestätigte die rhetorische Frage mit einem finsteren Nicken.

An Andrej Heptnas Armen, Knien und Fußgelenken waren tiefe Schürfwunden mit geschwollenen Rändern zu erkennen, die auf eine Fesselung hinwiesen. Vorsichtig versuchte Veronika, die leicht angewinkelten Beine zu bewegen.

„Im Gesicht ist der Gewebedruck noch deutlich zu erkennen, die Augenhöhlen sind deutlich ausgeprägt, die Augäpfel selbst wurden ausgebrannt. In die Wangen sind tiefe Wunden gegraben, die von Fingernägeln stammen. Die Zähne sind korrodiert. Die Nase ist …", sie beugte sich vor und betrachtete aus nächster Nähe das Gesicht des Mannes, „… trocken und verkrustet."

Van Cleef drehte sich zur Seite. Er hatte schon viele Leichen gesehen, doch noch niemals eine, die kopflos stundenlang in Säure gelegen hatte. Er musste den Obduktionsraum verlassen. Im Vorraum schob er sich ein Pfefferminzbonbon zwischen die Zähne und rieb sich die Hände, um die Bilder des Grauens aus seinem Kopf zu verbannen. Dann betrat er erneut den Sezierraum.

Veronika hatte inzwischen Nagelproben, soweit sie noch vorhanden waren, entnommen und die Schere zusammen mit den letzten Proben in die Tüte mit den Beweisstücken gesteckt und dem zuständigen Beamten überreicht.

„Mein Gott", murmelte sie. „Hier war mal wieder einer von der übelsten Sorte am Werk."

Van Cleef lehnte sich an die Wand und schaute schweigend zu. Er fragte sich, ob Blut, Urin und Kot, die man im Schlafzimmer gefunden hatte, von Andrej oder von seinem Vater stammten.

„Du tust mir leid, Benedikt", sagte sie und beugte sich wieder über den Tisch, um den Hals zu inspizieren. „Unterhalb des Sternums verläuft eine circa …", sie nahm das transparente Lineal und hielt es neben die klaffende Wunde, „… vierzig Zentimeter lange, horizontale Schnittwunde. Tiefe der Wunde …" Sie steckte das Lineal in den Schnitt. „Ein Zentimeter." Erneut schaute sie ihn an. „Es ist nicht die Todesursache."

„Nein?"

„Nein."

Van Cleef blickte auf seine Schuhe.

Sie trat einen Schritt zurück und forderte einen Assistenten auf,

Andrejs Körper umzudrehen. Im Obduktionsraum herrschte absolute Stille.

„Siehst du das?" Sie schien die Studenten völlig vergessen zu haben und zog einen spitzen Gegenstand aus der Haut.

„Was ist das?", fragte van Cleef.

„Man hat Nadeln in seinen Körper gesteckt und sie drin gelassen." Sie warf die Nadel in eine Schale.

„Aber wozu?"

„Keine Ahnung, aber da hat er noch gelebt. In fast allen Einstichlöchern finden sich Blutgerinnsel. Probleme werden uns die Verätzungen bereiten."

„Weißt du, womit die Wunden verätzt wurden?"

„Wahrscheinlich mit Schwefelsäure. Aus der Industrie, vermute ich. Furchtbares Zeug. Einige Körperteile sind verstümmelt, an denen man ihn hätte identifizieren können. Aber er scheint nur an bestimmten Stellen verätzt worden zu sein." Veronika zeigte ihm die Fingerkuppen, dann öffnete sie den Mund des Toten. „Oder hier die Zähne. Sie sind ebenfalls durch die Säure komplett korrodiert. Da ist so gut wie nichts mehr übrig."

Van Cleef seufzte. „Der Mörder wollte es uns schwermachen."

„Ich weiß nicht so recht. Sieh dir diese alte Fraktur des Unterschenkels mal an. Wie bei dem Mann, der seit einigen Tagen vermisst wird. Hätte man uns an einer Identifizierung hindern wollen, wäre so etwas Wichtiges nicht übersehen worden."

Er nickte zustimmend. „Warum dann die Säure?"

„Vielleicht ging der Mörder davon aus, dass die persönliche Identität nach dem Tod sowieso ihren Sinn verliert. So etwas ist bei Ritualmorden nicht ungewöhnlich." Veronika streifte ihre Latexhandschuhe ab und warf sie in den Mülleimer. „Ich würde sagen, es handelt sich um Andrej Heptna. Die Spurensicherung hat doch auch dieses Amulett in der Nähe der Leiche gefunden. War da nicht sein Name eingraviert? Und die DNA wird es auch bestätigen. Jetzt muss nur noch die Familie die Leiche identifizieren."

„Er hat keine Familie mehr."

„Oh. Gott sei Dank. Dann kannst du ihnen das ersparen. Was ist das für ein Täter, der jemandem die Augen ausbrennt, ihn danach aufschlitzt, den Kopf abhackt und den Körper verätzt?"

„Keine Ahnung. Es wird schwierig sein, ein Täterprofil zu erstellen", sagte er nachdenklich. „Das ist einfach nur krank."

„Warum wendest du dich nicht an Robert Hirschau? Vielleicht

kann der dir helfen."

„Das werde ich."

Der Fotograf legte einen Film in die Kamera. Van Cleef beobachtete, wie der Mann die Schnittverletzungen sorgfältig dokumentierte.

„Sonst noch was, Veronika?", fragte er.

„Er hat noch gelebt, als man ihm das angetan hat. Das Säurebad hat man ihm später beschert. Da war er schon tot."

Van Cleef schaute sie entsetzt an. „Er hat noch gelebt?"

„Ja. Und jetzt kennst du auch die Todesursache."

„Äh …?"

„Gestorben ist er an einem anaphylaktischen Schock. Ein anaphylaktischer Schock führt zu einem lebensbedrohenden Versagen des Herz-Kreislauf-Systems."

„Er ist nicht am Halsschnitt verblutet?"

„Richtig. Der Schnitt ist nicht tief genug. Man hat die blutenden Wunden dieses Mannes mit Säure überschüttet. Das führte zu einem Herzstillstand aufgrund des Schocks."

„Grausame Vorstellung", murmelte van Cleef.

„Ja. Hier ging es dem Mörder darum, sein Opfer ganz und gar zu vernichten. Aber ich habe noch etwas Erfreuliches für dich." Sie wandte sich wieder den Studenten zu. „Ein weiteres unverwechselbares Merkmal jeder Person ist in den Zellen des Körpers enthalten: das Erbmolekül, die DNA. Seit den achtziger Jahren vollzog sich eine dramatische Entwicklung im Bereich der forensischen Wissenschaft: Der sogenannte genetische Fingerabdruck revolutionierte die Identifikationsmöglichkeiten. Winzige Spuren von Blut, Speichel oder Sperma reichen jetzt aus, um den genetischen Code eines Täters zu erhalten. Ein spezielles Verfahren isoliert die DNA aus den Zellen. Mit Hilfe bestimmter genetischer Werkzeuge lässt sich das Erbmolekül zerlegen und in Tausende unterschiedlich lange Abschnitte teilen. Diese Fragmente sortieren sich in einem elektrischen Feld nach ihrer Größe. Das sich daraus ergebende Muster ist bei jedem Menschen unterschiedlich. Diese Methode hat den Forschern ein effektives Werkzeug an die Hand gegeben, einen Verdächtigen zu überführen oder auch seine Unschuld zu beweisen. Mit moderner Technik ist man dem Täter eng auf den Fersen und gewinnt immer häufiger den Wettlauf mit dem Verbrechen. Nun, wir haben hier einmal die DNA des Opfers und …"

Van Cleef hielt die Luft an. „Nein!"

„Doch. Ich bin mir sicher. Wir haben an der Leiche ein Haar gefunden, das eine andere DNA aufweist."

„Phantastisch. Wann fängst du mit der Obduktion von Michail Heptna an?"

„Nach einer Kaffee- und Zigarettenpause. Reicht dir das?" Sie ermahnte die Studenten: „Vergessen Sie bitte niemals: Es erfordert intelligente Denkarbeit, der Todesursache auf die Spur zu kommen. In diesem Punkt unterstützen und ergänzen wir Pathologen die kriminalistische Untersuchung der Polizei. Und aus dem Grund habe auch ich Medizin studiert."

Van Cleef lächelte gequält und verließ den Obduktionsraum. Er musste von hier verschwinden.

Starnberg

Max hatte nachts nicht schlafen können. Anna hatte mit geschlossenen Augen neben ihm gelegen, doch er hatte gespürt, dass sie genauso wenig schlief wie er selbst.

Er wusste, dass sie ein furchtbares Bild von sich selbst vor Augen hatte – ihren eigenen, völlig verdrehten Körper, der von der Decke herabbaumelte. Ja, er hatte in ihr sämtliche frisch vernarbte Wunden wieder aufgerissen, über die sie nicht sprechen wollte. Er hätte ihr genauso gut einen Schlag ins Gesicht verpassen können.

Max rieb sich die Augen. Er würde sie ausschlafen lassen und frühstückte allein mit Kathi. Und später würde er mit Kreiler reden. So konnte das nicht weitergehen.

„Wo ist Mami?", fragte Kathi neugierig.

„Sie schläft noch. Es geht ihr nicht so gut", antwortete er.

„Wegen dem Badezimmer? Das war nicht Mami, das war Jasper!"

Max fuhr erschrocken zusammen und sah sie entgeistert an. „Wie ...?" Er stockte, als Kathi einen Schluck Milch nahm und genussvoll ihr Rührei aß.

Doch dann schaute sie ihn an. „Papi?"

„Ja?"

„Du musst nicht böse sein mit Mami. Sie kann nichts dafür. Das war Jasper. Ich habe es gesehen. Er hat es gemacht, als du geschlafen hast."

Er unternahm einen zweiten Versuch. „Warum macht Jasper so etwas Furchtbares? Ist es wegen Mami?"

Kathi runzelte die Stirn.

„Es ist ganz wichtig, dass Jasper eines versteht", sagte Max. „Dr.

Kreiler versucht Mami zu helfen. Deshalb war sie in der Klinik. Versteht er das?"

„Jasper hilft Mami auch. Er kann sie auch gesund machen."

„Nein, Kleines, das kann er nicht, und ich kann Mami auch nicht helfen, das kann nur ein Arzt. Und dir kann ich nicht helfen, wenn du nicht mit mir redest."

Kathi schwieg und stocherte in ihrem Rührei.

„Sprich mit mir, Kleines. Warum schließt du dich in dein Zimmer ein? Ich bin ganz traurig darüber."

„Es ist wegen Jasper", sagte sie leise.

„Wieso?"

„Er will nicht, dass du fröhlich bist."

Da war wieder dieser seltsam traurige Tonfall, der ihm nicht gefiel und ihn immer hellhöriger werden ließ.

„Kleines, du weißt genau, dass das nichts mit Jasper zu tun hat. Das weißt du."

Kathi nickte.

„Jasper existiert nicht", sagte er bestimmt.

Sie schüttelte den Kopf. „Das darfst du nicht sagen."

„Wieso nicht?"

Sie sah ihn seltsam an. „Weil du ihn damit wütend machst."

„Was soll's? Dann mache ich ihn eben wütend."

Kathis große dunkle Augen schauten ihn verschreckt an.

„Soll er eben rauskommen und mich anbrüllen. Gut, ich will ihn sehen. Wo ist er?"

„Du willst ihn sehen?"

Da war erneut dieser Unterton, diesmal jedoch eine Spur ängstlicher als zuvor.

„Ja!"

Plötzlich huschte ein Lächeln über ihr Gesicht. „Ich sag's ihm."

„Versprochen?"

Sie nickte.

„Dann kann ich bald mit Jasper sprechen?"

„Ja", sagte sie leise.

„Gut, dann iss jetzt dein Frühstück, Kleines. Wir müssen uns beeilen."

„Papi? Basti sagt, dass die Hühner im Winter keine Eier legen, weil ihr Eierloch zufriert. Wo hast du die Eier für unser Frühstück her?"

Max lachte laut. *Dieser Basti mit seinen Weisheiten,* dachte er. Aber es war jetzt eine willkommene Ablenkung.

„Im Hühnerstall frieren die Hühner nicht, Kleines."

„Dann hat Basti mich angelogen?"

„Nein, Schätzchen. Das hat er vielleicht nicht gewusst. Aber sag ihm einfach, dass Mami nur Eier vom freilaufenden Bauern kauft. Das versteht er."

Kathi kicherte. „Nicht Hühnern?"

Max lachte. „Nein, sag bitte vom freilaufenden Bauern."

Kathi nickte verschwörerisch. „Ja, das versteht Basti. Ich hab dich lieb, Papi."

„Ich dich auch, Kleines."

Kapitel 27

München

Dem Regen vom Vormittag folgte am Nachmittag strahlender Sonnenschein. Auf dem Weg zur Gerichtsmedizin passierte van Cleef die flirrenden Panoramen der Herbstfarben, die sich an den majestätischen Gebäuden der Universität vorbei durch die ganze Bayernmetropole zogen.

Veronika erwartete ihn bereits in ihrem Büro. „Kaffee?", fragte sie, nachdem sie sich begrüßt hatten.

Van Cleef schüttelte den Kopf.

„Okay. Aber ich brauche einen", sagte sie. „Falls du noch mal einen Blick auf das Obduktionsprotokoll von Andrej Heptna werfen möchtest ..."

„Das ist nicht nötig. Gib mir einen kurzen Überblick."

Sie gingen in den Obduktionsraum, wo ein Mitarbeiter Michail Heptnas Leiche aus dem Kühlfach geholt und auf den Stahltisch gelegt hatte.

Veronika richtete die Untersuchungsleuchte auf Heptnas Abdomen. Das Blut hatte man zuvor bereits abgespült. Deutlich sah man die blass rosafarbenen Wundränder.

„Irgendwelche verwertbaren Spuren?", fragte van Cleef.

„Wir haben ein paar Fasern sichergestellt. Und am Rand der Schnittwunde klebte ein Haar."

Van Cleef sah auf. „Vom Opfer?"

„Nein, viel kürzer. Und wieder hellblond. Michail und Andrej hatten graues und schwarzes Haar. Wir haben bereits Haarproben von allen Personen angefordert, die mit der Leiche in Berührung gekommen sind." Veronika lenkte seine Aufmerksamkeit auf die Wunde. „Was wir hier sehen, ist ein Transversalschnitt. Die Chirurgen sprechen von einer Maylard-Inzision. Die Bauchdecke wurde Schicht für Schicht durchschnitten. Zuerst die Haut, dann die Oberflächenfaszie, dann der Muskel und schließlich das Bauchfell."

„Warum?"

„Das kann ich dir nicht sagen. Aber ... ich habe etwas gefunden. Dieselben blonden Haare steckten in der Bauchhöhle."

Van Cleef wurde übel. „Du meinst ...?"

„Richtig. Dein Täter hat die Bauchhöhle geöffnet und dann die Gedärme entfernt. Danach hat er seinen Kopf hineingesteckt. Wir haben mindestens fünfzig bis siebzig kurze blonde Haare gefunden."

„Mein Gott."

„Bei Andrej Heptna wies der Halsschnitt einige Zacken auf, die auf ein Zögern oder Unsicherheit hindeuteten. Davon ist hier nichts zu erkennen. Siehst du, wie sauber die Haut hier durchschnitten wurde? Es gibt keinerlei Zacken. Er wusste genau, was er zu tun hatte." Veronika sah van Cleef direkt in die Augen. „Unser Täter hat entweder dazugelernt, oder er wollte hier besonders sorgfältig vorgehen und hat seine Technik verbessert."

„Falls es sich um denselben Täter handelt", bemerkte van Cleef.

„Ganz sicher. Die Hautpartikel unter den Fingernägeln von Michail Heptna stimmen mit der DNA überein, die wir bei Andrej Heptna sicherstellen konnten."

Van Cleef nickte.

„Das blonde Haar weist ebenfalls dieselbe DNA auf. Aber es gibt noch weitere Übereinstimmungen. Siehst du die rechtwinklige Form des Wundrands an diesem Ende? Das ist ein Hinweis darauf, dass er von rechts nach links geschnitten hat. Wie bei Andrej. Die Klinge, mit der ihm diese Wunde beigebracht wurde, ist einschneidig und glatt wie die bei Andrej verwendete."

„Ein Skalpell?"

„Die Details passen auf ein Skalpell. Der saubere Schnitt verrät mir, dass die Klinge sich in der Wunde nicht gedreht hat. Das Opfer war entweder bewusstlos oder so fest angebunden, dass es sich nicht rühren oder Widerstand leisten konnte. Es war ihm nicht möglich, die Klinge von ihrer geraden Schnittlinie abzubringen."

„Gab es prämortale Blutungen?", fragte van Cleef.

„In der Beckenhöhle hatte sich Blut angesammelt. Das bedeutet, dass sein Herz noch gearbeitet hat. Wie Andrej war auch Michail Heptna noch am Leben, als diese äh… Operation durchgeführt wurde."

Benedikt van Cleef betrachtete die Handgelenke mit den ringförmigen Blutergüssen. Ähnliche Male fanden sich an beiden Fußgelenken, ebenso waren punktförmige subkutane Hautblutungen zu erkennen, die sich über seine Hüften zogen. Offensichtlich hatte sich Michail Heptna gegen die Fesseln gesträubt.

„Es gibt noch weitere Anzeichen dafür, dass er am Leben war, während ihm der Schnitt beigebracht wurde", sagte Veronika. „Leg deine Hand in die Wunde, Benedikt."

Widerstrebend steckte er seine behandschuhte Hand hinein. Das Fleisch fühlte sich kalt an; es war mehrere Stunden im Kühlraum aufbewahrt worden. Es erinnerte ihn an das Gefühl, wenn man in einen Truthahn griff und nach dem Beutel mit den Innereien tastete. Er schob die Hand bis zum Handgelenk hinein und befühlte mit den Fingern die Ränder der Wunde.

„Was ist das für ein Ding, das ich hier ertaste? Dieser harte, kleine Knoten auf der linken Seite?", fragte er und zog die Hand wieder heraus.

„Das ist Nahtmaterial. Er hat es benutzt, um die Blutgefäße abzubinden."

Van Cleef hob verblüfft die Augenbrauen. „Der Täter muss blutverschmiert gewesen sein. Warum steckt jemand seinen Kopf in die Bauchhöhle eines anderen?"

„Das erinnert mich an die Mythologie. Komm, ich lade dich auf einen Kaffee ein."

„Ein Cognac wäre mir jetzt lieber."

Veronika lachte. „Kannst du auch haben."

Van Cleef zog sich vom Seziertisch zurück und wartete, bis Veronika ihre Handschuhe abgestreift hatte. Dann gingen sie in ihr Büro.

„Setz dich doch", sagte sie und warf die Espressomaschine an. „Du bist blass um die Nase."

„Warum schneidet er ihm den Bauch auf und macht sich die Mühe, die Arterien abzubinden?"

„Um freie Sicht zu haben und die Blutung lange genug unter Kontrolle zu halten, so dass er sehen kann, was er tut."

„Hm ... Und was hast du vorhin mit Mythologie gemeint?"

Sie reichte ihm einen Kaffee und goss einen Schuss Cognac hinzu.

„Ich habe ein wenig nachgeforscht. In der ägyptischen Mythologie gab es den heiligen Phönix von Heliopolis, meist in Gestalt eines Reihers, der eng mit dem Kult des Sonnengottes Ra verbunden war und sich als erstes Wesen nach der Schöpfung auf dem aus der Flut auftauchenden Land niederließ. Der Phönix kehrte alle fünfhundert Jahre nach Heliopolis am Todestag des Königsvaters zurück, wo er aus Weihrauch ein Ei formte, das von der Größe her die Leiche des Königsvaters aufnehmen konnte. Dieses Ei wurde im Tempel von Heliopolis feierlich begraben. Der Überlieferung zufolge tötet sich der Phönix während dieser Feierlichkeit selbst auf einem Scheiterhaufen, ehe er anschließend wieder verjüngt aus dem Ei emporsteigt, weshalb er in der Mythologie zum Sinnbild der Unsterblichkeit und Auferstehung wurde."

„Das würde ja bedeuten, dass unser Täter seinen Kopf in die Bauchhöhle eines Menschen steckt, weil er glaubt, sich mit dem Mordritual zu erneuern."

„Durch den Tod eines Menschen wird der Täter wieder lebendig. Nur durch den Tod kann er weiterleben. Vielleicht wurde er deshalb zum Mörder. Frag Robert, was er von meiner These hält."

„Du bist unglaublich, Veronika."

Sie lachte. „Nein, für mich gibt es neben dem Leichenschmaus durchaus noch andere Interessen."

„Das werde ich mal dem Kollegen Neumann erzählen."

„Er ist ein Rebell, aber er gefällt mir. Aus dem wird noch mal was."

„Ja, das glaube ich auch. Ich danke dir. Ich schätze, an deiner Überlegung ist was dran. Mein Gott, was wird dieses Monster sonst noch anstellen?", fragte er mehr sich selbst.

„Hat sich das BKA schon eingeschaltet?"

„Ja. Sie wünschen eine Kooperation. Es gibt ähnliche Fälle. Aus dem Ausland wurden zwei Morde gemeldet. Auch aus Essen."

„Du hast es mit einem sehr kranken Menschen zu tun, Benedikt. Pass bitte auf dich auf!"

Er sah sie nachdenklich an. „Das mache ich", sagte er leise.

Das Klappern der Instrumente auf dem Tablettwagen schreckte ihn auf, und er bedauerte ein wenig, dass sich die Moderne von der Mythologie verabschiedet hatte.

Kapitel 28

Starnberg

Eine Woche später erwachte Max Gavaldo schweißgebadet aus einem Traum. Im gedämpften Licht des Morgengrauens, das das Schlafzimmer in matte Schatten hüllte, und mit Anna neben sich fühlte er sich wieder wohl.

Er stand auf. In seinem Traum hatte Anna hektisch irgendwelche Figuren und Wörter auf einem rosafarbenen Papierbogen ausradiert. Als er ins Badezimmer ging, gab sie im Schlaf einen Laut von sich, ein leises Grunzen, das auf tiefe Zufriedenheit schließen ließ.

Er stellte sich unter die Dusche und ging im Geist seinen Terminkalender durch: die für zehn Uhr angesetzte Marketingsitzung. Es würde einige Diskussionen über den Biocell-Etat geben, in erster Linie wegen einer neuen Produkteinführung des Herzpräparats Procell in Russland, und danach würde er Kathi von der Schule abholen; Anna hatte am Nachmittag einen Termin bei Jörg Kreiler.

Er überlegte, was noch alles geschehen könnte, und war so in Gedanken versunken, dass er erschrocken zusammenfuhr, als er plötzlich durch die beschlagene Scheibe der Duschkabine Anna erkannte, die mit dem Rücken zu ihm stand.

„Könntest du bitte Kathi wecken? Es ist schon nach sieben", rief er ihr zu.

Anna antwortete nicht, oder er konnte sie wegen des rauschenden Wassers ohnehin nicht verstehen. Der heiße Wasserstrahl, der auf ihn niederprasselte, fühlte sich so gut an, dass er am liebsten den Rest des Tages darunter verbracht hätte …

Abrupt drehte er die Dusche ab. Anna war verschwunden.

Er trat aus der Kabine und griff mit einer Hand nach einem Handtuch.

„Anna?"

Nichts.

Ein Blick auf seine Armbanduhr auf dem Granitwaschbecken sagte ihm, dass er zwei oder drei Minuten zu spät dran war, also nichts, worüber man sich Sorgen machen musste. Er holte tief Luft, dann ging er ins Kinderzimmer.

„Kathi?"

Das Bett war leer.

„Kleines, wo steckst du? Aufstehen! Wo bist du denn? Wir haben jetzt keine Zeit für Versteckspiele. Wir sind spät dran!"

Als er schließlich das Schlafzimmer betrat, lag Anna noch immer in ihrem Bett und schlief tief und fest. Neben ihr lag Kathi, lutschte am Daumen und starrte ihn mit großen dunklen Augen an.

Dieses eine Wort, das immer wieder an ihre Ohren drang, fräste sich durch Annas Träume und ließ sie in sich zusammenfallen, bevor es sie endgültig in den Wachzustand beförderte.

„Kathi ... Zwei ...""

In der Ferne hörte sie Max' Stimme. Sie war jetzt wach genug, um festzustellen, dass sie die Decke nach oben gezerrt hatte und ganz erhitzt war, völlig durcheinander und absolut nicht in der Lage, aufzustehen oder sich auch nur zu bewegen. Sie öffnete ein Auge gerade so weit, dass sie Max zwischen ihren vom Schlaf verklebten Wimpern erkennen konnte. Er stand mit einem Handtuch um die Hüften direkt vor ihr.

„Anna? Ich habe geglaubt, du bist im Badezimmer. Ich ... Ach, vergiss es."

„Wo ist Kathi?"

„Sie ist im Bad und putzt sich die Zähne."

„Komm mal her, leg dich einen Moment zu mir. Ich fühle mich schrecklich."

Max gab keine Antwort.

„Max ...?"

„Anna, dafür ist es zu spät. Möchtest du dich noch ein bisschen ausruhen?"

„Okay", erwiderte sie, obwohl die einzige Bewegung, die sie zustande brachte, das Schließen des einen Auges war.

„Kathi hat morgen ..."

Sie hörte den Rest des Satzes nicht mehr. Die Konturen begannen wieder zu verschwimmen, und erneut umhüllte sie watteweicher Schlaf. Vor dem Fenster des auf der gegenüberliegenden Seite des Flurs liegenden Zimmers baumelte ein Glasprisma. Es war das Fenster, durch das morgens die Sonne als Erstes hereinfiel. Während Anna wieder in Tiefschlaf versank, schien die Sonne durch die Baumwipfel und sandte einen Strahl durch das Prisma, auf dem sich ein kleiner Regenbogen bildete, der auf den Kalender an der gegenüberliegenden Wand fiel, auf den sie eine kleine Geburtstagstorte mit sieben brennenden Kerzen gezeichnet hatte. Diese auf Kathis bevorstehenden Geburtstag hinweisende Torte war es, was sie als Erstes sah, als sie zwei Stunden später die Augen erneut öffnete.

Sie hielt einen Augenblick den Atem an. Sonne, Ostfenster, das Prisma, der Regenbogen, der genau über der Geburtstagstorte stand, waren der Beweis, dass Gott existierte, dachte sie. Gott hatte offenbar ein persönliches Interesse an ihr.

Der Regenbogen schob sich vorwärts, über den Kalender hinweg, bis er schließlich in ihrem offenen Kleiderschrank verschwand.

Irgendein Geräusch bahnte sich seinen Weg durch den Korridor, von dem sie jedoch nur einen Teil wahrnahm. Oder kam das Geräusch aus dem Schrank?

„Max?"

Nein, Max ist fort, dachte sie. *Kathi ist fort. Es ist neun Uhr.*

Eine kleine, dunkle Murmel rollte aus dem Schrank auf sie zu.

Murmel, murmel, murmel.

Etwas Graues, Schlangenförmiges kroch heraus. Sie erkannte die alte Frau vom Straßenrand, die ihre Schwester so oft gewarnt hatte. Die Alte setzte sich in ihren alten bodenlangen Röcken und ihrer grauen Wolljacke, die sie mit großen Sicherheitsnadeln zusammenhielt, auf ihr Bett, verdrehte die Augen und flüsterte: „Ich weiß, wer du bist. Er wird auch dich kriegen."

Anna schlug die Hände vors Gesicht. „Geh weg! Du bist böse, eine Lügnerin."

Jetzt stieg auch Jakob aus dem Schrank und kam auf sie zu. Sie schaute direkt in seine hinter dunklen Brillengläsern liegenden schwarzen Augen. Auch er setzte sich aufs Bett und lächelte.

Er flüsterte: „Sie kann dich nicht hören, mein Engel. Der Wind übertönt deine Worte."

Das Gesicht der Alten verzog sich zu einer Fratze mit glühenden Augen. Sie stand auf, schlich wieder zum Schrank und kroch hinein. Plötzlich drehte sie sich noch einmal um.

„Ich komme wieder, Mädchen. Hüte dich vor Max!"

„Anna, beruhige dich doch!", rief Max und schüttelte sie.

„Ich ... Ich habe das niemals geträumt. Es war Katharina, die diese Träume hatte. Die alte Frau am Straßenrand hat immer nur sie angesprochen, niemals mich. Ich kannte sie noch nicht mal. Irgendetwas stimmt nicht. Warum träume ich Dinge, die Katharina geträumt hat? Warum?", rief sie.

Er fuhr sich mit den Händen durchs Haar. „Anna, ich halte das nicht mehr aus."

Seine Worte klangen hart und kalt. Sie spürte seine Erschöpfung, und in diesem Augenblick wurde ihr bewusst, dass auch Max glaubte, sie fiele allmählich dem Wahnsinn anheim.

„Ich bin nicht wahnsinnig", blaffte sie ihn an.

„Du bist aber auf dem besten Wege!", schrie er jetzt. „Ich halte das nicht mehr aus. Das alles ist einfach verrückt, vollkommen verrückt und irre!"

„Und von dir behauptet man, du seist skrupellos, karrierefixiert und machtsüchtig!"

„Wer behauptet das? Dein Hirngespinst von Jakob?"

Anna ballte ihre Fäuste. „Hau ab. Verschwinde. Geh in dein Labor oder vergnüg dich irgendwo!"

Sie starrten sich an.

„Niemals gehe ich wieder in eine solche Klinik, kapiert? Einen anderen Arzt, ja, aber keine Klinik."

Max spürte plötzlich ihre entsetzliche Angst und ihre Verzweiflung, nicht nur den Boden unter den Füßen, sondern auch ihn zu verlieren.

„Es tut mir leid", wimmerte sie leise.

Schon wieder war er es, der ein schlechtes Gewissen hatte. „Nein, mir tut es leid, dass ich dich angeschrien habe. Komm, beruhige dich. Ich werde dich in eine andere Klinik bringen. Diese Hypnosesitzungen scheinen dir nicht zu bekommen. Wir werden einen zweiten Arzt konsultieren. Jörg Kreiler ist anscheinend nicht in der Lage, dir zu helfen." Er nahm sie in den Arm. „Warum bringst du Kathi nicht für zwei Tage zu Mathi?", versuchte er sie zu besänftigen. „Sie würde sich freuen, und du könntest dich besser entspannen, während ich in Warschau bin."

„Es ist immer noch da draußen, Max, und es will mich töten."

„Es?"

„Ja. Jakob ist tot, das weiß ich. Aber irgendetwas beeinflusst meine Gedankenwelt. Ich weiß nicht, was es ist."

Max sah sie entsetzt an. „Du hast gar nichts verstanden von dem, was ich gesagt habe. Mein Gott, du bist völlig irre!"

Er nahm seinen Mantel und schlug wenig später die Haustür hinter sich zu.

Am Abend schaute Anna ihrer Tochter beim Zeichnen zu. Das Bild zeigte einen großen, schwarzen Schwarm oder ein Spinnennetz. Sie konnte es nicht so genau erkennen und fragte.

„Was malst du denn da, Kleines?"

„Das ist ein böser, sehr böser Wolf."

„Ein Wolf? Hm … Okay, ein Wolf. Freust du dich auf die kommenden zwei Tage mit Mathi?"

„Ja. Wir gehen Babysachen einkaufen, und ich darf sie aussuchen, hat Mathi gesagt."

Später im Kinderzimmer plapperte Kathi munter drauflos. „Morgen male ich viele Tierbilder, genauso viele wie Basti. Basti möchte später nicht arbeiten. Lieber wird er Bauer."

„Dann werden wir unsere Eier bei Basti kaufen", sagte Anna und gab ihrer Tochter einen Gutenachtkuss.

„Wo ist Papi?"

„Er hat noch eine Besprechung im Büro."

„Mit dem Computer?"

„Ja, auch."

„Gute Nacht, Mami."

Sie betrachtete das kleine Grübchen unter Kathis linkem Mundwinkel. „Gute Nacht, Kleines."

Die Ähnlichkeit mit Jakob ist wirklich bemerkenswert, sagte die Stimme in ihrem Kopf.

Kapitel 29

München – Polizeipräsidium

Benedikt van Cleef klopfte seinem Freund kameradschaftlich auf die Schulter.

„Dein Chef glaubt, dass es einen Zusammenhang gibt zwischen dem Münchener Doppelmord und den Mordopfern in Essen, Istanbul und Florenz. Er hat mir gesagt, ich soll dir in allem behilflich sein."

Van Cleef freute sich, dass sie zusammenarbeiten würden, denn Robert Hirschau war ein exzellenter Ermittler und Profiler. „Es soll mir eine Ehre sein, Hamlet. Okay, dann wollen wir mal. Kollege Neumann erwartet uns im Konferenzraum", sagte van Cleef.

Als sie den Raum betraten, hörten sie Neumanns laute Stimme: „Ah, da kommt der Boss ... Deine Freundin Dr. Granel am Telefon. Okay, ich stelle jetzt um auf Lautsprecher."

„Hallo, Benedikt", erklang Veronikas Stimme am anderen Ende der Leitung. „Ich habe die Proben vom BKA miteinander verglichen. Inzwischen liegen die Laborergebnisse auf dem Tisch. Die Daten stimmen überein. Dieselben Fasern, dieselbe DNA. Wir haben alles miteinander verglichen. Auch die Hautpartikel vom Hals waren aufschlussreich. Kein Zweifel: Es ist derselbe Täter."

„Danke, Veronika. Robert Hirschau steht neben mir. Er wird uns unterstützen."

„Hallo, Herr Hirschau", hörte er Veronika sagen. „Jedenfalls war es eine verdammt gute Ermittlungsarbeit von diesem ... Wie heißt er noch mal, dieser junger Mann ...?"

„Neumann." Van Cleef sah, wie das Gesicht seines jungen Kollegen die Farbe der Morgenröte annahm.

„Ja, das war eine verdammt beeindruckende Arbeit. Ich habe den Kleinen wohl unterschätzt. Also, ihr habt, was ihr wollt. Es wäre schön, wenn du mich auf dem Laufenden halten könntest."

„Das machen wir. Danke."

„Bis dann, Benedikt. Und Herr Hirschau, die Obduktionsberichte aus dem Ausland sind sehr aufschlussreich und werden Ihnen einen Eindruck davon geben, mit wem wir es hier zu tun haben. Und schauen Sie doch mal auf einen Kaffee bei mir rein!"

Hirschau verzog das Gesicht, sagte aber: „Klar, mache ich. Bis dann, Dr. Granel."

Nachdem van Cleef aufgelegt hatte, wandte sich er sich Neumann zu, der den Diaprojektor anwarf. „Robert Hirschau wird uns bei den Ermittlungen zur Seite stehen. Wir haben es mit einer Mordserie zu tun. Herr Hirschau ist auf speziellen Wunsch des BKA hier. Dieser Fall hat absolute Priorität. Alles ist streng vertraulich. Du solltest also einfach nur den Mund halten, Neumann."

Der nickte.

„Also, Hamlet, dann gib uns mal einen Überblick."

Hirschau räusperte sich.

„Neumann, kümmere dich mal um das Licht", sagte van Cleef, während Hirschau das erste Dia an die Wand projizierte.

„Wir haben insgesamt fünf Morde zu klären, die miteinander in Verbindung gebracht werden müssen", begann Hirschau.

„Fünf?", fragte Neumann verblüfft.

„Ja. Ein Muster, das, wie wir glauben, mit dem Tod von Sedar Biljano in Essen begonnen hat. Ihr kennt die Ermittlungsergebnisse. Seine Überreste wurden im Kamin einer alten Burgruine in Essen-Kettwig gefunden. Opfer Nummer zwei hing an einem Fleischerhaken in Florenz, Opfer Nummer drei ... Die Fotos der dort ansässigen Ermittlungsbehörden zeigen das ganze Ausmaß dieser Gräueltaten. Vier verschiedene Orte. Es sieht so aus, als würde unser Mann willkürlich morden. Aber das ist nicht der Fall. Es gibt eine Übereinstimmung: Er tötet immer an einem Freitag. Und alle Opfer – von Essen über Florenz nach Istanbul bis München – sind mit einer Person in Berührung gekommen, die dieselbe DNA aufweist."

„Also fährt dieser Typ quer durch Europa", stellte Neumann fest.

Hirschau nickte. „So sieht es zumindest aus. Der Fundort war – mit Ausnahme von Michail Heptna – nicht der Tatort des Verbrechens. Offensichtlich macht es ihm nichts aus, mit einer Leiche im Kofferraum herumzufahren. An allen Tatorten wurden Papierschnipsel gefunden: das Aktenzeichen einer alten Akte aus dem Jahr 1944. Darin werden mehrere junge Männer in Aachen von einem Standgericht zum Tode verurteilt. Dem sollten wir jetzt nachgehen."

Neumann zog die Augenbrauen hoch.

„Die Schnipsel bedeuten nicht unbedingt, dass er uns einen Hinweis geben will, damit wir ihn fassen können, sondern er weist uns lediglich auf einen Zusammenhang hin."

„Sehe ich auch so. Keine zwingende Schlussfolgerung", mahnte van Cleef.

„Wieso nicht?", fragte Neumann.

Van Cleef blätterte in einer Akte. „Es gab keinen Kampf, es gab keine Zeugen. Die einzige offensichtliche Verbindung zwischen den Opfern besteht darin, dass sie alle deutsche Staatsbürger polnischer Abstammung waren und womöglich etwas mit dieser Akte zu tun haben. Aber ich habe noch etwas. Auf dem Gelände der Landesgartenschau in Leverkusen wurde die Leiche einer Frau gefunden: Lissi Kreisler, eine Prostituierte, die Biljano – unser Opfer aus Essen – vorher geordert hatte, wie wir von der Vermittlungsagentur erfahren haben. Sie wies unter ihren Fingernägeln Hautpartikel derselben DNA auf."

„Vielleicht hat er sie gebumst und fand, dass sie ihr Geld nicht wert war", bemerkte Neumann trocken.

„Herr Neumann, können wir bitte bei der Sache bleiben?", fragte Hirschau höflich. „Ein so akribischer Mörder hat ganz sicher Auswahlkriterien. Sie könnte ein sechstes Opfer sein, aber sie kommt mir eher wie ein Kollateralschaden vor. Bleiben wir vorerst bei den Männern. Es muss einen Zusammenhang zwischen den Opfern geben."

„Unsere geheimnisvolle Gerichtsakte", sagte Neumann.

Van Cleef blätterte wieder. „Nach den Autopsieberichten wissen wir, dass die Opfer nach ihrem Tod mehrere Stunden auf dem Rücken gelegen haben. Dennoch wurden sie, mit Ausnahme von Lissi Kreisler, aufrecht sitzend gefunden. Sogar Andrej Heptna saß in der Kloake. Was sagt uns das?"

Hirschau schaute van Cleef überrascht an. „Jemand hat den Körper trotz einsetzender Leichenstarre gebogen."

„Exakt. Und das erfordert viel Kraft und Zeit, deshalb müssen wir uns darüber im Klaren sein, dass diese Handlung das letzte Glied der Motivationskette ist."

„Welche Handlung, Benedikt? Was tut er?"

„Er setzt die Opfer in Positur."

„Aber als was?", warf Neumann ein.

„Was meinst du, Hamlet?"

„Ich weiß es nicht, wir werden das herausfinden. Und die Sprüche auf der Wand geben uns auch einen Hinweis. Es ist ein Zitat aus einem Märchen. Das lässt auf ein frühkindliches Trauma schließen. Das Zitat wurde in polnischer Sprache gekritzelt. Das mag ein Zufall sein, aber ist es nicht seltsam, dass alle Opfer deutsch-polnischer Abstammung waren?"

Van Cleef nickte nachdenklich.

Hirschau erhob sich – das Zeichen für die anderen, dass die Besprechung vorerst beendet war. Auch van Cleef stand auf. Neumann schaltete den Diaprojektor aus.

„Könnte ich in deinem Büro mal in Ruhe telefonieren, Benedikt?", fragte Hirschau.

„Sicher."

Zehn Minuten später meldete sich auf der internen Leitung die Zentrale. „Ein Gespräch für Sie, Herr Hirschau, ein Jerec Salomon aus Berlin. Soll ich durchstellen?"

„Ich bitte darum", sagte Hirschau und verabredete sich mit Salomon.

Berlin

Professor Jerec Salomon, Politikwissenschaftler am Institut für Völkerkunde der Albert-Ludwig-Universität Freiburg und Gastdozent an der Freien Universität Berlin, wohnte in Dahlem im Zentrum von Berlin. Er besaß eine ansehnliche einstöckige Villa, umgeben von einer grauweißen Mauer und einem üppig bepflanzten Vorgarten. Die beiden Männer hatten sich während einer Tagung der Gesellschaft für Menschenrechte im vergangenen Herbst kennengelernt. Jerec Salomon hatte dort anlässlich der Vorbereitungen zur UN-Konferenz gegen Rassismus einen Vortrag über Juden und Menschenrechte gehalten, der Robert Hirschau sehr beeindruckt hatte.

Später hatten sie angeregt über die großen polnischen Ghettos – Warschau, Bialystok und Wilna – diskutiert, in denen sich die Juden der deutschen Aufforderung zur Deportation widersetzt und gegen eine gewaltige Übermacht gekämpft hatten, obwohl sie kaum Waffen besaßen. Natürlich kamen sie damals auch auf das älteste und bösartigste Vorurteil zu sprechen: den Antisemitismus, den man schon in so vielen Verkleidungen gesehen hatte.

Jerec Salomon schien auf seine Fragen über die Hintergründe solcher Prozesse wie dem in Aachen, in dem Maryam Krasinski zum Tode verurteilt worden war, gut vorbereitet zu sein.

„Die damaligen Richter waren nicht nur dem Nazi-Recht ergeben. Sie verband eine tiefgreifendere gemeinsame Ideologie. Es ging dabei um die Synthese des absolut Bösen", erklärte Salomon. „Ein Akt der Barbarei, der so grausam ist, dass er einen in einen anderen Bewusstseinszustand hebt und das Tor zu einer höheren Daseinsform öffnet: Macht, grenzenloses Lustempfinden, eine gänzlich neue Definition von Heiligkeit. Das Böse ist gut, und alle Extreme werden eins."

„So etwas Krankes habe ich noch nie gehört", sagte Hirschau verwirrt.

Jerec nickte. „Im Grunde genommen war es ein okkulter Kreis, dem einige der gewissenlosesten Nazis angehörten. Eines der wichtigsten Mitglieder war Hitler selbst. Sie nannten ihn ihr Medium. Richard Kollmann wurde *der Richter* genannt. Seine Aufzeichnungen decken sich mit denen jenes Geheimbunds."

„Hat er etwas mit unserer Mordserie zu tun?"

„Ja und nein. Ja, weil er arme Schweine wie Krasinski zum Tode verurteilte, nein, weil er Jahrzehnte später selbst ermordet wurde."

„Weshalb weist der Mörder uns auf die Krasinski-Akte hin? Warum interessiert sich jemand dafür?", fragte Hirschau. „Der Mann ist tot, ebenso sein Richter." Er überlegte, dann sah er Salomon direkt ins Gesicht. „Halten Sie es für möglich, dass Krasinski noch lebt?"

„Er wurde Ende 1944 von einem Exekutionskommando erschossen. So steht es zumindest in seiner Akte."

„Und Kollmann wurde 1971 in seinem Haus in Aachen zusammen mit den Kriegskameraden ermordet aufgefunden. Die Getöteten gehörten dem Kriegstribunal von 1944 an, aber diese Spur wurde nicht weiterverfolgt, da Krasinski und viele andere hingerichtet wurden. Die Ermittlungen verliefen im Sande. Ob diese Morde eine perverse Installation des Bösen darstellen sollten?"

„Sie meinen", nahm Salomon den Faden wieder auf, „dass Krasinski über metaphysische Fähigkeiten verfügte und sich postmortal wieder zu rematerialisieren vermochte?"

Hirschau lächelte. „Sie wissen, dass wir mit parapsychologisch begabten Mitarbeitern arbeiten und auch mit Spezialisten auf dem Gebiet von Psi-Phänomenen kooperieren?", schweifte er ab.

Salomon lächelte. „Wenn's die CIA tut, warum sollten Sie's nicht tun?"

„Obwohl die nicht an die okkultistische Qualität der Polen rankommen", sagte Hirschau.

„Nun, ich schlage vor, den okkultistischen Schnürboden zu verlassen und wieder das trittfeste Gelände der Realität zu betreten. Ob die Serienmorde eine okkulte Inszenierung des Bösen gewesen sein könnten ... Ich will es kurz machen: Das glaube ich nicht. Nein. Und das aus einem einzigen Grund: Das würde ja bedeuten, dass eine Handvoll diabolischer Gurus die Realität kassieren und unsereinen zum Pawlowschen Hund des Bösen machen könnte."

„Ich vermute, dass sich hinter diesen Serienmorden Vergeltung für eine entsetzlich grausame Tat verbirgt."

Der Professor nickte. „Für mich als Politologe ist wichtig, was historisch verifiziert werden kann. In der Vergangenheit hat man immer wieder, was Richter Kollmann betraf, die moralische Frage gestellt und ausgelotet ... Kollmann war nicht an irgendeinem Mann oder an irgendeiner Frau persönlich interessiert. Er war wohl eher vom Bösen fasziniert." Jerec Salomon erhob sich. „Kommen Sie."

Er führte Hirschau in den beheizten Kellerraum seines Hauses, in dem er ein gewaltiges Archiv angelegt hatte.

„Dies ist eines der wichtigsten Naziarchive in Europa. Vielleicht nicht quantitativ, aber qualitativ. Es enthält eine Vielzahl seltener Originale. Der größte Teil stammt aus den Jahren 1944 und 1945." Salomon nahm eine Akte aus dem Regal. „Hier haben wir eine von Kollmanns ersten Veröffentlichungen. Der Artikel erschien Anfang 1943 in einem Juristenblatt. Ich lese mal vor: *Die Isolation des Bösen liegt jetzt im Bereich des Möglichen, es von allen Vorurteilen zu befreien, die trügerische Schale der Humanität von ihm zu nehmen. Es geht noch weiter. Verstümmelung, Folter und Gräueltaten zu begehen ist gleichsam ein Weg zur Läuterung. Gleichsam das Sakrament der Grausamkeit und Furcht.*"

„Was halten Sie davon?", fragte Hirschau.

„Dieser Mann war nicht nur ein simpler Fanatiker oder dergleichen." Salomon schlug eine weitere Seite auf und las: *„Sie sollen verloren, gebrochen und krank sein. Und sie sollen den Namen ablegen, und in dem Namen ist das Wort. Nur das Wort ist das Instrument der Lüge und der Falschheit ..."*

Hirschau unterbrach. „Moment mal. Was steht da? Das Wort ist das Instrument der Lüge und der Falschheit?"

„Ja."

„Aber ist das nicht aus der Bibel und bezieht sich auf das Dasein eines Engels?"

„Richtig. Wenn sich einer als Engel bezeichnet, glaubt er, sich nicht der menschlichen Moral unterwerfen zu müssen."

„Hm ... Das ist krank, vollkommen krank."

Salomon ignorierte die Bemerkung. „Menschen wie Kollmann waren damals in der Gesellschaft ausgesprochen angesehen. Nur verständlich, dass die ersten Gerüchte in Umlauf kamen", fuhr er fort.

„Was für Gerüchte?"

„Nun, es heißt, überall dort, wo er den Richtervorsitz hatte, seien

Menschen verschwunden. Es waren immer die Angeklagten des Verfahrens, überall. So ließ sich nie ein Zusammenhang herstellen."

„Verstehe. Die Männer, die mit Kollmann umgebracht wurden, haben mit ihm zusammengearbeitet." Hirschau holte die alten Tatortfotos aus seiner Mappe. „Laut Obduktionsbericht wurden Kollmann und seine Gäste mit Genickschüssen hingerichtet, doch vorher wurden sie alle bei vollem Bewusstsein verstümmelt. Richter Kollmann und Staatsanwalt Dr. Specke hat man die Zungen herausgeschnitten, dem Beisitzer Nüsker wurden die Augen ausgestochen, Kemper wurden die Hoden entfernt und Wilhelms die Hand abgehackt. Und ihre Wunden wurden mit Säure verätzt."

„Das ist es. Das passt doch zu dem, was uns Kollmann in seinen Aufzeichnungen hinterlassen hat." Salomon nickte beim Betrachten der Bilder.

Hirschau blätterte in seiner Mappe und holte das Gerichtsurteil gegen Maryam Krasinski heraus. „Die Opfer von München, Essen, Florenz und Istanbul wurden auch verstümmelt. Auf dieselbe Art und Weise. Das ist die Verbindung. Es ist eindeutig ein Vergeltungsakt. Hier geht es um Rache."

„Aber wenn Krasinski tot ist, wer rächt sich dann an wem? In den Zeitungsartikeln darüber war noch die Rede von einem Kind", murmelte Salomon nachdenklich. „Die Ermittlungsbeamten fanden in Kollmanns Haus ein sechsjähriges, völlig verstörtes Kind, Kollmanns Enkel Konstantin. Der Junge musste jeden einzelnen bestialischen Mord mit ansehen, und anschließend ... ließen sich die Mörder an ihm aus."

„Darüber stand nichts in den Akten. Mein Gott, das ist grässlich. Was wurde aus dem Kind?"

„Es wurde nach dem Tod seiner leiblichen Mutter von Pflegeeltern adoptiert."

Als Salomon das sagte, beschlich Hirschau ein ungutes Gefühl. „Sie kennen nicht zufällig den Namen der Pflegeeltern?"

„Leider nicht. Dafür sind die Jugendämter zuständig, und die halten dicht."

Am nächsten Morgen rief Hirschau Benedikt van Cleef an und bat um eine Unterredung.

Kapitel 30

München – Polizeipräsidium

van Cleef, Neumann und Hirschau waren müde. Sie hatten letzte Nacht kaum vier Stunden geschlafen. Noch vor Morgengrauen hatten sie den fünften Gang eingelegt und begonnen, die Obduktionsakten zu durchforsten.

„Ich glaube, dass Veronika vollkommen richtigliegt", sagte Hirschau, nachdem er sich die Aufnahmen von Michail und Andrej Heptna angesehen und den Obduktionsbefund studiert hatte.

„Vielleicht habt ihr etwas übersehen. Dieser Knabe hat ja irgendwann mal anfangen müssen", erwiderte van Cleef.

„Du meinst, als er als Pyromane und Tierquäler seinen Doktor in Bettnässen gemacht hat?", fragte Hirschau. „Nein, es ist ein Mann, der mordet, weil er einerseits schwach ist; andererseits gehört blanke Wut und Aggression zu der dunklen Seite seiner Persönlichkeit. Dass er seinen Kopf in die Bauchhöhle eines Mannes steckt, entspricht zwar einem Motiv der ägyptischen Mythologie, aber seine Motivation ist, rein daraus aufzusteigen. Gewissermaßen als Phönix aus der Asche. Doch da ist noch etwas."

„Reicht das denn nicht?", fragte van Cleef sichtlich angespannt.

„Wenn das sein einziges Motiv wäre, warum sticht er ihnen dann noch die Augen aus und verätzt die Wunden mit Säure?"

„Vielleicht steckt eine gewisse Symbolik dahinter."

„Du meinst, die Toten sollen nicht sehen, was er mit ihren Körpern macht?"

Hirschau rieb sein Kinn. „Nein. Das Auge steht für Sehen und gesehen werden. Da steckt was anderes dahinter."

„Aber was könnte das sein?"

„Das Auge als Hauptorgan der sinnlichen Wahrnehmung ist das Sinnbild des Lichts, der Sonne und des Geistes. Es symbolisiert als Instrument des seelisch-geistigen Ausdrucks die geistige Sichtweise und ist der Spiegel der Seele. Das rechte Auge steht für Aktivität, für den Zukunftsaspekt und die Sonne, das linke für Passivität, Vergangenheit und den Mond."

„Glaubst du, es handelt sich um eine Art Botschaft?"

„Ja, ich glaube schon. So heißt es zum Beispiel in Sacharja 2,12, dass Gott sprach: ‚Wer euch antastet, tastet meinen Augapfel an!'"

„Das würde bedeuten, dass das Opfer etwas getan hat, was in den Augen eines anderen verwerflich war. Und es würde bedeuten, dass der Täter nicht nur seinen eigenen Trieb befriedigt, sondern das Opfer auch bestraft hat."

Hirschau nickte. „Aber die Bestrafung ist, so glaube ich, eher nebensächlich."

„Und mit wem haben wir es dann hier zu tun?", fragte van Cleef.

„Mit einem eiskalten Psychopathen. Es wird schwierig werden, ihn zu fassen. Er ist ein Einzelgänger, jemand, der sich von der Außenwelt völlig isoliert. Ich könnte mir vorstellen, dass dieser Mann Narben hat, dass er als Kind gelitten hat. Sein Vater könnte ein Schlägertyp gewesen sein, die Mutter war schwach und konnte das Kind nicht schützen. Das würde zum Profil passen."

Hirschau überlegte einen Moment. „Um die Oberhand zu gewinnen, wird er über kurz oder lang eine schwangere Frau töten, um sein Ritual zu perfektionieren."

Van Cleef schaute ihn verdutzt an. „Wieso denn das?"

„Er möchte aus dem Schoß einer schwangeren Frau neu geboren werden", sagte er und sah, dass sein Freund blass wurde. „Entschuldigung. Ich weiß, du denkst jetzt an Mathilda. Aber schieb diesen Gedanken beiseite."

„Schon gut. Wir leben in einer kranken Welt. Was findest du bloß an Serienmördern?"

„Sie faszinieren mich."

„Warum?"

„Weiß ich nicht. Sie leben außerhalb der Norm und stehen über dem Gesetz. Und sie sind auf ihre Weise berechenbar."

„Ich glaube an das Mysterium des Lebens, an die Macht der Liebe und der Untreue, ich glaube an das Unberechenbare."

„Siehst du, Benedikt, so haben wir beide unsere Vorlieben. Es gibt übrigens noch etwas, worüber wir sprechen sollten. In der Akte von 1944 fiel mir ein Name ins Auge: Richter Kollmann", sagte Hirschau und reichte van Cleef einen Kaffee.

„Krasinskis Richter", warf Neumann ein.

„Stimmt. Und dieser Richter ist vor Jahrzehnten ebenfalls ermordet worden. Es ist einer dieser seltenen Zufälle, die uns weiterbringen. Ich hatte vor wenigen Tagen ein Gespräch mit Jerec Salomon in Berlin."

„Ach, deswegen warst du unterwegs."

„Ja, aber ich muss dazu noch einige Recherchen durchführen. Es gibt eine interessante Spur."

„In welche Richtung?"

„Anfang der Siebziger wurde Richter Kollmann samt seinen Gästen auf bestialische Weise umgebracht. Es gab einen Zeugen. Wenn ich ihn ausfindig machen kann, kommen wir weiter. Überlass das bitte mir. Ich werde die BKA-Maschinerie in Gang setzen. Sobald ich Näheres in Erfahrung gebracht habe, gebe ich dir Bescheid."

Van Cleef nickte. Er kannte seinen Kollegen zu gut, um jetzt weiterzubohren. Er würde ihm Zeit lassen.

„Wollest du nicht noch etwas anderes mit mir besprechen?", fragte Hirschau.

„Richtig. Was hältst du eigentlich von Hypnose als Therapieform?"

„Im Rahmen meiner Ausbildung wurde sie oft angesprochen, im Zusammenhang mit Verhörtechniken. Weshalb fragst du?"

„Du hast Anna Gavaldo doch auch erlebt. Glaubst du, dass es eine Methode ist, die ihr helfen könnte? Kreiler hält mehrere Sitzungen mit ihr ab."

„Na ja, die Dauer einer Hypnosebehandlung ist vom vereinbarten Ziel der Behandlung, der Art und Dauer der Erkrankung und der Belastbarkeit eines Patienten abhängig. Diese Fragen sind zwischen Therapeut und Patient abzustimmen. Frühestens nach fünf Sitzungen kann man den möglichen Erfolg abschätzen. Was beunruhigt dich, Benedikt?"

„Ich werde das Gefühl nicht los, dass irgendetwas nicht stimmt."

Hirschaus braune Augen sahen ihn forschend an. „Wieso?"

„Vielleicht, weil Max mich gebeten hat, Kreiler unter die Lupe zu nehmen."

„Das ist allerdings merkwürdig. Er hat doch vor Jahren Annas Leben gerettet."

„Eben, Robert, eben."

„Es ist nicht gesund, so misstrauisch zu sein. Ich finde, du bist ein wenig überspannt." Hirschau trat ans Fenster. Draußen lag die Welt in der Dämmerzone zwischen einbrechender Dunkelheit und ausbrechendem Großstadtlicht.

„Hm ... Trotzdem. Erklär mir, was vor sich geht bei einer Tiefenhypnose", bat van Cleef.

„Hypnose ist ein Zustand absoluter Entspannung. Das Wachbewusstsein ist vollkommen ausgeschaltet, was sich daran zeigt, dass sich der Hypnotisierte nach der Sitzung an nichts mehr erinnern kann. Einfache Suggestionen entfalten in diesem Zustand deutlich mehr Kraft; komplizierte Suggestionen wie Rückführungen in frühere Altersstufen werden möglich, ebenso wie posthypnotische Befehle. Das alles kann der Arzt beeinflussen."

„Aber wie sieht es mit der Macht des Arztes über den Patienten aus?"

Hirschau dachte kurz nach. „Klar ist, dass die Kritikfähigkeit des Patienten stark herabgesetzt ist. Das bedeutet, dass er gerade in Tiefenhypnose durchaus Anweisungen ausführt, die vollkommen sinnlos sind, oder Dinge tut, die er sich im Wachbewusstsein nicht einmal vorstellen könnte."

Van Cleef kniff die Augen zusammen. „Jetzt wird es interessant. Würde ein ernsthafter Therapeut so etwas tun?"

Hirschau lachte laut. „Nein, nein. Da liegst du falsch, vollkommen falsch, und von der Sensationspresse oder Gewaltfilmen erfunden ist die Behauptung, man könne einen Menschen durch Hypnose beispielsweise dazu bringen, einen anderen umzubringen. Suggestionen, die persönlichkeitsfremd sind, werden nicht ausgeführt, wie tief der Hypnosezustand auch sein mag. Hypnose kann niemanden zwingen, eine bestimmte Tat auszuführen. Tatsächlich wird durch Suggestionen nur ein starker Wunsch erzeugt. Dieser kann so extrem sein, dass ungewöhnliche oder sinnlose Dinge ausgeführt werden; der Mensch hat jedoch durch die ihm eigene Ethik immer noch die Kontrolle über sein Tun. Im Klartext: Es dürfte zwar theoretisch möglich sein, einen Mörder zum Töten zu bewegen, eventuell auch eine Person, die schon länger ernsthaft daran dachte, jemand anders umzubringen, ein normal denkender Mensch wird aber eine entsprechende Suggestion nicht ausführen. Also, worauf willst du hinaus?"

„Ich bin neugierig. Ich möchte wissen, womit ich es zu tun habe. Außerdem habe ich Max Antworten versprochen, die er wahrscheinlich von Kreiler nicht bekommt. Ich habe den Verdacht, dass Kreiler in Anna verliebt ist."

„Das darf allerdings nicht sein", bemerkte Hirschau nachdenklich.

„Wieso?"

„Hypnose kann auch missbraucht werden. Um ein Beispiel zu nennen: Auf der Bühne werden die Opfer der Showhypnose oft aus Effektgründen in kindliches Erleben versetzt, insbesondere in Situationen von Verwirrung und Hilflosigkeit. Sie reden oder schreiben wie kleine Kinder, können nicht mehr bis zehn zählen oder schreien nach ihrer Mutter. Eine Person in hypnotischem Zustand fühlt sich dann real in ihre Kindheitserlebnisse zurückversetzt. Kommt sie dabei in Kontakt mit traumatischen Erinnerungen wie etwa Missbrauch, Misshandlung, Folter oder großen Verlusten, ist sie den überwältigenden und unverarbeiteten Emotionen schutzlos ausgeliefert. Das Gefühl von Machtlosigkeit und Ausgeliefertsein ist ein sehr gefährliches Terrain, besonders für den Patienten. Menschen, die traumatische Erfahrungen machen mussten, können leicht in emotionale Destabilisierungs- oder Überflutungszustände geraten."

Van Cleef hatte diese Antwort befürchtet.

„Du bist zu misstrauisch, Benedikt. Kreiler ist eine Kapazität auf seinem Gebiet. Er hat ihre Schwester Katharina geliebt und Anna das Leben gerettet. Manchmal wünschte ich mir, du hättest einen anderen Beruf, mein Freund. Du glaubst also …?"

„Ich glaube zunächst einmal gar nichts."

„Benedikt, das ist lächerlich!"

„Anna sieht Katharina zum Verwechseln ähnlich. Außerdem benimmt sie sich seltsam. Das hat Max mir erzählt. Und Mathilda ist auch aufgefallen, dass Anna manchmal mit einer veränderten Stimme spricht, mit der ihrer ermordeten Schwester."

„Ich könnte dir vielleicht helfen. Diese Sitzungen werden aufgezeichnet. Du musst Anna dazu bringen, dass Kreiler die Bänder rausrückt. Dann könnte ich sie mir mit Alexandra Cordes aus Essen mal ansehen. Sie erkennt eine Manipulation sofort. Was hältst du davon?"

Van Cleef klopfte ihm auf die Schulter. „Du bist ein wahrer Freund. Kreiler wird sich sicher weigern, uns die Bänder zu geben: ärztliche Schweigepflicht. Aber wenn Anna ihn um die Bänder bittet, muss er …"

„Okay, okay", unterbrach Hirschau, „dann machen wir das so. Und jetzt gehen wir in den Biergarten und trinken einen und essen Schweinshaxe mit Sauerkraut."

„Gute Idee. Ich sage nur eben Mathilda Bescheid."

„Wann ist es denn so weit?"

„In zwei bis drei Wochen, meint der Arzt."

Für einen kurzen Moment glaubte van Cleef ein sehnsuchtsvolles Flackern in Hirschaus Augen zu sehen. Er wusste von Roberts Besuch in der Essener Klinik, und er wusste von den Gefühlen, die er für Alexandra Cordes empfand. Eine schwierige Beziehung, denn Alexandra hatte einen Freund und schmiedete Hochzeitspläne.

Er bat Hirschau mit einer Geste aus dem Zimmer, bevor er das

Licht ausschaltete und selbst hinaus in den Flur trat.

Kapitel 31

Dachau

Nachdem Mathilda van Cleef Kathi ins Bett gebracht hatte, ging sie, in ihren wärmsten Umhang gehüllt und einen Wollschal um den Hals geschlungen, unruhig auf den Steinfliesen der Küche auf und ab.

Mit dem warmen Ofen, den cremefarbenen Wänden und den offenen Regalen, in denen das wertvolle Limoges-Geschirr ihrer Mutter stand, wirkte die Küche wie ein behaglicher Zufluchtsort. Draußen pfiff und stöhnte der Wind mit tausendfachen, unheimlich menschlich klingenden Stimmen; die feuchte Kälte kroch selbst durch die dicken Steinmauern des alten Hauses.

Das Strampeln der Babys in ihrem Bauch und die Sorge um Anna und Kathi hielten Mathilda bis in die frühen Morgenstunden wach. Abends hatte Anna, die sie tagsüber besucht hatte, auf der Rückfahrt nach Grünwald ein heftiger Schneesturm überrascht, ungewöhnlich früh für Oktober, und sie machte sich natürlich Sorgen um sie, zumal die Straße von Dachau nach Grünwald fast immer als erste durch heftige Schneefälle unpassierbar wurde. Mathilda befürchtete, dass etwas passiert war, denn Anna meldete sich nicht, weder über Handy noch über Festnetz. Vielleicht war ihr Wagen ins Schleudern geraten, weil sie durch die wirbelnde weiße Wand geblendet wurde. Lag sie etwa in diesem Augenblick in einem Straßengraben oder in einer Schneewehe, wo sie die lähmende Kälte langsam, aber sicher übermannte? Oder waren es nur die Schwangerschaftshormone, die solch trübe Gedanken in ihr auslösten?

Ruhelos ging sie in der Küche auf und ab, lange nachdem Benedikt zu Bett gegangen war. Ihr Mann war vor zwei Stunden völlig erschöpft von einer zweitägigen Sitzung mit Robert Hirschau im BKA aus Wiesbaden zurückgekehrt und schlief tief und fest.

Das Wissen um Annas labilen Zustand und Kathis seltsame Andeutungen trieben sie schier zur Verzweiflung. Geschützt, aber auch gefangen hinter den Rauhputzmauern ihres Elternhauses, war sie ebenso hilflos wie Benedikt. Sie konnten nichts für Anna tun und sie nicht vor den Dämonen schützen, die sie neuerdings wieder heimsuchten.

Doch vielleicht gab es einen Funken Hoffnung. Anna hatte ihr versprochen, dass sie Robert Hirschau gestatten würde, sich die Video-aufnahmen der Sitzungen anzusehen. Benedikt traute Jörg Kreiler nicht. *Nur so ein Gefühl,* hatte ihr Mann gesagt, ein undefinierbares Gefühl, dass etwas nicht stimmen könnte. Auch sie hatte bemerkt, dass Anna, seit sie sich Kreilers Hypnosetherapie unterzog, immer seltsamer wurde, ganz abgesehen davon, dass sie häufig über Alpträume klagte. Ihre Ehe hatte ebenfalls unter den Wahnvorstellungen gelitten.

Mathilda ließ sich in den Schaukelstuhl am Herd sinken und kämpfte gegen die Tränen. Sie war im Schutz einer fürsorglichen Familie aufgewachsen, sie war stark, doch wie hätte sie wohl reagiert, wenn ihr dasselbe wie Anna widerfahren wäre?

Anna hatte nach Kathis Geburt einige Jahre ohne jeglichen Schatten der Vergangenheit verbracht. Max' Fürsorge und ihre gemeinsame Tochter hatten sie wieder stabilisiert. Doch seit ihre Erinnerung in kurzen, blitzartigen Sequenzen zurückkehrte, war sie eine andere geworden. *Seltsam,* dachte Mathilda, warum wurde sie gerade während einer Therapie verstärkt von Alpträumen gequält, die mit einem Persönlichkeitsverlust einhergingen, wie Kreiler behauptet hatte? Benedikts Befürchtung, der Psychiater könnte seine Hände im Spiel haben, hatte Mathilda zunächst vehement abgelehnt – doch was, wenn der Gedanke gar nicht so absurd war? Schließlich mochte Kreiler Anna. Was wäre also, wenn er sich in sie verliebt hätte, weil er in ihr jene Frau sah, die er vergöttert hatte?

Benedikt war ein besonnener, vernünftiger Mann mit einem messerscharfen Verstand. Bereits vor zwei Wochen hatte er bei Kreiler die ersten Anzeichen erkannt. „Dieser Mann empfindet mehr für Anna, als es den Anschein hat. Ich glaube, in ihm lodert eine Sehnsucht, die unbedingt gestillt werden will."

Anna hatte heute Abend erwähnt, dass sie die Therapie endgültig abbrechen und einen anderen Therapeuten aufsuchen würde. Die Therapie war bei den Gavaldos Auslöser eines heftigen Streits gewesen. Max hatte vor seiner Abreise Bedingungen gestellt: ein Klinikaufenthalt und ein anderer Therapeut oder die Trennung. Er liebte Anna, er würde sie niemals im Stich lassen, da war Mathilda sich sicher. Und Annas Verzweiflung hatte ihr heute Abend gezeigt, wie sehr auch sie ihren Mann liebte. Sie hatte ihre Freundin überzeugen können, dass Max' Vorschlag durchaus vernünftig war, zumal es nur auf ihre Gesundheit ankäme, und Kreilers Therapie hatte eben deutlich gemacht, dass er nicht der richtige Arzt war.

Sie hatte das Gefühl, dass Anna nach ihrem Gespräch erleichtert nach Hause gefahren war und Max später in Warschau anrufen würde, um ihm zu sagen, dass sie seine Bedingungen akzeptierte.

Anna war jetzt in Sicherheit – natürlich war sie in Sicherheit, und so würde sie weiter ganz fest an ihre Freundin denken, als könnte sie sie allein mit der Kraft ihrer Gedanken schützen.

Sie stand wieder auf und trat ans Fenster, doch als sie die dicke Scheibe mit dem Saum ihres Umhangs abgewischt hatte, sah sie nichts als wirbelnde weiße Flocken. Was sollte sie Benedikt am nächsten Morgen sagen, wenn es bis dahin immer noch kein Lebenszeichen von Anna gab? Eine neue Angst erfasste sie. Benedikt konnte sehr stur sein. Es war ihm durchaus zuzutrauen, dass er sich trotz Schnee und Kälte auf den Weg machte, um sie zu suchen. Eilig verließ sie die Küche. Das Licht im Haus war gedämmt, und ihr Herz raste.

Als sie das Schlafzimmer im Obergeschoss erreichte, fand sie ihren Mann in tiefem Schlaf. Ein Arm hing unter der Bettdecke heraus, und sein Buch, *Flauberts Papagei* von Julian Barnes, lag aufgeschlagen auf seiner Brust. Ob seine Kinder die ebenmäßigen Gesichtszüge und das feine, glatte, hellbraune Haar erben würden? Und vielleicht auch seine Liebe zu Büchern? Und die romantische Ader?

Mit vorsichtigen Schritten – die Babys lieferten sich gerade einen weiteren Boxkampf – ging Mathilda in die Küche zurück, ein wenig fröstelnd trotz des warmen Umhangs, und machte es sich wieder in ihrem Schaukelstuhl bequem. Sie dachte an Benedikt, doch als sie nach einer Weile in einen unruhigen Schlaf fiel, war es nicht er, der ihr im Traum erschien. Es war das herzförmige Gesicht einer Frau. Die hellen Augen, die sie anstarrten, wirkten vertraut, fast wie ihre eigenen, doch Mathilda wusste mit der unwiderlegbaren Gewissheit der Träumenden, dass es nicht ihr Spiegelbild war. Die Frau hatte lockiges Haar wie sie selbst, aber es war hell und kurz geschnitten, als ob sie eine Krankheit durchgemacht hätte. Die Traumgestalt war merkwürdig gekleidet, sie trug ein ärmelloses Hemdkleid, ähnlich einem Unterrock oder einem Nachthemd. Ihre entblößte Haut war braungebrannt, ihre Hände makellos und zart. Die Frau saß vor einem weißen Klinikgebäude in einem Schaukelstuhl auf einer Terrasse. Mathilda nahm die schwankenden Bewegungen des Stuhls wahr. Sie versuchte zu sprechen und die Wattehülle zu durchdringen, die sie umschloss.

„Was … wer?", stammelte sie, doch das Bild begann bereits zu schwinden. Es flackerte noch einmal auf und wurde dann dunkel, als hätte jemand eine Laterne ausgeblasen. Sie hätte schwören können, im letzten Moment den Ausdruck verblüfften Wiedererkennens in den starren Augen der Frau aufblitzen zu sehen.

Mit einem erstickten Schrei auf den Lippen erwachte sie. Ihr Herz raste, doch sie wusste sofort, dass es nicht der Traum gewesen war, der sie geweckt hatte. Da war ein Geräusch gewesen, eine Bewegung an der Küchentür. Mathilda sprang auf, ihre Hand fuhr an die Kehle, aber dann ließ Erleichterung sie aufatmen.

„Kathi?"

An der Wohnzimmertür erschien Kathis kleine Gestalt. Sie rieb ihre Augen. Mathilda breitete die Arme aus.

„Ich habe einen Knall gehört, Mathi", sagte Kathi leise.

„Komm mal her, Kleines."

Kathi flüchtete in ihre Arme, und sie fing sie auf.

„Was hältst du von einer heißen Schokolade und danach ..."

Aber da war das Mädchen bereits in ihren Armen eingeschlafen.

Kapitel 32

Starnberg

Ohne jegliche Vorwarnung streikte der Motor ihres Wagens. Anna trat aufs Pedal. Nichts. Sie sah auf die Benzinanzeige: fast voll. Sie hatte heute früh getankt.

Der Wagen rollte noch ein Stück weiter, wurde immer langsamer, und schließlich hielt sie am Straßenrand. Das Licht der Scheinwerfer brach eine Schneise durch die Finsternis und den Regen, der allmählich in Schnee überging. Ihr war kalt. Mit steifen, ungeschickten Fingern drehte sie den Schlüssel im Zündschloss herum. Der Motor jammerte ein paarmal, sprang aber nicht an. Sie versuchte es noch einmal und bemerkte, dass das Scheinwerferlicht dunkler wurde. Schnell schaltete sie die Lichter aus. Die Batterie war alt; sie hätte das Licht sofort ausmachen sollen. Sie starrte in die Dunkelheit, sah die immer dichter werdenden Schneeflocken auf die Scheibe rieseln und hörte den Wind pfeifen. Dann waren plötzlich Lichter vor ihr, Rücklichter. Ein Wagen hatte angehalten und kam rückwärts auf sie zu. Sie drehte den Schlüssel noch einmal im Schloss, der Motor schien anzuspringen, starb dann aber wieder ab.

Eine halbe Stunde später war sie zu Hause. Beim Öffnen der Haustür stieg ihr ein merkwürdiger Duft in die Nase, und sie ging sofort in die Küche. *Hoffentlich habe ich die Zeitschaltung für den Herd richtig eingestellt,* dachte sie.

Sie schaute nach. Alles schien in Ordnung zu sein. *Gott sei Dank,* dachte sie. *Für heute reicht es mir.*

Sie wusste, dass sie sich ausruhen sollte, doch die Autopanne und ihr nächtlicher Retter hatten sie abgelenkt von dem anstrengenden Gespräch mit ihrer Freundin. Sie hatte Glück gehabt, dass der Fahrgast im Taxi zufällig denselben Heimweg gehabt und sie mitgenommen hatte.

Warum wurde sie ständig ohnmächtig? Warum streikte ihr Auto? Was zum Teufel war bloß los?, fragte sie sich. Sie war Mathilda dankbar, dass Kathi bis morgen bei ihr bleiben konnte, denn so hatte sie Gelegenheit, in aller Stille über die merkwürdigen Vorkommnisse im Zusammenhang mit Kreilers Therapie nachzudenken. Stattdessen döste sie auf dem Sofa ein.

Als sie aufwachte, fühlte sie sich in ihrem eigenen Haus einsam und eingesperrt. Sie starrte in die Dunkelheit, nahm die Vorhänge und die Jalousie im Schlafzimmer wahr und den Geruch des neuen Teppichbodens. Aber sie war doch auf dem Sofa eingedöst, nicht im Bett. Jetzt hörte sie ein Geräusch, oder war das Einbildung? Ihr Herz raste.

„Hallo? Ist jemand hier? Warum tust du mir das an, Max?"

Keine Antwort. Sie versuchte sich aufzusetzen, doch der Raum kippte zur Seite weg und begann wie bei hohem Seegang zu schwanken. Sie stürzte bäuchlings aufs Gesicht, schlug mit der Schulter auf den Boden und riss sich ein Stück Haut von der Wange. Sie lag einen Augenblick keuchend da und verdrehte die Augen.

„Max! Max, um Himmels willen. Max!" Sie schmeckte Blut auf der Zunge. „Max!"

Sie versuchte, in Richtung Tür zu kriechen, und bemerkte, dass sie nicht von der Stelle kam. Zu Tode erschrocken fuhr sie herum und sah, dass ihre Beine gefesselt waren. Fesseln? Warum Fesseln?

Jemand musste hier im Haus gewesen sein. Nein, das war kein Traum. Jemand war hier im Haus gewesen, hatte sie vom Sofa ins Bett getragen und sie gefesselt. Jakob hatte sie damals nicht gefesselt. Sie konnte sich an nichts erinnern, aber was bedeutete das schon? Sie wusste nicht mehr, was in ihrem Leben Wunschvorstellung und was Erinnerung war. Das hatte sie Jörg zu verdanken. *Aber dieser Schatten, den ich gesehen habe …*

Plötzlich fiel es ihr wie Schuppen von den Augen. O Gott! Ihr Magen krampfte sich zusammen: Sie hatte Schreie gehört, Max' qualvolle Schreie! Sie schaute sich um.

Und dann sah sie es: An der Heizung, an den Wänden und auf dem Boden – überall war Blut. Vielleicht war Jakob nicht tot, nicht wirklich. *Vielleicht lebt er in einer anderen Person weiter,* dachte sie. *Vielleicht in …?* Nein, sie wollte nicht daran denken. Das durfte nicht sein.

Sie warf sich nach vorn, streckte die Arme aus, zerrte an den Fesseln. „Max! O mein Gott, Max!"

Sie verdrehte die Füße, schüttelte die Beine, stemmte sie gegen die Fußleiste und versuchte, die Fesseln loszureißen.

Als sie es nicht schaffte, sich zu befreien, verlor sie vollends den Verstand. Immer wieder warf sie sich auf den Boden und trommelte wie besessen mit den Fäusten auf den Teppich.

Dann lag sie erschöpft und zitternd da und konnte kaum glauben, dass sie noch atmete. Tränen strömten übers Gesicht in ihr Haar.

„Max", weinte sie, „Max."

Grauenhafte Bilder schossen ihr durch den Kopf: Vielleicht war Max tot, vielleicht hatte Jakob auch ihn umgebracht.

„Reiß dich zusammen", murmelte sie und bedeckte die Augen mit den Händen. „Jakob ist tot. Er ist tot. Max – bitte, so was gibt es doch gar nicht."

Keine Antwort.

Reiß dich endlich zusammen. Schwaches Licht drang durch die Vorhänge herein, doch aus der Stille draußen schloss sie, dass es frühmorgens sein musste. Auch wenn es ihr so vorkam, als ob sie nur ganz kurz ohnmächtig gewesen war, hatte sie offenbar viele Stunden bewusstlos im Zimmer gelegen. Und wenn der Morgen draußen dämmerte und Max sie immer noch nicht befreit hatte, dann gab es dafür nur eine Erklärung.

Es fiel ihr wieder ein. Max war in Warschau. Er war nie da, wenn sie ihn brauchte. Wie damals …

Hatte Jakob sie damals vergewaltigt? Hatte jemand sie heute Nacht vergewaltigt? Sie wälzte sich auf den Rücken, schob die Hand in die Hose, befingerte ihren Slip und betastete die Innenseiten ihrer Schenkel. Keine Schwellungen oder schmerzenden Stellen. Er hatte sie nicht missbraucht. Sie berührte ihre schmerzenden Oberarme, stöhnte auf und erinnerte sich. Jemand hatte sie nach oben geschleppt – die Treppe hinauf. Plötzlich fiel ihr wieder ein, wie sie mit dem Hinterkopf immer wieder gegen etwas Hartes gestoßen war.

„Hallo?"

Sie drehte sich wieder auf den Bauch, legte die Hände trichterförmig an den Mund und schrie: „Hört mich denn niemand?"

Nichts. Nichts. O Gott. Ringsum Totenstille. Sie rieb sich die Augen. „Hallo!" Ihre Stimme klang hohl. Sie heulte wie ein verlassenes Kind. „Hallo? O Max … Warum bist du nicht bei mir?"

Anna bebte am ganzen Körper, sie war völlig fertig, das ständige Kreischen hatte ihr die letzte Kraft geraubt. Sie starrte auf ihre gefesselten Füße, und noch einmal versuchte sie, die Fesseln zu lösen. Sie musste versuchen, das Badezimmer zu erreichen. Vielleicht gab es dort etwas, womit sie die Fesseln durchtrennen konnte. Im ganzen Haus herrschte eine gespenstische Ruhe. Das einzige Geräusch war das Reiben ihrer Hose auf dem Teppichboden. *Oder? Nein, da ist noch etwas.*

Sie kroch quer durch den Raum, dann ließ sie sich mit einem Seufzer direkt neben der Badezimmertür fallen.

Sie klapperte mit den Zähnen, atmete tief ein und setzte sich auf. Da war wieder das Geräusch. Es kam aus dem Bad.

Sie hielt den Atem an. *Denk nach, Anna, denk nach …*

In der dröhnenden Stille hörte sie plötzlich, wie eine Flüssigkeit in die Badewanne plätscherte. Sie legte sich auf den Rücken und trat mit den gefesselten Füßen mit voller Wucht gegen die Badezimmertür. Dann robbte sie hinein. Der Boden war feucht, und sie begriff in einer Aufwallung von Panik und Verzweiflung ihren grausamen Irrtum. Es war still im Haus, totenstill, kein Geräusch, kein Stimmengemurmel, nichts, nur das Brummen der Fliegen in der Badewanne.

„O Gott", murmelte sie zitternd, „was, um Himmels willen …?"

Sie sah das Telefon auf dem Waschtisch liegen und schrie etwas hinein. Dann fiel sie in eine tiefe Ohnmacht.

Kapitel 33

München – Polizeipräsidium

„Mordkommission, van Cleef am Apparat."

„Neumann hier. Wir brauchen dich", meldete sich sein Kollege. „Ich habe schlechte Nachrichten. Im Straßengraben hat eine Streife heute Morgen zufällig den Wagen von Anna Gavaldo gefunden. Daraufhin sind wir hierhergefahren."

Van Cleef glaubte, sich verhört zu haben, als Neumann ihm die Adresse durchgab. „Wie bitte? Das kann doch nicht wahr sein!"

„Wir haben sie oben gefunden."

„Spann mich nicht so auf die Folter. Gefunden? Wen?"

„Anna Gavaldo. Neben einer Leiche im Badezimmer. Mit einem Messer in der Hand. Eine üble Geschichte."

„Ich komme sofort!"

Van Cleef holte den Autoschlüssel aus seiner Schreibtischschublade und zog seinen Regenmantel über. Mit geschmeidigen Schritten verließ er das Gebäude. Um diese Zeit herrschte bereits reger Verkehr, deshalb schaltete er auf Blaulicht und Sirene.

Starnberg

Am Tatort angekommen, parkte er seinen Wagen nahe der Absperrung, stieg aus und ging auf das Haus zu. Ein Polizeibeamter behielt die unliebsamen Schaulustigen im Auge, die sich hinter dem Absperrband drängten, und tippte sich mit der Hand an die Stirn. Er kannte den Kommissar.

Als van Cleef die Neugierigen hinter der Absperrung sah, schüttelte er verständnislos den Kopf. „Wieso gehen die nicht spazieren, statt sich an Grausamkeiten aufzugeilen?"

Der junge Polizist zuckte mit den Schultern und reichte ihm einen Schutzanzug, den er rasch überzog.

Vor dem Hauseingang drehte er sich noch mal zu dem jungen Kollegen um. „Behalten Sie die Leute im Auge. Sehen Sie sich jedes Gesicht genau an. Vielleicht ist unser Täter dabei. Der Fotograf soll von der Menge Aufnahmen machen."

Schon auf der Vordertreppe wehte ihm durch die offene Haustür der Geruch des Todes entgegen.

„Warum hat das so lange gedauert?", begrüßte ihn Neumann.

191

Van Cleef ignorierte die Bemerkung und lief rasch die Stufen hinauf zum Schlafzimmer.

Anna saß blutverschmiert im Sessel, hielt ein Messer in der Hand und spielte mit der anderen an einer blonden Haarsträhne, die sie immer wieder um ihren Finger wickelte.

Er ging in die Knie, auf Augenhöhe mit ihr. „Anna? Bist du verletzt? Kannst du mir sagen, was passiert ist?"

Es war, als würde er ein Foto ansehen, und ein seltsames Gefühl von Vertrautheit überkam ihn, wie bei einem vagen Traum, den man nicht klar erkannte und der einem entglitt, sobald man die Augen öffnete. Er hob eine Hand und fuhr ihr mit den Fingern durchs Haar, wie bei einem Kind, das man zu beruhigen versuchte.

„Ganz ruhig. Gib mir das Messer, Anna."

Anna hob ihre Hand und hielt das Messer hoch. Seltsame Augen sahen ihn an. Ihr Blick war verschwommen, als hätte sie Drogen genommen.

Van Cleef wich zurück. „Ganz ruhig. Gut so, Anna. Lass es fallen! Bleib ganz ruhig. Ich gebe dir jetzt meine Jacke. Bleib da sitzen, bleib, wo du bist."

Das Haus war jetzt von Lärm erfüllt, von lauten Schritten, dem unaufhörlichen Klappern von Instrumenten, die von der Spurensicherung ausgepackt wurden, vom Stimmengewirr der Beamten: laute Stimmen, die sich Gehör zu verschaffen versuchten.

„Wir müssen ein Protokoll aufnehmen, Anna. Je eher, desto besser. Okay?"

Sie nickte. „Könnte ich vielleicht ein Glas Wasser haben?", fragte sie.

„Sicher", sagte Benedikt. „Meine Kollegin wird sich um dich kümmern und dich danach ins Polizeipräsidium bringen. Ich sehe mich um und komme gleich nach."

„Du kannst tun und lassen, was du willst. Es ist mir egal."

Er hörte eine Mischung aus Wut und Kapitulation in ihrer Stimme.

Wenig später half er ihr in den Wagen und sah dem Fahrzeug einen Moment hinterher. Er wusste: Annas Anblick erregte in anderen Menschen unterschwellige Gefühle – sie spürten, dass etwas mit ihr nicht ganz in Ordnung war, doch die meisten konnten sich nicht erklären, was, und sahen noch einmal hin. Manche sagten, ihre Lippen, die voll und sinnlich waren, umspielte der Hauch eines arroganten Lächelns. Und in ihren hohen Wangenknochen, dem kräftigen Kinn und der zarten, blassen Haut erkannten die meisten etwas Distanziertes, Reserviertes. Heute war von alldem nichts zu sehen.

„Ihr Auto hat gestern Abend gestreikt", unterbrach Neumann seine Gedanken. „Sie wurde von einem Taxifahrer nach Hause gebracht. Das hat sie gesagt."

„Sie hat den Rest der Strecke mit einem Taxi zurückgelegt?"

„So sieht es aus. Sie sagte etwas wie – ich hab es nicht genau verstanden – *Max ist allein zu Haus*. Oder so ähnlich. Aber ihr Mann hält sich in Warschau auf."

„Hast du ihn erreicht?"

„Noch nicht."

„Hast du der Anwältin Raben Bescheid gesagt?"

„Ja", sagte Neumann.

„Hat sie irgendwelche Kopfverletzungen?"

„Schon möglich. Das werden die Untersuchungen ergeben. Worauf willst du hinaus? Auf so etwas wie *Man hat mir den Kopf eingeschlagen, ich erinnere mich an nichts mehr?*"

„Frau Gavaldo braucht keine Aussage zu machen."

„Aha. Wie praktisch!"

„Eine psychologische Betreuung wäre jetzt nicht schlecht. Sie ist sehr labil."

„Aber der Fall ist doch sonnenklar!"

„Neumann, nichts ist klar! Kapiert? Ruf Dr. Kreiler an. Er behandelt sie seit geraumer Zeit."

„Kreiler?", fragte Neumann erstaunt.

„Ja."

„Dieser aufgeblasene, arrogante Hypnose-Armleuchter?"

Für Neumann war Hypnose ein Salonkunststück, das in den Zuständigkeitsbereich von Big Brother und Varietéklamauk eines Privatsenders fiel. Robert Hirschau war auch mal der Meinung gewesen, aber der Fall Chrissi Tanner hatte ihn eines Besseren belehrt.

Am 26. März 2006 war die Zehnjährige auf dem Nachhauseweg von der Schule gewesen, als ein Auto neben ihr angehalten hatte. Sie war nie wieder lebend gesehen worden. Der einzige Zeuge der Entführung war ein zwölfjähriger Junge, der in der Nähe gestanden hatte. Obwohl der Wagen deutlich zu sehen war und er seine Form und Farbe wiedergeben konnte, erinnerte er sich nicht mehr an das Kennzeichen. Wochen später, nachdem die Polizei in dem Fall keinen Schritt weitergekommen war, hatten die Eltern des Mädchens darauf bestanden, einen Hypnotherapeuten zu engagieren, der den

Jungen befragen sollte.

Da die Ermittlungen tatsächlich in einer Sackgasse steckten, hatte die Polizei schließlich widerstrebend eingewilligt. Robert Hirschau war während der Sitzung dabei gewesen und hatte zugesehen, wie Jörg Kreiler den Jungen behutsam in Hypnose versetzte, und voller Erstaunen gehört, wie der Zeuge mit ruhiger Stimme die Nummer des Wagens aufsagte. Zwei Tage später wurde der Täter verhaftet.

Van Cleef seufzte. „Du hast ja recht, aber er hat einen Haufen Titel vor seinem Namen. Wissen wir schon, um wen es sich bei dem Opfer in der Wanne handelt?"

„Mathias Rommel, Gärtner bei den Gavaldos. Er wohnt in der Wohnung über der Garage. Gleiche Figur, gleiche Haarfarbe wie der Ehemann. Man könnte die beiden in der Nacht durchaus verwechseln. Außerdem trug er einen Mantel, der wohl Max Gavaldo gehörte."

„Woher weißt du, dass er Gavaldo gehörte?"

„Boss, wir sind hier bei der Upperclass. Und die versieht ihre maßgeschneiderte Kleidung mit einem Namensetikett."

„Gott sei Dank war ihre Tochter bei uns. Ich darf gar nicht daran denken, was ..."

Polizeipräsidium München – zwei Stunden später
Man hatte Anna in den Vernehmungsraum geführt. Van Cleef und Neumann beobachten sie durch eine Glasscheibe.

„Wir mussten Frau Gavaldo mitnehmen", hatte Neumann Annas Anwältin Beatrice Raben erklärt, die jetzt neben ihr im Verhörraum saß. „Schließlich hat sie im Badezimmer mit einem Messer in der Hand neben der Leiche gelegen."

Neumann trank einen Schluck Kaffee aus einem Plastikbecher und starrte Anna durch die Scheibe an. Neben ihm stand Robert Hirschau, der sich zurzeit in München aufhielt und verständigt worden war.

„Was meinen Sie? Kann sie nicht reden, oder will sie nicht?", fragte Hirschau.

„Oh, sie kann schon reden", sagte Neumann.

„Ach wirklich? War es bisher etwas Interessantes?"

„Nicht unbedingt", erwiderte Neumann. „Bis jetzt nur der Notruf: Hilfe, ich habe ihn umgebracht!"

„Sehr witzig", sagte Hirschau.

„Wir haben es auf Band."

Hirschau rieb sich nachdenklich das Kinn, während er Anna durch die Glasscheibe musterte. „Haben Sie ihren Mann verständigt? Sie macht einen verwirrten Eindruck, finden Sie nicht?"

„Ja. Ich gehe jetzt rein und prüfe, ob die Lady wirklich so daneben ist, wie es den Anschein hat – und ja, wir haben Max Gavaldo verständigt. Er ist völlig aus dem Häuschen, versteht die Welt nicht mehr. Diese Familie zieht die Scheiße magisch an", sagte Neumann barsch.

Als sie eintraten, legte Beatrice Raben sofort ihre manikürte Hand auf Annas Arm.

„Wie Sie sich vorstellen können, habe ich Frau Gavaldo geraten, vorerst nicht auszusagen. Ich möchte mich erst gründlich mit Ihrer Vorgehensweise am Tatort befassen."

Anna blickte erstaunt auf.

„Nein, Anna. Sie sagen gar nichts."

„Das war ein Notruf", sagte Neumann erregt. „Was sollten wir denn Ihrer Meinung nach machen?"

Van Cleef räusperte sich. „Alles, was wir hier sagen, Frau Raben, wird wie üblich aufgezeichnet."

Beatrice Raben zückte ihren Notizblock und sah flüchtig zu Neumann hoch. „Also, ich darf noch mal, fußend auf Ihrem Protokoll, Folgendes feststellen – mit der Bitte um Korrektur, wenn es sich anders als der Sachverhalt darstellen sollte: Um siebzehn Uhr hat Frau Gavaldo ihre Tochter zu Frau van Cleef gebracht. Später am Abend fährt sie nach Hause, hat eine Autopanne, lässt ihren Wagen stehen und wird von einem Taxi nach Hause gefahren. Sie legt sich hin und wacht morgens auf. Sie ist gefesselt, kriecht zum Badezimmer, weil sie von dort ein Geräusch gehört hat, und findet in der Badewanne den toten Gärtner. Das muss so gegen sieben Uhr gewesen sein. Während der Zeit von sieben Uhr bis sieben Uhr dreißig, als sie hochsah und ein Polizeibeamter sie auffand, kann sie sich an nichts erinnern." Ihre Nasenspitze richtete sich fragend auf Neumann. „Entspricht das dem Sachverhalt?"

Neumann nickte gelangweilt.

„Dann möchte ich vorschlagen, dass Sie Ihre bisherigen Aufzeichnungen abspielen."

„Okay. Benedikt, dann spul mal das Tonband ab."

Van Cleef drückte schweigend die Play-Taste. Es wurde Zeit, dachte er, dass er die Initiative ergriff, bevor der Eindruck entstand, Neumann sei sein Vorgesetzter.

„Helfen Sie mir. Ich glaube, ich habe ihn verletzt. Ich glaube, er ist tot."

Auf dem Band erklang eine männliche Stimme aus der Notrufzentrale. *„Nennen Sie mir Ihren Namen und Ihre Adresse. Hallo? Sind Sie noch da? Ich brauche Ihren Namen."*

Van Cleef drückte die Stopptaste. „Du kannst dich also nicht an diesen Anruf erinnern, Anna?", fragte er.

„Das sagte ich doch eben!", meinte Beatrice Raben gereizt.

„Wissen Sie, Frau Raben, ich versuche mir nur darüber klar zu werden, an welche Momente Ihre Mandantin sich nicht mehr erinnern kann", erklärte van Cleef.

„Zum Beispiel an den Moment, als sie Mathias Rommel derart auf den Boden geknallt hat, dass er einen Schädelbruch davontrug!", rief Neumann aufgebracht. „Er trug den Mantel ihres Mannes. Er hat die gleiche Statur wie ihr Mann, und in der diffusen Abenddämmerung hätte man ihn auch durchaus für ihn halten können."

„Neumann, bitte!", mahnte van Cleef.

Beatrice Raben seufzte. „Und danach hat Frau Gavaldo Herrn Rommel ein Stockwerk höher in das Badezimmer geschleppt, um ihn dort wie ein Schwein aufzuschlitzen. Um die Spuren zu vertuschen? Ihre Phantasie geht mit Ihnen durch, Herr Neumann!"

„Wie verhält es sich mit der Tatsache, dass sie ihm so viele Stiche beibrachte, dass die Pathologin erst jetzt seine Leber gefunden hat?", hakte Neumann nach.

Anna sah van Cleef hilfesuchend an. „Ich habe Mathias nicht getötet. Er wollte mir helfen. Er passt auf uns auf, wenn Max nicht da ist. *Er* hat ihn getötet."

Neumann hob die Augenbrauen. „Wer zum Teufel ist denn *er?*"

„Jakob."

Van Cleef und Neumann wechselten einen verständnislosen Blick.

Als Jörg Kreiler das Polizeipräsidium betrat, steuerte er direkt auf den Verhörraum zu.

Neumann lächelte abfällig. „Guten Morgen, Professor."

„Oh! Für Sie mag das vielleicht ein guter Morgen sein, für mich ist es der Beginn eines Scheißtages. Das ist doch die Sprache, die Sie verstehen, Herr Neumann, oder?"

„Herzlichen Dank, dass Sie so um mein Verständnis bemüht sind", erwiderte Neumann bissig.

Van Cleef reichte Kreiler die Hand. „Professor Kreiler? Sie können gleich mit ihr sprechen."

„Möchten Sie vielleicht einen Aufmunterungstrunk?", fragte Neumann sarkastisch.

„Ich möchte allein mit Frau Gavaldo reden. Ist das klar?" Sein Ton duldete keinen Widerspruch.

Die beiden Polizeibeamten standen im Nebenzimmer des Vernehmungsraums und beobachteten Anna Gavaldo und Jörg Kreiler durch den Einwegspiegel. Anna wirkte unruhig. Sie rutschte auf ihrem Stuhl herum und warf nervöse Blicke zum Fenster, als wüsste sie, dass sie beobachtet wurde. Die Tasse Tee auf dem Tischchen neben ihrem Stuhl hatte sie nicht angerührt.

Neumann reichte van Cleef ein Dossier.

„Was ist das?"

„Der erste Befund. Sie hat Blutergüsse am Hals."

„Vom Sicherheitsgurt?"

„Nein. Das waren Hände. Jemand wollte sie erwürgen. Außerdem haben wir fremdes Genmaterial neben den Blutergüssen gefunden. Sie ist also nicht unbedingt tatverdächtig."

„Das kann ich mir auch kaum vorstellen."

„Aber sie ist doch vollkommen irre. Und Irre tun manchmal Dinge …"

„Ruhe, Neumann. Wo ist denn Robert Hirschau?"

„Er hat einen Termin, will später anrufen. Er meinte, er muss unbedingt mit dir reden."

Van Cleef behielt Kreiler hinter der Scheibe aufmerksam im Auge. „Ist das Genmaterial schon analysiert worden?"

„Chef, das dauert vierundzwanzig Stunden. Aber es sind keine kurzen blonden Haare."

„Wir werden abwarten."

Van Cleef sah erstaunt, dass Kreiler aufstand und den Verhörraum verließ, und trat ihm auf dem Flur entgegen. „Das ging aber schnell."

„Tja, sie ist völlig verwirrt und steht unter Schock. Ich habe einen Krankentransport veranlasst, der sie in die Klinik bringen wird. Ihr Vorgesetzter ist ausnahmsweise einverstanden, ebenso ihre Anwältin. Ein Polizeibeamter sollte rund um die Uhr am Eingang der geschlossenen Abteilung postiert werden."

Er seufzte, als er Neumanns Blick bemerkte. „Damit sie nicht entkommt", bemerkte Kreiler sarkastisch in dessen Richtung. Wieder zu van Cleef gewandt, schlug er vor: „Wir beide können uns dann morgen in der Klinik unterhalten. Sagen wir um elf."

„Ich will nur wissen, ob sie lügt." Neumann klang feindselig.

„Es ist überaus beruhigend zu wissen, dass man sich auf die Unparteiigkeit der Polizei verlassen kann", antwortete Kreiler.

„Boss, die Raben versucht einen auf Notwehr zu machen, und der Doc hilft ihr dabei."

„Neumann, es reicht jetzt!", schnauzte van Cleef.

Noch einmal warf er einen Blick auf Anna, aber er hatte noch immer keine Ahnung, was hinter ihrer starren Maske vor sich ging.

Kapitel 34

München

Sein Gehirn glühte, seine Fingerknöchel schmerzten. Aus der Stereoanlage des Mercedes SLK drang enervierendes Rauschen. Er hatte Librium geschluckt, doch nichts hatte die Flut des Bösen eindämmen können. Jede Zelle seines Körpers schrie nach dem nächsten Opfer, mit dem er sein wunderbares Spiel spielen würde. Doch vor allem schrie sein Körper nach jener Frau, der er vor wenigen Wochen in einem Café in München zum ersten Mal begegnet war.

Um mehr über den Mann zu erfahren, der ihn mit der Auslöschung der Kollmann-Mörder beauftragt hatte, hatte er auch Kreiler eine Zeitlang beschattet. Von seinem Versteck hinter einer Litfaßsäule hatte er die Villa auf der gegenüberliegenden Straßenseite beobachtet. Eines Tages hatte Kreiler eine Patientin zur Eingangstür begleitet. Dabei fiel ihm auf, dass sein Auftraggeber scheinbar ein besonderes Faible für diese Frau hatte, die er beim Abschied liebevoll umarmt, ja sogar geküsst hatte, als sie seine Praxis verließ. Niemals würde er diesen Blick vergessen: voller Sehnsucht, voller Verlangen, Begierde in ihrer vollendeten Form. Nur zu gut verstand der Pole, was in dem anderen vorging. Verlangen hieß auch für ihn: warten und lauern.

Er war der attraktiven Patientin mit dem blonden Haar bis in das Mövenpick am Lenbachplatz gefolgt. Und dort sah er dann diese andere Frau zum ersten Mal: leuchtend tizianrotes Haar, loderndes Feuer, ein Flammenmeer, das ein rundes Gesicht umgab, er sah die schmale Nase, die hohen Wangenknochen, die vollen roten Lippen, die helle Haut, und er sah, dass sie hochschwanger war. Die beiden Frauen schienen miteinander befreundet zu sein, denn sie umarmten und küssten sich.

Seit er die Schwangere das erste Mal gesehen hatte, hämmerte es unablässig in seinem Kopf. Die hellen Blitze, die er verschwommen im Rückspiegel seines Mercedes wahrnahm, ließen seine Augen tränen.

Ein lüsterner, unkontrollierbarer Teil seines Gehirns führte ihm immer wieder ihr Bild vor Augen: eine sinnliche Frau kurz vor der Entbindung, weit offen für sein hämmerndes, stoßendes Begehren, dessen Echo von den Wänden ihrer Gebärmutter zurückgeworfen würde.

Doch vorher würde er seine Zunge benutzen, sie tief in sie hineinstecken, ihre Brustwarzen und Brüste lecken, aus denen bald die Milch fließen würde. Es wäre ein tiefes und umfassendes Gefühl, von ihrer warmen, fließenden Milch zu trinken. Ihr Mund würde sich öffnen, doch es sollten keine Worte herauskommen. Sie würde nur das Blut schmecken, dass er ihr zu trinken gab, bevor er sie sich ins Jenseits stürzte. Ihr Schrei würde in seinem Kopf widerhallen und sich verbinden mit dem Pochen seines Verstands.

Seit Jahren sehnte er sich danach, eigene Kinder zu haben, die er formen und ausbilden konnte. Er umklammerte das Lenkrad, bis seine Fingernägel sich in seine Handballen gruben und fast die Haut aufrissen; dann raste er weiter durch die Nacht.

Er fieberte danach, diese brennende, verzehrende Sehnsucht zu stillen, ein Baby in seinen Armen zu halten – das Baby dieser Rothaarigen. Wäre er dann nicht auf ewig mit dieser Frau verbunden? Ein Band bis in die Ewigkeit, das nicht zerschnitten oder gelöst werden konnte. Nur durch ihren Tod.

Er kämpfte gegen die Obsession, ihre Haut zu berühren, sie zu schmecken, ihren Schmerz zu fühlen und sein Spiegelbild in ihren Augen zu sehen. Spieglein, Spieglein an der Wand!

Sie war perfekt für das abgrundtief Böse in ihm. Sie würden beide auf dem Meer treiben, das Wasser würde ihre Körper einander entgegentragen, doch auftauchen würde nur er allein. Und wenn es vorüber war, zählte nur noch das Rauschen der Brandung in seinem Kopf.

Manchmal tötete er eben nur wegen dieses beispiellosen Vergnügens, und das ohne Honorar. Er würde die Rothaarige bald einfangen und langsam in ihr ertrinken.

Kapitel 35

München

Als Kreiler die Station gegen 23.30 Uhr betrat, war alles still. Die Nachtschwester machte ihre Runde, die Patienten schliefen tief und fest. Er konnte den lieblichen Moschusduft ihrer Laken, Kissenhüllen und Decken riechen, ihr zerzaustes Haar, ihren Nachtschweiß.

Annas Tür war nur angelehnt. Er schaute ins Zimmer und sah, dass sie wach im Bett lag, ihr blondes Haar auf dem Kissen ausgebreitet, in der Hand eine Haarbürste. Er klopfte leise, drückte die Tür ein Stück weiter auf und wartete, bis sie ihn ansah.

Als ihre Augen ihn fanden, schien all die Liebe, die in ihm angestaut war, zu fließen, und er empfand jene Art erhabener Erlösung, die seiner Vorstellung nach eine Frau verspürte, wenn ihr Säugling begann, an ihrer geschwollenen Brust zu saugen.

„Du hast niemandem von unserem Geheimnis erzählt, oder?", fragte er.

Sie setzte sich auf und schüttelte ihren Kopf.

„Gut", sagte er.

Anna glaubte noch immer, dass sie ihm den Mord an Mathias Rommel gestanden hatte. Er hatte sie vom Polizeirevier direkt in seine Klinik gebracht und sie hypnotisiert. Es war eine erfolgreiche Sitzung gewesen.

„Hast *du* etwas gesagt?", fragte sie.

Kreiler lief es kalt den Rücken hinunter. Ob sie ihn auch ganz und gar wollte, so wie er es tat? Er musste sich Gewissheit verschaffen.

„Nie und nimmer werde ich das", sagte er.

„Gut."

Kreiler zwinkerte. „Bis morgen früh dann."

Sie nickte, und er wandte sich zum Gehen.

„Ich habe den armen Mann getötet, und eben habe ich von dir geträumt", sagte sie.

Kreiler erstarrte, drehte sich um, trat wieder ins Zimmer und wartete.

„Willst du, dass ich dir von meinem Traum erzähle?", fragte sie schließlich.

„Bitte", sagte er.

„Wir sind an einem wirklich tiefen See spazieren gegangen", begann sie. „Die Sonne hat geschienen, und es war warm und wunderschön. Und ich hab ..." Sie wurde rot.

„Du hast was?", fragte er neugierig.

„Deine Hand gehalten."

Kreiler stockte der Atem. Er konnte ihre Hand in seiner förmlich fühlen. „Und?"

„Und dann ..." Sie begann zu kichern.

„Dann ...?"

Sie versuchte, ihr Lachen zu unterdrücken. „Ich hab dich von mir weggestoßen, und du bist in den See gefallen und ertrunken." Sie zuckte mit den Achseln. „Ich schätze, du hast nicht schwimmen können. Tut mir leid."

„Und dann bist du aufgewacht?", fragte er.

„Ja."

„Dir war sehr kalt."

„Ich hab gefroren", bestätigte sie.

„Und du hattest Schwierigkeiten, Luft zu bekommen."

„Ich konnte kaum atmen." Sie sah ihn durchdringend an. „He, woher kennst du meinen Traum?"

Kreiler wusste, dass sie in dem Traum ihre eigenen Ängste auf ihn projizierte. Seine wirkliche Sorge war, dass sie ihn wegstoßen würde, dass sie ihn ganz nah an seine innersten Gefühle heranlocken und ihn dann in den Abgrund schubsen und seinem Schicksal überlassen würde. Und tief in seinem Herzen befürchtete er, es würde ihn umbringen, wenn sie das täte.

Er wäre außerstande, sich nach einem weiteren Verrat über Wasser zu halten. Deshalb suggerierte er, dass beim Aufwachen sie es war, die das Gefühl hatte zu ertrinken.

„Ich weiß eine Menge über Träume", sagte er unbestimmt und machte eine Pause. „Willst du das Wichtigste über deinen wissen?"

„Ja. Was?"

Er zwinkerte ihr zu. „Ich werde deine Hand ganz fest halten, wenn wir je an einem See spazieren gehen."

Sie verdrehte die Augen. „Und ich würde dich nie hineinstoßen", versicherte sie.

„Ich würde dich auch nicht hineinstoßen. Bei mir bist du sicher", versprach er.

„Ich verlasse morgen früh die Klinik und gehe nach Hause, Jörg. Max kommt zurück, und ich brauche ihn."

„Ich weiß, Anna, ich weiß. Gute Nacht."

Du elendiges Miststück.

„Gute Nacht, Jörg."

Jasper, bitte!

Was ist denn, du Arsch, du Versager? Du musst einen anderen Weg finden, ihr Herz zu gewinnen, kreischte Jasper wütend.

Welchen, Jasper, welchen?

Als Arzt hast du viele Möglichkeiten, an ihr Herz zu gelangen. Der Schnitt mit dem Skalpell wird seitlich zwischen der zweiten und dritten Rippe angesetzt und verläuft quer über das Brustbein bis auf die andere Seite. Der Knochen wird in Schrägrichtung gespalten, durch einen kurzen, heftigen Schlag mit einem Meißel. Das Ergebnis ist ein klaffendes Loch. Die Lungen kollabieren augenblicklich, sobald sie der Außenluft ausgesetzt sind. Anna verliert rasch das Bewusstsein. Und während ihr Herz noch schlägt, greifst du in den Brustkorb und durchtrennst die Arterien und Venen. Du fasst den pulsierenden Muskel, hebst ihn aus seinem blutigen Bett und hältst ihn in den Himmel.

Du hast sie nicht alle, Jasper, dachte Kreiler.

Oder wäre es vielleicht sinnvoller, sich von unten zu nähern? Mit einem raschen Schnitt kann man die Bauchhöhle öffnen und das Zwerchfell durchschneiden und die Hand hindurchstecken, um nach dem Herzen zu greifen. Gewiss, das wäre eine sehr unsaubere Methode; die Gedärme würden dabei hervorquellen.

Er seufzte. *Halt's Maul, Jasper.*

Als er eine halbe Stunde später nach Hause fuhr, hatte er eine Entscheidung getroffen. Seine Existenz war eine endlose Fehlgeburt, die ihn unter Schichten von Kälte begrub – einer einsamen Kälte, ohne den Abschluss des Todes und den Trost eines Grabsteins, ohne eine Schulter, an der er sich ausweinen konnte.

Er hasste Tränen. Sie erinnerten ihn an seine Mutter, die sich immer ihre Tränen verbiss. Als Kind hatte er nach dem plötzlichen Tod seines Vaters ihre Tränen angestarrt, als gehörten sie zu einer Fremden. Seine Beziehung zu ihr hatte etwas Irreales; selbst wenn sie ihm übers Haar streichelte, hätte sie ebenso gut in einem anderen Zimmer sein können. Er spürte sie nicht.

In jeder der beiden vergangenen Nächte hatte er den gleichen Traum gehabt. Er lag auf einem Bett aus Frühlingsblumen in einem grünen Tal, die Sonne wärmte sein Gesicht, und eine sanfte Brise streichelte ihn.

Er empfand tiefen inneren Frieden und fühlte sich mit allen lebenden Dingen verbunden, er war endlich geheilt und gesund. Ja, er hatte seine Entscheidung getroffen.

München – Polizeipräsidium

Gut eine Stunde später betrat van Cleef sichtlich erregt sein Büro. Kreiler hatte ihn erreicht, als er gerade nach Hause gehen wollte, und ihm gesagt, dass er ihn umgehend unter vier Augen sprechen müsse.

Van Cleef zog einen Sessel dichter an seinen Schreibtisch und bat Kreiler mit einer Geste, Platz zu nehmen. Er selbst setzte sich in seinen Schreibtischsessel.

„Worüber wollten Sie mit mir reden?", fragte van Cleef.

„Über die Wahrheit."

Ihre Blicke trafen sich, und Kreiler hielt van Cleefs stand.

„Die Wahrheit worüber?"

„Über Frau Gavaldo."

„Sagen Sie mir, was Sie meinen."

„Ich weiß, was passiert ist, Kommissar van Cleef. Und ich weiß, warum", begann Kreiler. „Und doch …"

Van Cleef wandte den Blick ab.

„Sie haben mir etwas verschwiegen", fuhr Kreiler fort. „Sie haben mir verschwiegen, wie Sie sie vorgefunden haben. Sie haben mir viele Details geschildert, aber Sie müssen mir etwas Wesentliches vorenthalten haben."

Van Cleef schwieg.

„Ich weiß, warum ihr Vorgänger diesen Dr. Corelli alias Jakob getötet haben. Man kann es ihm nicht übelnehmen."

„Ihm nicht übelnehmen?", wiederholte van Cleef zögernd. „Mein Vorgänger hat Frau Gavaldos Leben gerettet und nebenbei sein eigenes und das von Lukas Hübner. Und womöglich das von vielen anderen Frauen …" Van Cleef atmete tief ein. „Also kommen Sie mir nicht mit *Man kann es ihm nicht übelnehmen.*"

„Es tut mir leid. Aber wenn Sie mir nicht die ganze Wahrheit sagen, wird Frau Gavaldo nie mehr die sein, die sie einst war. Das geht dann auf Ihre Kappe."

„Frau Gavaldos Verstand hat durch die Drogen, die dieses Monster ihr verabreicht hat, gelitten. Er hat sie vollkommen hörig gemacht!"

Kreiler wurde blass.

„Nachdem mein Kollege sie damals im Keller seines Hauses mehr tot als lebendig vorgefunden hatte, musste er miterleben, wie sie ihn angefleht hat, Jakob nicht zu töten, weil sie ihn liebte. Er hat sie auf bestialische Weise geschändet. Meine Kollegen haben grauenvolle Vorrichtungen im Keller und im Dachgeschoss gefunden."

Kreiler starrte ihn an.

„Sie … sie … Frau Gavaldo hat ihren Kollegen angefleht, ihn nicht zu töten?"

„Ja", flüsterte van Cleef. „Sie stand unter dem Einfluss von Rompun und Ketamin, zwei Substanzen, die einen Menschen willenlos und gefügig machen."

„Sie hat also zu ihm gestanden, als jeder andere ihn verlassen hatte? Sie ist bei ihm geblieben, obgleich er ihre Schwester auf grausame Weise getötet hat? Sie hat sich ihm hingegeben?"

„Nein! Er hat sie genommen und willenlos gemacht."

„Er muss sexuellen Gefallen an ihr gefunden haben, anders kann ich es mir nicht erklären", sagte Kreiler leise.

„Ja, das hat er wohl. Aber er wollte sie töten. Das ging eindeutig aus dem Schreiben hervor, das wir damals in ihrer Wohnung gefunden haben. Jakob hat in ihr seine Mutter gesehen, er konnte bei ihr gleichzeitig Mann und Kind sein. Deshalb hat er sie an eine Milchpumpe angeschlossen. Er wollte, dass Milch aus ihrer Brust floss, damit er sich wieder als Kind fühlen konnte, und als Mann konnte er sie schänden, wann immer er wollte, und sie mit seiner perversen Zuneigung überschütten. Frau Gavaldo hat sich unbewusst selbst hintenangestellt und ihn in ihrem Drogenrausch vergöttert."

„Beziehungen entstehen aus vielerlei Gründen", antwortete Kreiler. „Manipulation ist eine davon. Was sicher auch ein Grund dafür sein mag, warum Annas Verstand versagt hat. Jetzt verstehe ich auch ihre Absencen. Manchmal habe ich sogar das Gefühl, dass sie von diesem Mann träumt und dass es nicht nur Alpträume sind. Wir nennen das den „eiskalten Schlaf". Offensichtlich hat Jakob für sie eine Romanze inszeniert und seine Erfahrung als reifer Mann ins Spiel gebracht. Als junge, unerfahrene Frau unter Drogeneinfluss war sie ein gefundenes Fressen."

„Romanze?", rief van Cleef. „Er hat sie gequält, er hat ihr einen skalpierten Schädel vorgesetzt und einen Spiegel angerußt, um sie mit dem Spiegelbild des Todes zu konfrontieren, während er die Milchpumpe auf Hochtouren laufen ließ und sie dabei missbrauchte."

„Das wusste ich nicht", sagte Kreiler. „Bitte entschuldigen Sie mein

Benehmen von vorhin. Aber ich konnte einiges an Annas Reaktionen nicht nachvollziehen. Jetzt weiß ich, wo ich mit der Therapie ansetzen muss."

Van Cleef nickte kurz, als Zeichen, dass er die Entschuldigung akzeptierte. Und trotzdem war ihm unwohl bei dem Gedanken, dem anderen solche Details preisgegeben zu haben.

Kreiler holte tief Luft. „Corelli wurde von ihr geradezu magisch angezogen, weil sie jemand war, die ihm eine neue Art von Energie gab, Energie, die er allein oder mit den anderen Frauen nie hatte, auch nicht mit Katharina."

Van Cleef schwieg.

„Energie, die seine kriminelle und kranke Kreativität in ungeahnte Höhen katapultieren konnte."

„Auf Kosten einer Achtzehnjährigen", antwortete van Cleef grimmig. „Es war nicht geplant, dass Anna sich tatsächlich nach Jakob sehnen und mit ihm schlafen würde."

„Wahrscheinlich wollte sie ihm zeigen, wie viel er ihr bedeutete", sagte Kreiler, und seine Stimme schien zu flattern.

„Jedenfalls hat er ihr Vertrauen bestialisch zerstört: Er hat ihr die Tsantsa gezeigt. Von diesem Moment an wusste sie, was er vorhatte."

Kreiler nickte.

„Aber es war nicht zu Ende. Nicht für Anna, nicht für Jakob. Die Tage, die sie in seiner Gewalt verbringen musste, all der Schmerz, den er ihr zugefügt hatte, das alles schien nicht mehr zu zählen. Sie wollte ebenso wenig ohne Jakob leben, wie er ohne sie leben wollte." Van Cleef erhob sich und ging wie ein Raubtier um Kreilers Sessel, dabei ließ er ihn keinen Augenblick aus den Augen. „Jetzt möchte ich nur eines von Ihnen wissen." Er setzte sich wieder in den Sessel und betrachtete seelenruhig seine Fingernägel, bevor er Kreiler scheinbar wie nebenher fragte: „Was haben Sie mit Frau Gavaldo vor?"

Kapitel 36

Dachau

Der dunkle Mercedes war hinter ihr vom Parkplatz der Gynäkologischen Klinik des Krankenhauses Bogenhausen herausgefahren und ihr in die Odinstraße, auf die Oberföhringer Straße und bis in die Stadtmitte Münchens gefolgt.

„Aufgeblasener Affe", murmelte Mathilda.

Der Wagen blieb bis zum Isarring hinter ihr, und als die linke Fahrbahn leer vor ihm lag, war der Fahrer zu ihrer Überraschung nicht mit Vollgas an ihr vorbeigezogen. Jedenfalls war der schnittige dunkle Wagen manchmal vor, dann wieder hinter ihr, aber immer in der Nähe. Sie fing an, im Rückspiegel genauer auf den Fahrer zu achten, weil sie wissen wollte, ob es wirklich jedes Mal dasselbe Fahrzeug war. Aber die Fenster waren zu stark getönt.

Sie hatte den Eindruck, dass der Fahrer helle Haare hatte – blond oder vielleicht weiß? –, konnte es aber nicht genau erkennen. Als sie das Krankenhausgelände verließ, fing es an zu regnen, und als sie am Rosenkavalierplatz am Supermarkt vorbeikam, war der Himmel nur noch grau. Sie fuhr langsamer. Die Leute, die aus den Geschäften kamen, liefen, ohne sich umzusehen, so sorglos über die Straße, als sei es Sache der Autofahrer, ihnen auszuweichen, und das machte sie rasend. Sobald die Fußgänger ihr Auto wahrgenommen hatten, kümmerte sie sich nicht mehr um sie und achtete nur noch auf den Gegenverkehr.

Sie wollte eigentlich Anna in der Klinik aufsuchen und hatte gehofft, rechtzeitig einzutreffen. Doch die Hinfahrt in starkem Verkehr war ihr richtig auf die Nerven gegangen, und sie kam zu spät. Anna hatte das Krankenhaus bereits verlassen. Sie erreichte ihre Freundin übers Handy und versprach, auf dem Rückweg bei ihr vorbeizuschauen. Dann versagte auch das Handy: Sie hatte vergessen, den Akku aufzuladen. Also machte sie sich auf den Weg zur Universitätsklinik. Am schlimmsten war es in der verkehrsreichen Stadtmitte, wo Ortskundige sie durch Hupen dermaßen belästigten und nervös machten, dass sie zu schnell an den Hinweisschildern zur Klinik vorbeiflitzte und sich verfuhr, denn alle schienen nur darauf aus zu sein, ein Landei aus ihrer Stadt hinauszudrängen.

Nach der gynäkologischen Untersuchung wollte sie noch einmal in die Bogenhausener Klinik fahren, um sich mit Jörg Kreiler zu beraten und ihm Kathis Zeichnungen zu zeigen. Er war nicht zum Dienst erschienen, hieß es. *Merkwürdig,* dachte Mathilda. Ein Chefarzt, der nicht zum Dienst erschien.

Jetzt lag die letzte Untersuchung vor der Geburt ihrer Zwillinge hinter ihr, und sie wollte nur noch nach Hause.

Die Straßen waren nun leer, und nach dem anstrengenden Stadtverkehr erwartete sie eine ruhige Fahrt bis Dachau. Es sollte keine ungeduldigen Autofahrer geben, die an ihrer Stoßstange klebten und sie mit der Lichthupe belästigten, aber dann war da wieder dieser dunkle Mercedes aufgetaucht.

In den ausgedehnten, eintönigen Randbezirken von München hatte sie geglaubt, ihn hinter sich gelassen zu haben, ab der Ausfahrt Oberschleißheim nach Dachau und am Beginn der Ludwig-Thoma-Straße. Aber während sie allmählich ruhiger wurde und sich klarmachte, dass der Tag vorbei und mit den Babys alles in Ordnung war, sah sie ihn plötzlich wieder, zwei Autos vor sich. Das Tageslicht war im Schwinden begriffen, und die Straßenbeleuchtung wurde bereits eingeschaltet. Man konnte nur schwer Einzelheiten erkennen, aber es schien derselbe Wagen zu sein.

Weswegen war sie besorgt? Dass jemand den gleichen Weg wie sie fuhr? Bestimmt taten das viele Leute. Aber es war ein Wagen, der auffiel, und er musste die ganze Strecke seit München mit ihr Schritt gehalten haben. Oder vielleicht war es doch nicht der gleiche Wagen? Wie viele dunkle Mercedes SLK gab es denn auf den Straßen? Und wie viele hatte sie heute früh schon gesehen?

Sie kam zu der Abzweigung mit dem Schild *Dachau,* kümmerte sich aber nicht darum, sondern bog links auf die B 471 Richtung Dachauer Moos in eine einsame, schmale Straße mit dem passenden Namen *Am tiefen Graben.* Ein Umweg, aber was soll's, dachte Mathilda. Und als sie Dachau erreichte, schien sie den Mercedes verloren zu haben.

Als sie langsam auf den Schannenplatz zufuhr, um noch einige Einkäufe zu erledigen, wäre ihr irgendein Lebenszeichen recht gewesen. Der Platz war menschenleer. Es nieselte, und die Sicht durch die nasse Scheibe war schlecht. Sie schaltete die Scheibenwischer an, aber sie kratzten und schabten nur. Sie musste die Wischerblätter auswechseln. Die Geschäfte lagen wenig einladend in der grauen Dämmerung, nur aus einem Imbisslokal fiel gelbes Licht auf den Gehweg, aber niemand schien dort zu sein. Beim Anblick der leeren

Bürgersteige musste sie an die nicht mehr fernen, langen Winterabende denken, und das Glänzen der nassen Steinplatten ließ sie frösteln.

In der Dämmerung versuchte sie, eine Telefonzelle ausfindig zu machen. Warum hatte sie auch vergessen, ihr Handy aufzuladen?, dachte sie und fluchte innerlich. Sie hatte so gut wie versprochen, auf dem Rückweg bei Anna vorbeizukommen, und musste ihr Bescheid sagen, dass sie es nicht schaffen würde. Der anstrengende Stadtverkehr schien jetzt weniger schlimm als die Vorstellung, in der Dunkelheit noch eine weitere Stunde unterwegs zu sein. Sie war einfach zu erschöpft.

Endlich! Sie hatte doch gewusst, dass es auf dem Platz Telefonzellen gab. Sie hielt auf dem Kopfsteinpflaster an, ging schnell hinüber und fluchte, als sie in eine Pfütze trat und ihr Schuh sich mit eisigem Wasser vollsog. Sie humpelte weiter und spürte, wie ihre Zehen anfingen, am Schuh zu reiben, zog die Tür der Zelle auf und suchte in ihrer Geldbörse nach Kleingeld.

Während sie auf das Freizeichen horchte, sah sie auf die Uhr. Halb acht, mindestens noch zehn Minuten Fahrt bis nach Hause, dann eine Tasse Tee und danach ein heißes Schaumbad und schnell ins Bett. Sie spürte den leicht brennenden Blütengeschmack schon auf den Lippen.

Das Telefon klingelte, dann hörte sie ein Klicken und Annas Stimme.

„Hinterlassen Sie eine Nachricht, ich melde mich."

Der Anrufbeantworter. Das war nicht fair! Sie hörte den Piepton und sagte schnell: „Hallo, Anna. Ich bin schon in Dachau. Es ist jetzt halb acht. Die Fahrt hat länger gedauert, als ich vermutet habe, und ich fahre direkt nach Hause. In ungefähr zehn Minuten bin ich dort. Ich versuch's dann noch mal."

Sie wartete, ob Anna abnahm; manchmal ließ sie das Gerät laufen, um zu hören, wer anrief, aber sie hob nicht ab. „Also, bis dann", sagte sie leise und ziemlich deprimiert.

Ich muss unbedingt mit ihr sprechen, sagte sie sich, als sie zum Auto zurücklief. Es genügte nicht, eine Nachricht zu hinterlassen. Aber Anna hatte sich darauf verlassen, dass sie zu ihr nach Hause kommen würde. Weshalb hob sie dann nicht ab?

Mathilda steckte den Schlüssel ins Schloss und hielt inne. Sie fühlte sich immer noch erschöpft nach diesem harten Tag, und es wäre vernünftig, sich vor der Weiterfahrt fünf Minuten auszuruhen.

Dann suchte sie in ihrer Tasche nach einem kleinen Beutel Riopan, ihre Magensäure hatte mal wieder einen Höchstpegel erreicht, und der Magendruck war unerträglich.

Ihre Furcht hatte sich in Müdigkeit verwandelt, und sie wäre am liebsten einfach sitzen geblieben, um im Schutz des Wagens die Stille zu genießen. Aber je eher sie weiterfuhr, desto besser.

Sie drehte den Zündschlüssel um, sah in den Rückspiegel und fuhr los. Hinter sich hörte sie ein anderes Auto starten und anfahren. Sie war also nicht die Einzige, die sich an diesem Abend auf den Heimweg machte. Die Scheinwerfer eines Wagens hinter sich zu haben würde tröstlich sein und das Gefühl vertreiben, die Welt sei untergegangen und sie wäre die einsame Überlebende einer Katastrophe. Aber auf dem letzten ebenen Stück, bevor die Straße anstieg, kam der Wagen hinter ihr näher und überholte sie zügig und mühelos.

Der Mercedes! Sie fröstelte und drehte die Heizung auf. Der Wind heulte und drückte den Motorgeruch ins Wageninnere. Ihre Füße waren heiß, aber sonst fror sie. Die Mittermayerstraße machte eine Rechtskurve und führte dann an einem Haus vorbei, durch dessen Fenster warmer Lichtschein auf die Straße drang, dann ging es nach links.

Plötzlich blendeten sie die grellen Scheinwerfer eines entgegenkommenden Fahrzeugs. Sie fuhr langsamer, spähte hinaus und versuchte, etwas zu erkennen. Dann war es wieder klar, die Scheinwerfer beleuchteten die nasse Straße. Sie war fast zu Hause. Das Licht spiegelte sich im Wasser der dunklen Tümpel. Bald würde die Straße abfallen, an dem Secondhand-Laden vorbei, zwischen dicken Bäumen hindurch bis zum Waldfriedhof. *Bald zu Hause, bald zu Hause,* ging es ihr durch den Kopf. Sie dachte an Benedikt und fragte sich, ob sie ihn im Büro anrufen sollte, wenn sie heimkam. Lichter tanzten durch die Dunkelheit, sie schreckte auf und konzentrierte sich. Wenige Minuten später bog sie in den Schubertweg.

Als sie die Haustür aufschloss und nach Frau Heldmann, ihrer Haushälterin, und nach Kathi rief, die bei ihr übernachten würde, war ihr schon wohler zumute.

Später am Abend beobachtete sie Kathi, die am Küchentisch ein Bild malte. Schwarze Knopfaugen starrten sie von der Zeichnung an.

„Wer soll das auf dem Bild da sein, Kleines?"

„Jasper und Mami. Sie mag ihn."

„Nein, glaub mir, Kathi. Mami mag Jasper nicht."

„Er sagt etwas anderes."

„Was meinst du damit, sagt er?"

Wieder ein Blick von Kathi, ein Achselzucken. Sie hielt die Augen starr auf ihre baumelnden Füße gerichtet. Mathilda spürte, wie sie mit sich kämpfte.

„Willst du, dass ich's dir erzähle?", fragte sie schließlich.

„Bitte", sagte Mathilda. „Was sagt er? Was sagt Jasper?"

Kathi kicherte plötzlich.

„Was sagt er?", drängte Mathilda.

„Er sagt, dass er Mami bumst. Was ist bumsen, Mathilda?"

Ihr Atem stockte. Sie schaute noch einmal auf die Zeichnung. Waren diese Knopfaugen, die unter einer getupften Bettdecke hervorschauten, die Augen eines anderen Mannes? Sie beugte sich zu Kathi und schaute sie eindringlich an. „Woher hast du das, Kleines?"

„Jasper sagt das."

Sie stutzte. „Nein. Wo … Von wem hast du das?"

„Von Jasper."

„Es gibt keinen Jasper. Wer sagt das?"

„Jasper."

„Das ist nicht wahr. Wer sagt das?"

„Jasper, Jasper, Jasper!", schrie Kathi und begann zu weinen.

Mathilda nahm sie in den Arm und versuchte, sie zu beruhigen. „Du weißt doch, Kleines, dass du nicht mit Fremden reden sollst."

„Er ist kein Fremder, Mathi."

„Was meinst du?"

„Er ist mein Freund, Jasper ist mein Freund."

„Trotzdem ist er für uns ein Fremder. Wir kennen ihn nicht!"

Kathi sprang auf und löste sich aus ihrer Umarmung.

„Lauf nicht weg, wenn ich mit dir rede. Ich will dir etwas sagen."

„Entschuldigung, Mathi. Warst du denn nicht fertig?"

„Nein, ich war noch nicht fertig. Ich möchte dir klarmachen, dass es wichtig ist zuzuhören, wenn ich dir etwas sage."

„Alles klar, Mathi", sagte Kathi und rannte auf ihr Zimmer.

Alles klar? Woher hatte das Kind bloß diese Ausdrucksweise?

Als sie wenige Minuten später das Gästezimmer betrat, hörte sie Kathi leise „Jasper! Jasper!" rufen.

„Schätzchen, sieh mal, ich habe heute Nachmittag eine Tafel Schokolade für dich gekauft. Hast du Lust, ein bisschen Schokolade mit mir zu naschen?"

„O ja!"

„Es tut mir leid, wenn ich vorhin ein wenig streng mit dir war. Du musst wissen, dass mir nichts ferner liegt, als mich zwischen dich und deinen Freund Jasper zu stellen. Sind wir wieder Freunde?"

„Ja, aber zuerst muss ich Pipi machen."

„Okay, und danach könnten wir ein bisschen quatschen."

Kathi sprang auf und rannte ins Badezimmer. „Mädchen können ihr Pipi nicht im Stehen machen, weil sie nichts zum Festhalten haben, sagt Basti. Stimmt das, Mathi?", fragte sie, als sie wieder zurückkam.

„Ja, so in etwa. Mädchen sind anders gebaut als Jungen. Basti scheint lustig zu sein. Ist er so lustig wie Jasper?"

Kathi kicherte und nickte. „Jasper liebt Spiele."

„Ich liebe auch Spiele. Möchtest du gern eins spielen?"

„Ich spiele bereits", sagte Kathi leise.

Mathilda stutzte. „Und was spielst du?"

„Verstecken."

„Brauchst du da nicht jemanden, der mitspielt?", fragte Mathilda erstaunt.

Kathi schüttelte den Kopf. „Jasper hat sich auch hier in deinem Haus versteckt."

Sie wurde hellhörig. „Wer hat sich hier versteckt, Kleines?"

„Na Jasper."

„Und wo ist er? Wer ist Jasper, Kleines? Ich will verstehen, was hier vor sich geht. Hilf mir!"

„Ich kann nicht, Mathi. Ich kann nicht", flüsterte das Mädchen.

„Ach, Kleines, schon gut. Alles wird gut."

Plötzlich begann Kathi zu weinen. „Mathi ... Hilf mir. Ich darf nichts sagen", schluchzte sie. „Sonst wird Jasper böse. Bitte, lass mich nicht allein."

Mathilda nahm sie in den Arm und kuschelte sich an sie. „Komm, Schätzchen. Hier bist du sicher. Und morgen sehen wir weiter."

„Ich möchte zu Mami und Papi. Ich will nicht mehr mit Jasper spielen."

„Du brauchst nicht mehr mit ihm zu spielen. Wo ist Jasper, Kathi?"

„Er ist eben weg."

„Wo ist er denn hin?"

Kathi zuckte mit den Schultern. „Er versteckt sich." Sie zeigte auf ihren kleinen Brustkorb.

„Meinst du, ich kann irgendwann mal mit ihm reden, Schätzchen?"

„Vielleicht."

Nachdem sie das Mädchen ins Bett gebracht hatte, ging sie in die Küche und betrachtete nachdenklich die finsteren Kinderzeichnungen. Sie wählte eine aus, faltete sie sorgfältig zusammen und steckte sie in ihre Handtasche. Sie würde sie morgen Jörg Kreiler zeigen und ihn bitten, sie zu analysieren.

„Irgendwie spüre ich, meine kleine Kathi, dass da eine gewisse Spannung zwischen uns herrscht", flüsterte Jasper ihr ins Ohr. „Was ist denn auf einmal? Willst du nicht mehr mit mir spielen? Hast du keine Lust mehr? Hast du Sehnsucht nach deiner Mami? Ist es das? Du hast sie lieber als mich. Stimmt's?"

„Nein", sagte Kathi mit piepsiger Stimme.

„O Lügnerin", hauchte Jasper.

„Ich lüge nicht!"

Jaspers Augen wurden schmal wie Schlitze. „Lügnerin, du bist eine ganz schlimme Lügnerin. Du hast Teddy Jasper umgebracht."

„21... 22 ... 23 ... 24 ... 25 ..." Sie versteckte sich in der Schrankwand.

„Kathi, wo bist du? Ist ja komisch. Ich hätte schwören können ... Mach mir die Tür auf. Ich vermisse dich, Kathi. Wo bist du? Ich suche nach dir. Ich bin es doch, Jasper."

„Hör auf, Jasper, hör auf", schluchzte sie.

„Ach, da bist du!"

„Du willst Mami wehtun, Jasper, tu Mami nicht weh."

„Wieso nicht?", zischte er und starrte das kleine Mädchen an.

„Sie ist meine Mami."

„Ich dachte, ich bin dein Freund."

„Bitte, Jasper", flehte Kathi.

„Papi ... Papi ... Mami!"

Kathi wachte schreiend auf, und Mathilda eilte ins Gästezimmer. Im Halbdunkel sah sie die aufgerissenen Augen. Das Mädchen musste entsetzliche Angst haben.

„Ist schon gut, Kleines. Es war nur ein Traum. Komm, du darfst heute Nacht bei mir schlafen."

„Es war kein Traum. Er hat ge-gesagt ...", schluchzte Kathi.

Mathilda nahm sie in den Arm. „Was hat er denn gesagt?"

„Mami ist ... verrückt geworden."

„Er lügt, Kleines. Dein Jasper ist ein Lügner. Mami ist nicht verrückt. Alles wird gut. Alles wird jetzt gut."

Mathilda brachte sie ins Schlafzimmer, wo sie noch lange weinte.

Kapitel 37

Starnberg

Anna stellte die Einkaufstüten auf der Küchenanrichte ab und sah sich ihre Merkzettel auf der Pinnwand an.

„Erledigt, erledigt, erledigt", sagte sie und warf die einzelnen Zettel in den Papierkorb. „Dazu habe ich keine Lust. Ach ja. Genau …"

Sie riss die Notiz von der Pinnwand, nahm ihr Handy und wählte eine Rufnummer.

„Praxis Dr. Kreiler", meldete sich die Stimme am anderen Ende.

„Biggi, ich bin es, Anna Gavaldo."

„Sie haben heute das Krankenhaus verlassen, ohne mir Bescheid zu sagen."

„Ach wirklich? Nein, Biggi, ich habe die Klinik sehr früh verlassen und Ihnen einen Zettel auf den Tisch gelegt."

Sie verschwieg, dass sie in Kreilers Zimmer gewesen war und die Videoaufzeichnungen ihrer Sitzungen mitgenommen hatte. Jörg hatte sie achtlos auf dem Schreibtisch liegenlassen, jeder hätte sie nehmen können. Vor einer halben Stunde hatte sie sie Benedikt van Cleef gegeben, der sie von Robert Hirschaus neuer Freundin Alexandra Cordes überprüfen lassen wollte. Sie vertraute Hamlet.

Sie fuhr sich mit der Hand durchs Haar. „Leider muss ich alle geplanten Termine absagen, Biggi."

„Das haben Sie schon getan."

„Das habe ich schon getan? Wann denn? Dann muss ich wohl die Zettel vertauscht haben. Oje! Entschuldigung. Ich habe auch vergessen, Milch für Kathi zu kaufen. Dabei bin ich extra deswegen zu dem Laden zurückgefahren. Die ganze Zeit schreibe ich diese blöden Zettel, damit ich mich überhaupt noch an etwas erinnern kann."

„Das geht vorbei, glauben Sie mir", sagte Biggi etwas versöhnlicher.

„Gut zu wissen. Grüßen Sie Doktor Kreiler von mir. Auf Wiedersehen."

„Auf Wiedersehen, Frau Gavaldo."

Anna machte sich einen Espresso und dachte dabei an die kleinen Zwerge in ihrer Klasse. Sie liebte ihre Arbeit. Es war der einzige Ort, an dem sie sich halbwegs sicher fühlte und sich nicht von Jakob verfolgt wähnte. Und doch überkam sie auch dort manchmal das Gefühl

– wie heute –, dass sie sich beobachtet fühlte. Auch die Kinder bekamen ihre Stimmungsschwankungen mit und drückten sie in ihren Zeichnungen aus: kleines Mädchen in den Fängen eines Wolfes, dunkle Wolken am Himmel, ein schwimmendes Klassenzimmer mit spielenden Kindern, die ihre Lehrerin nicht vor dem Ertrinken retten konnten. *Seltsam,* dachte Anna. *Ich sollte Jörg die Zeichnungen mal zeigen.* Er wusste, was Kinder damit sagen wollten.

Sie sah den Stapel Post durch. Außer einer Zeitschrift und einer Rechnung fand sie einen Umschlag mit ihrem Vornamen darauf.

Sie war neugierig, von wem der Brief stammte, stand auf, ging ins Esszimmer, schenkte sich den Espresso ein und öffnete ihn.

Liebe Anna …

Heute, als ich in der Klinik vor Deinem leeren Bett stand, wusste ich, dass ich Dich verloren habe.

Anna, ich muss vorsichtig sein: Lukas beobachtet mich. Die Stimme in meinem Kopf sagt, dass Lukas seine Hand morgen auf Deinen kalten Leib legen wird. Diese Stimme ist ein wahrer Freund. Du solltest sie kennenlernen. Sie gehört mir …

Wer hatte diesen Brief auf den Tisch gelegt? Sie starrte mit angehaltenem Atem auf die letzten Zeilen, dann ließ sie die Blätter fallen, rannte in die Küche und übergab sich ins Waschbecken. *Ich muss Mathilda anrufen,* dachte sie. *Und Benedikt und … nur keine Panikattacke, versuch dich zu beruhigen.*

Nur jemand, der von der Existenz dieses Briefs, den Jakob ihr vor Jahren geschrieben hatte, wusste, hatte ihr das antun können. Wer war so grausam? Wer wollte, dass alte Wunden wieder aufgerissen wurden? Erneut stieg Brechreiz in ihr auf. Mit der Hand tastete sie die vernarbte Stelle über ihrer linken Brust ab. *Nein, hör auf, du darfst nicht zurückblicken, nur nach vorne.*

Das Telefon klingelte, und sie nahm mit zittriger Hand den Hörer ab.

„Anna?", hörte sie Mathilda sagen.

Sie begann zu weinen.

„Anna, was ist denn los? Sag mir sofort, was los ist."

„Jemand war schon wieder hier im Haus", schluchzte sie. „Als ich nach Hause kam, fand ich Jakobs Brief vor. Jemand treibt ein grausames Spiel mit uns, mit mir. Wer tut uns das an? Wer?"

„Ich komme sofort zu dir. Ich rufe Benedikt an. Kathi bleibt vorerst hier, bis Max zurück ist. Frau Heldmann wird auf sie aufpassen. Beruhige dich, Liebes. Alles wird gut."

„Ich habe Angst, Mathilda. Es ist wie damals. Der, der mir das antut, muss von der Existenz dieses Briefs wissen."

„Da kommen nicht viele in Frage, Anna."

„Ja, ich weiß. Ich fürchte mich."

Plötzlich war die Leitung tot. Sie starrte regungslos auf den Telefonhörer. Da legte sich ihr eine Hand von hinten auf die Schulter, die andere Hand erstickte ihren aufkommenden Schrei. Dann spürte sie den Einstich der Nadel …

„Willkommen zu Hause, Anna", flüsterte seine Stimme, kalt, dunkel und nahe an ihrem Ohr.

Er flüsterte die Worte von damals, oder es war bloß Einbildung, dass er sagte: „Du bist mal wieder davongelaufen, aber jetzt bin ich an deiner Seite. Und niemand wird uns stören."

Kreiler biss die Zähne zusammen, um den aufkommenden Schrei zu unterdrücken. Dann ließ er sich auf den weichen Teppich fallen und blickte zu Anna, die bereits am Boden lag. Er küsste ihre warmen, weichen Lippen. Heftig atmend legte er sich auf sie und rieb seinen Körper an ihrem.

„Anna?"

Er sah sie an und dachte an Katharina, an die glücklichen Augen und ihr sanftes Lächeln, wenn sie ihn begrüßte. Er stand auf und hob sie hoch, um sie in sein Haus zu bringen, dorthin, wo er sie schon immer haben wollte …

„Komm, mein Mädchen", flüsterte er, „dort haben wir alle Zeit der Welt."

Anna öffnete die Augen. „Jörg?"

„Du gehst über den Pfad, den Bach entlang … Zwei …"

München

Kreilers Blick haftete auf Anna, die in tiefer Trance auf seinem Bett im Schlafzimmer lag. „Wo sind wir?", fragte er sie.

„In Jakobs Haus, wir sind in seinem Keller."

„Erzähl mir mehr davon."

„Du kennst es doch."

„Erzähl es mir trotzdem, Anna."

Ihre Stirn legte sich in Falten. „Es riecht hier nach Farbe. Jakob hat

217

Beschwörungskreise auf den Boden gemalt, mein Name mitten darin. Vier große Kreise, quadratisch angeordnet, in der Mitte mit einem zusätzlichen kleinen Kreis. Ich habe Angst."

„Warum? Du bist bei mir sicher."

„Er zieht darunter einen kleinen Kreis. Er sagt, es ist das letzte und sechste Ritual: der Todeskreis." Sie bewegte sich auf dem Bett, ihre Abwehr verlor sich jetzt in Furcht und Elend. „Er sagt, ich werde in drei Tagen sterben."

Kreiler lächelte und beugte sich näher zu ihr. „Sagt er: *Quando a vida perde o seu sentido, a morte nao mais assustara?*"

Sie umklammerte die Bettdecke. „Ja, und jetzt geht er weg. Ich höre ihn. Besteck klappert." Ihr Brustkorb hob und senkte sich. „Er wird mich töten, wie er meine Schwester getötet hat. Wie lange dauern drei Tage in seinem kranken Geist?"

Kreiler ignorierte ihre Frage. „Wen wird er töten?"

„Katharina", sagte sie atemlos.

„Dann ist Anna die Schwester, die er bereits ermordet hat? Dann bist du Katharina? Bist du Katharina?"

„Ja, die bin ich."

Kreiler konnte sein Glück kaum fassen.

Kapitel 38

München – Polizeipräsidium

„Können es nicht auch mehrere Täter gewesen sein, und nur einer von ihnen hat seine DNA hinterlassen?", fragte van Cleef Robert Hirschau.

„Nein. Es ist ein Täter. Obwohl den Opfern unterschiedliche Verletzungen zugefügt wurden, bin ich mir absolut sicher. Ich bin durch die Krasinski-Akte darauf gestoßen. Sie waren alle Mitglied der Malinka, die sich während des Zweiten Weltkriegs dem Nazi-Regime widersetzt hat."

Van Cleef hob die Augenbrauen. „Ich verstehe immer noch nicht."

Hirschau nickte. „Einen Moment noch. Maryam Krasinski wurde am 13. Oktober 1944 von einem Nazi-Kriegsgericht wegen eines kleinen Delikts zum Tode verurteilt. Er hatte Kontakt zu Widerständlern aus der Malinka-Bewegung. Es gab damals einen Vorsitzenden Richter, der als besonders grausam verschrien war. Das Urteil wurde nicht vollstreckt. Stattdessen hat das Tribunal im Haus des Richters den damals achtzehnjährigen Maryam Krasinski gefoltert und vergewaltigt. Der Vorsitzende Richter Kollmann wurde nach Kriegsende als Richter weiterbeschäftigt. Und jetzt kommen wir zum Kern der Angelegenheit: Siebenundzwanzig Jahre später drangen vier ehemalige Mitglieder der Malinka in das Haus von Richter Kollmann ein und ermordeten am 21. Juli 1971 ihn und seine Übernachtungsgäste."

„Die Mitglieder des Tribunals von 1944?"

„Ja. Es liegt der Verdacht nahe, dass Krasinski den Rachefeldzug anführte. Diese Männer, die ihn missbraucht hatten, wurden alle auf bestialische Weise umgebracht. Und jetzt halt dich fest. Die damalige Ermittlung verlief im Sande, aber die Spurensicherung war schon zu dieser Zeit fleißig und sicherte die DNA der Täter. Ich habe die Proben von 1971 mit denen der heutigen Opfer vergleichen lassen. Sie stimmen überein."

Van Cleef nickte nachdenklich. „Das würde bedeuten, dass die Mörder fünfunddreißig Jahre nach ihrer Tat selbst einem Verbrechen zum Opfer fielen. Deine Schlussfolgerung war richtig. Das Motiv ist Rache. Wer aber ist der Rächer?"

Hirschau zuckte mit den Schultern. „Richter Kollmann und sein Gefolge wohl eher nicht."

„Diese Psychopathen. Viele Juristen mit ähnlichen Ideologien waren nach Ende des Zweiten Weltkriegs weiter als Richter tätig", bemerkte van Cleef.

„Ja. Aber bei Kollmann verhielt es sich anders. Jerec Salomon wies darauf hin, dass Kollmanns während des Dritten Reiches herausgegebenen Publikationen erst nach seiner Ermordung 1971 ans Tageslicht kamen. Daher konnte er nach dem Krieg ungehindert sein Amt fortführen."

Van Cleef runzelte die Stirn. „Und was ist mit dem Zeugen, von dem du gesprochen hast?"

Hirschau berichtete ihm, was er in Erfahrung gebracht hatte. „Der Enkel. Kollmann hat ihn auch missbraucht und seine Perversionen auf Acht-Millimeter-Filmen festgehalten. In der Villa wurde umfangreiches Filmmaterial gefunden."

Van Cleef war erschüttert. „Mein Gott, das ist grauenhaft."

„Am Abend, als die Morde geschahen, war die Mutter des Jungen im Krankenhaus, um ihren Mann zu besuchen, der in der gleichen Nacht seiner Krebserkrankung erlag. Nachdem herauskam, was für ein Schwein ihr Schwiegervater war, nahm sie wieder ihren Mädchennamen an und zog mit dem Jungen weg."

Van Cleef beschlich ein ungutes Gefühl. „Was wurde aus dem Kind?"

„Tut mir leid, das war meine vage Spur. Ich habe versucht, ihn ausfindig zu machen, aber er scheint spurlos verschwunden zu sein."

„Lebt die Mutter überhaupt noch?"

„Nein, sie starb kurz nach dem Tod ihres Mannes. Er wurde von Pflegeeltern adoptiert, die mittlerweile auch verstorben sind."

„Du kennst nicht zufällig ihren Mädchennamen?", fragte van Cleef.

„Welchen?"

„Den der leiblichen Mutter."

„Dazu bin ich noch nicht gekommen, aber es kostet mich nur einen Anruf." Hirschau nahm sein Handy und wählte eine Rufnummer. „Susannah, werfen Sie doch mal kurz einen Blick in die Krasinski-Akte." Er wartete einen Moment. „Nein, ich meine das Protokoll von 1971. Wird dort der Name der Mutter dieses Kindes erwähnt? Ja? Wie lautet er? Nicht? Schauen Sie doch mal im Computer unter dem Aktenzeichen der Kollmann-Akte nach. Ja, ich warte."

Wenige Minuten später sah van Cleef, wie alle Farbe aus Hirschaus Gesicht wich.

„Danke, Susannah", sagte er und legte auf.

„Und?"

„Ich habe nicht daran gedacht. Ich war wohl zu sehr mit meinen eigenen Problemen beschäftigt. Wie konnte ich das nur übersehen?", sagte er und schaute van Cleef entsetzt an.

Der wirkte sichtlich angespannt. „Was hast du übersehen, Robert? Nun sag schon!"

„Ihr Name war Kreiler, Mandy Kreiler. Sie ist Jörg Kreilers Mutter. Der Name des Kindes lautete damals Konstantin Jörg Kollmann."

Van Cleef schlug mit der Hand auf den Tisch. „So eine Scheiße! Entschuldigung, ich bemächtige mich anscheinend schon Neumanns Vokabular. Ich hatte doch immer so ein Gefühl, dass mit Kreiler was nicht stimmt."

„Aber ist er auch der Mörder? Er passt nicht ins Profil."

„Da bin ich mir nicht sicher. Ich ahnte, dass mit ihm etwas faul ist. Aber ich habe ein Auge zugedrückt, weil er mit den Gavaldos befreundet ist. Wenn wir dem Richter deinen Bericht vortragen, bekommen wir auch nachträglich einen Durchsuchungsbeschluss. Ich werde sofort eine Hausdurchsuchung wegen Gefahr in Verzug veranlassen. Weiß er etwas über deine Ermittlungen?"

Hirschau schüttelte den Kopf. „Nein, ganz sicher nicht."

„Gut, aber vorher möchte ich dich um etwas bitten. Es handelt sich um Kreilers Aufzeichnungen von Anna Gavaldos Sitzungen, die sie mir gegeben hat. Würdest du dort mal reinschauen?"

„Aber sicher. Das habe ich dir doch angeboten. Ich würde allerdings gerne Alexandra dabeihaben. Sie ist zurzeit in München."

Van Cleef lächelte. „Okay. Ruf sie an. Ich informiere Neumann, er möchte im Besprechungsraum das Notwendige vorbereiten. Geh schon mal vor, ich komme gleich nach. Nein, warte! Meinst du wirklich, dass Krasinski noch lebt?"

„Keine Ahnung, aber ich habe aus dem Archiv etwas herausgebuddelt. Er hat vor fünfunddreißig Jahren eine Vermisstenanzeige aufgegeben. Er hat seine Tochter gesucht. Also ist er damals tatsächlich nicht hingerichtet worden. Vielleicht lebt er heute noch. Die Jungs vom BKA versuchen seine Adresse herauszufinden."

Kapitel 39

Aachen

Auf dem Weg zu Krasinski bog der Pole gegen Mitternacht am Hansemannplatz in die Monheimsallee ein und fuhr am legendären Hotel Quellenhof vorbei. Nachdem er die Kreuzung überquert hatte, hielt er in der Ludwigsallee vor Krasinskis Haus. Die Straße verschwamm vor seinen Augen. Er war beinahe blind vor Hunger nach dem alten Mann.

Er rieb sich mit einer Hand den Nacken, um die Verspannung nach der langen Autofahrt zu lindern. Er hatte auf seiner Reise eine Blutspur von München über Italien und Istanbul bis zu diesem Haus gelegt; ein Rachefeldzug, wie Maryam Krasinski ihn auch geführt hatte, nur mit einem winzigen Unterschied: Er hatte getötet, weil es sein Job war.

Er schaute noch einmal in den Rückspiegel und sah im Schein der Straßenbeleuchtung die Schatten der Alleenbäume und den trotzigen Zug um seinen Mund. Er wollte seinem Großvater gefallen. Aber würde der ihn, den Enkel, überhaupt erkennen? Seine Nase war mindestens zweimal gebrochen worden, und eine breite Narbe verlieh seiner linken Augenbraue eine seltsame Krümmung. Schätzungsweise standen seine Chancen fünfzig zu fünfzig.

Er stieg aus und blickte zu dem alten Backsteinhaus mit den kleinen, gläsernen Schiebefenstern. Es hatte nicht den Anschein, als käme dadurch viel Luft herein, aber wenigstens standen sie offen. Er betrachtete die Haustür. Sie wäre ein Kinderspiel für jeden, der auch nur ein Minimum an einbrecherischen Fähigkeiten besaß. Er holte tief Luft und klingelte.

Die schwere Haustür wurde von einem alten Mann geöffnet, der ihn erstaunt von oben bis unten musterte. Der Pole zeigte zunächst keine Regung, bis er in die Augen des Alten schaute, der mit einem Mal erkannte, wer vor ihm stand.

„*Pamiętasz?* Erinnerst du dich ... Großvater?" Seine Augen glitzerten. Der Hauch eines Lächelns huschte über sein Gesicht.

Wenig später – im Wohnzimmer des alten Mannes – konnte er kaum klar denken, und sein Verstand wurde überflutet von Fragen. Spieglein, Spieglein an der Wand! Wer ist der Schönste...? Nein, das war das falsche Märchen. Vielleicht der verlorene Sohn? Und da sind viele Jahre hingegangen, und der alte König hat fort und fort getrauert über den verlorenen Sohn, den er im ganzen Walde furchtlos suchen ließ.

„Es tut mir leid, dass wir keine Gelegenheit haben werden, uns näher kennenzulernen", sagte der Pole. „Ich halte alle auf Abstand." Er machte eine Kunstpause. „Besonders, wenn ich mich zu jemandem hingezogen fühle."

Er sah, wie der Alte angestrengt in seinem Gesicht las, während er sich ihm offenbarte, und erkannte in den Augen jenes allgewaltige Gemisch aus Mitleid und Zorn, das auch er selbst in sich wachzurufen vermochte.

Er beschrieb seinem Großvater den Weg, den er bis zu diesem Haus gegangen war. Er erwähnte auch den Weg seiner Großmutter und seiner Mutter und die vielen Morde, die er beging, als er als Held zu Lande, zu Wasser und in der Luft die Welt durchwandert hatte. Er schilderte dem alten Mann, wie seine Mutter im Armenhaus starb und wie er als Kind von mächtigen Zauberern, von blutrünstigen Ungeheuern und von bösen Hexen in Heimen, Pflegefamilien und Gefängnissen verfolgt worden war und dass kein Retter und keine gute Fee zur Stelle waren. Und er erzählte Maryam Krasinski, dass er den Auftrag hatte, auch ihn zu töten.

Der Alte kniff die Augen zusammen und musterte ihn mit stechendem Blick. Das war nichts, was auf eine Regung hindeutete.

„Ich habe kein Gefühl, Großvater. Ich bin ein Killer. All das, was ich als Kind nach dem Tod meiner Mutter aufgebaut hatte, wurde innerhalb von ein, zwei Jahren zunichtegemacht, in den Heimen, in den Pflegefamilien, im Gefängnis. Schließlich habe ich erkannt, dass es keinen Sinn hat, Wurzeln zu schlagen."

Maryam Krasinski neigte kurz seinen Kopf nach beiden Seiten, als wöge er seine Worte ab. Er wusste, er war seinem Enkel eine Antwort schuldig, ergriff seine Hand und erzählte ihm nun seine eigene Geschichte.

„Nichts macht mir Angst, auch du nicht. Als Junge musste ich ertragen, wie sie mich gedemütigt, gequält, missbraucht und gefoltert haben, nur weil ich Brot stahl. Man hat mir am 15. Oktober 1944 alles genommen, was ich hatte, deine Großmutter und das kleine Baby auf ihrem Schoß, deine Mutter. Und sie nahmen mir meine Würde. Ich habe deine Mutter das letzte Mal im Gerichtssaal gesehen. Nach dem Krieg habe ich versucht, euch zu finden, aber es gab keine einzige Spur, die mich zu euch führen konnte. Alles war zerstört. Später wurde ich gezwungen, weiter umherzuziehen. Doch du, mein Junge, du könntest dir noch immer etwas aufbauen, das von Dauer ist. Warum gehst du nicht nach Moskau zurück und findest dort deinen Frieden?"

„Frieden! Den gibt es für mich nicht. Meinen Frieden finde ich nur im Töten. Ich bin dazu verdammt, auf ewig ruhelos zu sein. Doch du bist ein Teil von mir", antwortete er und sah Krasinski eindringlich an.

Krasinski holte tief Luft, streckte seine Hand aus und legte die Finger um die seines Enkels. „Ich schätze also, es war kein Zufall, dass du deine Aufträge zu Ende ausgeführt hast, um an deinem letzten Abend Zeit mit mir zu verbringen", stellte er fest.

Der Pole nickte.

„Fahr zurück nach Moskau, mein Junge."

„Sprich bitte polnisch mit mir, Großvater. Ich habe meine Muttersprache nicht verlernt, obwohl ich in Moskau lebe."

„*Ty jesteś gotowy.*"

Der Pole lächelte. Mütterchen Russland! Sein Großvater hatte recht. Er war so weit. „Ja, *jestem gotowy*", sagte er.

Ja, ich fahre zurück, dachte er. *Doch vorher …*

Kapitel 40

München

Kreiler beobachtete, wie Annas Brust sich hob und senkte. Noch immer lag sie in tiefer Trance auf seinem Bett im Schlafzimmer. Sie war komplett weggetreten und hatte auf seine Berührungen nicht reagiert. Irgendetwas sagte ihm, dass sie sich gegen ihn auflehnte.

„Ich habe den Mann getötet. In der Badewanne. Du hast mich durch deine Träume wissen lassen, dass du es genauso haben wolltest, Anna. Erinnerst du dich? Du hast es in Italien geträumt. Und ich wollte, dass du dich an dem Abend ordentlich mit Blut vollschmierst. Ich dachte, es sei Max, dabei war es dieser Rommel, der Max' Sachen anhatte. Im Dunkeln konnte ich das nicht erkennen."

Anna stöhnte.

„Immerhin hast du um dein Leben gekämpft, weißt du noch?"

Sie vollführte eine Bewegung, als zündete sie sich eine Zigarette an.

„Was machst du denn da?", fragte Kreiler irritiert.

„Ich rauche eine Zigarette", sagte sie.

„Anna raucht nicht."

„Tut sie nicht?"

Du Vollidiot. Du verlierst die Kontrolle.

Er musste die Dosis des Rohypnol erhöhen. Anna durfte nicht noch einmal aufwachen, ihre Gesichtszüge mussten völlig entspannt sein. Nur dann sah sie Katharina ähnlich, und nur wenn sie entspannt war, konnte er sich an ihr sattsehen und sie berühren.

Er legte eine Wolldecke über sie und streichelte sie sanft und zärtlich unter der Decke.

„Du bist bei mir in Sicherheit. Du bist Katharina, die Schöne, die Glückliche, die Erhabene. Du bist mein Mädchen."

Bist du dir da sicher?, fragte Jasper, und es klang gehässig.

Halt's Maul, Jasper!

In ihrem Traum zog sich der Abend in ein gewaltiges Schweigen zurück, als sie Jakob erblickte. Das diffuse Licht des Mondes, der durch das kleine Fenster fiel, tauchte den Kellerraum in dunkelgraue Schatten. Jakobs schwach beleuchtetes Gesicht war in ihrer Erinnerung lediglich ein verschwommenes Profil, in dem die Augen spukhaft in den

Höhlen lagen.

Sie lag auf dem Boden und konnte nur schemenhaft erkennen, wie er eine Lampe einschaltete. Eine lange Kette baumelte an einem Haken.

Er sagte, dass sie eine weitere Lektion zu erlernen, einen weiteren Schritt auf ihrer gemeinsamen Reise zu gehen hätte. Er verstellte die Kette und kürzte sie, dann befestigte er einen Panikverschluss daran und hängte eine Ledervorrichtung an den Haken. Oben befand sich eine Metallstange, an der zwei breite schwarze Lederstreifen an mehreren Klammern hingen.

Ihr von Drogen umnebeltes Gehirn gaukelte ihr mittlerweile leuchtende Farben vor: Sonnengelb, Azurblau, Smaragdgrün, doch vor allem Tizianrot.

„Die anderen waren hierfür nicht zu haben", hörte sie ihn sagen, „im Gegensatz zu dir."

Er warf ihr einen flackernden Blick zu. Im Raum wurde es plötzlich still. Jakob knöpfte sich langsam das Hemd auf, zog es aus und warf es auf den Boden. Seine Härte presste sich gegen den Stoff seiner Jeans. Dann kam er zu ihr, öffnete ihre Bluse und zog sie aus.

„Ich kann mit dir machen, was ich will", hauchte er ihr ins Ohr. „Ich habe es schon lange gewusst: Im Grunde hast du nur auf mich gewartet."

Er kniete nieder, schob ihren Slip herunter und streifte ihn ab. Sie trug jetzt nur noch die Goldkette um ihren Knöchel, ein Geschenk vom Stamm der Jivaros, hatte er gesagt.

Er küsste die Innenseite ihrer Oberschenkel, und dann spürte sie einen scharfen Schmerz, als er zubiss. Sie zuckte zusammen, doch er hielt sie an der Taille fest und biss noch stärker. Es durchschauerte sie vor Erregung und Schmerz. Er erhob sich, griff in die Jeanstasche, zog eine Spritze mit einer langen Nadel heraus und injizierte ihr eine goldgelbe Flüssigkeit.

„Reiß dich zusammen", sagte er und schlug ihr ins Gesicht.

Bevor sie das Bewusstsein verlor, schmeckte sie Blut.

Als sie aufwachte, schwebte sie. Er hatte ihre Beine bis zum Unterleib durch an Tragriemen hängende Lederschlaufen geschoben. Es war, als würde sie auf einer Schaukel sitzen, während ihre Oberschenkel von den breiten Lederstreifen gespreizt wurden. Ihr Herz schlug schneller, und sie spürte das Rauschen.

„Hast du Angst?", fragte er erregt.

Sie nickte.

„Stört dich das Unbekannte? Gestern hat es dir doch gefallen. Wir haben eine Vereinbarung", flüsterte er. „Du gehörst mir."

Er streifte Jeans und Schuhe ab. Jetzt stand er nackt vor ihr. Sie wollte ihn berühren, doch sie konnte sich kaum bewegen und saugte mit den Augen seinen ausgeprägt männlichen Anblick ein, seinen gebräunten, schlanken Körper und das Selbstbewusstsein, das er ausstrahlte.

Sie versuchte, nicht an die Schwärze zu denken, an die seltsamen Zeichen an der Kellerwand, an die Glasbehälter mit den formlosen Monstern darin.

Er streckte die Hände aus und massierte ihre Brüste, bis die Warzen hart waren, dann beugte er sich herab und nahm eine in den Mund. Sie reagierte sofort. Er hatte etwas an sich, dem sie nicht widerstehen konnte, etwas ganz und gar Körperliches. Er saugte mit bestimmender Männlichkeit an ihrer Brust, und es schmerzte nicht mehr.

Sie hob ein Bein, wollte genommen werden, doch er legte ihr die Hand auf die Hüfte und hielt sie zurück. Sein Mund gab ihre Brust frei.

„Jetzt nicht", sagte er.

Er streifte den Büstenhalter über ihre Arme, so dass die Brüste offen herausstanden, und befestigte ihn und die Lederriemen hinter ihrem Rücken.

Sie fühlte seine Brust, seinen Bauch, seine Härte und schlang beide Arme um seine Taille.

Er legte Handschellen um ihre Gelenke, drehte ihr die Arme auf den Rücken und befestigte die Handschellen an den Riemenklammern.

Sie kippte nach vorn. „Jakob?", flüsterte sie.

Sie spürte, wie sie in die Höhe stieg und ihre Füße den Bodenkontakt verloren. Dann schaute sie nach unten und hatte das schwindelerregende Gefühl, auf den weit unter ihr liegenden Backsteinboden zu fallen.

Sie atmete tief durch und lächelte. Die Streifen um ihre Beine waren breit und gaben ihr einen bequemen Halt. So in der Luft zu hängen, Brust und Gesicht nach unten, fühlte sich an, wie auf einem endlosen schwarzen Ozean zu treiben.

Sie fühlte seine Lippen an ihrem Hals, seinen warmen Atem. Langsam glitten seine Hände über ihren Körper, über die Brüste, hinunter zu ihrem Bauch und zwischen die Beine.

Die Dunkelheit beschwor jetzt keine beängstigenden Bilder mehr herauf, sondern verschaffte ihr viel reinere Gefühle. Sie spürte die

Beschaffenheit seiner Handflächen, seiner Fingerspitzen, eine rauhe Oberfläche hier, eine glatte dort; sie war sich jeder einzelnen Vertiefung und Linie bewusst, obwohl sie wusste, dass das unmöglich war.

„Du bist nass", sagte er. „Das Unbekannte ängstigt dich – aber es macht dich auch an."

Sie nickte erregt.

Jakob schob einen Finger in sie hinein, und dann noch einen zweiten. Dann spürte sie etwas auf ihrer linken Brust, das er am Büstenhalter befestigte und über ihre Brust schob. Das Gleiche machte er auf der rechten Seite.

„Ich will deine Milch", sagte er gepresst.

„Milch?", flüsterte sie.

„Ich will deine Unterwerfung – du hast mir nur einen Teil davon gewährt. Aber ich will mehr!"

„Meine Milch?"

„Ich habe den Anblick einer Mutter, die ihr Kind nährt, schon immer extrem erotisch gefunden. Ich möchte, dass du mir das gibst. Ich möchte, dass deine Brüste voller Milch sind." Er hielt inne. „Ich möchte kein Kind, sondern nur die Milch. Ich möchte nur sehen, wie du gemolken wirst. Ich bin Arzt. Manchmal reicht eine Brustpumpe aus, um die Milchproduktion anzuregen. Bei dir wird es ausreichen. Es wird ein paar Wochen dauern, bis die Milch zu fließen anfängt. Ich werde die Pumpe alle zwei Stunden für zehn bis fünfzehn Minuten anlegen. Du wirst sehen. Es wird dich erregen." Er grinste. „Ich habe das schon einmal bei deiner Mutter gesehen. Sie hat die Pumpe gewissenhaft benutzt. Wenn sie wusste, dass sie länger als zwei Stunden fort sein würde, hat sie sie mitgenommen. Einmal hat sie sie in meiner Praxis fünfzehn Minuten angelegt. Ich habe sie heimlich beobachtet und dabei masturbiert. Genauso will ich es bei dir sehen. Und ich will deine Milch trinken."

Sie hörte, dass er die Milchpumpe anstellte. Das Vakuum zog an ihrer Haut, zerrte und riss an ihren Brüsten und an ihren Brustwarzen. Es war unangenehm, ein seltsames Gefühl, doch es tat nicht weh.

„Du wirst es wieder tun", sagte er; und dann spürte sie seinen Mund auf ihrem, seine Zunge in ihrem Mund und seine Finger wieder zwischen ihren Beinen. Sie streichelten und rieben, während das Pumpen an ihren Brüsten weiterging und das Vakuum ein schweres, ziehendes Druckgefühl erzeugte, das sich langsam sinnlich anzufühlen begann.

„Du wirst es tun", sagte er, und seine Worte vermischten sich mit einem feuchten, fordernden Kuss. Seine Zunge fuhr über ihre Lippen. Sie küsste ihn zurück und wollte, dass er sie nahm. Ja, das war es, was sie wollte. Nicht seine Liebe, sondern nur seine Männlichkeit in sich spüren. Sie verstand jetzt völlig, wie sie sich ihm unterwerfen müsste, wie ihre eigene Lust sich erst mit seiner vermischte, bis sein Verlangen ihr eigenes schließlich verdrängte.

Plötzlich spürte sie, dass sich die Geschwindigkeit der Pumpe erhöhte. Auch das Saugen verstärkte sich und zerrte stärker an ihren Brüsten. Seine Finger bewegten sich noch immer in ihr.

„Am Anfang hat es deiner Mutter ziemlich weh getan", sagte er heiser. „Ihre Warzen waren ständig wund und empfindlich. Doch nach ein paar Wochen haben sie sich wieder gekräftigt. Sie sahen nicht anders aus als vorher, hatten sich auch nicht verhärtet, doch das Saugen hat ihr nicht mehr wehgetan. Ganz im Gegenteil sogar. Sie sagte, dass es eine Erleichterung für sie wäre, wenn sie gemolken würde. Ihre Brüste wurden so voll, dass sie spannten und sie die Milch loswerden musste, damit sie nicht schmerzten. Sie waren so prall und liefen manchmal auch aus. Ein herrlicher Anblick."

Sein heißer Atem befächelte sie noch immer. Er ließ die Zunge über ihren Hals gleiten und steigerte dann das Saugen noch mehr.

„Es war unglaublich geil", sagte er. „Schon als Kind hat es mir wahnsinnig viel Spaß gemacht, an den Warzen meiner Mutter herumzuspielen, wenn sie schlief. Manchmal habe ich an ihnen gesaugt, wenn sie ihren Alkoholrausch ausschlief. Und das alles steckt auch in dir. Du bist ein Luder wie meine Mutter, nicht das sanfte Mädchen, und ich werde aus dir eine richtige Hure machen, die mich anfleht, meinen Schwanz lecken zu dürfen."

Sie hörte seine Worte, ihr Atem stockte, und doch genoss sie im Drogennebel jedes Wort und jede Berührung.

„Ich habe gesehen, wie deine Mutter dich mit ihren Brüsten ernährte. Manchmal hat dein Vater sie auch zum Spülbecken gebracht, sie sich ein wenig vorbeugen lassen und ihr befohlen, sich selbst mit den Fingern zu melken, um zu sehen, wie die Milch herausspritzte. Sie ist über das ganze Spülbecken und in alle Richtungen gespritzt. Ich will, dass deine Milch genauso fließt. Ich möchte das Kind an deiner Brust sein", sagte er heiser, legte ihr die Hand auf den Bauch, an die Taille und ließ sie über ihren Hintern gleiten. „Du wirst es tun, nicht wahr?", fragte er.

Sie nickte. Nicht, weil sie gemolken werden, sondern weil sie ihm *gefallen wollte, wie gestern schon. Seit der Injektion fühlte sie sich benommen vor Glück.*

„Bist du hungrig?"

Sie dachte nicht ans Essen, sie dachte an seinen Schwanz, den sie in sich fühlen wollte. Sie spürte die Bewegung seiner Finger, die süße Quälerei seines Daumens und seine Verführung.

Die Pumpe pumpte und saugte sie blutig.

„Du wirst alles tun, was ich möchte", stöhnte er.

Er lenkte sie so lange ab, bis das Gefühl sich mit der Bewegung seiner Finger noch weiter steigerte.

„Du wirst alles tun, was ich will", wiederholte er.

„Ja", stöhnte sie, „ich werde alles tun, was du willst."

Und er rieb so lange, bis sie kam und ihn anbettelte, sie zu nehmen.

Er flüsterte: „Sag es: Ich bin dein Prinz und schön wie die Liebe."

Und sie sagte: „Du bist meine Sehnsucht, mein Prinz, und schön wie die Liebe."

Ganz allmählich tauchte Anna aus einem tiefen, traumschweren Schlaf auf. Ihr Kopf fühlte sich wattig an, und hinter den Lidern wirbelten seltsame Traumbilder. Eine Decke lag über ihrem Körper. Der Raum war diesmal nicht dunkel und kalt, sondern hell und warm. Sie blinzelte. Sie kannte den Raum, es war das Schlafzimmer von Jörg Kreiler.

Sie öffnete die Augen und sah den Wahnsinn in seinen Augen aufflackern.

Kreiler betrachtete sie fassungslos. Er konnte noch immer nicht glauben, was er soeben von ihr gehört hatte.

Sein Herz hämmerte, seine Augen brannten. Er hatte sich ihr geöffnet, er hatte ihr vertraut, und er war verraten worden.

Anna hatte nie die Absicht gehabt, Katharina zu sein. Sie gehorchte diesem perversen Schwein, statt ihm bei seinem Ringen um Erlösung zu helfen.

„Wir müssen dein Gedächtnis auf Vordermann bringen", zischte er, schob die Hand ein paar Zentimeter dichter an ihre und schaute sehnsüchtig darauf. Und er sah das Verlangen in ihren Augen, Verlangen nach der Art von Vereinigung, die sie soeben im Traum mit einem anderen Mann gefunden hatte. Er kochte vor Wut. „Deshalb möchte ich, dass du genau zuhörst, was ich dir zu sagen habe. Also, ich möchte, dass du ganz tief einatmest und die Luft herauslässt. Mit einem tiefen Seufzer. Eins steht für Glück, zwei für ‚du bist Katharina' und drei für Jörg, den du liebst, und die Vier steht für die Gefahr, die von Max ausgeht. Hörst du, Anna? Max bedeutet Gefahr."

Sie versuchte, sich zu bewegen.

„Und die Sieben steht für ein Geheimnis, das unter uns bleiben muss."

„Ich verstehe nicht", flüsterte sie.

„Dann wird es Zeit, dass du es endlich begreifst. Ich werde dich nun zurückführen zu unserer ersten Begegnung in der Klinik. Du warst Katharinas Schwester, und du siehst ihr so ähnlich. So jung, keine Familie, nur eine Bindung." Er hielt inne und lief um das Bett. „Kaum am Leben. Und dann deine Amnesie. Das war für mich die Gelegenheit, alles auszulöschen, in einem Menschen eine ganz neue Person zu erfinden mit Gefühlen und Erinnerungen, die dieser Mensch niemals hatte. Aus Anna, der Verzweifelten, wurde meine Katharina, ein zartes, zerbrechliches Wesen. Dazu habe ich dich gemacht. Ich habe sie so geliebt." Er lachte. „Max konnte nicht ahnen, dass ich einen Plan hatte. Ich wollte dich in Katharina umwandeln, die Frau, die mir am meisten am Herzen liegt." Kreiler setzte sich auf das Bett, nahm eine Haarlocke und wickelte sie um seinen Finger. „Angeblich ist so etwas nicht möglich, die völlige Unterdrückung der Erinnerung an die eigene Person. Du siehst also, du bist nicht diese Frau, diese Anna. Du bist noch nicht mal die, für die du dich hältst. Dein richtiger Name ist Katharina … meine nur allzu willige Katharina."

„Du bist ja krank", fauchte sie ihn an.

Kreiler grinste hämisch. „Ich bevorzuge das Wort diabolisch."

„Nein, ich bin Anna, Anna Gavaldo, ich bin mit Max verheiratet, und wir haben eine Tochter, Kathi. Niemand kann ein Leben auslöschen und es durch ein anderes ersetzen. Das gibt es nicht!"

„Ich kann es", zischte er.

„Nein!"

„Für Kummer steht das Wort Max, Jörg bedeutet Freude."

„Was sagst du da?"

„Das Wort ist der Schlüssel", sagte er mit einer Stimme, die kälter war als Eis. „Es ist der Schlüssel zu der Person, die du wirklich bist. Nun ist die Zeit gekommen, Abschied zu nehmen von Anna. Wenn Katharina ein braves Mädchen ist und tut, was man ihr sagt …"

„Du bist verrückt", schrie sie, „vollkommen verrückt!"

Er lachte laut auf und nahm eine Spritze aus dem Nachtschränkchen. „Für ein Mädchen steht die Zahl Sechs. Du wirst tun, was ich dir sage, Katharina. Ich habe dich erschaffen. Betrachte mich als deinen persönlichen Meister. Und ich befehle dir, Katharina zu werden. Ich denke, du bist sogar viel lieber Katharina als Anna. Habe ich recht?"

Sie wollte nicht wieder in Trance versetzt werden und entschloss sich, sein Spiel mitzuspielen.

„Anna lebt ein besseres Leben, Jörg", sagte sie leise.

Er setzte die Nadel an. „Leb wohl, Anna, komm, Katharina. Und jetzt sträub dich nicht mehr."

„Hör auf, mich dauernd Katharina zu nennen!"

Erneut spürte sie den Einstich einer Nadel.

Kreiler sah mit einem teuflischen Lächeln auf sie herab. Sie würde gleich mindestens sechs Stunden schlafen. In einer Stunde würde er sich mit dem Polen treffen, um seinen Abschlussbericht mit ihm durchzusprechen und um mit dem Berufskiller abzurechnen. Krasinski war sein letztes Opfer. Mit seinem Tod konnte er mit seiner Vergangenheit abschließen und mit Anna ein neues Leben beginnen.

Er berührte ihren Arm und fragte sich, warum ihr Atem unter seiner Berührung stockte.

Als sie versuchte, ihre Hände und Füße zu bewegen, verwandelte sich der Ausdruck in ihrem Gesicht, und er sah, wie sich darin dumpfes Pochen und Seelenschmerz widerspiegelten. Sie flüsterte Max' Namen und flehte ihn aus dem Dunkeln an, sie zu erlösen.

„Max", zischte er, „immer wieder Max. Dich kann nur ein Mann erlösen, und das bin ich. Ich bin Jörg, ich bin Jasper, ich bin alles, was du brauchst. Deine Schwester hat das verstanden, deine Tochter hat es auch verstanden!"

Anna versuchte die Augen zu öffnen. „Meine ... Kathi ...", flüsterte sie.

„Ja, deine kleine Kathi. Ich habe sie in den Zoo mitgenommen, ihr den getupften Teddy geschenkt. Und ich habe ihr suggeriert, dass Jasper in ihm steckt, den du liebst und der dich gesund macht, ich habe ihr suggeriert, dass ihr Vater nichts taugt, ich habe ... Ach was!" Angewidert erhob er sich und verließ das Schlafzimmer.

Kapitel 41

München – Polizeipräsidium

Hirschau war gerade mit Alexandra Cordes und Kirstin Breuer, einer Kollegin aus dem Dezernat für Jugendkriminalität, in ein Gespräch vertieft, als van Cleef und Neumann den Verhörraum im Polizeipräsidium betraten. Hirschau sagte zu ihm: „Komm rein, Benedikt, wir führen gerade eine heiße Diskussion über Recht und Unrecht."

„Klingt interessant", sagte van Cleef, während er Alexandra Cordes und Kirstin Breuer, eine junge Frau mit magentarot gefärbtem Haar, begrüßte. „Kirstin. Mein Gott, das ist lange her. Was machst du denn hier?"

Die burschikose Beamtin mit der kurzen, pinkfarbenen Punkerfrisur lächelte.

„Ich habe sie dazugebeten", sagte Hirschau. „Wir müssen dem Eilrichter, der sich mit uns und dem Staatsanwalt berät, Beweise und Gutachten vorlegen. Er muss entscheiden, was mit dem Täter geschieht. Besteht nur der geringste Zweifel, wird er, bevor er sich den Arsch verbrennt, von der Untersuchungshaft absehen und den Verdächtigen laufenlassen, auch wenn er der Gerechtigkeit damit einen Bärendienst erweist."

„Worauf willst du hinaus?", fragte Alexandra sichtlich erstaunt. „Wenn das Gericht nicht in der Lage ist, die Wahrheit herauszufinden, welche Hoffnung bleibt dann noch auf Gerechtigkeit?"

„Nicht verzagen", flachste Hirschau, „die Gerechtigkeit ist zäh. Nichts bleibt unter ihrer Sonne verborgen, und manchmal schlägt sie zu, wenn man gar nicht mehr auf sie gehofft hat. Du hattest recht mit deiner Vermutung, Benedikt. Komm, setzt euch und schaut euch das von Alexandra zusammengestellte Video an, dann verstehst du, was ich meine."

Hirschau schaltete den DVD-Player ein.

„Ich habe einige Sequenzen ausgewählt", begann Alexandra. „Hier zum Beispiel: Bei Anna hat die Hypnose eingesetzt, es entsteht der sogenannte Rapport. Je tiefer die Hypnose verläuft, desto stärker konzentriert sich Anna auf Kreiler. Ihre Augen sind geschlossen. Für sie existiert in diesem Augenblick nichts anderes als die suggerierende Stimme, andere Geräusche nimmt sie praktisch nicht mehr wahr. Sie vertraut Kreiler, er wird zur totalen Bezugsperson. Durch ständiges Wiederholen der einführenden Suggestionen wird die Hypnose immer weiter vertieft. Schließlich nennt ihr Kreiler ein Codewort."

„Ich höre ihn nicht", sagte Neumann irritiert, und van Cleef nickte.

„Er spricht absichtlich so leise, dass er auf dem Band nicht zu hören ist. Es ist nur für seine Patientin bestimmt." Hirschau hielt die DVD an, dann sprang er in Zeitlupe einige Sequenzen vor und zurück. „Hier, schaut auf seine Lippen. Wir können bis auf eine Ausnahme unter uns nicht von den Lippen lesen und würden daher nie erfahren, was Anna nicht nur hört, sondern Kreiler ihr zu sehen vorgibt. Das, was sie wirklich sieht, entzieht sich freilich jeder Aufzeichnung."

„Und wer ist diese Ausnahme unter uns?", fragte van Cleef.

„Kirstin."

Die lächelte verlegen. „Meine Schwester ist taub. Ich kann wie sie Lippenlesen", erklärte sie und zeigte auf den Bildschirm. „Kreiler sagt dort gerade zu Anna: *Du bist es, die in dem Grab liegt.*"

Van Cleef sah sie fassungslos an. „Bist du dir sicher?"

Kirstin nickte.

Hirschau sprang einige Sequenzen weiter vor. „Und hier geht es um die Beeinflussung der visuellen Wahrnehmung. So unglaublich es erscheinen mag, aber Anna kann auf Kreilers Anweisung hin mit geöffneten Augen Dinge sehen, die nicht vorhanden sind."

Kirstin unterbrach Hirschau. „Hier sagt Kreiler zu ihr: *Ich bin Max, ich bin es, den du liebst.*"

Alexandra nickte und wandte sich van Cleef und Neumann zu. „Kreiler spiegelt ihr eine überaus reale Scheinwelt vor. Wie Robert schon gesagt hat, erlebt sie das, was er ihr vorgibt. Sie vertraut ihm, weil er sie glauben lässt, er sei Max."

„Ich habe es geahnt", sagte van Cleef.

„Mach dir keine Vorwürfe. Du kannst nichts dafür", beruhigte ihn Hirschau.

„Was ist mit der letzten Aufzeichnung?", fragte van Cleef. „Anna hat sie an sich genommen, als Kreiler mal nicht im Zimmer war. Ich glaube, sie hat irgendetwas geahnt."

„Auf dieser Aufzeichnung erkennt man das ganze Ausmaß. Der Arzt hat in geradezu unvorstellbarer Weise das Vertrauen seiner Patientin missbraucht", sagte Alexandra leise.

Und dann spielten sie van Cleef die letzte Aufzeichnung vor, und diesmal war der Ton laut und klar.

Kreiler streichelte Annas Haar und versuchte sie zu beruhigen.

„Was mache ich denn hier in deiner Praxis?", fragte sie.

„Du bist schon den ganzen Vormittag hier."

Sie schaute sich irritiert um.

„Anna, was meinst du eigentlich, was hier vor sich geht?"

„Bin ich in einem Zustand hypnotischer Regression?", fragte sie zögernd. „Und ist das hier eine Erinnerung?"

„Wo warst du, als ich dich regrediert habe?"

„In Katharinas Haus. O mein Gott ... Ich habe sie gesehen. Sie lag blutüberströmt auf dem Fußboden."

„Beruhige dich. Du warst also in Katharinas Haus, als ich dich regrediert habe. Also geschieht das hier alles nur in deiner Vorstellung?"

„Ja!"

„Ich habe befürchtet, dass das passiert", sagte er.

„Was meinst du?"

„Anna, dies ist keine Erinnerung. Es ist nicht Bestandteil einer Regression. Heute ist der 15. September 2006."

Anna hob die Augenbrauen. „Freitag?"

„Ja, du bist seit elf Uhr in meiner Praxis."

„Eine Sitzung, meinst du?"

„Ja. Kannst du dich nicht mehr erinnern? Du bist ein wenig zu früh gekommen. Biggi hat dir einen Kaffee gemacht. Dann hast du mir deine Befürchtungen mitgeteilt, und ich habe die Hypnose erwähnt, über die du aber nur vage gesprochen hast. Du warst vielmehr daran interessiert, über vorgestern zu sprechen, und das war Mittwoch."

„Als du zu uns zum Abendessen gekommen bist?"

Über Kreilers Gesicht huschte ein Lächeln. „Ganz recht."

„Und das war eine Erinnerung. Und heute ist Freitag."

„Ja, den ganzen Tag lang."

„Und was war gestern? An Donnerstag kann ich mich gar nicht erinnern."

„Ja, du hast mir schon oft gesagt, dass dein Gedächtnis dir einen Streich spielt."

„O nein, ich sagte nur, dass ich mir Zettel machen muss, damit ich nichts vergesse und alles erledige."

„Aber das ist was anderes, Anna."

„Wenn heute Freitag ist, dann ist ein ganzer Tag aus meinem Kopf verschwunden."

„Man ist immer irritiert, wenn das Bewusstsein ein neues Gleichgewicht findet."

„Na ja, Gleichgewicht? Irritiert ist wohl jeder Mal, aber völlig wahnsinnig zu werden, ist etwas anderes. Es scheint dich nicht im Geringsten zu stören, dass ich gerade einen ganzen Tag in meinem Leben verloren habe."

„Ich will verhindern, dass du in deiner Verwirrung auch noch in Panik gerätst."

„Ich bin verwirrt. Was macht das schon? Alles in meinem Leben ist verwirrend. Das ist das Erste, was man lernt. Regierungen stürzen, Busse kommen zu spät, Menschen lassen einen im Stich, aber das Einzige, was beständig bleibt, das Einzige, worauf ich mich verlassen kann, ist der eigene Verstand." Sie sah aus dem Fenster und stockte plötzlich. „Es schneit", sagte sie erstaunt und schaute ihn an. „Was soll das?"

„Was ist denn jetzt wieder?", fragte er irritiert.

„Es schneit draußen. Das ist unmöglich."

„Dann hat sich der Wetterfrosch eben geirrt. Es ist doch mit allen dasselbe: die Busfahrer, die Politiker, die Wetterfrösche."

„Jetzt hör aber auf. Wir haben September. Was ist hier eigentlich los? Wo ist mein Ehering? Ich nehme ihn niemals ab! Wo ist mein Ehering?"

„Du bist nicht verheiratet. Heute ist der 27. Oktober 1995."

„Was soll das, Jörg? Was habe ich 1995 in deiner Praxis zu suchen?"

„Du bist nicht wirklich in meiner Praxis, Anna."

„Also ist das auch nur wieder eine Erinnerung."

„Ganz recht."

„Nein! Erkläre mir bitte, was ich vor elf Jahren in deiner Praxis zu suchen hatte. Ich kenne dich doch erst seit …" Sie stutzte. „Ich hatte dir gesagt, ich möchte zu dem Zeitpunkt zurück, an dem ich dich kennengelernt habe … Jörg, was mache ich jetzt hier?", rief sie wütend.

„Beruhige dich. Es ist nicht gut für dich, so viele Fragen zu stellen."

„Nein, weck mich auf, sofort!", schrie sie.

Er nahm ihre Hand. „Katharina", flüsterte er leise. „Meine kleine Katharina. Du läufst davon, rennst aus dem Haus, entkommst, und Anna wacht in deinem Haus auf. Es ist dunkel."

Anna wimmerte. „Nein, was hast du mit mir gemacht?"

„Ach, jetzt ist alles meine Schuld. Ich hatte gehofft, dass ich dir das alles nicht zeigen muss. Aber du lässt mir keine andere Wahl."

Sie schluchzte. „Was machst du mit mir?"

„Gut festhalten, Anna. Gut festhalten. Es wird eine aufregende Reise." Dann versetzte er sie in Trance. „Zwei … zwei … zwei …" Und dann: „Erzähl es mir. Erzähl mir, was du siehst."

„Ich nehme den gepackten Koffer und gehe die Treppe hinunter ins Wohnzimmer. Ich schaue auf die Uhr. Drei Uhr. Nur noch fünf Stunden. Erschöpft, aber erleichtert lege ich mich auf die Couch und falle augenblicklich in einen tiefen Schlaf. Wenig später wache ich mit einem Ruck auf und finde mich in völliger Dunkelheit wieder. Mein Herz hämmert, meine Bluse ist schweißnass. Ich habe ein Geräusch gehört. Das Klirren von Glas, Schritte? War es das, was mich aus meinem Tiefschlaf gerissen hat? Ich wage nicht, auch nur einen Muskel zu bewegen. Durch das Fenster fällt das Licht eines vorbeifahrenden Autos. Ich erhebe mich von der Couch. Plötzlich höre ich das Quietschen der Ketten der Verandaschaukel und Geräusche, als würde jemand die Haustür öffnen und schließen. Ich kenne das leise Knarren der Tür in den Angeln. Ich erschauere. Irgendjemand ist im Haus. Bis auf das durch den Vorhang sickernde Mondlicht ist es stockdunkel. Ich weiß: Jetzt ist jener Augenblick gekommen, vor dem ich mich immer gefürchtet habe. Ich höre den Atem des Schattens und rühre mich nicht. Eine Hand berührt mein Haar, Atem streift meinen Nacken. Ich rieche den sauren Schweiß. Ich kenne den Geruch, und ich kenne das Schnauben. Es ist mir vertraut. Und ich weiß, wir sind allein. Steh auf, wispert er, und ich höre in seiner Stimme die Aufforderung zu sterben. Ich gehorche. Mein Herz schlägt heftig in meiner Brust, und ich schließe für einen Moment die Augen. Dann hole ich tief Luft und drehe mich um. In einem Streifen Mondlicht sehe ich die Silhouette. Vor mir steht der Wahnsinn. Das Weiße der Augen leuchtet in der Dunkelheit. Ein Blick voller Hass. Für den Bruchteil einer Sekunde glaube ich, ihn zu erkennen. Aber das kann nicht sein …"

Van Cleef starrte erschüttert auf den Bildschirm. Er hörte Anna nach dem Warum fragen und sah, dass sie den Atem anhielt.

„Ich spüre den Einstich. Wie eine Betrunkene drehe ich mich um meine eigene Achse und schlage hart und schmerzhaft an der Tischkante auf. Ein Stuhl fällt hinter mir zu Boden. Nein!, schreie ich in panischer Angst. Bitte nicht! Ich werde es nie schaffen bis zur Haustür. Das Leben liegt nur einen Schritt von mir entfernt, bis zur Klinke dieser Tür. Ich taumele. Ich schaffe es nicht. Ich spüre erneut den Einstich einer Nadel, nur eine Sekunde lang. Dann verliere ich das

Bewusstsein. Als ich wieder aufwache, kann ich mich nicht mehr bewegen. Mein Gehirn versagt, alle Signale sind blockiert. Ich höre meinen Atem wie ein Schluchzen. Ich höre, dass die Gestalt mit mir spricht, aber die Worte bedeuten nichts. Schwach rieche ich den betäubenden Duft von Äther. Und der Gedanke, dass ich jetzt sterben werde, steigt in mir auf. Ich spüre immer noch keinen Schmerz. Obwohl ich die Arme und Beine wieder bewegen kann, fühle ich immer noch diese betäubende Schwere. Ich liege völlig entkleidet auf einem harten Tisch. Es ist kalt unter meinem Rücken. Ich liege auf einer Folie und weiß nicht, wer mich auf den Tisch gelegt und ausgezogen hat. Er streichelt über meinen flachen Bauch. Dann gleiten seine Hände zu meinen Brüsten und berühren meine Brustwarzen. Die Hände fühlen sich weich und ölig an, als wären sie eingecremt. Die Vorhänge bewegen sich im kalten Windhauch, der durch das geöffnete Fenster weht. Meine sinnliche Wahrnehmungsfähigkeit ist wieder zurückgekehrt. Mir ist kalt, ich friere. Plötzlich erkenne ich, wer vor mir steht. Der Mann spricht mit träger, schleppender Stimme und lacht gurgelnd. Ich öffne den Mund, um zu schreien. Seine Hand schießt vor und packt eine Strähne meines Haars. Sein Zerren erstickt meinen Schrei zu einem Keuchen. Seine freie Hand umfängt meine Kehle und drückt zu. Ich trommele auf ihn ein, schlage nach ihm und beiße ihn. Als ich wieder Luft bekomme, schreie ich. Er grabscht nach meinen Brüsten. Er schlägt mich, schneidet mit seinem Handrücken wie mit dem Messer über meine Wange und stößt mich mit dem Rücken gegen den Tisch. Er nennt mich eine Hure. Als ich in dem wilden Glanz seiner Augen den Wahnsinn sehe, wird aus meiner Angst Entsetzen. Wieder schlägt er zu, diesmal mit der Faust, so dass der Schmerz vom Gesicht in meinen ganzen Körper ausstrahlt. Ich spüre das Blut im Mund, süß und warm, dann sein Gewicht auf mir – und seinen Geruch. Ich sträube mich und schreie um Hilfe. Erneut erstickt er meinen Schrei. Dann begreife ich, dass Flehen und Kämpfen sinnlos sind. Er umschließt meine Kehle und hämmert meinen Kopf auf die Tischplatte, dabei drückt er immer fester zu. Ich schlage um mich und lehne mich kraftlos gegen seine Hände auf, die mir die Luft abdrücken. Mein Blick verschleiert sich. Meine Fersen trommeln im Todeskampf wie verrückt auf den Tisch. Das Letzte, was ich höre, ist der Schrei einer Eule. Mein letzter Gedanke gilt ... Katharina. Ich bin bereits tot, als der Mann meinen Körper schändet."

Kreilers Stimme schien unendlich weit weg zu sein, als wäre die

Amplitude der Tonaufzeichnung zusammengebrochen.

„Anna?", hörte van Cleef ihn wie aus einer anderen Welt rufen.

„Nein, es war nicht Katharina, die ermordet und geschändet wurde", flüsterte sie. „Ich war es, Jörg. Ich bin nicht Anna, ich bin Katharina."

„Lausche meinen Worten." Der Ton wurde lauter, als hätte jemand nachgeregelt. „Zwei bedeutet: Du bist Katharina."

Anna lauschte angestrengt.

„Zwei ... zwei ... zwei ..."

Auf dem Bildschirm sah man, wie sie ihre kristallblauen Augen öffnete. „Küss mich, Jörg."

Kreiler umarmte sie mit einem seligen Lächeln. „Du bist bei mir in Sicherheit. Du bist Katharina, die Schöne, die Glückliche, die Erhabene." Dann legte er ihr eine Glasperlenkette um den Hals. „Du bist mein Mädchen", hauchte er.

Im Verhörraum des Polizeipräsidiums herrschte eine beklemmende Stille. Hilflos wanderte van Cleefs Blick von Alexandra zu Robert.

„Ich brauche einen Cognac."

„Es ist der schlimmste Missbrauch, den man an einem erwachsenen Menschen begehen kann", sagte Alexandra leise.

„Dieses Schwein hat ihr all das suggeriert, was er in den Ermittlungakten gelesen hat! Und noch ein bisschen mehr. Er brauchte sie nur anzurufen und Zwei in den Hörer zu hauchen, und schon glaubte sie, ihre Schwester Katharina zu sein?", fragte Neumann sichtlich aufgebracht.

Hirschau nickte.

„Kreiler hat durch die Einsicht in die alten Polizeiakten traumatische Erlebnisse in ihrer Vergangenheit aufgespürt und durch gelenkte Träume und die symbolhafte Bedeutung ihrer Bilder die Sinneswahrnehmungen getäuscht, um sie zu manipulieren", ergänzte Alexandra.

„Das ist das, was wir beim BKA Gehirnwäsche nennen", sagte Hirschau.

„Wenn ich euch richtig verstanden habe, wurden ihre Erinnerungen also nicht ausgelöscht, sondern es wurden ihr gewissermaßen falsche eingepflanzt?", fragte van Cleef.

„Ja. Aber wie alle Suggestionen wirken diese Einflussnahmen zunächst nur einige Tage. Sie können aber durch sehr häufige Wiederholung in mehreren Sitzungen durchaus dauerhaft eingeprägt werden. Wir haben Glück, es rechtzeitig aufgedeckt zu haben. Anna wird irgendwann damit klarkommen, aber sie braucht einen verdammt guten Arzt."

Van Cleef drehte sich zu Kirstin um. „Ich danke dir. Du hast uns sehr geholfen."

Kirstins Miene hellte sich auf. „Es tut gut, auch mal wieder einem Erwachsenen helfen zu können. Die Kinder sind manchmal hoffnungslose Fälle. Aber ich gebe nicht auf."

Van Cleef grinste und betrachtete sie. „Was sagen denn eigentlich deine Kids dazu, dass du mit deinen Haaren aussiehst wie eine Litfaßsäule der Telekom?"

Kirstins Augen sprühten Funken. „Jetzt tut es mir schon fast leid, dass ich dir geholfen habe." Sie lachte. „Apropos. Ich muss wieder. Bis dann."

„Flottes Mädchen", murmelte Hirschau, als Kirstin Breuer gegangen war.

Neumann grinste. „Bei ihr möchte man auch krimineller Jugendlicher sein, was?"

Van Cleef wandte sich an Hirschau und Alexandra. „Ich danke euch für das perfekte Arrangement. Ich weiß es zu schätzen, zumal ihr beide bestimmt Wichtigeres zu tun habt."

Hirschau gab Alexandra einen Kuss. „Was meinst du, Alex?"

Sie lächelte verschmitzt und gurrte: „Mal sehen, was sich da machen lässt."

Hirschau drehte sich zu van Cleef um. „Was machen wir jetzt mit Kreiler?"

„Verhaften", sagte van Cleef. Seine Augen waren gleichzeitig traurig und kalt. „Es liegt der dringende Tatverdacht vor, dass dieser Mann fünf Menschen umgebracht hat."

Hirschau schüttelte den Kopf. „Nein, nein. Der ist zu feige, eine solche Tat zu begehen. Kreiler würde eher jemanden manipulieren, als ihn zu töten. Davon konnten wir uns ja eben wohl überzeugen."

„Tut mir leid, Robert", sagte van Cleef, „da bin ich ganz anderer Meinung. Neumann, schick einen Streifenwagen in die Praxis. Wir fahren zu Kreilers Villa in der Rudliebstraße."

„Was ist mit seiner Bude in Salzburg?", fragte Neumann.

„Stimmt, das hätte ich fast vergessen. Fax den österreichischen Kollegen ein Foto von diesem Drecksack", antwortete van Cleef.

Mit Blaulicht und Sirene rasten die beiden Polizisten wenig später durch Münchens Innenstadt und hielt mit quietschenden Reifen vor Kreilers Villa.

Benedikt van Cleef ging ums Haus, die Waffe griffbereit. Er trat auf die Terrasse und ließ Neumann die Tür zum Wohnzimmer aufbrechen.

Dort war es dunkel. Er nahm einen zarten Hauch von Äther wahr und zog sich die Latexhandschuhe über. Er war der Panik nahe. *Nicht noch einmal,* dachte er. *Nein, nicht noch einmal. Ich muss mich zusammenreißen.* Er bewegte sich Stufe für Stufe die Treppe hinauf, bevor er an der Schlafzimmertür einen Moment stehen blieb und tief Luft holte. Dann trat er sie mit Wucht ein. Etwas fiel klirrend auf den Boden.

Im Raum war es dunkel. Stille. Dann ein leises Stöhnen, das von dem Bett kam. Er tastete nach dem Lichtschalter.

Im Bruchteil einer Sekunde brannte sich das Bild ein: Anna, die gefesselt auf dem Bett lag.

Draußen hörte er die Sirenen von Polizeifahrzeugen und einem Krankenwagen. Er hob sie hoch, während Tränen über seine Wangen liefen. Er dachte an die junge Frau auf dem Tisch – vor sieben Jahren – und wurde von Weinkrämpfen geschüttelt.

Neumann stand in der Tür und schaute betroffen auf seinen Vorgesetzten. So hatte er Benedikt van Cleef noch nie erlebt.

Kapitel 42

Dachau – Salzburg

Im Vorbeifahren sah er das Hinweisschild auf einen 500 Meter entfernten Rastplatz. Es war fast ein Uhr früh, doch der Pole verspürte kein Bedürfnis zu schlafen. Trotzdem beschloss er, auf den Parkplatz zu fahren und nachzudenken.

Gestern war er ihr gefolgt. Der Morgen war grau und kalt gewesen, und es hatte genieselt. Er hatte kurz nach sechs das Haus verlassen, wie es seine Gewohnheit geworden war, denn er genoss es, so früh unterwegs zu sein, weil der Tag noch keinen geordneten Rhythmus gefunden hatte.

Er war in seinem schwarzen Anorak durch den Nebel gejoggt. Die reflektierenden Abzeichen auf seinen Joggingschuhen leuchteten auf, wenn er an einer Straßenlaterne vorbeikam. Das Muster der Straßen war wie ein lebendiger Stadtplan in sein Gedächtnis eingegraben: die Alte Römerstraße entlang, durch die Unterführung, vorbei an der Gedenkstätte, wo früher das Konzentrationslager Dachau gewesen war, dann zurück über die Egerstraße, vorbei an der Videothek und dem Haarstudio und schließlich rechts durch die Rosswacht-Straße mit ihren streng weiß getünchten Häusern. Er stellte sich vor, dass seine Schritte der Strecke folgten, über die früher die Hufe der Pferde gedonnert waren. In den Vorgärten tauchten bereits die ersten leuchtenden Weihnachtsdekorationen auf. Sie schienen eine fröhliche Behaglichkeit zu versprechen, die ihm verschlossen bleiben musste. Die ihm entgegenkommenden Jogger grüßte er mit einem knappen Nicken. Sie dachten an ihre Pulsfrequenz, an ihr Zuhause, ihre Kinder und an die Belastung, die die Feiertage für ihre Bankkonten darstellten. Seine Gedanken hingegen drehten sich unentwegt um alte, dunkle Dinge, um Wunden, die nicht heilen wollten, um die Wildnis einer namenlosen, unsichtbaren Welt. Und sie würden auch nicht heilen, seine Wunden, solange er sich nicht entschloss, sie selbst zu reinigen. Es würde keine Gerechtigkeit geben, wenn er nicht selbst dafür sorgte. Plötzlich war ihr Haus geisterhaft über den nebelverhangenen Dächern aufgetaucht.

Er näherte sich seinem Ziel. Das Blut toste durch seine Adern, und sein Atem ging schwer. Er konnte nicht mehr umkehren. Sein ganzes Leben lang hatte er sich auf diesen Punkt zubewegt, auf diese eine

Nacht, in der er zu sich selbst finden würde.

Er hatte die Rothaarige in ihrem Haus beobachtet, wie sie in der Küche auf und ab ging, über ihren enormen Bauch strich und sorgenvoll aus dem Fenster schaute. Er ahnte jede ihrer Bewegungen voraus und erspürte Bedürfnisse, die sie tief in ihrem Unterbewusstsein versteckt hatte. Er würde sie berühren und kosten in einer Weise, um die sie nie zu bitten gewagt hätte, sie wieder und wieder mit dem leichten Druck seiner Fingerspitze oder seiner Zunge an exakt der richtigen Stelle in exakt dem richtigen Moment kommen lassen. Und er würde in sie eindringen, genau in dem Moment, wenn sie ihn verzweifelt um das Leben ihrer Kinder bitten würde und ihn in sich haben wollte, so dass ihre Bewegungen und ihre Körper sich vollkommen vereinten.

Wie konnte er ihre Angst verstärken? Durch absolute Dunkelheit? Durch Nahrungsentzug? Durch Drogen? Ihren Tod in Gedanken zu planen und durchzuführen gab ihm ein befreiendes Gefühl. Er könnte ihre Babys behalten.

Wie stand er eigentlich dazu, Vater zu werden? Und wie würde er die Beziehung zu seinem Großvater weiterführen? Der Alte hatte seine Fragen bereitwillig beantwortet, wahrheitsgemäß, und ihn damit zum Teil einer wachsenden Familie gemacht.

Er schüttelte die Erinnerungen ab uns startete den Motor des Mercedes. Schuberts *Winterreise* erklang aus der Stereoanlage. Er verließ den Parkplatz, fuhr auf die A 8 zurück, bis er zum Treffpunkt auf dem Rastplatz Hofoldinger Forst kam, dort, wo bereits Jörg Kreiler sein Auto – einen nagelneuen schwarzen BMW X3 – mit eingeschalteter Innenbeleuchtung geparkt hatte. Er hielt drei Stellplätze weiter und wartete.

Warum nicht sieben Morde statt nur sechs?, fragte er sich im Stillen. Oh, das gefiel ihm! Sieben wie der Wolf und die sieben Geißlein. Oder zehn wie *Zehn kleine Negerlein*. Er umklammerte das Lenkrad noch fester. Das Fieber ließ kalte Schauder über seinen Nacken und seine Kopfhaut laufen. Halb widerwillig wandte er seinen Kopf und sah Jörg Kreiler auf dem Fahrersitz des BMW eine Akte studieren, die er über dem Lenkrad ausgebreitet hatte. Auf dem Armaturenbrett vor ihm lag ein Handy.

Er hatte Kreiler bis jetzt nie seinen Namen genannt. Für ihn war er wie für alle anderen nur „der Pole". Heute würde er jedoch eine Ausnahme machen und dem Professor seinen Namen nennen.

Wenn er Kreiler seine wahre Identität preisgegeben hatte, war einer zu viel im Spiel: der Mann, der ihn beauftragt hatte, Maryam Krasinski zu töten, seinen Großvater.

Seine aufgeblähte Lunge presste sich schmerzhaft gegen die Rippen. Der Tod kam immer auf leisen Sohlen. Er blickte verstohlen zu Kreiler. Warum schien es immer so leicht, beinahe arrangiert, sogar vorherbestimmt? Er suchte nie nach seinen Opfern; man sagte ihm, wo er sie finden konnte, um sich mit der sprudelnden Lebenskraft eines anderen zu speisen. Ja, deshalb liebte er das Töten.

Er dachte an das, was ihn heute erwarten würde, und summte mit geschlossenen Lippen: „Zwei kleine Negerlein, die letzten des Vereins, die gingen aufeinander los – da war es nur noch eins."

Er schaltete die Innenbeleuchtung des Mercedes ein, drückte einmal kurz auf die Hupe und spann angewidert den ersten klebrigen Faden seines todbringenden Netzes.

Kreiler fuhr erschreckt zusammen und sah zu ihm herüber.

Der Pole beugte sich vor und hielt beinahe schüchtern einen Finger hoch, dann ließ er sein Seitenfenster bis auf halbe Höhe herunter, so als sei er nicht sicher, ob er Kreiler trauen könne.

Kreiler zögerte, dann öffnete auch er das Seitenfenster.

„Entschuldigen Sie bitte", sagte der Pole. „Ich habe mich verspätet."

Seine Stimme war weich und tief, und er wusste, dass sie eine beinahe hypnotische Wirkung hatte. Die Leute schienen nie müde zu werden, seiner Stimme zu lauschen. Sie unterbrachen ihn nur selten.

Kreiler lächelte, doch es war ein angespanntes Lächeln, und er sagte nichts. Er hatte ihn immerhin erwartet.

„Ich weiß, ähm … es ist viel verlangt … aber, ähm …" Der Pole stotterte absichtlich, um unsicher zu klingen. „Mein, ähm … mein Telefon …", sagte er mit einem Achselzucken und einem Lächeln, „ist tot." Er hielt sein Handy hoch. „Ich muss einen Anruf tätigen", fuhr er fort. „Könnte ich mir wohl, ähm … ich meine, würden Sie mir Ihr Telefon leihen? Danach können wir das Geschäftliche besprechen."

Kreiler nickte.

„Danke." Der Pole stieg aus seinem Wagen und ging zu Kreilers Fahrertür, wo er in respektvollem Abstand stehen blieb. Um die elektrische Energie zu entladen, die durch seinen Körper strömte, trat er von einem Fuß auf den anderen und schüttelte sich, als würde ihn frösteln.

Kreiler streckte die Hand aus und reichte ihm das Handy.

Er stellte sich so hin, dass Kreiler einen Blick auf seinen braunen Wildledermantel, seinen Rollkragenpullover und seine Bundfaltenhose aus braunem Flanell werfen konnte. Nichts Schwarzes, alles weich und warm. Er wählte willkürlich sieben Ziffern und hob das Handy an sein Ohr.

„Sie können in Ihrem Wagen telefonieren, wenn Sie möchten", bot Kreiler an.

Der Pole wusste, je unaufdringlicher er sich verhielt, desto leichter würden später Kreilers persönliche Grenzen zu überschreiten sein.

„Sie haben mir schon einen großen Gefallen getan", sagte er. „Es dauert wirklich nur einen Moment."

Kreiler nickte, wandte sich wieder der Akte zu und schloss sein Fenster.

Der Pole sprach laut, um sicherzustellen, dass Kreiler alles mithören konnte.

„Ja. Auch das habe ich erledigt", sagte er, dann machte er eine Pause. „Wie hoch?" Wieder eine Pause. „Ich werde Professor Kreiler Grüße von Ihnen ausrichten." Er nickte. „Selbstverständlich. Ich werde ausrichten, dass es Ihnen gutgeht, Boss." Er tat so, als würde er das Gespräch beenden, und klopfte leise an das Seitenfenster des BMW.

Kreiler ließ das Fenster herunter. „Alles erledigt?"

Er spürte, wie er zornig wurde. „Alles erledigt", sagte er. „Vielen Dank noch mal." Er hielt ihm das Handy hin. „Ich soll Sie von meinem Boss grüßen. Er hat ihre chirurgische Meisterleistung sehr gelobt, Professor." Er wartete, bis Kreiler das Handy entgegengenommen hatte. „Wollen wir das Geschäftliche in Ihrem oder meinem Wagen besprechen?"

Kreiler lächelte. „In meinem. Steigen Sie ein. Ich möchte endlich jede Einzelheit erfahren."

Der Pole lachte – ein knabenhaftes, ansteckendes Lachen, das ein für alle Mal das Eis brach. Die Bestie hatte jetzt die Oberhand. Die Schmerzen in seinem Kopf strahlten in seine Zahne und seinen Kiefer aus.

„Womit soll ich anfangen, Professor? Mit der Art und Weise, wie ich sie getötet habe, mit ihren Schreien, mit ihren Ängsten, mit ihren Qualen? Womit soll ich anfangen?" Er rieb seine Hände und stieß eine frostige Atemwolke aus.

„Mit dem Einsteigen", sagte Kreiler und lächelte.

Der Pole ging vorn um den BMW herum und schlang dabei die

Arme um sich. Hinter dem Auto herumzugehen, das Sichtfeld des Mannes zu verlassen, könnte Kreiler argwöhnisch machen. Er wartete ruhig neben der Beifahrertür.

Kreiler langte über den Beifahrersitz hinweg und öffnete sie.

Er stieg ein und streckte ihm seine Hand hin. Kreilers Hand zitterte.

„Pawel Kubanek", sagte er. „Es muss da draußen minus ein Grad sein, zumindest fühlt es sich mit dem kalten Wind so an."

Kreiler schien verwirrt, als er seine Hand wieder losließ, vermutlich, weil sie nicht kalt war.

Im Wagen sagte der Pole: „Ich erwähne gerne jedes Detail."

Kreiler grinste. „Das wäre wirklich reizend."

Nun ging er zum Angriff über. „Mit wem soll ich beginnen, Professor Kreiler?", fragte er.

„Mit …" Kreiler zögerte. „Schildern Sie mir nur, wie Sie sie getötet haben."

Er überschlug es im Stillen. Er hätte Kreiler nach dem Warum fragen können, doch die Antwort darauf würde ihm keinen Zugriff auf seine Seele erlauben.

„Maryam Krasinski …", begann er.

„Nein, den zuletzt", sagte Kreiler.

„Sie haben die Reihenfolge bestimmt, Professor." Er ließ nicht locker und lächelte ihn freundlich an, um seinen Worten die Schärfe zu nehmen. „Und ich glaube zu wissen, warum."

„Die Taten dieser Männer haben mir viele Jahre den Schlaf geraubt. Sie haben mich als Kind gequält", erwiderte Kreiler.

Pawel Kubanek wusste: Jetzt stand er an der Schwelle zu Kreilers innerster emotionaler Welt.

„Es werden viele Kinder gequält", sagte er. „Aber es sind nur wenige, die als Erwachsene ihre Peiniger auf so grauenvolle Art und Weise ins Jenseits befördern lassen."

Kreiler schwieg.

Der Pole musterte ihn, sah das Zögern in seinem Gesicht.

„Ich musste zusehen, wie Krasinski und seine Männer meinen Großvater und seine Gäste töteten", antwortete Kreiler. „Jeden einzelnen bestialischen Mord musste ich mit ansehen. Zuerst töteten sie seine Gäste, danach brachten sie mich zu meinem Großvater …"

„Er hat sich immer über Sie lustig gemacht, Professor", behauptete der Pole provozierend.

Kreiler blickte erstaunt auf. „Woher wissen Sie … Er hat mich beim Rommé immerzu aufgezogen", gestand er.

„Wie alt waren Sie?"

„Als es richtig schlimm war?" Kreiler zuckte mit den Achseln. „Fünf? Nein, sechs."

„Und wie alt war Ihr Großvater?"

„Fünfundsechzig." Kreiler sah ihn plötzlich verstört an, als könne er nicht verstehen, warum er einem Fremden solch intime Dinge erzählte. „Möchten Sie meine Geschichte hören?"

Pawel nickte.

„Am 20. Juli 1971 drangen fünf maskierte Männer der polnischen Widerstandsbewegung Malinka in das Haus meines Großvaters ein. Sie kennen ihre Namen: Maryam Krasinski, Michail Heptna, Sedar Biljano, Mirko Selicz und Anton Zagár. Mein Großvater beherbergte an diesem Abend die Übernachtungsgäste Anton Kemper, Edgar Wilhelms, Karl Nüsker und Staatsanwalt Dr. Rüdiger Specke, die aufgrund eines schweren Abendessens und reichlichen Alkoholkonsums in ihren Zimmern tief und fest schliefen. Keiner von ihnen ahnte, dass das Haus an diesem Abend von Krasinski und seiner Anhängerschaft beobachtet wurde. Die Ermittlungen der Polizei ergaben, dass die Männer das Haus seit Wochen observiert hatten. Der Grundriss wurde während eines Einbruchs in die Büroräume des Architekten Steiner, der unser Haus gebaut hatte, entwendet; unsere damalige Köchin hatte ihrem Liebhaber Maryam von dem geplanten Abendessen erzählt. Wie Katzen schlichen sie in die obere Etage. Sie kannten jeden Winkel, jedes Zimmer, jeden Fluchtweg. Sie kommunizierten über Gebärdensprache. Sonst sprachen sie polnisch. Jeder hatte ein Schlafzimmer im Visier und wartete auf das Zeichen des Anführers, die Türen einzutreten und die Schlafenden zu töten. Doch zunächst weckten sie mich und brachten mich zu Krasinski, der mich kurz musterte. Danach schleppten sie mich von Zimmer zu Zimmer und zwangen mich, mit anzusehen, wie jeder einzelne Befehl Krasinskis auf das Brutalste ausgeführt wurde. Eine Videokamera surrte dabei friedlich vor sich hin. Zuletzt brachten sie mich ins Schlafzimmer des Richters, den Krasinski inzwischen an einen Stuhl gefesselt und geknebelt hatte. Ich war vor Angst erstarrt. Krasinski gab seinen Männern den letzten Befehl und wiederholte ihn für uns in deutscher Sprache. *Rächt euch für das, was er uns angetan hat! Tötet den Richter!* Mir lief Urin am Bein entlang, als Krasinski meinem Großvater ins Gesicht spuckte. Er fesselte mich an das Bett, so dass Großvater mich im Blickfeld hatte. Dann drehte Krasinski sich um und schrie: *Doch vorher soll er gebrochen werden. Gebrochen wie der achtzehnjährige Maryam, über den er am 13. Oktober 1944 im Namen des deutschen Volkes das Urteil verkündete! Aktenzeichen: StPL 1. Sen. 3625/42 – RKA I 1251/44.* Dann strich er mir die Haare aus der Stirn. *Heute wirst auch du erwachsen werden,* zischte er. *Wir wissen, was er mit dir auf dem Dachboden gemacht hat. Er wird dich nie wieder anfassen. Ich verspreche es dir.* Ich zitterte am ganzen Körper. *Das ... das ist ja nicht so schlimm,* schluchzte ich. *Aber ... aber sonst bin ich ein ganz netter Junge.* An meinem Kinn klebte noch immer etwas Schokolade, ja sogar an meinem Oberschenkel, wo ich mir die Finger abgewischt hatte, war ein dunkler Streifen zu erkennen. Krasinski klebte mir den Mund mit Klebeband zu und schnippte mit den Fingern. Dann pflanzte er sich provozierend vor Großvater auf und schrie: *Finale!* Er lachte hässlich auf und gab mit seiner linken Hand ein Zeichen. Ein Mann schaltete den Fernseher ein und legte eine Kassette in den Videorekorder. Als Krasinskis Männer drei Stunden später das Haus verließen, lebte außer mir niemand mehr. Ich trank die Milch, dazu knabberte ich Salzstangen und starrte auf den flackernden Bildschirm des Fernsehers. Gezeigt wurde ein Film aus dem Jahr 1944.“

Pawel schloss seine Augen und genoss das Gift, das aus Kreilers emotionaler Wunde floss.

„Er hat mich ...“, flüsterte Kreiler. Er atmete schwer. „Ich will das nicht alles wieder wachrufen. Wenn Sie mir jetzt Ihre Aufzeichnungen geben könnten, wäre das wirklich sehr nett. Dann können wir auch das Finanzielle hinter uns bringen.“

Pawel sah Kreiler an. „Hat er Sie ... Pipisuse genannt?“, fragte er.

Kreiler wurde rot.

„Es klingt wie das Ende der Welt“, fuhr Pawel fort. „Besonders wenn man danach einen Schwanz in den Arsch gesteckt bekommt, nicht wahr? Oder hat der Richter Sie dahingehend in Ruhe gelassen?“

Pawel sah den sechsjährigen Konstantin Jörg Kollmann in heruntergelassenen marineblauen Knickerbockern, neben ihm sein Großvater, dessen Blick lüstern auf seine kleinen, festen Pobacken gerichtet war. Pawel fixierte Kreiler, in der Hoffnung, dass er seine Psyche weiter entblößen und mit ihm in den warmen See des Leidens eintauchen würde.

„Und was sonst noch?“, hakte er nach.

Kreiler starrte ihn an, und alle Farbe wich aus seinem Gesicht.

„Was hat Ihr Großvater noch mit Ihnen angestellt?“

Kreiler schüttelte den Kopf.

„Hat er zugesehen, als die Männer Sie angefasst haben?", fragte Pawel ruhig.

„Das geht Sie wirklich nichts ..."

Pawel wollte den kleinen Jungen, er brauchte den Kleinen. „Sie können es mir erzählen", versicherte er Kreiler. „Sie können mir alles erzählen."

„Nein", sagte Kreiler.

Pawel konnte förmlich hören, wie der Riegel vorgeschoben wurde und ihn ausschloss.

Kreiler nahm einen Umschlag aus dem Handschuhfach. „Hier haben Sie Ihr Geld. Gehen Sie jetzt bitte."

„Mir gegenüber muss Ihnen nichts peinlich sein", sagte Pawel. „Ich habe schon alles gehört, was es zu hören gibt."

Kreiler versuchte sich ein Lächeln abzuringen.

Pawel starrte ihn an, dann schluckte er schwer. Das Pochen in seinem Schädel hatte wieder angefangen. „Richter Kollmann war Ihr Großvater", sagte er und hörte, wie sich verräterischer Zorn in seine Stimme stahl. „Sie nennen sich aber Kreiler."

Kreiler schien erleichtert, dass er das Thema wechselte. „Es ist der Mädchenname meiner Mutter", sagte er. „Sie war mit Kollmanns Sohn Georg verheiratet. Nachdem sie erfuhr, was mein Großvater getan hat, hat sie nach dem Tod meines Vaters wieder ihren Mädchennamen angenommen und den Namen Kollmann aus ihrem Gedächtnis gestrichen. Mein Vater ist in der gleichen Nacht gestorben wie mein Großvater."

„Ihnen ist es offensichtlich nicht gelungen, Ihren Großvater aus dem Gedächtnis zu streichen", stellte der Pole fest; er spürte, wie Speichel aus seinem Mundwinkel tropfte, und sah, dass Kreiler es bemerkt hatte.

„Es reicht jetzt!", sagte Kreiler laut.

Die Schlagbohrer in seinem Schädel setzten sich wieder in Gang. „Was haben dir diese Dreckskerle angetan?", brüllte er. Er ergriff Kreilers Arm und beugte sich zu ihm, bis sein Mund ganz nah an seinem Ohr war. „Du musst dich nicht schämen!", donnerte er. „Es war nicht deine Schuld!"

„Bitte!", flehte Kreiler. „Ich habe Sie bezahlt ..."

Sein Betteln öffnete in Pawel ein schreckliches und unwiderstehliches Fenster zum Bösen. Er schmiegte seine Wange an die von Kreiler. „Du hast einen Fehler gemacht. Mein Name ist Pawel Kubanek.

Ich bin der Enkel von Maryam Krasinski", flüsterte er. „Und jetzt ... wirst du mir deine Geschichte erzählen", flüsterte er ihm ins Ohr.

Er fühlte, wie Jörg Kreilers Tränen über sein Gesicht liefen. Und er begann ebenfalls zu weinen. Weil er erkannte, dass es nur einen Weg gab, Eintritt in diese Seele zu finden. Er steckte die Hand in seine Hosentasche und holte einen Stahldraht heraus. Dann legte er die Schlinge um Kreilers Hals und zog sie fest zu. Nicht zu fest, nur bis zur Bewusstlosigkeit. Danach setzte er ihn auf den Beifahrersitz und fuhr zu Kreilers Ferienvilla in Salzburg. Den Grenzübergang in Richtung Österreich konnte er ungehindert passieren. Und selbst wenn ihn ein Beamter der Bundespolizei angehalten hätte, wer kannte schon genau den Unterschied zwischen einem Betrunkenen und einem bewusstlosen Menschen?

Während der Fahrt summte er mit versiegelten Lippen: „Ein kleines Negerlein, das fürchtete sich sehr, nahm einen Strick und hängte sich auf – und dann gab's keines mehr ..."

Vier Stunden später legte er in der Badewanne von Kreilers Villa seinen Daumen unter das Kinn des Mannes, drückte sanft seinen Kopf in den Nacken und klappte gnädig das Taschenmesser außerhalb von Kreilers Blickfeld auf.

Jörg Kreiler leistete keinen Widerstand. Nach einer zweistündigen Tortur qualvoller Schmerzen wollte er nur noch Erlösung.

Der Pole zog die Klinge mit einer flinken Bewegung über die Halsschlagader und durchtrennte sie mit einem sauberen Schnitt. Blut lief über seine Wange und vermischte sich mit den Tränen. Er wusste nicht, ob es sein Blut war oder das Kreilers, dessen Tränen oder seine. In diesem letzten Moment lösten sich alle Grenzen zwischen ihm und seinem Opfer auf. Er war von den Fesseln seiner eigenen Identität befreit. Er schlang seine Arme um Kreiler, drückte ihn fest an sich und stöhnte, einen ewigen Bund zwischen ihnen besiegelnd.

Leise sagte er: „Es tut mir leid. Aber es ist so, dass du mich beauftragt hast, meinen eigenen Großvater zu töten."

Pawel Kubanek hielt Richard Kollmanns Enkel in den Armen, während er sich in Erschöpfung verlor, und er spürte, wie sich seine Muskeln entspannten, sich sein Herzschlag verlangsamte, sein Verstand klärte und er vollkommenen Frieden empfand.

Er staunte. Noch nie hatte ein Opfer im Todeskampf gelächelt. Sein letztes Wort galt einer Katharina. Sie musste eine außergewöhnliche Frau sein.

Kapitel 43

Salzburg

Mechthild Hensel hatte bereits mit ihrer Arbeit begonnen. Jörg Kreiler hatte seinen Hausschlüssel wie immer unter den Blumentopf neben dem Eingang des Ferienhauses gelegt, so dass sie es heute Morgen bereits um sieben Uhr betreten konnte. Seit drei Monaten hielt sie das Haus sauber, und wenn sie wie heute in den frühen Morgenstunden die Küche betrat, kochte sie Kaffee und machte dem Professor das Frühstück, wobei sie sich jedes Mal fragte, warum dieser gutaussehende Mann keine Frau hatte.

Im Esszimmer roch es nach Bier und Zigaretten. Der Professor hatte einen Gast gehabt, und sie hatten zweifellos am Abend zuvor in diesem Raum gesessen: Das Geschirr mit angetrockneten Essensresten und drei Bierflaschen standen noch immer auf dem Tisch.

Der Biergeruch rief Erinnerungen an den gestrigen Abend wach, der so gewesen war wie viel zu viele Abende in ihrem Leben. Ihr Mann hatte auch ihr hundertstes Versteck für das Geld entdeckt und sich wieder einmal betrunken. Sie fragte sich, wie jemand, der nur mit Mühe aufrecht stehen konnte, in der Lage war, das Geld in den entlegensten Verstecken des Hauses aufzuspüren: in einem Kleiderschrank, unter einem Bett oder hinter einem alten Mantel, der im Keller hing.

Mechthild Hensel verlor sich in der Erinnerung. Sie konnte förmlich Theos Schnapsatem riechen und seine blutunterlaufenen Augen sehen.

Sie hasste seine Trinkerei. Früher war sie verzweifelt gewesen, aber inzwischen konnte sie sich helfen. Sie schaffte es, ihn tagsüber aus ihren Gedanken zu verbannen. Das verdankte sie dem Professor, der ihr „Glückspillen", wie er sie nannte, verschrieben hatte. Aber es stimmte. Seit der Einnahme fühlte sie sich viel besser und war immer gut gelaunt. Sie war jung, und wenn man Arbeit so nötig wie sie brauchte, dann schaffte man es eben. Der Professor war zufrieden mit ihrer Arbeit, das hatte er ihr vorgestern gesagt und ihren Stundenlohn um zwei Euro erhöht. Jetzt bekam sie fünfzehn Euro pro Stunde, für sie ein Vermögen.

Sie stand auf, nahm die leeren Bierflaschen vom Tisch und brachte sie in den Keller, wo die Bierkästen standen. Hier unten roch es immer muffig und feucht, ein schwacher, aber unverwechselbarer Geruch. Sie nahm den Wischeimer aus dem Schrank und trug ihn die schmale Treppe hinauf.

Das Gästezimmer war ein totales Chaos. Mechthild verzog das Gesicht. Es roch ungelüftet und nach abgestandenem Alkohol, Zigarettenrauch, Schweiß und altem Parfüm. Eine leere Whiskyflasche stand beim Papierkorb auf dem Boden, und neben dem Bett war ein Glas mit einer Zigarettenkippe, die sich aufzulösen begann. Der Aschenbecher war voll.

„Das ist ja wie zu Hause", stöhnte sie. Auf dem Nachttisch lag ein benutztes Kondom. „Das leider schon lange nicht mehr", setzte sie grimmig nach. Sie zog neue Handschuhe aus der Tasche und schaltete das Licht im Gästebad an. Es war besser, gleich über das Schlimmste Bescheid zu wissen. Die Toilette war nicht gespült, die Badematte voller Kot. Sie sah sich die Handtücher an, verzog angeekelt das Gesicht und warf das schmutzige Bettzeug und die Handtücher auf den Boden im Flur. Sie würde den Haufen aufsammeln und ihn später in die Waschküche bringen.

Dann betrat Mechthild Hensel das Schlafzimmer ihres Arbeitgebers. Sie ließ ihren Blick schweifen und ging an der geschlossenen Badezimmertür vorbei. Ihr fiel auf, dass der Kleiderschrank an der hinteren Wand neben den Glastüren, die auf die Terrasse hinausgingen, offen stand. Die Stores vor den Türen klebten an den feuchten, beschlagenen Glasscheiben. Das Zimmer war ... Sie sah sich um: Das Bett schien nicht benutzt zu sein, aber Kleider waren darauf verstreut: Hemd, Jackett, Krawatte. Ein Schuh lag vor der Doppeltür, der andere neben dem Bett. Sie war darauf getreten, als sie hereinkam.

Seltsam, dachte sie. Sie zog das Bett ab und warf das saubere Bettzeug auf die Matratze, hob die Schuhe auf, stellte sie unten in den Kleiderschrank und hängte Hemd und Jackett auf einen Bügel. In dem Zimmer war es kalt, ganz anders als in den anderen Räumen des Hauses. Mechthild spürte einen Luftzug an den Knöcheln und knöpfte ihre Strickjacke über der Schürze bis zum Hals zu.

Sie wischte mit dem Staubtuch über etwas Klebriges, Schmieriges, das einen braunen Fleck hinterlassen hatte, und entfernte ihn, war aber mit dem Zimmer nicht richtig zufrieden, als hätte sie etwas Wichtiges vergessen. Sie sah die Stores, die an den Scheiben klebten, und beschloss, das Kondenswasser abzuwischen. Vielleicht würde es dann weggehen, das ... das war's! Dieser Geruch in der Luft! Der war schuld daran, dass einem das Zimmer unsauber vorkam. Einen Moment glaubte sie, etwas Verbranntes zu riechen – ein unbehagliches Gefühl erfasste sie, und ihr wurde leicht übel. Der Türflügel bewegte sich, als sie ihn abwischte, weil er einen Spalt offen stand. Jemand hatte die Glastüren aufgemacht und nur angelehnt. Deshalb war es hier so kalt. Warum würde jemand das tun? Um sich hineinzuschleichen? Der Professor würde das Haus niemals ungesichert verlassen.

Ratlos schüttelte sie den Kopf. Wenn sie als Putzfrau etwas gelernt hatte, dann war es die Tatsache, dass das Benehmen von Menschen manchmal unergründlich war. Sie schlug die Türen fest zu und riegelte sie ab. Der Geruch kam wahrscheinlich von draußen und würde sich bei geschlossener Tür verlieren. Nur das Bad war noch zu machen. Sie sah auf die weiß gestrichene, fest geschlossene Tür neben der schmalen Diele. Der Professor ließ die Badezimmertür meistens offen, und der Dampf zog zusammen mit dem Geruch nach Seife und Shampoo ins Zimmer; die Handtücher lagen sonst immer achtlos über Bett und Teppichboden verstreut. Heute nicht.

Sie legte die Hand auf den Türgriff, scheute sich aber irgendwie, diese Tür zu öffnen. *Dumme Hirngespinste,* dachte sie und drückte die Klinke nach unten. Die Tür ging nicht auf.

Mechthild runzelte die Stirn. War sie abgeschlossen? Sie lauschte und hörte Wasser rieseln und durch die Rohre laufen. Sie klopfte. Stille. Wenn der Professor im Bad wäre, dann wäre er doch bestimmt ins Zimmer gekommen und hätte ihr gesagt, sie solle mit dem Putzen warten, bis er fertig wäre. Das machte er sonst auch so.

Sie sah auf die Uhr und stellte fest, dass sie spät dran war. Der Arzttermin am Nachmittag rückte näher, und sie musste sich beeilen. Die Wäsche auf der Leine im Keller wartete darauf, gebügelt zu werden. Sie hasste Bügelwäsche. Der Gedanke daran scheuchte sie auf, sie fasste den Griff fester und drückte gegen die Tür.

Jetzt erinnerte sie sich, dass sie manchmal klemmte. Trotzdem hatte sie ein unbehagliches Gefühl im Magen. Etwas sagte ihr, sich abzuwenden. Sieh nicht nach! Vergiss es!

Die Tür klemmte noch einen Moment und flog dann auf. Plötzlich stand sie in der heißen, feuchten Badezimmerluft in einem Geruch, der so durchdringend wie in einem Schlachthaus war, scharf, widerlich und schmutzig.

Mechthild war auf etwas getreten, sah nach unten, zuckte unwillkürlich zurück und wischte automatisch den Fuß auf dem Teppich ab. Der Boden war nass. Etwas tropfte auf ihren Hals, sie zuckte zusammen und fuhr herum. Wasser tropfte von der Decke, und die Wände glänzten feucht. Ein stetiges Geräusch von plätscherndem Wasser kam von der Badewanne, wohl vom Duschkopf.

Der rosafarbene, durchsichtige Duschvorhang war vorgezogen. Das Wasser lief, floss und rauschte in den Rohren und gurgelte im Abflussloch. Jemand lag in der Wanne. Das war ihr erster Gedanke. Jemand ließ Wasser laufen und hörte nicht auf Geräusche, Bewegungen, den Staubsauger.

„Professor Kreiler ...?"

Langsam streckte Mechthild Hensel die Hand aus und zog den Vorhang zurück.

Ein Mann – es war ein Mann, das konnte sie erkennen – lag zusammengesunken in der Wanne. Er sah wie zerbrochen aus, ein Spielzeug, das heruntergefallen und zersprungen war. Das Gesicht, auf dem jemand seinen Fußabdruck hinterlassen hatte, war verzerrt und zerschlagen, die Augen in den Augenhöhlen verdreht, der Mund zu einem grausigen Grinsen verzogen. Das Wasser aus dem Duschkopf tropfte vom Haar des Mannes.

Ihr erster Gedanke war, dass er eigentlich stärker bluten müsste. Dann versagten ihr die Knie, und ihr Körper wurde kalt. Ihr Mund füllte sich mit Speichel, und ihr schwindelte. Sie konnte nichts dagegen tun. Ihre Knie schlugen auf dem Boden auf. Sie spürte durch die Strümpfe die Feuchtigkeit an den Beinen. Ihre Hände rutschten am Badewannenrand entlang und versuchten sich festzuhalten. Sie zog sich hoch, stand aufrecht, drehte das Wasser im Waschbecken voll auf und wusch sich Hände und Gesicht.

Dann spülte sie immer wieder den Boden ab und versuchte, alles sauber zu machen, Ordnung zu schaffen, ihre Arbeit zu tun. Sie zog das Handtuch von der Stange, spürte seine Feuchtigkeit an ihren Händen und ließ es zu Boden fallen. Ein Finger schwamm in der Toilette. Sie drückte mehrmals auf die Spülung. Ihr Blick schoss hektisch von der Handtuchstange zum Waschbecken, zu den Wassergläsern und zur Badewanne ...

Nein! Sie starrte auf den Boden und konzentrierte sich auf die Fugen zwischen den Fliesen. Zwischen der Kloschüssel und der Badewanne lag etwas. Ein Ohr, das auf dem nassen Boden klebte. Brechreiz schoss in ihr hoch.

Dann war sie plötzlich wieder in seinem Schlafzimmer, ihre Beine zitterten, sie hielt sich an der Tür und den Wänden fest, nur damit sie aus dem Zimmer herauskam. Sie musste jemanden holen, musste Hilfe holen ...

Ganz plötzlich kam der erlösende Schrei.

Kapitel 44

Dachau

„Erinnerst du dich an unseren letzten Herrenabend in deinem Haus, Benedikt?", fragte Robert Hirschau.

„Als wir wie betrunkene Narren in meinem Arbeitszimmer umhergestolpert sind?"

„Ja, was wir gleich wieder tun werden, wenn wir uns weiterhin den Whisky so reinschütten. Ich sehe heute noch Mathildas Gesicht vor mir, als sie das Arbeitszimmer betrat und du mit der Jagdtrophäe deines Vaters durch das Arbeitszimmer gehüpft bist und dabei gebrüllt hast wie der Löwe von Flandern."

Van Cleef goss Hirschau Whisky nach. „Erinnere mich nicht daran. Mathilda befürchtet, dass dieser Abend ähnlich ausarten wird. Sie hat uns eine Pizza besorgt, wie damals. Möchtest du ein Stück?"

„Ja. Eine gute Grundlage ist nie verkehrt, wenn man mit einem alten Freund einen hebt."

Van Cleef reichte Hirschau ein Stück Pizza. „Es ist also wirklich ernst? Du heiratest Alexandra?"

Hirschau schaute verträumt in das flackernde Kaminfeuer und drehte das Whiskyglas. „Am zwölften Februar, egal, was auch passiert. Endlich kommt ein rastloser Rumtreiber zur Ruhe. Sie ist die Frau, die ich immer haben wollte. Und wir werden phantastisch harmonieren. Sie ist eine verdammt gute Psychiaterin."

Für van Cleef war das kein Wunder. „Du und die Psychologie."

„Der attraktivste Klapsmühlendoktor, den man je gesehen hat", schwärmte Hirschau. „Außerdem ist sie klug. Ich bin wahnsinnig verliebt in sie, Benedikt. Ach was: Ich bin ganz verrückt nach ihr!"

Van Cleef lächelte. „Das freut mich für dich. Ich verstehe dich sehr gut. Als ich Mathilda das erste Mal begegnete, wusste ich sofort: Das ist die Frau, die ich heiraten werde."

„Ich erinnere mich. Und bald wirst du Vater von Zwillingen. Die zukünftigen Weltmeister im Schwergewichtsboxen, meint Mathilda."

„Sag mal, hat Alexandra noch immer Schuldgefühle wegen ... wie hieß der noch mal? Gottfried?"

„Gernot."

Hirschau kippte schnell einen Schluck herunter, um den Geschmack loszuwerden, den dieser Name auf der Zunge hinterließ. „Wenn man drei Wochen vor dem Gang zum Traualtar seine Hochzeit abbläst, sollte man eigentlich schon Schuldgefühle bekommen. Sie wollte diesen Idioten tatsächlich heiraten!"

Plötzlich wurde van Cleef ernst und wechselte das Thema. „Etwas geht mir nicht aus dem Kopf. Es muss einen Grund geben, weshalb Anna sowohl Kreilers wie auch Jakobs Obsession war."

„Manchmal fühlen Menschen, wenn sie einander begegnen, etwas, das sie vorher nie empfunden haben: die perfekte Übereinstimmung", antwortete Hirschau. „Ein ehemaliger Professor von mir meinte, das wäre so, als würde man seine Seele finden. Anna war Kreilers und Jakobs Seele."

Van Cleef sah ihn an. „Was meinst du? Wird sie sich jemals von allem erholen?"

„Die Frage kann ich dir nicht beantworten", sagte Hirschau. „Würde ich zu ihr sagen: *Erzähl mir, wie es sich angefühlt hat,* dann wüsste ich es vielleicht", sagte er leise. „Aber solche Fragen stellt man nicht."

Van Cleef zögerte. „Sie hat deiner zukünftigen Frau alles erzählt. Und das war auch gut so. Sie vertraut Alexandra."

Hirschau lachte. „Und Alexandra ist verschwiegen. Von ihr hat Anna von Dr. Ansgar erfahren. Er ist eine Kapazität auf dem Gebiet der Opferbetreuung."

Van Cleef nickte. „Die österreichischen Kollegen haben uns die DNA-Proben geschickt, die man bei Kreilers Leiche gefunden hat. Sie stimmen mit denen überein, die wir bei unseren diversen Mordopfern gefunden haben. Fazit: Kreiler war in die Morde verstrickt. Wir haben umfassendes Material in seinen Wohnungen gefunden und gesichtet. Er war zwar niemals am Tatort, aber ich glaube, dass er jemanden beauftragt hat, diese Leute zu töten. Wir haben seine Bankkonten überprüft. Von seinem Konto wurden in den vergangenen Wochen dreihunderttausend Euro abgehoben. Das sieht nach einem Auftragskiller aus."

„Gott sei Dank ist es jetzt vorbei", bemerkte Hirschau.

„Bist du dir da sicher? Wir wissen nicht, wer der Täter ist."

„Nur, dass er am Schluss auch seinen Auftraggeber umgebracht hat."

„Wahrscheinlich, aber wir können es nicht mit absoluter Gewissheit sagen."

„Auftragskiller arbeiten anonym. Wieso hat er Kreiler ermordet? Was glaubst du?"

„Weil er kein Risiko eingehen wollte, dass wir ihm auf die Spur kommen. Aber sollte er wieder mal zuschlagen, dann haben wir seine DNA und damit vielleicht die Möglichkeit, ihn zu fassen. Das BKA hat Interpol und Europol eingeschaltet. Irgendwann macht er einen Fehler."

„Und Mathias Rommel?", fragte van Cleef.

„Den hat Kreiler selbst umgebracht. Da konnte er sich nicht beherrschen und hat eine Grenze überschritten, um Anna damit zu belasten."

Van Cleef hielt kurz inne. „Anna muss sich von der Vergangenheit lösen und neu erschaffen."

Hirschau nickte und holte tief Luft. „Das wird sie. Schade, dass Alexandra ihr nicht eher als Ärztin begegnet ist. Dann hätte sie sicher viel früher eine Chance gehabt. Da wir gerade bei der Vergangenheit sind: Ich habe mich auch mit deiner beschäftigt, mein Lieber."

Van Cleef sah ihn verdutzt an. „Mit meiner Vergangenheit?"

„Jedenfalls weiß ich nun, dass du einen tadellosen Ruf genießt, obwohl du dich manchmal im Suff auf die Pflastersteine deiner Terrasse konzentrieren musst, weil du ansonsten hin und her schwanken würdest."

„Die Steine verlangen aber auch Navigationsgeschick."

Hirschau lächelte. „Ich musste dich überprüfen. Ob du nicht ein Mitglied einer terroristischen Organisation oder ein Mafiosi bist. Aber alles, was ich gefunden habe, war nur bester Leumund. Und den Gang durch die Kirche wirst du wohl auch ohne Stolpern schaffen."

Van Cleef runzelte die Stirn. „Das verstehe ich nicht. Warum erzählst du mir das?"

„Ich möchte, dass du mein Trauzeuge wirst."

„Ich weiß nicht. Vielleicht bin ich ein verkannter Geisterbeschwörer oder womöglich ein Psychopath?"

Robert schüttelte den Kopf. „Ich konnte in deiner Akte nichts dergleichen finden. Aber ich spüre da gewisse Schwingungen."

„Du meinst, wir sollten mal hier durchs Haus gehen und ein bisschen Voodoo veranstalten und Geister beschwören, um uns ein wenig mit den Herrschaften zu unterhalten?"

„Lass es mich wissen, wenn du es dir anders überlegst."

Van Cleef zwinkerte ihm zu. „Selbstverständlich werde ich dir zur

Seite stehen. Nüchtern!"

„Du bist ein wahrer Freund. Lass uns zu Bett gehen. Ich befürchte, dass du, wenn wir uns weiter volllaufen lassen, in einer Stunde mit den afrikanischen Safari-Trophäen deines Vaters durchs Zimmer hüpfst."

„Ist ein Mann ein Tiger, ist er immer ein Sieger!"

„Gute Nacht, Benedikt."

Er wollte nur noch schlafen, entschied Robert Hirschau. Er wollte unter die Dusche und ins Bett. Vom Whisky angenehm benebelt, schleppte er seine Reisetasche in das obere Stockwerk und wühlte darin, bis er alles fand, was er für die Nacht benötigte.

Er ging ins Bad und zog sich langsam aus. Unter der Dusche überkam ihn das schlechte Gewissen. Hätte er Benedikt erzählen sollen, dass er im Verlauf seiner nach der Mordserie wieder aufgenommenen Ermittlungen gegen das organisierte Verbrechen auch auf den italienischen Pharmakonzern Biocell, das Familienunternehmen der Gavaldos, gestoßen war? Von Genmanipulation war im Bericht des Informanten die Rede gewesen. Und von In-vitro-Versuchen an ungeborenem Leben. Von Versuchen an ... Nein, er wollte nicht daran denken, und es gehörte an einem solchen Abend nicht hierher. Außerdem war es erst mal nur ein Verdacht, hatte der Informant geschrieben. Beweisen konnte er bis jetzt noch nichts. Und doch ... Er wusste, wie korrupt Menschen sein konnten, wenn es ums große Geld ging.

Nach einer langen Dusche stieg er, begleitet vom unaufhörlichen Rauschen des Regens, in die frischen Laken. Es dauerte keine dreißig Sekunden, bis er schlief.

Er träumte, dass ein Baby weinte. Babys weinten nun mal, wann immer ihnen danach war. Klang es eher beunruhigt und ärgerlich als ängstlich? Jemand sollte gehen und es in den Arm nehmen und tun, was man mit weinenden Babys so tat. Es füttern, frisch wickeln, es wiegen. Das Baby hatte Angst. Er konnte es am Klang seines qualvollen Schreis hören. Er öffnete die Augen und fand sich in einem Labor wieder. Das Schreien war jetzt ganz nah an seinem Ohr. Er blickte zur Seite und entdeckte das winzige Wesen eingequetscht in einem Reagenzglas, seine Hände hilfesuchend emporgestreckt, das kleine Gesicht von Furcht gezeichnet. Hinter Ihm stand eine Gestalt in einem weißen Kittel. Er konnte schwach eine Kontur erkennen, und sie kam ihm irgendwie vertraut vor.

Er wachte schweißgebadet auf und fand es überaus seltsam, dass er sich vor der Tür mit dem Messingknauf in Benedikts Arbeitszimmer befand. Es war das erste Mal, dass er schlafgewandelt war.

Es waren nur Indizien, die van Cleef gegen Kreiler vorbringen konnte.

„Selbst wenn es so wäre, könntest du ihm verzeihen, nachdem du erfahren hast, was er als Kind erdulden musste?", fragte Mathilda ihren Mann wenige Tage später, als sie vor dem Kamin auf der Couch saßen und das knisternde Feuer beobachteten.

„Ich bin Polizist", sagte er, „ich verbringe mein Leben damit, Schuld zuzuweisen. Kreiler hat mich absichtlich hinters Licht geführt, was Anna betraf. Erst durch Robert bin ich auf den Zusammenhang aufmerksam gemacht worden. Und außerdem kann ich nicht so tun, als sei es Zufall gewesen, dass Annas Therapie in eine fatale Richtung gelenkt wurde, und ich weiß nicht, inwieweit ich dafür Verantwortung trage."

„Du hast wegen Anna Schuldgefühle, weil du Kreiler deine Hilfe angeboten hast. Und durch diese Akte wurde er an die Gräueltaten seiner Kindheit erinnert. Das ist der entscheidende Punkt. Du hast Anna zwar in eine üble Situation gebracht, doch das konntest du nicht wissen. Diese Lage wäre auch ohne Kreilers Akteneinsicht entstanden. Vielleicht hast du ihr sogar das Leben gerettet, indem sie nun endlich mit der Vergangenheit abschließen kann."

„Das mag schon sein, aber ich löste damit diese irrsinnige Mischung aus Wut und Wahnsinn aus, die einen Menschen dazu brachte, andere Menschen töten zu lassen."

Mathilda sah ihn ernst an. „Dafür hat er seine Strafe erhalten, Liebling."

„Ich weiß."

„Auch ich fühle mich schuldig. Ich habe Anna nicht ernst genommen, wenn sie mir sagte, dass sie das Gefühl habe, jemand würde sie beobachten. Erst war es dieser ..." Mathilda schüttelte sich. „Und dann hat Kreiler diesen Part übernommen. Das wird mir nie wieder passieren."

„Kreiler hatte bei den Morden seine Finger im Spiel. Nicht als Täter, aber er hat jemanden beauftragt, diese Menschen umzubringen. Und den Gärtner hat er eigenhändig umgebracht. Wir werden wohl nie erfahren, wie tief er in die Sache verstrickt war, außer wir fassen den Verdächtigen, der die blonden Haare an den Tatorten hinterlassen hat. Aber Kreiler hätte den Rest seines Lebens in der Psychiatrie verbringen müssen, wenn er überlebt hätte."

„Er war ein bemitleidenswerter Mensch. Ob wir ihm irgendwann verziehen hätten? Vielleicht. Jedenfalls hat Anna Lukas verziehen. Aber wir werden jetzt besser auf sie achten müssen. Und auch auf Max. Er trinkt in letzter Zeit zu viel."

„Was würde ich bloß ohne dich machen, Mathilda?"

„Ich muss dir etwas gestehen", sagte sie leise. „In letzter Zeit hatte ich selbst sogar das Gefühl, beobachtet zu werden."

Er nahm sie in den Arm. „Seltsam, dass du das sagst. Robert Hirschau teilte mir vor einigen Tagen im Rahmen der Ermittlung ein paar Dinge mit, die bei mir ein seltsames Gefühl der Angst auslösten. *Wir leben in einer schrecklichen Welt,* sagte er. Und plötzlich hatte ich Angst, dass dir etwas zustoßen könnte. Allein den Gedanken daran ertrage ich nicht. Aber Robert sagte auch ..."

Mathilda unterbrach ihren Mann, indem sie den Zeigefinger auf seine Lippen legte. „Benedikt, ich liebe dich! Und was gab Robert sonst noch so von sich, außer dieser Psychopathenscheiße?"

Er lachte. „Er sagte auch, dass Phobien nicht ansteckend sind."

„Oh! Hört, hört! Er hat was gut bei mir! Ich ..." Plötzlich stockte sie und verzog schmerzhaft das Gesicht.

„Was ist denn, Mathilda?", fragte er besorgt.

„Ich glaube, du wirst in Kürze die Gebrüder Klitschko in deinen Armen wiegen können."

Ein Hotelzimmer nahe der polnischen Grenze.

Pawel Kubanek schloss seine Augen, streckte sich und atmete tief den neuen Morgen ein. Dann fiel er in den Schatten eines Traums.

Er schlug seine Augen auf und sah eine atemberaubend schöne Frau mit rotem Haar, strahlend smaragdgrünen Augen und makelloser Elfenbeinhaut neben sich knien.

„Wer bist du?", fragte er.

Als sie sprach, tat sie es mit der sanftesten Stimme, die er je gehört hatte. „Die, die ich sein soll, die, die du haben möchtest."

Mit einem Mal wusste er, wo er war. Aber konnte man nicht auch aus den Worten einer Hure im Bordell eine elegante Metapher für Liebe herauslesen?

„Du bietest mir deinen Schoß an?", fragte er und befahl seiner inneren Stimme, die Wildnis in ihm zum Schweigen zu bringen.

„Nein, er steht dir nicht zu. Er gehört dir nicht."

Wie recht sie doch hatte. Er dachte, er hätte endlich eine verwandte Seele gefunden, jemanden, der seinen speziellen Platz in dieser Welt, seine spezielle Bürde, verstand. In Dürrezeiten musste man neue Brunnen finden.

„Dann schenk mir deinen Körper", sagte er.

Daraufhin begann die Hure, sein Hemd aufzuknöpfen und ihn auf die Brust zu küssen.

Er legte seinen Kopf in den Nacken, schloss die Augen und wartete darauf, dass sie seinen Hosenbund erreichte, den Reißverschluss darunter öffnete und ihn in sich aufnahm.

„Du bist so müde", flüsterte sie und ließ ihre Zungenspitze über seinen Bauch gleiten. „Du musst dich hingeben."

„Ja", sagte er atemlos.

Er bog lustvoll sein Kreuz durch und reckte sich ihr entgegen. Und da fühlte er den ersten brennenden Stich in seinem Brustbein. Er versuchte sich aufzusetzen, doch er konnte kaum den Kopf heben.

Er erhaschte einen Blick auf ein von Blut triefendes Skalpell. Sein Blut. Dann fühlte er, wie die rothaarige Hure begann, ihn aufzufressen, wie sie ihre rasiermesserscharfen Zähne in seine Haut schlug.

„Du wolltest mir mein Baby nehmen. Es ist mein Kind und wird niemals deins sein!", flüsterte die Rothaarige, während sie mit ihren Krallen so gierig am Brustbeinknochen darunter kratzte, dass er zersplitterte.

Der Schmerz war unbeschreiblich, eine höllische Folter, die ihn schreiend und schweißnass aus dem Schlaf hochschrecken ließ.

Er konnte keine Zuflucht finden. Nicht bei Tag, nicht bei Nacht. Er musste es irgendwann hinter sich bringen und in die Hochschwangere eintauchen.

Er betrat die Hotelterrasse. Vom Geländer starrte ihn selbstgefällig eine Taube mit hellen Augen an, von seiner Ohnmacht und ihrer Unverletzlichkeit überzeugt. Er traf sie mit einem festen Tritt. Zu seiner Befriedigung stieß sie einen lauten Schrei aus. Ein paar graue Federn sanken auf den Vorsprung und verschwanden langsam in der Dunkelheit.

Kapitel 45

Graz

Anna Gavaldo und Dr. Carlos Ansgar saßen im gemütlichen Besprechungszimmer des Chefarztes der Psychiatrie der Universitätsklinik Graz.

Dr. Ansgar wirkte ratlos, als er Anna über seine randlose Brille hinweg ansah. Schließlich verschränkte er die Arme vor der Brust und gestand: „Ich weiß nicht, wie ich weiter vorgehen soll. Ihre Neigung zur Dissoziation nimmt eher zu als ab."

„Wirklich?"

Anna selbst hatte das Gefühl, seltsam munter zu sein und die Welt durch eine zartrosa getönte Brille zu sehen. Jetzt war das Gefühl allerdings verschwunden. Auch wenn die freudige Erregung über ihr Wohlbefinden allmählich nachließ, so verhielt es sich mit ihrer neu gewonnenen Klarsichtigkeit anders. Alles kam ihr größer und heller vor, die Farben intensiver und die Klänge lauter und präziser.

Dr. Ansgar legte die Hände zusammen wie bei einem Gebet, dann beugte er sich vor und sagte: „Ich würde es gern mit Sodium Pentothal probieren."

Anna sah ihn überrascht an. „Das ist doch ein chemischer Lügendetektor, oder?"

Dr. Ansgar zuckte mit den Achseln. „Eine kleine Dosis. Mir fällt sonst nichts mehr ein. Natürlich können wir einfach abwarten, aber im Moment komme ich so nicht weiter. Sie blockieren."

„Inwiefern?"

„Ich finde keinen Zugang zu Ihnen. Sie sind wie eine Blackbox. Jedes Mal, wenn ich Ihre Vergangenheit erkunden will, lande ich vor einer Mauer. Und ich weiß nicht, warum."

„Und Sie glauben, ein Barbiturat ..."

„Wird helfen? Ja, das glaube ich."

„Wieso sind Sie so sicher, dass das, was Sie bei mir sehen, Widerstand ist und kein organischer Schaden?"

„Weil ich meine Hausaufgaben gemacht habe", erwiderte Dr. Ansgar. „Nichts deutet auf einen Hirnschaden hin, rein gar nichts. Wir haben es hier mit einer pathologischen Aversion zu tun."

„Gegen ...?"

„Sie selbst."

Anna trank einen Schluck Kaffee.

„Aber das ist nicht das Einzige, was mir Kopfschmerzen bereitet."
Er hielt inne. „Sie werden depressiv."

Bevor sie die Diagnose von sich weisen konnte, fuhr der Psychiater
rasch fort. „Also, Depressionen sind ganz und gar nichts Ungewöhn-
liches nach einem durchlittenen Trauma, aber in Ihrem Fall ist es
doch schwerwiegender, als ich erwartet habe."

Anna schüttelte den Kopf. „Das sehe ich nicht so. Im Gegenteil: Ich
fühle mich durch Ihre Therapie wieder richtig lebendig."

„Ich weiß. Ich sehe es in Ihrem Gesicht. Aber dann verschwindet
der glückliche Ausdruck wieder und ..." Er zögerte. „Sie verlieren jeden Affekt. Ich will ehrlich mit Ihnen sein", fuhr er fort. „Ich befürchte, dass Sie manisch-depressiv werden könnten und dass sich
dieser Zustand manifestiert."

„Oh!"

Dr. Ansgar nickte und räusperte sich. „Und, äh ... was ist mit Max?"

Anna war von der Frage überrascht. „Was soll mit ihm sein?"

„Ich habe mich schon gefragt, in welcher Beziehung Sie jetzt zuei-
nander stehen."

Anna blickte finster. „Er ist der Kläger, ich die Beklagte."

Dr. Ansgar lächelte. „Max sagt, er hat die Klage zurückgezogen",
sagte er humorvoll.

„Ja, wir verstehen uns jetzt besser. Es war für uns eine sehr
schwere Zeit. Unsere Ehe hat unter diesem Wahnsinn sehr gelitten."

Ansgar verarbeitete die Information einen Moment, dann sagte
er: „Wie wär's, wenn wir es heute Nachmittag mit dem Pentothal
probieren?"

„Okay."

Nachdem sie die erste Injektion erhalten hatte, fühlte Anna sich immer unwohler. Sie wollte auf der Couch ihre Position verändern,
aber sie konnte es nicht.

Die Angst, an die vergangene Woche erinnert zu werden, ließ sie
erstarren. Sie war wie in Eis eingeschlossen. Sie hatte Angst, sich zu
bewegen und etwas loszureißen. Aber warum? Ein logischer Teil ihres Verstands setzte sich diesen Reaktionen noch immer entgegen
und missbilligte ihr Unbehagen.

„Ganz ruhig", sagte Dr. Ansgar. „Sie sind hier sicher."

„Ich kann nicht denken. Da ist kein Platz zum Denken." Sie empfand nur noch Druck und Kälte. „Es ist sein Zimmer. Dieses weiße

Zimmer. Ich liege auf der Couch. Er redet mit mir." Das Sprechen schien sie gewaltig anzustrengen.

„Was sagt er?" Dr. Ansgar flüsterte fast, aber seine Worte klangen beschwingt. „Was sagt er?", wiederholte er, diesmal lauter, mit einer Stimme, die deutlich, wenn auch verhalten, einen triumphierenden Beiklang hatte, einen Beiklang, der Anna mit Grauen erfüllte.

„Er ... Er ..."

„Ja?"

„Er ... sagt, ich bin Katharina. Er sagt, Anna liegt in dem Grab. Er ..." Plötzlich wurden mit einem Mal große Teile ihrer Vergangenheit so klar, dass ihr das Herz stockte.

Dann schmolz das Eis, und das bedrohliche Bild verschwand so schnell, wie es gekommen war. Ihre Augen öffneten sich jäh, und sie war da, wo sie die ganze Zeit gewesen war, auf der Couch gegenüber von Dr. Ansgar, erfüllt von Freude, weil sie sich endlich erinnerte. Und erfüllt von einer frostigen Mischung aus Staunen und Entsetzen über das, was ihr widerfahren war, unter Zwang, doch auch ... freiwillig.

Schön zu wissen, wer du bist, dachte sie.

Es folgten weitere Sitzungen. Jetzt, da die Gestalt ihrer Alpträume ein Gesicht bekommen hatte und sie sich daran erinnerte, was in dem dunklen Raum geschehen war, war sie verblüfft, wie schnell sich das Puzzle zusammensetzte. Und jeden Tag kamen neue Teile hinzu.

Trotzdem konnte sie kaum verkraften, was geschehen war. Sie schrie, wurde von hysterischen Weinkrämpfen und Wutausbrüchen geschüttelt, sie lachte zu laut, zu leise.

Dr. Ansgar ertrug ihre Emotionen mit der Gelassenheit, die sie brauchte, um zu genesen.

Nur bei jener nächtlichen Erinnerungssequenz, in der Jakob plötzlich im Schlafzimmer aufgetaucht war und sie im Schlaf geliebt hatte, war sie ruhig und gelassen geblieben, obwohl Dr. Ansgar alles versucht hatte, sie mit seinen Fragen aus der Reserve zu locken.

Es war in einer jener Sequenzen gewesen, als Anna plötzlich spürte, dass sie nicht mehr allein war. Der Keller war dunkel. Sie schaute sich um, doch sie konnte nichts erkennen. Es war, als starre sie in eine dunkle Höhle.

„Die Dunkelheit stört dich, nicht wahr?", hörte sie ihn sagen.

Dann ein scharfes Klicken, die Deckenlampe flammte auf und

tauchte alles in sanftes Licht.

Jakob saß auf einem Stuhl, hatte die Füße auf den Stahltisch gelegt und sich mit verschränkten Armen im Sessel zurückgelehnt. Seine Größe beherrschte den Raum. Sein Gesicht sah schroff aus und sein Unterkiefer hart.

Sie bemerkte den Tragriemen, der in der Ecke von der Decke hing. Er beobachtete sie mit hochgezogener Augenbraue und fragendem Blick, dann schwang er die Füße vom Tisch, erhob sich und kam quer durch den Raum auf sie zu, eine Spritze in der Hand. Ein spöttisches Lächeln umspielte seine Mundwinkel. Er starrte mit blutunterlaufenen Augen auf sie herab und legte seine Hand auf ihren Arm.

„Macht dir dieser Ort hier Angst?", fragte er. „Oder bin ich es?"

Sie schauderte. Wenig später war die Welt voller bunter Farben.

Ihr Unterleib verkrampfte sich, und sie wusste: Noch war Zeit. Noch war die Reise nicht beendet. Er sah sie eine Weile nachdenklich und schweigend an, dann brachte er sie zu dem Tragriemen hinüber. Er hob sie hoch und legte sie mit dem Rücken darauf.

Ihr Herz schlug schnell, der Raum schwelgte in tanzenden Farben. Er legte Ledermanschetten um ihre Handgelenke und befestigte sie an den oberen Ketten neben ihrem Kopf.

„Heb deine Beine an", sagte er. „Zieh sie hoch."

Er versah auch ihre Knöchel mit Manschetten und hakte sie außen an den unteren Ketten fest.

„Ist es bequem?", fragte er.

Sie nickte.

„Gut. Du wirst hier vielleicht eine Weile ausharren müssen."

Er zog sich aus. „Wir werden heute etwas Neues machen", sagte er.

Sofort durchfuhr sie sowohl Angst als auch Erregung, ein gesteigertes Gefühl von Gefahr.

Er streichelte über die Innenseite ihrer Oberschenkel. „Allerdings", sagte er, „ist es nicht ganz so neu. Du hast das schon mal gemacht. Anfangs mochtest du es überhaupt nicht. Es hat dir Angst gemacht."

Ihre Muskeln verspannten sich spürbar.

„Keine Angst. Du wirst keinen Schmerz spüren. Da du es schon einmal gemacht hast, kannst du es auch wieder tun."

Sie war weit offen und ihm hilflos ausgeliefert. *Nein,* dachte sie. Nein! Sie wollte sprechen, aber es kamen keine Worte heraus. Ihre Lippen und ihr Unterkiefer zitterten. Tränen sammelten sich in ihren

Augen. Wieder seufzte er, diesmal fast mitfühlend, und legte den Kopf auf ihre Brust.

„Atme mit mir", flüsterte er.

Sie horchte auf den gleichmäßigen Rhythmus seines Atems. Sie versuchte sich zu entspannen und ihren Atem zu verlangsamen und sich ihm anzupassen. Sein Haar fühlte sich weich an auf ihrer Haut, und sein Atem war warm.

Minutenlang verharrte sie so.

Sein Kopf lag noch immer auf ihrer Brust, als er mit ruhiger Stimme sagte: „Beweise mir deinen Gehorsam. Ich verlange es."

Er hob den Kopf und sah sie an. Eine schwarze Locke war ihm über die breite Stirn gefallen, als er mit dem Skalpell über ihr Schambein ritzte.

„Ich halte nichts von Mittelmäßigkeiten, Anna. Du musst entweder den ganzen Weg gehen oder aufhören."

„Es tut mir leid, dass ich mich dir widersetzt habe", flüsterte sie.

Wieder traten Tränen in ihre Augen. Er küsste ihren Hals, berührte ihre Augenlider mit den Lippen und schmeckte ihre Tränen.

Dann stieß er in sie hinein. Sie war unfähig zu sprechen. Der Druck verringerte sich, und das Gefühl, das sie jetzt hatte, ähnelte nichts, was sie je empfunden hatte – ein Gefühl kompletter Fülle und Durchdrungenheit, als seien zwei Menschen durch ein geschlechtliches Band miteinander verbunden, eine intensive Verschmelzung, deren Energie unfassbar war.

Er lächelte, und sie fand, dass er toll aussah mit seinem strammen, gebräunten, muskulösen Körper. Und sie dachte, dass er ihr gehörte – oder eher sie ihm –, und Stolz ergriff sie …

„Ich werde alles tun, was du möchtest", sagte sie leise.

Sie wusste: Jakobs Berührungen waren jetzt unauslöschliche Erinnerungen. Und Dr. Ansgar wusste es auch, doch er würde schweigen wie ein Grab.

Sie musste lernen, der Wahrheit ins Gesicht zu sehen. Sie hatte Jakobs Berührungen genossen, obwohl es nicht sein durfte. Sie dachte an all das Unbekannte in ihrem Leben: an die Wahrheit ihrer im Verborgenen liegenden Wünsche, die durch Jakob geweckt worden waren, an das Ziel ihrer Reise, die sie mit diesem Mann, dem sie hörig gewesen war, unternommen hatte. Sie hatte ihn so sehr gewollt, und doch …

Überzeugt, dass ihre Tochter in dieser Nacht gezeugt worden war, wollte sie dieses Wissen mit niemandem teilen. Sie musste ihr Kind schützen. Sie war sicher, dass man sie, was das Resultat des Gentests betraf, belogen hatte. Vielleicht, weil man sie schützen wollte. Max durfte jedenfalls niemals erfahren, dass Kathi nicht seine Tochter war. Niemals! Und ebenso wenig durfte er erfahren, dass sie nicht die war, die sie vorgab zu sein.

Zehn Wochen später saß sie an einem Nachmittag in Dr. Ansgars Praxis. Er hatte einen Kaffee kommen lassen. Mehrmals fragte er sie, ob sie müde sei und lieber aufhören wolle, doch die seltsame Mattigkeit, die sie so lange Zeit befallen hatte, war verschwunden. Bis auf die Angst, die immer noch in ihr lauerte, fühlte sie sich frisch und brannte darauf, sich an möglichst viel zu erinnern. Sie sprachen über ihre Kindheit, über Max und Katharina. Sie hatte das Gefühl, als würde in ihrem Bauch ein kleiner Vogel Purzelbäume schlagen.

Sie war glücklich, endlich wieder glücklich.

„Ich kann Sie jetzt mit ruhigem Gewissen entlassen, Anna. Sie haben keine posthypnotischen Suggestionen mehr. Aber ich will ehrlich zu Ihnen sein. Nach dem, was Sie durchgemacht haben, wird es noch einige Zeit dauern, bis Sie wieder auf dem Damm sind." Er lächelte aufmunternd.

Anna nickte. „Sie meinen, Sie müssen keine Teufelsaustreibung mehr vornehmen?"

„Sie werden dem Teufel widerstehen. Da bin ich mir sicher. Und jetzt lade ich Sie zu einer Pizza ein, und wir feiern Ihre Entlassung. Ihr Mann und Ihre Tochter werden sich freuen."

Vielleicht bildete sie es sich nur ein, aber irgendwie wirkte Dr. Ansgar heute größer, sportlicher und entspannter. Und da war etwas in seinem Blick. Seine Augen sagten ihr: Sie sind okay, Anna.

„Ja, ich bin wieder okay. Ich danke Ihnen für alles, und ... ich nehme Ihre Einladung natürlich gerne an."

Als seine Frau am nächsten Morgen aufwachte, stand Max bereits an ihrem Bett.

„Mit dir nehme ich Abschied von allem", sagte sie leise. „Die Reise ist vorbei, und ich bin angekommen. Sie endet bei dir, Max."

Er küsste sie zärtlich. „Ich wollte seit unserer ersten Begegnung nie mehr ohne dich sein", sagte er leise.

„Ich hatte Angst", sagte Anna leise.

„Ich weiß."

Für einen Moment vergaß er die hässlichen Szenen in seinem Mailänder Labor, der Streit mit seinem Wissenschaftler, die embryonale Frucht, deren winziger Leib sich in rasenden Zuckungen im Reagenzglas bewegte. Er hatte den Fötus sterben sehen, hatte ihm in die riesigen Augen gesehen, sah, wie er seine Strafe bekam. Ja, so hatten die Pharmakologen sich ausgedrückt: wie er seine Strafe bekam!

Die Wissenschaftler gingen entschieden zu weit. Er würde der Sache nachgehen und Lösungen finden. Die fand er immer, wie auch bei Anna. Seine Frau wusste nicht, dass Kathi Jakobs Tochter war und nicht seine. Er hatte den Test manipuliert. Aber er liebte die Kleine wie sein eigenes Kind. Niemals durfte Anna das erfahren. Und das war auch gut so. Er wollte sie nicht verlieren.

Anna schloss die Augen, ergriff seine Hand und führte sie unter das Nachthemd zu ihrer Brustwarze, die vor Erregung hart wurde.

Er spürte die andersartige Aura, die nun von ihr ausging, und stürzte sich wie ein Adler auf seine Beute.

Ja, dachte er, so hatte er es immer gewollt.

Kapitel 46

Essen

Das Mitgefühl für Lukas Hübner, das Anna drei Monate später plötzlich überwältigte, überraschte sie nicht. Schließlich hatte sein Anruf ihr damals das Leben gerettet. Jakob war für seine Taten verantwortlich, nicht Lukas.

Sie dachte an den dunklen Raum und die Blockhütte; den unwiderlegbaren Beweis, dass es in Lukas' Vergangenheit etwas durch und durch Krankes gegeben hatte, etwas, das auf dem geraden Weg zu ihr führte. Aber Robert Hirschau und seine Frau wussten aus der Essener Klinik nur Positives zu berichten.

Der schreckliche Vorwurf, den sie Lukas in all den Jahren gemacht hatte, wurde dadurch abgeschwächt.

Sie war auf dem Weg der Besserung, und Dr. Ansgar hatte nichts dagegen, dass sie Lukas besuchte. Sie wusste, dass es sein sehnlichster Wunsch war, sie um Verzeihung zu bitten. Auch das hatte Hirschau ihr anvertraut. Und jetzt saß sie Lukas gegenüber und war erstaunt, wie leicht es war. Sie mochte ihn auf Anhieb, und sie einigten sich darauf, sich beim Vornamen zu nennen.

„Geht es Ihnen gut? Ist alles in Ordnung", fragte er.

Anna nickte.

„Sind Sie sicher?"

Sie schaute den älteren Mann mit den großen blauen Augen an. „Ich bin mir in nichts mehr sicher, Lukas."

„Also, meine Mama sagte früher immer, es lässt sich doch alles viel leichter ertragen mit einer guten Tasse Tee."

Anna schmunzelte. „Einer Tasse Tee?"

Jetzt wackelte Lukas mit dem Kopf. „Ja!"

„Genau das wollte ich gerade vorschlagen. Ich gehe und hole uns einen Tee. Möchtest du auch einen?"

„Gerne, Anna. Vier Löffel Zucker und viel Milch bitte."

„Ist gut."

„Danke." Doch statt sie gehen zu lassen, umfasste er liebevoll ihre Hand. „Sagen Sie, Anna, wie gefällt Ihnen das Eheleben? Sie sehen nicht froh aus", sagte er leise.

Sie seufzte. *Eine seltsame Frage für einen inhaftierten Behinderten*, dachte sie.

„Ach, weißt du, ich sehe meinen Mann ja kaum, weil er die ganze Zeit arbeitet, und wir mussten unsere diesjährige Urlaubsreise auch ausfallen lassen. Da gab's wieder so eine Riesenkatastrophe in seiner Firma."

„Was macht denn die Firma?", fragte Lukas neugierig.

„Pillen."

„S-so welche, w-wie ich sie schlucken muss?"

„Auch solche."

„Ach, wissen Sie, Anna, irgendwann verreisen Sie bestimmt wieder. Bei meiner Mama war das genauso."

„Ach ja?"

„Am Anfang haben meine Eltern gar nichts gehabt. Und wissen Sie, was sie dann gemacht haben? Sie haben ein bisschen was zur Seite gelegt. Jede Woche. Und als sie dann Hochzeitstag hatten, dann haben sie sich ein kleines Häuschen in Mülheim gemietet, direkt an der Ruhr." Er lächelte verlegen.

Anna fühlte sich plötzlich wohl in seiner Nähe. „Ach ja?"

„Das w-war ein schönes Haus. Und als ich jünger war, d-d-d-da bin ich immer einmal im Jahr hingefahren, und … u-und da … da gibt es riesige Frösche und K-k-krokodile."

„Wirklich?"

„Es würde Ihnen bestimmt dort gefallen."

Sie lächelte und dachte daran, was wohl Kathis Freund Basti zu Krokodilen in der Ruhr sagen würde. „Das glaube ich auch, Lukas. Könntest du jetzt meine Hand loslassen?"

Er wackelte mit dem Kopf. „Entsch-schuldigung. Es würde Ihnen dort gefallen", wiederholte er.

„Bestimmt, Lukas. Bestimmt."

„Ja …" Er grinste und sah dabei lächerlich aus.

Anna kramte in ihrer Tasche. „Ich habe dir etwas mitgebracht." Sie reichte ihm eine Tafel Schokolade. „Die magst du doch, oder?"

Mit großen feuchten Augen schaute er zuerst auf die Schokolade und dann auf sie. „Ja, ja."

Dann sah sie, wie dicke Tränen über seine mageren Wangen rollten, und war gerührt. „Also, ich hole jetzt den Tee, und dazu naschen wir die Schokolade. Okay?"

Lukas wackelte mit dem Kopf, was Anna als Nicken auffasste.

„Bis gleich."

„Bis gleich", sagte Lukas. Er schaute ihr nach und flüsterte: „Hm … mein Schokoladenmädchen."

Als sie mit zwei Bechern zurückkkam, strahlte er übers ganze Gesicht. „Ich habe Sie beschützt, Anna. Ich werde Sie immer be-beschützen."

Ihr war plötzlich seltsam zumute, aber sie sagte: „Ich weiß, Lukas. Ich weiß."

Moskau

Als Pawel Kubanek zurück nach Moskau in den Schoß einer russischen Hure fuhr, wurde er von einer Wut übermannt, die stärker war als alles, was er zuvor erlebt hatte.

Der Mord an Kreiler und die Tatsache, dass er seinen Großvater gefunden hatte, hatte die schmerzliche Leere seiner eigenen Existenz gefüllt. Er hatte sein wahres Ich gefunden. Aber eines stand noch aus …

Er dachte oft an *sie*. Sie ging ihm nicht aus dem Kopf, und wenn er an sie dachte, hatte er ihr leuchtendes, feurig loderndes, tizianrotes Haar vor Augen, das sich in wilden Locken über ihre Schultern ergoss. Er würde ihr schreiben, denn vorerst konnte er nicht nach Deutschland zurückkehren. Man könnte ihm auf die Schliche kommen, wenn sie seinen Großvater durch die Aktenschnipsel, die er an den Tatorten hinterlassen hatte, aufspüren würden. Die Recherchen würden die Ermittler vielleicht auch zum Enkel führen. Aber irgendwann musste er zurückkehren, um sie zu töten. Er bedauerte, dass er nicht schon längst in ihr abgetaucht war.

Hier in Moskau würde er die Antwort auf die Frage finden, wann er ihre kirschrote Lippen kosten sollte. Vielleicht würde er sie dann auch wie die selbstgefällige Taube auf dem Terrassengeländer mit harten Tritten bearbeiten. Oder er würde mit einem Eispickel auf sie einhacken. Immer wenn er an sie dachte – und das war oft –, schwappten die Gefühle über wie die Wellen einer Brandung.

Mathilda … Ihre Schönheit berührte ihn auf magische Weise, sie weckte in ihm, was grausam war, denn aus der Begegnung mit Schönheit und Musik erwuchs seine eigene schöpferische Kraft.

In der Stille seiner Penthousewohnung in Moskau würde er das Geheimnis ihrer Schönheit entdecken und ihr Raum geben, sich zu entfalten.

Winter. Es soll Schnee geben, leere Straßen.

Ja, das würde er ihr schreiben. Er schaltete die Stereoanlage an und lauschte den Klängen der *Winterreise*.

Epilog

Aachen – zwei Monate später

Maryam Krasinski ging langsam über das Kopfsteinpflaster der alten, zum Katschhof führenden Büchel-Gasse. Seine morschen Knochen erlaubten ihm keine längeren Spaziergänge mehr.

Die in der Nähe des Katschhofs gelegenen älteren Viertel hatten sich überhaupt nicht verändert. Ihre langen, schattigen Straßen waren heute noch genauso ordentlich wie am Ende des Zweiten Weltkriegs.

Selbstbewusste Bürgerhäuser verliehen dem feudalen Viertel ein ganz besonderes Flair, und wie schon damals war es auch heute ein ungeschriebenes Gesetz, dass am Sonntag nicht viel auf dem Programm stand. Man ging in die Kirche, besuchte Nachbarn, ruhte und entspannte sich auf gottgefällige Weise.

In der gesamten Aachener Innenstadt waren vor Denkmälern, Brunnen und auf zahlreichen Plätzen Messingnägel in den Boden eingelassen, auf deren Köpfen das Karlssiegel prangte. Sie markierten entlang eines zwei Kilometer langen Rundwegs neunzehn verschiedene Sehenswürdigkeiten der alten Kaiserstadt.

Oft war er diesen Weg gegangen, vom Elisenbrunnen zum Büchel, über den Hühnermarkt, den Markt, den Katschhof bis zum Münsterplatz. Auch damals am 16. Oktober 1944.

Mit jeder Straße, mit jedem Gebäude verband sich eine Geschichte, eine Erinnerung. Diejenigen, die mit einer wundervollen Kindheit gesegnet waren, konnten durch die Straßen ihrer Heimatstadt fahren und glückliche Jahre Revue passieren lassen, aber er hatte damals nur eines im Sinn gehabt: Rache.

Krasinski dachte an den verängstigen Jungen im Haus des Richters, mit den etwas schräg gestellten Augen, einer relativ markanten Nase, kurzgeschnittenem Borstenhaar und einem von der Sonne so stark gebräunten Gesicht, dass es fast schien, als ob er gerade vom Strand nach Hause gekommen wäre. Er war barfuß und trug eine kurze Pyjamahose und ein rot gestreiftes T-Shirt. Sein Mund war mit Schokolade verschmiert. Er dachte daran, wie der Blick des schlaftrunkenen Jungen mit Unschuldsmiene durch den Raum gewandert war, wohl um seinem Großvater zu signalisieren, dass er nichts Verbotenes getan hatte.

Später hatte der fünfjährige Junge ihm leidgetan. Er saß regungslos im Wohnzimmer auf der Couch. Seine Männer hatten ihm sein blutverschmiertes T-Shirt ausgezogen, eine Decke über die Schultern gelegt und ein Glas warme Milch hingestellt.

Er hatte große Schuld auf sich geladen. War nicht er selbst für den seelischen Tod dieses Jungen verantwortlich? Und für das, was ihm sein Enkel angetan hatte?

Heute fragte er sich, ob Egon Graber durch die Exekutierung nicht besser dran gewesen war. Ihm war ein Leben voller seelischer Qualen erspart geblieben. In der Stadt sollte es eine Gedenkplatte geben, die an seine Erschießung erinnerte.

Ja, Graber hatte seinen Frieden gefunden, für ihn selbst aber gab es keinen Zufluchtsort. Der Klang der Sirenen vom 16. Oktober 1944 kreischte noch immer in seinen Ohren.

Am Münsterplatz drehte er um und ging den mit Messingnägeln markierten Weg zurück. Er kam nur bis zum Katschhof, dort brach er zusammen. Sein verzweifelter Hilferuf machte den Platz schlagartig lebendig. Zwei Fußgänger kamen auf ihn zugeeilt, aber es war zu spät. Der messerscharfe Schmerz der geplatzten Arterie zertrümmerte ohne Erbarmen sein Herz. Maryam Krasinski starb mit dem Gedanken, dass das damals gegen ihn verhängte Todesurteil in der Stadt seines Schicksals nur ausgesetzt worden war.

Weitere aktuelle Thriller
der Autorin

ZEILENGÖTTER
Bis dass der Tod uns scheidet

Der Thriller beruht auf einer wahren Begebenheit.
Sie sind Poeten.
Sie lieben das Böse zwischen den Zeilen.

Malin Remy ist eine gefeierte Autorin. Neun Jahre nach der Trennung von ihrem Ex-Mann, dem Schriftsteller Adrian Bartósz und auf dem Gipfel ihres Erfolgs, kommt für Malin der Tag der Abrechnung. Getrieben von dem Wunsch, die Schatten der Vergangenheit abzuwerfen, liest Malin in Paris aus ihrem soeben erschienenen autobiografischen Roman „Ehe".
Adrian, der schon immer mit Neid und Missgunst auf das literarische Können seiner Frau reagiert hat, ist unter den Zuhörern.
Die Lesung hat verheerende Folgen ...

Ein atemberaubender Psychothriller, über die Poesie des Bösen, den Wahn und verborgene Leidenschaften, der auf einer wahren Begebenheit beruht.

Erste Presse-Stimme:
Korten beherrscht den heimtückischen Mord und das perfide Rachespiel. Westdeutsche Allgemeine Zeitung 2016

Die Sekte

Perfect Girl

Dallis ist jung und schön, und fasziniert von Blake Carrington und seinem Sohn Logan. Blake bringt das Mädchen im Alter von sechs Jahren nach Balmore Castle, wo sie zum „perfect girl" in der Sekte „Lux Humana" heranwächst. Beide Männer vergöttern sie. Je älter Dallis wird, je mehr fühlt sie zu Blakes Sohn Logan hingezogen. Blake reagiert mit Wut und Eifersucht, und rächt sich mit einem teuflischen Plan …

Fesselnd, dramatisch und eiskalt: Der Thriller über die Schattenseiten der Schönheit und die Abgründe der menschlichen Seele.

WO IST JAY?

„Der Nachtfalter symbolisiert die verborgene Seite des Menschen. In der Nähe von Licht wird er selbstzerstörerisch und die dunkle Seite einer Persönlichkeit kommt zum Spielen heraus."

Eine junge Frau wird im Aachener Stadtgarten erschlagen aufgefunden und erliegt im Krankenhaus ihren Verletzungen. Nicht weit davon entfernt wohnt die Tierärztin Mia Becker mit ihrem Mann Leon und den Kindern Esther und Benny. Nach einem Girlfriends-Wochenende verschwindet Mias beste Freundin, die charmante, gutaussehende Jay de Winter, spurlos. Mia ist davon überzeugt, dass Jay ihre Familie nicht freiwillig verlassen hat, zumal die Tote Jay verblüffend ähnlich sieht.

Wo ist Jay? Außer Mia, fragt sich das niemand. Die Freunde benehmen sich seltsam und scheinen etwas zu verbergen.

Auf der Suche nach Jay beginnt für Mia ein Alptraum. Sie wird in ein Netz aus Lügen und Intrigen verstrickt und muss sich fragen: Wer ist Freund, wer Feind? Nichts ist, wie es scheint …

„Wo ist Jay?" ist ein atemberaubender Psychothriller, der einen alten Mordfall aus Aachen aufgreift und die Hintergründe der Tat seziert. Liebe, Lust, Neid und Hass führen zu einem fulminanten Ende, das Sie so schnell nicht vergessen werden. **Wer Freunde hat, sollte diesen spannenden Psychothriller unbedingt lesen …**

Erste Pressestimme:

"Astrid Korten hat mit ihrem neuen Thriller „Wo ist Jay" nicht nur einen spannungsgeladenen Roman geschaffen, in dem der Verrat an die Freundschaft wie ein Sturm durch das Buch nur so tost. Wo ist Jay ist auch eine messerscharfe literarische Analyse eines Gesellschaftsphänomens: der Verlust von Scham. So spannend, so traurig, dass wir froh sind, keine Antworten schreiben zu müssen, sondern nur mitlesen dürfen. Spannend und nervenzerreißend. *WAZ - Stadtspiegel Mai 2017*

Vita der Autorin

Die Autorin studierte Wirtschaftswissenschaften an der Universität Maastricht. Ihr Spezialgebiet: Suspense-Thriller, Psychothriller und Romane. Bei ihrer akribischen Recherche lässt sie sich von Forensikern, Psychologen, Gentechnologen, Pathologen und Medizinern beraten.

Sie schreibt außerdem Biografien, Kurzgeschichten, Drehbücher. Das Drehbuch „Zeilengötter" wird in von Warner Bross verfilmt.

Über ihr bevorzugtes Genre, die Spannung, sagt die Autorin: „Psychopathen faszinieren mich. Sie leben außerhalb der Norm und meinen, über dem Gesetz zu stehen. Meine Feder kann genauso furchtbar und gnadenlos böse sein."

Ihre Thriller erreichten alle die Top-Ten Bestsellerlisten vieler Ebook-Plattformen. Die Autorin ist Mitglied der Mörderischen Schwestern e.V. und außerdem als Kulturredakteurin für FRAUENPANORAMA tätig. In ihrer Freizeit spielt sie Tenor-Saxophon und malt Öl auf Leinen.

Auszeichnungen und Nominierung:
2016: Stefko, From Sarah with love: Halbfinale der Int. Writemovies Contest, Los Angeles.
2015: Sibirien – Die aus dem Eis erwachen Finale der Int. Writemovies Contest, Los Angeles.

Weitere Romane der Autorin:
Thriller / Psychothriller: Eiskalte Umarmung, Eiskalter Schlaf, Tödliche Perfektion, Eiskalter Plan, Eiskalte Verschwörung, Die Sekte, Zeilengötter, Trauma.
Weitere Romane folgen
Roman: Die verlorenen Zeilen der Liebe
Anthologie: Winterküsse, Nix zu verlieren, Liebe ist überall
Kurzgeschichte: Sibirien – Die aus dem Eis erwachen

Mehr über die Autorin:
Website: www.astrid-korten.com
Facebook: www.facebook.com/Astrid Korten